Frederic Wianka **Die Wende im Leben des jungen W.**

Berlin, d. 30.10.22

Liebe Friederike,

ich freue mich sehr, daß Du mein Buch gekauft hast, Dein Interesse daran, und wünsche Dir eine interessante und bereichernde Lektüre, schöne Stunden mit dem W.

Dein Frederic

... und vor allem ist es mir wichtig, weil Du es nun hast, ~~Damon~~ Du nun diese meine kleine Welt für Dich hast, sie auch dadurch vielleicht leichter lieben kannst.

Mit vielen Küssen
Dein Frederic

Frederic Wianka

Die Wende
im Leben des jungen W.

Roman

PalmArtPress
Berlin

Bibliografische Information der Deutschen Nationalbibliothek
Die Deutsche Nationalbibliothek verzeichnet diese Publikation in der
Deutschen Nationalbibliografie; detaillierte bibliografische Daten sind im
Internet über http://www.dnb.de abrufbar.

ISBN: 978-3-96258-050-6

Alle Rechte vorbehalten

© 2020 PalmArtPress
Verlegerin: Catharine J. Nicely
Pfalzburger Str. 69, 10719 Berlin
www.palmartpress.com

Umschlagkonzept: Marc Omar
Lektorat: Barbara Herrmann
Satz/Gestaltung: Nicely Media
Druck: Schaltungsdienst Lange, Berlin

Hergestellt in Deutschland

Für Gerd Wick

Nie wird jemand vor einer leeren Leinwand stehen, vor einem unbehauenen Stein oder einer Tüte Gips und sich anhören, welches Werk er jetzt sähe, wäre der Künstler seinerzeit nicht anderweitig beschäftigt gewesen ...

Dienstag, 09. November

Lieber Ingo!

Heute morgen bin ich aufgewacht und mir war alles klar ...

Kannst Du Dir vorstellen, einen Menschen zu hassen, ohne ihm je begegnet zu sein? Nur aufgrund seiner Post, die er amtlich beauftragt in regelmäßigen Abständen verfasst? Immer neue Auskunftsbegehren, die Deine Glaubwürdigkeit in Frage stellen, Dich bezichtigen, so dass Du Dich unwillkürlich selbst nach einer möglichen Täterschaft befragst? Schreiben, die Dich erreichen, während Du Dein einsames Frühstück zu dir nimmst? Du, eben noch sorglos, plötzlich den neuen Tag fürchtest und nach dem Öffnen des Briefes nur Zuflucht suchst? Vielleicht findest Du sie in Filmen. Stell Dir vor, manchmal sitze ich ganze Tage vor der Röhre und durchlebe die Schicksale phantasierter Menschen. So schön die kurze Fiktion ist, so schmerzlich wirkt die Leere des Abspanns, dass ich den nächsten Film einlegen muss. Vielleicht in Büchern, mit denen es Dir immer seltener gelingen will. Vielleicht mit dem Radio im Dauerbetrieb: Jingles, Werbung, Nachrichten. Ich höre nicht mehr hin. Was soll denn passiert sein, um das es besser stünde, wenn ich darum wüsste? Oder einfach nur im Bett liegend, das immer Deine Sorgen teilt, während Du stumm geworden zur Decke schaust und den Abend erwartest, mit ihm die Nacht, die nichtbürgerlichen Stunden. Die Zeit der Anderen, Zeit der eigenen Verwirklichung, Zeit derer, die kein Resümee brauchen, kein bürgerliches Tagwerk zur Selbstvergewisserung.

Oder, viel perfider, Du hast einmal einen guten Tag: Das Frühstück ist Dir nicht nur bloße Nahrungsaufnahme, sondern eine kleine Lust. Und irritierenderweise fallen Dir großväterliche Sprüche ein: *Morgenstund' hat Gold im Mund* ... Aber unten im Haus schlägt die Tür. Du hörst den schnellen Schritt des Briefträgers, lauter mit jeder Treppe, die kurze Stille auf jedem Absatz, bis er Dein Stockwerk erreicht hat. Die Stille, wenn er Dein Türschild liest, Deinen Namen vergleicht mit dem des Adressaten auf dem gelben Umschlag, das Zustelldatum hastig einträgt. Nichts. Bis er schließlich die Klappe vom Postschlitz hebt. Bis der Brief von irgendwoher in Dein Heim fällt, auf den Dielen liegt, daliegt, die amtliche Ermahnung an Dich, die Dich wieder einmal erreicht hat, aus einer Stadt, die Dir nicht fremder sein kann. Die Dich aber nicht loslässt. Die immer präsent ist und vom ersten Brief an Teil Deiner Schuld. Du hörst noch die Klappe fallen und die sich im Treppenhaus abwärts windenden Schritte wie den hämischen Gruß aus einer fernen, längst vergangenen Zeit: *Morgenstund' hat einen üblen Geschmack im Mund* ...

Verhandlung. Ich bin geladen, so die amtliche Variante. Das Erscheinen ist angeordnet, meines oder das einer vergleichsberechtigten Person, ordnungsgeldbewehrt mit bis zu 3.000 Euro. Ich schaue in meinen Kalender, als hätte ich eine Wahl. Der Termin ist weit hin, somit frei. Von dieser Seite kein Problem. Das allerdings war schon vorher klar. Und plötzlich packt mich eine rotzfreche Reisewut. Ich kann es kaum erwarten. Raus aus meiner Stadt, gen München, die heimliche Hauptstadt ... Etwas Anderes weiß ich nicht. Nur Historie fällt mir ein: Hauptstadt der Bewegung. Und moralinsaures Paragraphenwerk: 218 auf jeden Fall, genauso 175, ein Freiheitsbegriff dagegen, der sich erschöpft in einem durchgetretenen Gaspedal jenseits der 130. Politikskandale versanden gut geschmiert ... ein Volk macht den Strauß ... ein Völkchen kollektiv überanstrengt von der eigenen Einkommensgröße ... Fön im Kopf ... Vage Bilder einer von der Kette gelassenen Freistaatlichkeit. Meine Wut tobt, meine Antipathie auch. Aber beides kippt bald in Ohnmacht zurück, und ich frage mich: *Was wollen die dort eigentlich von mir?* Der Nachhall echot mir so dröhnend wie hohl in den Ohren. Die Groteske erfährt mit der möglichen Antwort ihre Vollendung. Es lähmt mir den Verstand, weil ich nicht weiß, was es dabei nicht zu verstehen gibt. Und obwohl juristisch nur eine durchlaufende Nummer, bin ich zutiefst verletzt, meines Ausgeliefertseins wegen erschüttert, ja ich bin fassungslos, mir von diesen Herren Hochwohlgeboren – von verbeamteten Weißbiertrinkern Vorhaltungen machen lassen zu müssen, die so fern der hiesigen Wirklichkeit sind, der meinigen sowieso.

Die letzten Tage vor dem Prozess vergehen in Agonie. Ich bin wie gelähmt, kann nicht klar denken, schwanke wie ein Manisch-Depressiver in schnellen Wechseln. Meine Pole sind Wut und Traurigkeit. Schmal ist der Grat dazwischen, auf dem ich gar nichts fühle, denke oder will. Die Uhr hämmert ihre Sekunden in den Raum. Ich sehe vom Bett aus die Schatten der Fensterkreuze wandern. Der Kalender streift ein um das andere Tagesblatt ab. Meine vierundzwanzig Stunden haben keinen Rhythmus. Ich wache, wenn es dunkel ist, und schlafe, wenn die Schatten, langweilig geworden, am kürzesten sind, wenn sie geradeaus in mein Zimmer fallen, Kirchenkreuzen gleich in ihrem Versuch, bedrohlich zu wirken.

In jene Tage brach von außen nur noch das Klingeln des Telefons, das ich nicht mehr abnahm, die Besuche des Postboten, der mir weitere Briefe in die Wohnung warf, die ich nicht mehr öffnete, das eine oder andere Prospekt, das zwischen sie geraten war, Werbung für Dinge, die ich nicht mehr brauchen werde. Eine ungestörte Ruhe.

Dann, völlig unvermittelt, am Tag vor dem Prozess, stehe ich wie ferngesteuert auf und werfe den zur zweiten Haut gewordenen Morgenmantel in die Ecke. Ich schere mir den Wald aus dem Gesicht und fülle die längst in Vergessenheit geratene Reisetasche, mich laut fragend: *Was trägt man in München vor Gericht?* Mit Befremden erkenne ich mich wieder. Aber den Moment vor Augen, ich in einer von mir erwarteten Rolle, die nur ausgefüllt sein kann, von dem, der passend verkleidet dasteht, kann nicht anders, die Erfahrung hat es mich gelehrt: Ich begutachte jedes dem Schrank entnommene Stück nach Kriterien, die ich so wenig kenne wie München, nach Situationen, die ich nicht vorhersehen kann. Ich falle mit jedem weiteren Griff in die Schubladen aus den Wochen der Trance in meine Realität zurück. In jede Richtung präpariert und auf keine Eventualität vorbereitet, verlasse ich mit einer überschweren Tasche die Stadt, für die kommenden drei Tage.

Keine Reisen, hatte ich zu diesem Zeitpunkt längst beschlossen, weil ich nicht mehr fliehen will.

*

Du kennst mich gut. Du weißt um meine Art zu reisen. Ich habe mich nicht geändert. Warum auch, wenn die Züge im Unterschied zu damals im Stundentakt verkehren, ein Verpassen nahezu folgenlos bleibt. Den Streit aber, den Du jenen Sommer mit mir hattest, werde ich nie vergessen. Wie viele Jahre sind seitdem vergangen? Noch immer sehe ich Dich in der offenen Zugtür stehen, während der Schaffner von außen dagegen drückt, die baumelnde Kelle am Handgelenk. Wie er sie zu schließen versucht und es nicht schafft, weil Du von innen dagegenhältst mit einem so ernsten, von mir nie zuvor gesehenen Gesicht. Wie Du seine albernen Drohungen wortlos über Dich ergehen lässt, solange bis ich endlich angerannt komme, meinen Rucksack zwischen Deinen Beinen in den Zug schiebe, mit einem einzigen Schritt über alle Stufen hineinspringe, Du die Tür hinter mir zuziehst. Ich musste mich fast übergeben, so war ich gerannt. Ich hatte mich auf den Boden fallen lassen, während Du durch das Türfenster den Schaffner in seinem Versuch beobachtetest, die Fassung zurückzugewinnen, sein reichsbahnuniformiertes Selbstverständnis. Erst als ich das Trillern der Pfeife hörte und die Schaffnerkelle am Fenster vorbeischwenken sah, sah ich ein kurzes Lächeln in Deinem Gesicht. Bloß das sichtbare Zeichen Deiner Freude über den Streich oder darüber, dass ich es doch noch geschafft hatte? Ich wusste es nicht. Es erstarb sofort, als der Zug sich in Bewegung setzte und unter dem Bahnhofsdach hervorrollte, auf einem scheinbar unendlichen Gleis durch die tiefstehende Vormittagssonne, durch das Zucken der Giebelschatten. Du hattest meinen Rucksack genommen, so selbstverständlich als wenn er

Deiner gewesen wäre, und warst im Zug verschwunden. Von vorn das wilde Singen der *Taigatrommel* und von der Seite die Sonne, die so schnell über die Dächer jagte, als hätte sie sich entschlossen, mit uns nach Ungarn zu reisen.

*

Den Zug nach München habe ich knapp verpasst. Mir bleiben somit zwei Stunden, die ich in einem Internetcafe darauf verwende, mir ein Zimmer zu buchen. Ich finde in einer St.-Stephan-Straße bei München eine bezahlbare Pension, die *Zum Eber* heißt. Weiß derselbige, wo das ist, denke ich, aber nach einer Stunde ungeahnter Mühsal und nie für möglich gehaltener Geschmacklosigkeiten ist mir das egal.

Den nächsten Zug erreiche ich in gelassener Ruhe. Er rollt aus seiner Röhre auf dem unterirdischen Bahnsteig ein. In einem fast leeren Abteil suche ich mir einen Platz, möglichst entfernt von anderen Reisenden. Ich wuchte meine Tasche in die Ablage und hänge die Jacke so, dass sie mir zwischen Kopf und Fenster als Kissen dienen kann. Der Sitz ist bequem, die Lehne verstellbar, und kaum dass ich sitze, fühle ich schon meine Müdigkeit. Es ist Mittag, seit Wochen die Zeit meines tiefsten Schlafs. Von irgendwoher kommt ein Piepen, ein Alarmton, der endet, als die Türen schließen. Ein Geräusch, tief und satt, als wolle es die zugrundeliegende Mechanik offenbaren. Stille im Zug. Kein Geräusch von außen. Das Neon ist durch die Tönung der Scheibe zum Licht einer südlichen Sonne verfälscht. Der Hauptbahnhof wie eine ferne Animation. Der Zug rollt lautlos an, ohne jedes Rucken, mit geschlossenen Augen unmöglich, Stillstand und Bewegung zu unterscheiden. Er verlässt die Tiefebene, gleitet in das Dunkel der Röhre. Er offenbart nur allmählich seinen Zweck – Bewegung, und verheimlicht bislang den Sinn seiner Konstruktion – Geschwindigkeit. Erst als er den Tunnel verlässt und in die Herbstsonne gleitet, die zerfetzt von Bäumen und Masten durch das Fenster zuckt, lässt sie sich erahnen. Aber weil mein Körper sie nicht spürt, schauen meine Augen genauer hin. Sie sehen Brachland rosten, junge Birken durch Schwellen brechen, Strauchwerk parallele Gleiskörper erobern, alles wie in einem zu schnell abgespulten Film. Zerfallende Waggons unter rostverschalten Brücken. Eine Tankstelle hoch über dem Zug, wie auf eine Klippe gebaut. Werbung für Produkte, die man nicht mehr kaufen kann, auf bröckelnden Fassaden, die so tun, als sei nur der straßenseitige Flaneur ein Betrachter – *Hobrechts* letzter Hinterhof ... Ich sehe die Stadt aus der Perspektive eines Abreisenden.

Südkreuz wird erreicht, so die Ansage. Und ebenso unmerklich wie der Zug beschleunigt hatte, bremst er ab, schwebt in den sorglos errichteten Beton hinein. Seine Eisenhaut teilt kühn die graue Nachlässigkeit. Sie steht zur Weiterfahrt bereit zwischen allen Richtungen. Ja. Fort, denke ich. *Weg von hier: Flucht – was für eine Möglichkeit. Ich war nie hier. Mit mir fährt die Erinnerung. Ich verwische meine Spuren. Ich lösche mich aus. Ich tilge die letzten Jahrzehnte, nichts bleibt von mir. Ich bin schuldlos, ich bin ungebunden, in nichts verstrickt, ohne Vergangenheit bin ich nur ich. Frei.*

*

UNGARN. Du warst mit meiner Tasche verschwunden. Ich saß auf dem Boden. Mir war noch immer schlecht. Ich zitterte am ganzen Körper, meine Beine gehorchten mir nicht. Unter mir spürte ich die Drehgestelle in Weichen rasten. Sie schlugen hart in die Spur, bis in meinen Rücken hinauf. Ich sah meine Beine bei jedem der Gleiswechsel wackeln, die Sonne auf ihnen, ein Leuchten, das anfänglich nur ein Flackern war. Als die Häuser in lockerer Bebauung, flacher zudem und weniger nah dem Bahndamm standen, der in eine scheinbar grenzenlose Weite ragte, spürte ich ihre Wärme, bevor sie allmählich auch das Innere des Zugs aufheizte.

Die Ferne Ungarns war mir damals nicht begreiflich. Ich war nie zuvor soweit gereist. Du wohl auch nicht? Ich weiß es nicht mehr. Unsere Reise war ein unglaubliches Abenteuer. Fast eintausend Kilometer lagen vor uns. Auf dem Weg waren zwei Grenzen zu passieren. Ich hatte das naive Gefühl, frei zu sein. Ich durfte ein anderes Land sehen, andere Menschen treffen, andere Laute hören, andere Dinge essen, einen andersfarbigen Himmel sehen. Ich genoss das monotone Rattern der Gleise, das Baumkronenflackern der Sonnenstrahlen, das Auf und Ab der Telegraphenleitungen. Ich sah und spürte die Bewegung. Sie brachte mich weg von dort. Weg von was? Zu Beginn unserer Reise hatte ich noch keine Worte. Ich hätte es nicht beschreiben können. Ich wusste es nicht, ich fühlte ganz unbestimmt – die Energie eines Aufbruchs.

*

Wieder das Piepen, das darauffolgende Schnappen der Türen, der umsichtige Blick des Zugbegleiters, wie er heute wohl heißt. Und bevor er, allen Sicherheitsvorschriften genüge getan, die Fahrt des ICE freigibt und selbst einsteigen will, kommt ein Mann herangelaufen. Mit seinem Kurzreisegepäck zwängt er sich durch den enger werdenden Spalt dieser letzten offenen Tür. Ich weiß, es ist natürlich albern, aber er war mir in diesem Moment, seiner Verspätung wegen sympathisch. Die Abteiltür fährt zur Seite, und er tritt ein. Aber vielmehr war mir, als trete eine Frisur ein. Ich sah über der Lehne des Vordersitzes nicht mehr als seinen Kopf, die unspektakuläre, ja langweilige Physiognomie seines Gesichts. Die leichenähnliche Blässe. Die von Alkohol, Psychopharmaka oder sonstigen Substanzen aufgedunsenen Wangen. Die Augen, die dagegen tief in den Höhlen lagen. Sie waren so stumpf und glanzlos wie abgestoßenes Schildpatt, dass ich schlecht sagen kann, sie schauten hinter ihren dicken Gläsern hervor, durch das eckige Großgestell von ähnlicher Schwärze wie das mutmaßlich gefärbte Haar. Dieses stand trotz aller gekämmten Mühe wie elektrisiert von seinem Kopf ab, als wollte es nicht zu ihm gehören.

Die Tür ist längst hinter ihm zugefahren und allmählich nimmt sein Körper die Bewegungen des anrollenden Zuges auf. Er steht breitbeinig, wie ich mir vorstelle, und balanciert jeden Gleiswechsel, jedes sanfte Rucken und Schlagen. Seine leblosen Augen tasten derweil das Abteil ab, die leeren Sitze, die vier oder fünf anderen Fahrgäste, die keine Notiz von ihm nehmen. Schließlich sieht er mich, der ich tiefer in die Polster rutsche, mich schnell noch zu verstecken suche … Zu spät.

Ich ahne schon, wieder einmal Opfer meiner Neugierde geworden zu sein, ebenso meiner selbstbezogenen Sympathiezuteilung. Mit einem übertriebenen Schwung wirft er den Riemen des einseitig getragenen Rucksacks auf die Schulter zurück und kommt geradewegs auf mich zu. Eine Sitzreihe vor mir bleibt er stehen, schaut mich an, einen kurzen Moment nur, aber mir ist, als musterte er mich, mit seinen matten Augen, durch geweitete Pupillen. Soll ich aushalten oder wegschauen? Wie reagiert dieser Mensch in dem einen oder anderen Fall? Aber wahrscheinlich ist es egal, die Neugierde hat mich meinen Fehler längst machen lassen. Ich frage mich bloß noch, jetzt auf andere Art interessiert, wie er ihn nutzen wird. Seine Augen lassen von mir ab, wandern zur Gepäckablage hoch, verweilen auf meiner Reisetasche. Mit erstarrtem Blick, so als erwecke sie seinen Unwillen, lässt er seinen Rucksack von der Schulter gleiten und macht sich mit sprunghaften Bewegungen daran, unter gleichzeitigen, kräftigen Stößen, sie in meine Richtung zu schieben, um schließlich seinen Rucksack über dem anvisierten Platz abzulegen. Dann aber setzt er sich nicht. Er bleibt stehen und schaut mich wieder an. Ich überlege bereits, wie viele Stunden die Fahrt nach München dauern wird, und ob es nicht klug wäre, mich für mein nachlässiges Abstellen der Tasche zu entschuldigen. Worte wie: *Es tut mir leid für Ihre Mühe.* Oder: *Ich hätte daran denken müssen, dass ich nicht allein reise.* Vielleicht: *Hätten Sie doch etwas gesagt.* Aber wären das Entschuldigungen gewesen? Ich hätte ihn möglicherweise noch provoziert. Immer weitere Varianten vorauseilender Demut schießen mir durch den Kopf. Ich sage keine. Sie scheinen mir alle übertrieben oder nicht schlüssig, schließlich weiß ich nicht, ob er tatsächlich etwas von mir will. Vielleicht erscheine ich ihm nur so komisch wie er mir, starre ich ihn doch genauso unverwandt an. Und während ich noch über die letzte, bestimmt beste Möglichkeit nachdenke, diese Situation aufzulösen, indem ich ihm einfach einen *Guten Tag* wünsche, öffnen sich seine Lippen. Sie ziehen die kaffeebraun verklebten Mundwinkel auseinander, legen tabakgelbe Zähne frei. Und hinter diesen, unerwartet mühelos, formt seine Zunge die Frage: „Können Sie auf mein Gepäck aufpassen?" Wieder einmal zu keinem eindeutigen Ja oder Nein imstande, sage ich, dass das durchaus möglich sei, vorausgesetzt, ich schliefe nicht. Scheinbar zufrieden, ohne einen Dank, verlässt er das Abteil in Richtung Speisewagen. Ich stopfe mir Ohropax ins Ohr, ziehe die Jalousie runter, lehne den Kopf an meine Jacke und schließe die Augen.

Kennst Du den Schlaf in einem Zug mit seinen Träumen, die Dich in einem sanften Schweben davontragen, während Du Dich tatsächlich entfernst von allem, was in drückender Schwere wichtig war, so bestimmend, dass Du keinen Ausweg mehr gesehen hast? Du fährst auf ihm. Du spürst ihn unter Dir und fühlst ihn in Deinem Inneren. Mit der Ferne wächst der Abstand. Die Flucht gelingt – so gewiss wie Du zurückkommen wirst. Aber daran denkst Du nicht. Nicht, weil Du nicht willst, sondern weil Du es nicht kannst. Weil Du im Jetzt bist, auf diesem Weg ins Ungefähre. Weil alles schon entschieden scheint und in irgendeiner Abfolge läuft, die längst keinen Anfang mehr hat. Weich hüllte mich das Vibrieren ein, schwirrte von den Füßen durch den Körper in den Kopf, wattierte mein

Gemüt und wog mich in den Schlaf ... Ich hatte der Müdigkeit nachgegeben. Ich hatte nicht an die Kontrolle denken wollen. Ich, ein achtsam Reisender? Es hätte müdes Warten bedeutet, bloß weil jemand irgendwann sehen wollte, ob ich auch gezahlt hatte für meine Flucht.

*

UNGARN. Wie lange wir schon gefahren waren, von Schwerin eine halbe Stunde weg oder länger, ich weiß es nicht mehr. Ich hatte wieder Kraft geschöpft, auch die Übelkeit überwunden, bis auf ein flaues Gefühl, als ich aufstand. Ich wusste nicht, ob es Folge der Anstrengung war oder die Ungewissheit, ein Vorbote des Wagnisses, in das wir uns hineinbegeben hatten, wir unerfahrenen Reisenden. Mich bewegte nicht die Frage, was passieren könnte, die Reise schien gefahrlos. Es war die Sorge, was mit *uns* geschehen würde, das Sehnen nach dem Unbestimmten, ob es uns gleichsam widerfahren würde. Noch rollte der Zug durch die liebliche Unaufgeregtheit Mecklenburgs (Bezirk Schwerin, wie unser Republikteil hieß. Ein Wort, das schon so fern klingt.) Alles war mir so vertraut in diesem welligen Moränenland mit seinen dahingeworfenen Hügeln, die keine Ketten bilden wollten, den vielen Tälerteichen, denen das Seegewordensein verwehrt geblieben war, den trotzigen Morgennebeln über den größeren Wassern, seinen Buchenwäldern, dicht und dschungelgleich. Aber schon bald, wir hatten Wittenberge kaum hinter uns gelassen, war alles das nicht mehr, nur noch sandige, vom Gleis geteilte Fläche. Von trockenen Äckern zuweilen unterbrochen, standen Birken und in Forsten geometrisch ausgerichtete Kiefern. Dammwild drängte scheu im Lichtungssaum, wo es vorher noch frei gestanden. Ungleich trockener schien die Sonne, brannte herab auf das, was schon hätte Fremde sein können, wenn das Leben dort nicht das gleiche gewesen wäre.

Du hattest bewegungslos auf Deinem Platz gesessen, den Kopf auf die Hand gestützt und in die Landschaft geschaut. Ich hatte nicht einmal ein Zucken Deiner Augen bemerkt, als ich die Abteiltür aufgezogen und mich auf den Platz gegenüber gesetzt hatte. Deine sichtbare Verärgerung war mir allzu vertraut, so wie Dir die Enttäuschung über meine Unzuverlässigkeit, die Dir mein Zuspätkommen wieder einmal bestätigt hatte. Aber ich hatte es geschafft, dank Deiner Hilfe. Und ich spürte wie tief unsere Freundschaft war. So wie ich mich heute, während ich das schreibe, an dieses Empfinden wieder erinnere, so wenig ich mir Deines Interesses daran sicher sein kann.

Wie ein unausgesprochenes Einvernehmen hattest Du bald Dein Buch genommen und zu lesen begonnen, während ich, Heim- und Fernweh zugleich empfindend, aus dem Fenster schaute. Wir tauschten nur einen verstohlenen Blick, wenn ich, von der einen Seite Brandenburger Fläche müde geworden, zur anderen sah. Oder Du, zu einer kurzen Pause gezwungen, eine Seite in Deinem Buch umblättertest. Wir saßen uns wortlos gegenüber, bis Du, ohne von Deinem Buch aufzuschauen, meintest, der Schaffner habe bestimmt frieren müssen, als der jugendliche Wind ihm die Mütze vom kahlen Kopf geblasen hatte. Erst damit fiel mir wieder ein, ich hätte mich nie mehr daran erinnert, wie ich hinter dem Schaffner über seine auf dem Bahnsteig liegende, wie ein Nachttopf offene Schirmmütze gesprungen war. Wie ich im Flug das Bein noch streckte, um nicht hineinzutreten. Und wie ihr vorheriger Träger mit beiden Händen gegen die Tür drückte, während ich meinen Rucksack in den Zug warf. An sein glühendes Gesicht, dieses Krebsrot, das sich von dort ausgehend über den kahlen Kopf zog, das einen wunderbaren Kontrast in dem weißen Haarkranz fand, den sein Alter ihm noch gelassen hatte.

Du warst versöhnt, wie ich jetzt wusste. Vielleicht warst Du es schon mit dem Spaß, den der Schaffner Dir mit dem albernen Streit um die Tür bereitet hatte, bloß weil sein Zug aufgehalten worden war. Nur weil Du ein republikweites Räderwerk um seine Planmäßigkeit zu bringen drohtest, in Deinem Wunsch nicht ohne mich zu reisen. Du, ein Einzelner, und einmal nicht das System mit seinen allgemeinen Unzulänglichkeiten selbst. Ich bin mir auch sicher, dass Du Dich nicht aus Zorn so schnell von mir abgewendet hattest. Vielmehr konntest Du Dir das Lachen nicht verkneifen, wolltest aber nicht auch noch dankbar sein, hast Dich umgedreht und bist zum Abteil gegangen, mit meinem Rucksack in der Hand.

Wir fuhren bis Berlin in wortloser Beredsamkeit. Deine Augen waren auf das Buch gerichtet, während meine sich ausruhten an der Tristesse der Mark – ein Wort, das ich damals nicht kannte, in seiner Bedeutung nicht kennen musste. Noch waren alle Grenzen unerreichbar fern und am Horizont zeichnete sich nur der glockenhafte Dunst Berlins ab. Bald schon tauchten wir hinein. Endlos die lückenhaften Häuserzeilen, die sich auftaten, die verrußten Fassaden, die abgebrochenen Balkone. Und immer wieder zerschossenes Mauerwerk, wie zur Deckung mahnend, auch dort, wo nicht nach dem ersten Anruf scharf geschossen wurde. Unverhofftes Grün zwischendurch. Große, weite Parks. Klein und parzelliert hingegen, aber ebenso menschenleer das aussteigerhafte Schrebergartenidyll. Eingezäunte, heile Welten mit Wochenendobdach und Sonnenterrasse, mit Schirmen und aufgeblasenen Wasserbecken, mit grünem Obst an den Bäumen. Es war noch nicht reif, um schon gepflückt und eingekellert zu werden von dem, der den Lauf der Natur sieht, mit ihm den nächsten Winter, der nicht in dieser, seiner eigenen Welt war, nicht an diesem Vormittag. Der improvisierend oder bummelnd oder den Feierabend einfach abwartend sich gerade an einen größeren Plan verschwenden musste.

Mit der S-Bahn von *Lichtenberg* zum *Hauptbahnhof*. Dort stiegen wir zu: *Dresden, Prag, Bratislava, Budapest*. Die exotischen Namen auf den Zugtafeln steigerten meine Vorfreude auf die erreichbare Ferne. Auch wenn ich es vorher gewusst hatte, so fühlte ich erst in dem Moment, als wir den Zug bestiegen: Wir fahren tatsächlich ganz woanders hin.

In unserem Abteil saßen vier Männer, alte Männer, mit der geringen Zahl unserer Jahre gesehen. Sie saßen in derben Sachen, die niemals Mode gewesen sein konnten. Sie beugten ihre wettergegerbten Gesichter über Pergamente auf den Schenkeln, teilten Salami und Brot. Einer hatte ein Glas zwischen seine Beine geklemmt und fischte mit bloßen Fingern Paprikastreifen heraus. Wir hatten sie gestört, als wir mit dem Gepäck zwischen ihnen hindurch zu unseren Plätzen wollten. Sie aber, stehend nun und viel kleiner als wir, das Paprikaglas und die Pergamentpakete auf den Armen, wünschten uns freundlich *Guten Tag*. Die beiden Worte waren so akzentreich gesprochen, dass ich glauben musste, sie sprächen sonst kein Deutsch, sie hätten diese aus Höflichkeit dem bereisten Land gegenüber gelernt. Kaum dass wir unser Gepäck verstaut hatten und saßen, baten sie uns, mit ihnen zu essen. Ihre schwieligen Hände hatten bereits Brot abgebrochen, mit einem Taschenmesser Salami geschnitten, waren wieder in das Glas gefahren. Wir schüttelten irritiert den Kopf, sagten in verunglückter Höflichkeit *Njet* und solche Albernheiten, worauf sie sich erst fragend anschauten, dann wie auf Kommando in lautes Lachen fielen. Einer hieb dem Anderen auf die Schulter, dass dieser nach Luft ringend vornüber sank. Der Dritte hatte die Lehnen gegriffen, als müsste er sich noch im Sitzen festhalten. Und der Vierte rief immer wieder ein Wort, womit er das Gelächter weiter befeuerte. Bald klang es erschöpft, bloß noch wie ein Kichern oder Schnarren am Gaumen. Er schüttelte den Kopf, als ob er etwas nicht verstehen könne, während auch seine Freunde sich allmählich zu beruhigen schienen. Mittlerweile war er aufgestanden, hatte ein Pergament auf das Fensterbrett zwischen uns gelegt, von allem etwas darauf getan und uns mit einer auffordernden Handbewegung eingeladen. Dann nahm er einen Koffer von der Ablage, balancierte ihn unter gefährlichem Schwanken auf seinen Platz neben mir, durchwühlte den Inhalt, buddelte sich durch Wäsche, Bücher, Hefte. Meine neugierigen Augen versuchten vergeblich die Titel zu lesen. Auf einem Buch sah ich vier Bilder: einen Acker, viermal – gepflügt, gesät, in vollen Ähren, dann abgeerntet. Einen Mähdrescher auf dem Deckel eines anderen, eine Betriebsanleitung wie mir schien. Zwischen ihnen holte er eine Flasche hervor, ohne Etikett, mit einem Ploppverschluss, gelbschimmernd der Inhalt und vier Plastebecher, die auch zum Zähneputzen gedacht sein konnten. Zwei gab er uns und goss sie voll. Ein Geruch von Frucht und Alkohol breitete sich aus. Für sich und seine Freunde füllte er die beiden anderen. Wir stießen an. Sie sagten *eggeschegge*. Wir antworteten mit einem *Prost*. Ein fruchtiges Brennen in meiner Kehle. Ich rang nach Luft. *Njet Wodka!* lachten sie. Sie gossen nach und stießen wieder an, um sogleich auf ein Weiteres nachzuschenken ... Schnell spürte ich den Zwetschgenschnaps. Bald wollte er mir die Zunge lösen, mich gesprächig machen in einer Sprache, die ich nicht verstand. Ich blieb stumm, bis auf den Trinkgruß, in ihrer oder unserer Sprache, den ich erwiderte, dankbar, etwas sagen zu können. Sie hatten begonnen schneller zu reden, sich gegenseitig zu unterbrechen, scheinbare Stichworte fielen, auf die stets ein Lachen folgte. Sie schienen gelöst oder befreit. Von Pflicht und Druck? Es war, als wenn nicht wir in den Urlaub führen, sondern sie. Der Ungar, der die Flasche aus dem Koffer geholt hatte, war wieder aufgestanden. Er ging die zwei Meter zwischen uns in kurzen, zackigen Schritten auf und ab. Er redete zwischen Tür und Fenster, warf die Arme hoch bei jedem Richtungswechsel, breitete sie aus und schlug mit der Faust nach unten, womit er seine Worte unterstrich, als stünde ein Tisch vor ihm oder ein Pult. Dann wieder streichelten seine Hände etwas Rundes zu Worten, die beinah zärtlich klangen. Er schnupperte verzückt mit geschlossenen Augen, führte seine Nase darüber hinweg, bis er die Augen aufriss und sich wie ein vom Glück bedachter Hungernder dieses imaginierte Rund in den Rachen schob, dabei mit den Zähnen schlug und Geräusche von sich gab wie ein wildes Tier beim Beutemachen, angefeuert von den Freunden. Wir schauten erschrocken zu, so plötzlich und unverständlich war uns dieser Spaß. Dann setzte er sich und fasste mich bei der Schulter. Sein Lachen schüttelte mich, es steckte an. Mir fiel sein Buch mit dem Mähdrescher ein und eine alte Schlagzeile der Aktuellen Kamera: *Erntekapitäne auf großer Fahrt* ... Und je mehr ich lachte, desto mehr lachte er ... desto stärker wurde das Rütteln an meiner Schulter. Und aus der Ferne wie ein neues, noch fremdes Motiv, in Schleifen der Wiederholung immer lauter, höre ich mir verständliche Worte, während das Lachen in immer weiterer Ferne ausklingt, kaum noch hörbar ist, erstirbt ... Kein Traum dauert ewig, die meisten sind kurz, die schönen besonders: „Ihr Ticket bitte!" Rütteln. „Hallo!" Wieder Rütteln. „Fahrausweiskontrolle! Das Ticket bitte!" Nur mit Widerwillen finde ich zurück, öffne die Augen und sehe benommen die Hand des Zugbegleiters an mir zerren. „Zeigen Sie mir Ihren Fahrausweis", höre ich ihn sich wiederholen, mit lauter Stimme, in ansteigender Hysterie, ähnlich eines soeben scheiternden Pädagogen. Ich, das renitente Kind, lache still vor mich hin, die Arme über dem Bauch verschränkt, und sehe wie von fern das um Haltung ringende Gesicht. Er lässt mich los, steht aufrecht im Gang, er redet bereits von einer letztmaligen Aufforderung, dann von der allerletzten und der Bundespolizei, von zu tragenden Einsatzkosten und einem Beförderungsverbot, wenn ich nicht unverzüglich meinen

Fahrausweis zeige oder wenigstens den Personalausweis. Ungarn, so heißt es, war die lustigste Baracke im Ostblock. War es deshalb unser Ziel gewesen? Hattest Du die Idee, dorthin zu reisen? Du? Ausgerechnet nach Ungarn? Wieso nicht, wirst Du sagen. Ja, ich gäbe Dir recht, auch wenn wir in jenem Sommer fuhren. Denn alles, was passieren sollte, war so unvorstellbar fern, ferner als heute, Jahrzehnte danach.

„Gut. Wenn Sie nicht anders wollen ...", sagt der Zugbegleiter schließlich, dreht sich weg und will gehen. Ich finde langsam in die Gegenwart zurück und sehe hinter ihm das Gesicht des Mannes, dessen Gepäck ich im Schlaf vernachlässigt hatte, seine von einem Grinsen zu Strichen gespannten Lippen, die gedunsenen Wangen zu den Ohren hin verblüffend straff, die Augen schmal wie Schlitze. Ein Gesichtsausdruck als schaute ich in eine Clownsmaske von grotesk überzeichneter Schadenfreude. Ich rufe dem Zugbegleiter hinterher, dass er mein Ticket sehen könne. Von meiner Stimme erschrocken, erinnere ich mich an das Ohropax. Der Zugbegleiter scheint über den Fortlauf seiner Arbeit erfreut. Der Andere hingegen, der aufgestauten Schadenfreude überführt oder um das erhoffte Spektakel betrogen, bläht seine Wangen auf und lässt die gestaute Luft mit dem Trotz eines pubertierenden Zöglings aus allerbestem Hause verpuffen. Gouvernantenhaft dagegen die folgende Drehung des Kopfes, mit der er sich abwendet, die sogleich den ganzen Körper erfasst und ihn mit dem Schwung maßloser Enttäuschung in den Sitz vor mir befördert.

Ich fummele das Ohropax aus den Ohren und suche in den Jackentaschen nach dem Ticket. Mir war, als hätte ich es dorthin gesteckt. Ich greife in meine Gesäßtaschen, wo es auch nicht ist, während der Zugbegleiter meiner Suche bereits in der Art zuschaut, als hätte er doch nur dieses Schauspiel erwartet. Zunehmend peinlicher nimmt sich meine Selbstabtastung aus. Noch einmal durchsuche ich meine Jacke, meine Erinnerung an den Ticketkauf bereits in Zweifel ziehend: *Vielleicht war es bloß ein Traum gewesen ...* Bis mir endlich einfällt, es in die Reisetasche getan zu haben. Nun sehe ich auch den Zugbegleiter enttäuscht, dies neben seiner wiederholten und gleichzeitigen Erleichterung. Sogleich gleiten die Laserstrahlen seiner Apparatur über mein Ticket. Der Scan weist mich in der Tat als ordentlichen Fahrgast aus. Er reicht das Ticket zurück und wünscht mir in einem Ton als sei es bloße Vorschrift eine gute Weiterfahrt. Ohne mein eventuelles Dankeschön abzuwarten, wendet er sich dem nächsten Fahrgast zu, welcher vom Geschehen abgelenkt, längst sein Laptop hat unbeachtet vor sich hinflimmern lassen. Ich setze mich, forme aus meiner Jacke wieder das Kopfkissenbündel, knete das Ohropax und stecke es mir in die Ohren, dankbar für die Weltabgeschiedenheit von dieser Seite. Ruhe. Nur noch dumpf und wie aus der Ferne höre ich das Rascheln einer Zeitung vom Sitz vor mir, das hektische Fliegen ungelesener Blätter ...

Die Kontrolle war wie in einem Traum abgelaufen, der Schlaf hatte mich nicht ganz verlassen, ihm wollte ich mich wieder anvertrauen. Ich schloss die Augen und war allein. Aber der Schlaf war nicht sehr tief. Und ob es Zufall war oder ob er auf ein sicheres Indiz gewartet hatte, mein eigenes Schnarchen störte nur einmal kurz meine Ruhe, flackern plötzlich Blitze durch meine Lider. Stroboskopartig zuckendes Licht reißt mich

aus dem Schlaf. Erschrocken sehe ich die Sonne durch Baumwipfel hasten, teils streicht sie über ihnen hinweg, teils bricht sich in ihnen das Licht. Er hatte die Jalousie hochgeschoben. Ich schiebe sie wieder runter. Sofort greift seine Hand danach, tabakgelbe Finger mit schwarzen Nägeln im Gegendruck. Mein verdoppelter Unwille stoppt die Jalousie auf halber Höhe, bevor sie die Sonne wieder freigeben wird. Durch das Wachs in meinen Ohren höre ich die eigene Stimme verzerrt wie die eines Fremden: „Zum Lesen reicht das Licht." „Ich bin Filmemacher und will was von der Landschaft sehen", sagt er laut genug für meine Ohropax. Oder für alle Reisenden in unserem Abteil. Im Augenwinkel, schräg über den Gang hinweg, bemerke ich eine weitere Unterbrechung der Bildschirmarbeit. Eine Hand, die von der Tastatur lässt, die irritiert oder in Selbstvergewisserung die Krawatte auf Bauchmitte schiebt und glattstreicht.
„Filmemacher ... Warum erzählen Sie mir das?"
„Und Sie? Was machen Sie? Träumen?"
Nicht nur diese Frage, seine Erscheinung vor allem war es, die mich erkennen ließ, dass im Festhalten an einem falschen Selbstbildnis die Möglichkeit eines kuriosen, zuweilen tragischen Scheiterns liegt.

* * *

Die Freude über die Tage, die folgen sollten, hatte mich gefangen, dass sie enden würden, daran wollte ich nicht denken. Oder ich konnte es nicht. Diese Erfahrung fehlte mir, zwei Wochen ohne Eltern, der erste Urlaub mit einem Freund. (Auf Sommerfrische, wie sie immer sagten und die stolzen FDGB-Heimaufenthalte meinten. Rennsteig, Binz oder Oberwiesenthal - Intelligenz bevorzugt im Arbeiter- und Bauernstaat.) Die sich jährlich wiederholenden Wochen hatten sich in mein Gedächtnis gebrannt als eine nicht enden wollende Abfolge von Spaziergängen. Tägliche, tagfüllende Wanderungen, auf denen er mit der Karte in der Hand immer vorweg geschritten war, ein unbeirrbarer Eroberer, seine Nachhut keines Blickes würdigend. Ich lief am Ende, beladen mit Fotoapparat, Fernglas und Proviant, den von ihm geschnitzten Spazierstock nutzlos unter den Arm geklemmt oder fest in der Hand, einem Sturmgewehr beim Angriff gleich. Zwischen uns, im freien Raum wie ein Melder zwischen zwei Truppenteilen, ging meine Mutter einsam entschlossen ihr eigenes Tempo. Wenn sie schneller wurde, rückte sie zu ihm auf, ging sie langsamer, fiel sie zu mir zurück. Die Hoffnung ein Bindeglied zu sein, zwischen ihm und mir, hatte sie längst aufgegeben. Unsere Wanderungen verbanden in täglicher Steigerung meiner Langeweile Museen, Kirchen, Höhlen, Ruinen, Aussichtspunkte. Und stets hatte ich die Ausrüstung bereitzuhalten. Fotoapparat und Fernglas hingen mir an zu langen Lederriemen vom Hals herab, bedrohlich nah dem Schritt. Gekreuzt darüber und einen Arm hindurch gesteckt, lag der Riemen der Brottasche, damit beides beim Gehen nicht allzu sehr hin und her schlug, dass beides gebremst wurde vom Gewicht der belegten Brote, Äpfel, Kohlrabis oder was ich sonst in dieses peinliche Relikt aus meinen Kindergartenzeiten zu stopfen hatte. Wenn er auf diesen Wanderungen plötzlich stoppte und so reglos dastand, als könnte die kleinste Bewegung einem imaginären Feind unsere Anwesenheit verraten, wenn er wortlos, vor Wichtigkeit fast platzend, irgendwohin schaute, auf eine Lichtung, einen Fluss, eine Straße, einen Steinbruch oder sonst etwas Belangloses, das bloß deshalb von Bedeutung war, weil es auf einmal vor ihm lag, dann wartete er, bis wir aufgerückt waren, bis er unvermittelt seine Hand nach hinten strecken und das Fernglas von mir verlangen konnte. Sofort legte ich den Spazierstock zu Boden, hob den Riemen der Brottasche über den Kopf, klemmte sie mir zwischen die Beine, entwirrte die beiden anderen Riemen und gab es ihm. Er, nun mit dem Fernglas vor den Augen, die Ellenbogen parallel zum Horizont, beobachtete die Landschaft, um meiner Mutter, der gelernten Fotografin, ein geeignetes Ziel zuzuweisen. Damit sie, ob Weitwinkel oder Fokus, es festhielte, zum Beweis der Schönheit unseres Urlaubsortes. Aber ich, der hinter ihm stand, die Hände längst am Fotoapparat, bereit ihn meiner Mutter zu geben, wenn er als ausreichend erachtete, was er sah, stellte mir seine ausgestellten Ellenbogen als Flügel vor. Ich sah ihn von geheimnisvollen Winden in die Luft gehoben, auf Höhe der Baumwipfel in die Weite getragen, wo ihn der Zauber meiner Phantasiewelt stets verließ.

Einmal aber ist mir alles durcheinandergeraten. Ich war aus seinem Schatten getreten und stand neben ihm. Ich hielt das Fernglas fest, während ich den Riemen des Fotoapparats über den Kopf hob und talwärts schaute. Vor mir die Tiefe, die meine Augen verzweifelt absuchten: Ein friedlich scheinender Bach zerschnitt das steile Massiv, waghalsiges Fachwerk ränderte die Ufer, ein klappriges Wasserrad drehte sich, wie sich seiner Bestimmung erinnernd. Türme von Holzscheiten, wo die letzten Freiflächen gewesen waren. Nirgends ein ordentlicher Platz für den erträumten Absturz. Enttäuscht glitt mir der Riemen aus der Hand, und der Fotoapparat schlug auf den Fels. Als ich das abgebrochene Objektiv auf dem Boden vor mir sah, daneben den Apparat mit der geborstenen Fassung, das schwarze Loch, in das dieses unergiebige Tal hatte gebannt werden sollen, überlegte ich, ob es noch sinnvoll sei, ihm das Fernglas zu geben. Ich muss gleichgültig ausgesehen haben. Aber vielleicht war mir auch eine heimliche Freude anzusehen: Kein Absturz – keine Urlaubsfotos. Meine Genugtuung war so schlicht, wie seine Reaktion darauf. Meine Mutter hatte neben uns gestanden und kurz seiner Wut zugesehen, bevor sie etwas sagte. Ich weiß nicht, ob sie erst überlegen musste, wem ihre Abneigung in diesem Moment galt, ihrem Mann oder mir. Schließlich hatte ich ihren Fotoapparat fallen lassen, ein Erbstück ihres Meisters. Materiell ersetzbar in einem antiquarischen Land. Ideell aber ein Verlust, der wenigstens so schwer wog, wie ihre kleine Illusion eines Familienlebens mit seiner Aufgabenteilung, die, von mir zerbrochen, vor ihr lag.

*

UNGARN. Bei Wehlen bin ich aufgewacht. Dresden hatten wir verschlafen. In meinem Mund der durch trockenes Schlucken nicht zu unterdrückende Geschmack meines ungeübten Magens. Meine Gedanken kreisten ausschließlich um den brennenden Durst, hilflos im Bedenken, den Weg zum Speisewagen nicht schadlos zu überstehen. Schnarchgeräusche in verschiedenen Rhythmen erfüllten die schlechte Luft. Meine Augen hielten sich in Sprüngen an fernen Punkten fest, unten zog das Elbtal vorüber. Bergesgrün wechselte mit Überhängen aus Granit, Häuser dort, wo Platz war, Gemütlichstes aus Fachwerk und Stein. Meinen Augen drängte sich eine Landschaft auf, die in ihrer Romantik, ihrem Wechselspiel aus Urwuchs und Lieblichkeit nicht passen wollte zu unserer Republik. Allmählich füllte sich das Tal mit vermehrter Bebauung, mit zweckgebundenem Grau, dem gewohnten Alltag, einem freudloseren Verlauf der Zeit, seinem Zehren von Substanz in bleichenden Jahrzehnten. Bad Schandau kündigte sich an, der letzte Halt in jenem Land. Der Zug rollte in einer Verbreiterung des Tals aus. Wie eine Terrasse hing der Bahnhof an den Berg gebaut. Jenseits des Bahnsteigs gefiel sich die Elbe in einem funkelnden Spiel. Hinter ihr lag das zierliche Städtchen, das mittels einer Brücke mit der Hälfte der Welt verbunden war.
Die Luft schien marmoriert. Eine trockene, flirrende Hitze über dem heißen Stein, geteilt von schwachen Böen, vom Fluss aufwärts geblasen, leicht kühlend und etwas feucht. Ich lehnte über dem heruntergezogenen Fenster. Ich sah einzelne Reisende sich nach ihren Koffern bücken, wenige standen zu zweit, den Abschied im Gesicht. Ich sah eine Gruppe, vier oder fünf,

die Rucksäcke schultern, irritierend lustig in der ganzen Szenerie. Abseits sah ich ein Paar in stummer Umarmung, bis er sich losriss. Sie, die tränennasse Hand für ein Winken ausgestreckt. Er, eine verzweifelte Frage auf den unbewegten Lippen. Und ich sah mich in meiner Erinnerung, meinem Wunsch zu dieser Reise ausgeliefert, seiner wochendauernden Prüfung. Und an beiden Enden des Bahnsteigs sah ich eine Gruppe, vier Mann jeweils, zwei in einem dreckigen Grau und daneben zwei in modrigem Grün. Die letzten, die zustiegen.

Der erste Grenzübertritt in meinem Leben, und eine Visumskontrolle, und ich weiß nicht, wo er stattgefunden hat. Kein Hinweis, nur andere Bahnzeichen mit einem Mal. Der Zug schlängelte am Fluss entlang, unten die Schleppkähne, oben mäanderte eine gewaltige Festung mit, ein poröses Herrschaftszeichen anderer Zeiten, kurz vor Decín. Im Abteil herrschte ein verkaterter Unwille, ein stetes Beinverhaken, ein fortgesetzter Schlafversuch, gestört vom Ausrollen des Zuges. Unser Wagen stand unter dem Bahnhofsdach, in günstig fallendem Schatten, ein kühlendes Dunkel, die Sonne schien unseren müden Augen unerwartet wie ein fernes Licht. Dein bleiches Gesicht, kurz dem Fenster zugewandt, dem Bahnsteig und dem Treiben dahinter: Fernzugreisende, Prag als Ziel, Bratislava oder noch viel weiter. Du hattest Deine Lippen gespitzt, als wenn Du etwas sagen wolltest. Ich hob fragend die Schultern, wartete und ließ sie sinken, als Dein Mund sich wortlos wieder schloss, als Du Dir den Schweiß aus dem Gesicht wischtest. Ein Pfiff, der Ruck der Lokomotive, Dein Kopf fiel gegen das Polster. Ich öffnete das Fenster, solange bis der Fahrtwind zu heftig schlug.

Der Zug war aus der schmalen, zwischen die Berge gezwängten Stadt gerollt. Parallel zum Fluss, der sich mit ihr diese Enge teilte, trieben wir in das Tal eines breit zerschnittenen Gebirgsmassivs, in ein Land hinein, das noch viel älter aussah als unseres. Die Sonne spielte Seitenwechsel in jeder Kurve. Manchmal konnte ich aus einem schattigen Tal auf sonnenbeschienene Berge sehen. Das Schwarzgrün der Wälder unten, die Wipfel auf den Kuppen wie goldbetupft – eine Märchenwelt mit guten und mit düsteren Geschichten.

Die Elbe verließ uns, unser Begleiter. Sie bog ab und kam wieder. Oder war es schon die Moldau? Wieder Berge zu den Ufern. Plattenbauten obenauf, irritierend hässlich wie eitrige Nasenpickel ... *belle vue für alle,* dachte ich, bis ich sah, der Ausblick war verschenkt, dem Standard geopfert, parallele Reihen zur Kuppe hin. Und kein Fenster an den flusszugewandten, schmalen Seiten kümmerte sich um ihn.

Wir hatten Prag erreicht. Eine Stadt wie ein ungeputztes Mittelalter, in einer vernebelten Gegenwart gefangen, verraucht, verrußt, grauverschleiert, ohne jeden Sinn für Fassade. Mit einer letzten Dieselwolke, in der letzten engen Kurve von unserem Wagen aus zu sehen, bremste der Zug in den Bahnhof hinein, unter ein Dach aus rußbelegtem Glas. Das Gedränge auf dem Bahnsteig verdoppelte sich mit dem Öffnen der Türen. Ein Strom auf der Treppe, aus dem Bahnhof hinab, in die die goldene Sonne schluckende Stadt. Hektische Gesichter im Gang vor dem Abteil, auf der Suche nach freien Plätzen. Ein verstopfender Gegenverkehr, zur Seite gedreht und schlankgemacht. Auf den Knien vorweggestoßene Koffer. Längst war der Zug wieder angerollt, Kolín entgegen,

Brünn oder Bratislava. Die Lokomotive schickte ihren Fanfarenstoß der Ebene entgegen, flach und ausgewaschen, in ein agrarisches Land voraus ...
Viele denkbare Wege zwischen Nord und Süd, alles verbindend, zwischen Ost und West, bis an die Grenze eines undenkbaren Weiter-weg. Das Ziel vor Augen, bekannt oder nicht, wie durch ein unbeirrbares Stundenglas vorausgesehen, über die dorrende Weite hinweg, über totes Gras und dürstende Äcker. Weg über Staub und Sand. Verrieselnd ... Zugfahren erzwingt Gelassenheit, der Zeit ergeben und dem Gleis. Richtung, kein Einfluss darauf.
Ein verständigendes Nicken aus einem gedehnten Moment der Langeweile heraus, schon hatte einer der Ungarn das Abteil verlassen. Gefühlte Stunden später kam er zurück, die Hände mit Bierflaschen voll, weitere klemmten unter seinen Armen. Er klopfte mit dem Kopf seinen dösenden Freunden auf unserer Seite der Scheibe. Aufgeblasene Wangen, Prusten, ein lachender Fingerzeig, erst dann öffneten sie ihm die Tür. Ein Bier für jeden, wie aus einem Bauchladen gereicht. Der Ungar ging nochmals herum, öffnete mit seiner Flasche die anderen, der letzten drückte er den Kronkorken wieder auf, hebelte mit der so verschlossenen Flasche die eigene auf. In der Mitte stießen wir an. Wir tranken und lauschten dem beginnenden Gespräch in unverständlichen Lauten, während in flacher Langeweile eine Landschaft vorüberzog, in welcher die errichtete Staatsidee ihre Ödnis nirgends verbergen konnte. Plötzliche Stille. Alle Augen waren auf uns gerichtet. Der Ungar, der das Bier gebracht hatte, beugte sich vor, stieß wieder mit uns an und trank. Er fragte etwas, wie beauftragt sah er aus, sein Bier im Nachhinein

wie umgewidmet, wie zu einer weiteren vertrauensbildenden Maßnahme. Er versuchte es wieder, mit anderen Worten, nicht gewohnt unverstanden zu sein, zeigte auf unsere Taschen, zeigte in Fahrtrichtung. Er hob zu seinem fragenden Gesicht die Schultern: „Magyarország? Hungary? Balaton? Budapest?" Mit unserem *Ja* leuchteten seine Augen. Eine stille Freude stand in dem gegerbten Gesicht, ein kleiner Stolz vielleicht über unsere Wahl. (Fünfzig Prozent die Chance von dort aus gesehen, im Zug zwischen Prag und Bratislava. Die Wahrscheinlichkeit auf anderen Wegen war auch nicht geringer, damals im Allgemeinen.) Er schlug seinem Nachbarn aufs Knie, trank mit ihm und den Anderen. Er befeuerte die Ausgelassenheit sowie das Durcheinander der Stimmen mit verschmitzten Erklärungen, zu denen er seine Hand durch die Luft schnellen ließ, dabei zupackte wie beim Fliegenfangen. Ein Anderer hatte sich inzwischen aus der allgemeinen Heiterkeit gelöst, war aufgestanden und strich seinerseits mit der flachen Hand durch die Luft, langsam wie ein Dirigent vor dem ersten Ton, als wolle er sein Orchester zur Ouvertüre bitten. Aus der Brusttasche der eigentümlichen Mischung aus Arbeitsjacke und Jackett zog er einen Notizblock. Er räusperte sich energisch. Mit angelecktem Finger blätterte er schon beschriebene Seiten um, die Augen aufmerksam auf jedem Blatt, genüsslich auf jeder Notiz. Am ersten leeren Blatt angelangt, holte er umständlich einen Stift aus den Tiefen der anderen Brusttasche, der Rücken wie ein Buckel gebeugt, während er drohend mit dem Block in der Luft wedelte. Bisher hatte er kaum etwas gesagt, bei jedem Scherz aber still in sich hineingelacht. Er war mir auch seines weniger stark gegerbten

Gesichts wegen aufgefallen, trotz des Alters, das er mit seinen Kollegen annähernd zu teilen schien. Vielleicht auch weil er zuvor so aufrecht saß, als ob er gelernt hatte, seine Haltung kontrollieren zu müssen, dass dies von Vorteil sei. Völlig gelöst aber, überhaupt nicht mehr steif, stand er jetzt, die Abteiltür im Rücken, und notierte mit dem Stift, den er mehrmals angehaucht hatte, mit dem gespielten Husten eines Lungenkranken, etwas in den Block, das er laut mitlas, die schielende Grimasse eines Deppen aufgesetzt, eine dicke Zunge silbenformend, träge und sperrig zwischen den Zähnen. Er sprach in so langsamen Worten, dass ein gespieltes Einschlafen folgen musste, ein leichtes Vornübersinken, von einem Schnarchen begleitet … Plötzlich ein erschrecktes Aufwachen. Wilde, orientierungslose Augen, ein verwirrtes Luftschnappen wie ein Verschlucken, ein Geräusch zwischen Hecheln und Grunzen. Zwei oder drei Darbietungen des ganzen Spiels folgten, wobei jedes erneute Aufwachen weniger erweckend schien, wobei er mit jedem vorherigen Schnarchen ein Stück weiter vornübergesunken war. Bis zur letzten Wiederholung, mit der er im rechten Winkel gebeugt dastand, mit hängenden Armen, endlich stumm, und sich anhörte wie ein glücklich schnarchendes Schwein. Das Lachen überschlug sich, als ihm letztlich in den sich provokant darbietenden Hintern getreten wurde. Eine Andeutung nur, begleitet aber von deutlichen Flüchen, die selbst wir als solche verstanden hatten. Der so Verhöhnte war dabei hochgeschreckt. Er fand mit ernster Miene in die korrekte Darstellung seiner Rolle zurück, bereit zu einem unerbittlichen Notat. Er blätterte vor und zurück, zeigte jedem eine freie Seite seines Blocks, darauf ein väterliches Nicken zu einer strengen Frage und der immer gleichen Aufforderung, der der Befragte eifrig Folge leistete: Eine unterwürfige Haltung vor der Antwort, eine kurze Äußerung in devotem Ton, ein Satz oder zwei, sachlich zwar, aber deutlich beeindruckt vorgebracht ... Die gespielten Varianten waren mit Mühe eingefügt in den Versuch, sich ein bitteres Lachen zu verkneifen. Er schrieb alles mit, nahm sich Zeit für seine Notizen. Er fragte in ernstem Ton nach, unterbrach eine langwierige Antwort mit verneinendem Zeigefinger, stellte zur Bestätigung einem Anderen die Kontrollfrage. Schließlich folgte ein in Spiralen abgesenkter Punkt. Dann verstaute er den Block in seiner Jackentasche ... Ein Schwein zu einer unerbittlichen Autorität gewandelt, mit spitzem Mund und hochgezogenen Augenbrauen. Bevor er sich setzte, um im Folgenden wieder aus dem Fenster zu schauen, mit wieder durchgedrücktem Rücken und einem herablassenden Gesicht, welches Unnahbarkeit ausdrücken sollte, das daneben auf seltsame Art entrückt schien – eine pastorale Ferne, hatte er sich auf die Brust geklopft, dorthin, wo er seine Notizen verwahrte, für wen auch immer gedacht. Stille.

Der Eindruck einer perfekt gespielten Rolle. Ein beredtes Schweigen der Kollegen, die zusammengesunken dasaßen, die schwer atmeten, die mit schwitzenden Händen über die Schenkel wischten oder über eine nasse Stirn, über großen Augen, ahnend oder wissend. Die an seinen Augen vorbei in der vorüberziehenden Fläche die Weite suchten. Und vielleicht war ich nicht der Einzige, der hinter ihrem stumpfen Glanz eine aufgebrochene Erinnerung verbarg:

SCHWERIN. Meine Mutter fürchtete die Wahrheit. In den Morgenstunden jeden Sonntag gingen wir nach St. Nikolai, die

alten Pflaster der Puschkinstraße entlang, den Gottesdienst zu erfahren, ich hüpfend an ihrer Hand, sie den Demmlerplatz in weiter Ferne wissend, stumm an Markt und Dom vorbei ...
Mit einem Eisen breche ich die verschlossene Schranktür aus dem Rahmen.
Meine Knie reichten nicht zur Hälfte an die Vorderbank. Den Pastor sah ich unter Verrenkungen und mit Glück zwischen nicht allzu breiten Schultern. Ich drehte meinen Kopf in den Widerhall seiner Worte. Die Geschichten klangen wie von Zauberkraft von allen Seiten, wie Märchen von der Kuppel herab. Was ich noch nicht verstand, sah ich Antwort suchend als kurzes Glück im Gesicht meiner Mutter. Und über die Worte hinaus, fest wie ein Beharren, stand es darin noch beim Singen der Lieder.
Ich liebte es, das Summen meiner kleinen Stimme unter den vielen zu hören. Was ich nicht singen konnte, baumelte ich mit den Beinen. Mit meinem Baumeln machte ich ihre Welt gut. Aufgemuntert sah ich sie, beinah fröhlich, meine Hand in ihre geschoben, in ein widersprüchliches Fühlen weicher, kalter Haut. Auf dem Heimweg sprang ich im Rhythmus der Gehwegplatten lustige Hüpfspiele vor ihr her. Dann, müde gehüpft, mit einem Lachen in ihren Armen, ganz nah, wusste ich nur, ich muss weiterlachen ...
Zeilen, die ich nicht zu lesen wage. Briefe gleiten mir aus der Hand. Sie nickte zu meinen Albernheiten, ein stilles Anerkennen meiner Mühe. Sie sah, das Sonntagsessen kochend, meinen Spielen auf dem Küchenboden zu. Meine ungeschickte Hilfe beim Decken des Tisches, lenkte sie mit nachsichtigen Worten. Und sie

erinnerte mich an meine Zauberkraft, jeden Sonntag: *Du bist die leckerste Köchin der Welt.* Ich zauberte ein Lächeln über die Härte in ihrem Gesicht. Ich liebte die Sonntage …

Ein Foto ist aus einem Umschlag gefallen. Ich beuge mich vor, wie vor einer Stunde, wie über die abgesenkte Urne, und sehe das alte Schwarz-Weiß, ein Abbild wie ein vergilbtes *Ich.* Ich suche Halt am Schrank. Auf dem Boden ein Kreis sich drehender Briefe. Ich fürchte zu stürzen. Meine Mutter kannte die Wahrheit.

Ihre Hand in meinem Haar. Das Streicheln, für das ich brav aufgegessen hatte, schnell satt von der kleinen Portion, für das versprochen gute Wetter jeden kommenden Montag – mein abergläubisches Hoffen für unseren wöchentlichen Weg. Ich malte es in meinen geheimen Kalender. Die Sonne in einem Viertel, in jedes rechte obere Eck, auf jeder rechten Malheftseite. Und den Versuch einer spazierenden Familie, zwei Strichfiguren darunter. Die eine groß wie die Seite, das Haar in braunen Buntstiftwellen, die andere nicht zur Hälfte so klein. Einen Finger aber auf Höhe der anderen, hoch gegen die lustige Sonne gestreckt. Heftweise malte ich das gleiche Bild, immer auf der rechten Seite. Und links daneben, wie aus der Ferne gesehen, den hohen Turm St. Nikolai. Mein Kalender kannte nur zwei Wochentage …

Im Sitzen, in ihrem Sessel, die vom Boden geklaubten Briefe in der Hand, das Foto obenauf, auf das ich in einem Streit aus Für und Wider starre, gefangen in der lächerlichen Frage, ob sich das Lesen für den Sohn gehört. Ich beginne die Umschläge nach Poststempeln zu sortieren, diese Handvoll, in wenigen

Tagen verfasst. Das Ungeschick wieder gutgemacht, lege ich wie ein erwischtes Kind den Stapel fort. Das Foto halte ich fest in der Hand.

Immer sehr früh, jedes Mal müde, vom Kitzeln meines Bauches wach und mürrisch heiter, sah ich den Tag vor meinem Fenster in noch dunklen Farben stehen. Kein Kuss, kein Guten-Morgen-Lied, das folgte. Ich wusste, was sie gleich sagen wird: *Es ist Montag. Du musst dich beeilen …*

Der Absender, ein Name nur. Und ich frage mich, ob ich ihn schon gehört habe. Ich spreche ihn laut vor mich hin beim Blättern durch die Briefe. Ich höre jedem neuen Verklingen nach, der Melodie seiner Silben. Ich studiere die Züge und ertappe mich bei der unsinnigen Frage, ob das Gesicht auf dem Foto mir gefällt.

Der scharfe Ton ihrer Ermahnungen, das Ziehen an meiner Hand, der Ernst ihrer Stimme, der Schmerz in meinem Arm. Striche eines Regens im Laternenlicht. Reste eines sinkenden Mondes. Aus meinen Malheftgedanken verstoßen, lief ich neben ihr, das Pflaster vor mir, jede einzelne Platte unvorhersehbar schnell unter mir. Keine Sonne an Montagen im Winter, und im Sommer keine, auf die ich zeigen wollte. Ein Pflasterstein … Auf jeden ersten folgt ein zweiter … Einen Fuß auf jeden, dann ein dritter … ohne Hüpfen über die vor mir liegende Reihe. Ich machte die Hand schlank vor einem vierten, weit vor dem Demmlerplatz. Ich war entwischt, um ihr mein Malheft zu zeigen. Ich lief zurück für den Beweis: *Ich bin nicht schuld.* Ich lief so schnell ich konnte, ihre schnelleren Schritte im Rücken. Ich konnte nicht mehr unterscheiden, diese laute, fremd-

klingende Stimme von hinten. Ich erschrak beim Packen meines Kragens. Ich ertrug ihr lautes Schimpfen und das Schütteln. Ihre Sorge sah ich im Halbdunkel nicht ...
Friedland steht hinter dem Namen. Eine ganze Adresse schreibt der Absender nicht. Ich lese Göttingen in wässrigem Blau. Das Datum des Stempels weist den letzten Brief aus als so alt wie mich.
„Wir kommen wieder zu spät. Und wie immer ist es deine Schuld ..." Königsbreite, Adolf-Hitler-Platz, Blücher ... Demmler ... Die Namen im Wechsel der Geschichte kannte ich nicht. Das Wort Geschichte stand für eine spannende Erzählung. Geschichten waren Märchen. Die Bedeutung, wenn es eine gab, las ich ihren Lippen ab. „Du weißt doch, dass wir unnötigen Ärger bekommen." *Eins, zwei, drei* ... mit den Füßen zählte ich die Platten ab ... *ich bin dabei, und vier, ich komm' mit dir. Eins, zwei, drei* ... Mit jedem Schritt verlor sich ein heiterer Malheftgedanke. Mein Träumen löste sich in Wirklichkeit auf. Angst erfand sie sich als Abenteuer. Und für mich in meinem Märchen, als kleine Rolle, den furchtlosen Helden darin ...
Mein Sehen sinkt in das Foto. Ich kannte die Wahrheit als Märchen, anders nicht:
Sie drückte die Klinke, an die er kaum hätte langen können. Sie stemmte ihre Schulter gegen den Flügel, ihn fest an der Hand. Schwer fiel er zu, Holz auf Holz, ein Schlag wie von einem Tor, dumpf wie bei St. Nikolai. Ein kurzes Grollen in ihren Rücken, der Nachhall wehte voraus. Durch das Holz hörte er den lauten Hunger der Krähen und leise das Gurren einer Taube. Sie standen vor einem Kasten aus Glas. Er kannte das Wort, er meinte

seine Mutter spreche in ein Aquarium, durch ein Loch für Luft, zu einem luftschnappenden Fisch, durch eine dicke Scheibe hindurch. Er konnte es sich nicht anders erklären. Ein stummes Ungeheuer aus großer Tiefe saß darin, in einem Panzer zwischen algengrün und schlammgrau, mit schillernden Schuppen auf Brust und Schultern. Der Kopf nickte gefährlich, gierige Augenschlitze über einem geleckten Maul ... Er glaubte, das Ungeheuer würde seine Mutter verschlingen – die immer gleiche Furcht: *Es ist nur Glas.* Und die immer gleiche Wendung: *Ein gefangener Fisch mit nassgeleckten Lippen und großer Gier in den Augen nimmt ein Telefon zur Hand.* Ein Surren, das dem Anruf folgt. Sie treten durch die zweite Tür. Ein Schlag von Stahl, als sie zufällt. Unklar ist, ob er das Wort kannte. Mit Eisen verband er diesen Klang, hell und klar in ihren Rücken. Gar nicht dumpf, ohne Nachhall. Kurz und abgeschlossen, der Ton wie die Welt dahinter.

St. Nikolai von der Größe. Eine Halle, wie er sie nur von dort kannte. Er sah Treppen hineingebogen, wie gedacht für einen Empfang bei Hofe, als stünde ein Königspaar auf der Empore. Gäste in fallenden Roben, bunte Uniformen und Pluderhosen stellte er sich vor. Kleider schleifen über schwere Teppiche, Fahnen zieren die Wände, dreieckige Hüte mit Fransenkante werden von wallenden Perücken gezogen, für die Aufwartung, die Verbeugungsgrätsche vor dem Paar. Eine Kapelle tuscht auf für jeden annoncierten Gast, für ein großes Beisammensein. Jede Ehrerbietung steigert die Freude auf ein großes Fest ... Alles spielte sich ab vor dem Grau der Wände. Seine Füße traten auf quietschenden Boden, auf Eisenkanten in den Stufen. Die Halle

war vom Echo der Schritte erfüllt, keine Musik klang wider. Er war seiner Mutter gefolgt, durch die Bilder seiner Phantasie. Und sie einem gestiefelten Fisch auf genagelten Sohlen. Zu dritt gingen sie die Treppe hinauf. Ungelenk nahm er die hohen Stufen, unsicher wie ein verkannter Prinz. Ein Flügel schwenkte auf. Ein langer Gang folgte. Geheimnisvolle Kammern zu beiden Seiten, mehr als er Finger zum Zählen hatte. Die Verliese der Ungeheuer, viel mehr als ein einziges Märchen berichten konnte: *Der Schrecken wohnt in einem Schloss.*
Er kannte nur diesen Gang, durch den sie geführt wurden. Und nur diese Tür, durch die sie wieder traten. Vor diesen fetten Fisch dahinter, der ihn kannte. Vor seinen Schreibtisch, vor sein breites Maul über schillernden Schuppen. Kein gläserner Käfig zum Schutz, nur ein Fenster im Rücken. Ein furchterregender Scherenschnitt im Licht eines aufziehenden Tages. Ein schwarzes Monster, das seinen unterwürfigen Helfer erwartet, mit ihm die beschuldigte Mutter und das corpus delicti, als besonderen Leckerbissen, mich …
Ich gebe ihm die Schuld, sein Foto auf dem Schoß. Friedland, die Adresse, die ich lese, bekräftigt mich … Wut gegen Trauer. Ich ziehe den Brief aus dem Umschlag, keine Pietät hält mich:

Meine Liebe,
gerne möchte ich schreiben, Meine große Liebe.
Auch wenn es sich für mich so anfühlt (oft ist es erst der Verlust, der einen spüren läßt), Du weißt, durch das, was ich tat, daß es nicht so sein kann. Ich dagegen weiß, daß ich es bis dahin in dieser Konsequenz nicht wahrnahm.

Ein junger Mensch denkt immer über die Freiheit nach. Von der Verantwortung meint er, sie sei das Gegenteil. Ich, plötzlich mit jenem Tag zwar nicht erwachsen geworden, aber auch nicht mehr jung (wenn man Jugend an ihrer Unbeschwertheit mißt), weiß mittlerweile, daß es nicht die Freiheit an sich ist, die so verschiedene Seiten hat, sondern, daß es die Entscheidungen sind, wenn sie ohne drängenden Einfluß getroffen werden können, die das Freisein bedeuten.

Mein Plan war ein Geheimnis. Damit habe ich Dir gegenüber viel Schuld auf mich genommen. Du hast mir vertraut, der ausgesprochenen Hälfte der Worte. Sie waren alle ehrlich.

Die andere Hälfte betraf meinen Plan, den ich gefaßt hatte, bevor ich Dich kennenlernte. In dieser Hälfte, die ich nicht aussprechen konnte, die ich für mich behielt, ohne eine Entscheidung zu treffen, außer der, stumm zu bleiben, liegt mein Versagen.

Das ist das Gegenteil der Freiheit, die ich wollte. Das ist die Schuld, die ich nie wieder gutmachen kann. Ein Zurück gibt es nicht, das würde Schlimmeres bedeuten als den Verlust vieler Jahre meines Lebens.

Die andere, weitaus größere Schuld aber betrifft unser Kind. Sie macht mich sprachlos und verzweifelt im Wissen um die Unumkehrbarkeit meiner Entscheidung.

Mir bleibt nur die Hoffnung auf eine andere Zeit, in der ich ihm einmal begegnen kann. Die Hoffnung auf andere Jahrzehnte.

In Liebe und größter Hochachtung und mit dem innigsten Wunsch, daß Euch Glück widerfährt, schließe ich diesen Brief.

An ihrer Hand, an ihrer Seite, einen halben seiner kurzen Schritte hinter ihr, erwartete er das Erwachen. An ihrer Hand vorbei, vorsichtig mit einem Auge, sah er den Schlaf über Bergen von Papier. Dieses Träumen mit offenen Augen, das er längst kannte. Er tat ihm leid; das neben seiner Angst, verwunschen wie er schien, hässlich und fett. Ein schwer atmender Fisch. Vielleicht sah er einen Frosch, gefangen in seinem Warten auf jeden neuen Montag. Oder ein Leben für die Angst des Jungen und den Kampf mit seiner Mutter. Möglich die Hoffnung auf den erlösenden Kuss, der immer ausblieb: „Haben Sie uns etwas zu berichten?" In den Traum gesprochene Worte vor dem Erwachen. Der Schuppenpanzer hebt sich schwer auf das gehörte *Nein*. Er sah das Ungeheuer, wie durch ein Zauberwort befohlen, aus dem flüchtigen Rest eines letzten Traumbildes erwachen. Er sah die Arme langsam über den Tisch tentakeln, über die Schreibmaschine, über Stapel von Papier. Ein Suchen, schneller mit jedem klebrigen Griff. Ein schnelles Finden in der Willkür der zurechtgeschobenen Ordnung. Kein zerwühlter Traum wie eben noch. Kein weiches Kissen papierner Schäfchenwolken. Die Welt lag eingeklappt in Aktendeckeln. Eine Mappe für ein Schicksal. Ein ganzer Stapel für die nächsten Stunden auf Seite gelegt, für die nächsten Bilder vom großen Traum.

„Habe ich wieder ein Nein gehört?" Kein erhoffter Kuss für den Frosch. Kein erlösender Zauber durch die Mutter. Doch endlich wach und wie verwandelt mit einem mächtigen Schlag auf das blanke Holz, auf die freie Stelle für den kleinen Rest noch nicht beherrschter Welt, in voller Präsenz, im Hier angekommen …

Das Wort Realität sagte dem Jungen nichts. Sein Alter denkt in Phantasie und einfachen Worten: *Der Bösewicht ist wieder wütend, wie schlecht geschlafen, wie jedes Mal ...* Und wieder war er stolz auf den Mut seiner Mutter: „Nein. Auch wenn Sie uns die nächsten zwanzig Jahre herbestellen." *blitzende Zähne ein zerkautes Wort hungrig mahlende Kiefer gestoßener Atem Raubtieraugen Beuteblick Verwandlung die Muskeln gespannt wie zum Sprung* „Sie wollen uns also weismachen, dass der Kindsvater immer noch kontaktlos ist?!" *Fauchen Zischeln Brüllen kratzende Krallen über den Tisch geduckt eine gespaltene Zunge zuckende Schulterblätter der Kopf links rechts warten ... Witterung weite Augen ... Fressgier und ein Blinzeln* nach der weitaus fetteren Beute. Sie drückte ihn fest an sich. „Der Junge kennt seinen Vater nicht." *kraftlose Pranken blankes Holz ein feuchtes Quietschen schlaffer Atem* Ein Raubtier, dessen Brust sich müde hebt: „Ach ... das wüssten wir ja. Warum stellen Sie sich so dumm?"

„Ich habe auch diese Woche nichts zu berichten. Ich weiß nichts, was Sie nicht auch wissen."

„Dann schaue ich doch mal, was wir wissen!" *Ein Riese hinter dem Schreibtisch. Er baut sich auf. Wie angegriffen. Er ragt ins Licht. Die Schultern breit wie das Fenster in seinem Rücken. Kräftige Pranken* wühlten eine Akte hervor. Schon lag sie aufgeklappt auf der freien Mitte des Schreibtischs. Der Junge hörte das Donnern, von ihr fester an sich gedrückt. Sie strich ihm die Haare aus der Stirn, als gelte es noch einen guten Eindruck zu machen. „Unehelich ... Das wissen wir!" Das Wort klang nach im Genuss einer langen Pause. Es stand unüberhörbar

im Raum, solange der dicke Finger die Seiten überflog: „Na so was passiert eben, wenn man nicht aufpasst, im doppelten Sinne. Kennen Sie das Sprichwort: Drum prüfe, an wen der Beischlaf ewig bindet …? Vielleicht kennen Sie es in anderer Form. Und vielleicht ist das ihr Glück, sollten wir Ihnen zweifache Leichtsinnigkeit unterstellen. Ganz bestimmt aber sein Glück, wenn ich das hier richtig überblicke …" Der Finger zeigte geradeaus über den Aktenrand. „Das sollte doch in keinem Fall unversucht bleiben! Wenn Sie nur endlich ehrlich sind! Wenn Sie uns endlich sagen, wann und wie Sie Kontakt hatten, respektive haben!"
„Ich habe Ihnen nichts Neues zu sagen."
„Wieder nichts? Also was wissen wir noch? Nur um Ihnen Ihre Lage klar zu machen: Sie hatten eine intime Beziehung zu einem Geheimnisträger, dem späteren Kindsvater. Sie haben sich vierzehn Monate vor seinem Hochverrat kennengelernt. Hochverrat begangen mittels Republikflucht, in der Folge zu unterstellender Geheimnisverrat. Sie behaupten nach wie vor, davon keine Kenntnis gehabt zu haben. Sie behaupten weiter, dass es nach seinem Hochverrat keinerlei Kontaktaufnahme gegeben hat. Nicht von Ihrer Seite, nicht von seiner. Ausnahme: Seine sogenannten Abschiedsbriefe …" Er brüllte: „Ja glauben Sie denn, wir hier sind blöd? Glauben Sie, eine solche Finte verfängt? Ein derart abgekartetes Spiel? Der kleinste Hinweis nur … Und glauben Sie mir mal das eine, wir haben noch immer alles gefunden. Und dann sind Sie weg, für den Rest ihres Lebens … Und der Bengel findet endlich ein ordentliches Elternhaus."
Atemlos von der Wut … vom Poltern … die vielen, lauten Worte vom Gerede über Mutter … Der Junge sah ein müdes Drohen

gegen sich. *Verschnaufen ... ein tiefes Luftholen ... ein lächelnder Riese plötzlich ...* In seinen Ohren brummte das Ungeheuer friedlich wie ein vollgefressener Bär: „Das Einzige, was Ihnen noch helfen kann, ist Ehrlichkeit. Wir erwarten endlich Ihre Kooperation." Ein Grinsen, so zuvorkommend wie dreckig.
„Und ich erwarte, dass wir endlich in Ruhe gelassen werden. Ich bin müde, jede Woche hierher zu kommen. Als wenn Sie den persönlichen Beweis brauchen, dass wir noch hier sind. Sie wissen doch alles, was wir tun, bevor wir es angefangen haben. Wohin wir gehen. Wen wir treffen. Welche Briefe uns erreichen, vor allem aber, welche nicht. Wie lange wollen Sie Ihre Zeit noch verschwenden? Und was soll der Junge denken? Was ist, wenn er zehn wird? Wollen Sie uns dann immer noch herbestellen? Oder mit vierzehn, wenn er Jugendweihe feiert und einen Eid auf dieses Land schwören soll? Mit achtzehn, wenn er erwachsen ist? Ich frage mich wirklich, wie aus ihm ein ordentlicher Staatsbürger werden soll, wenn er den Staat Woche für Woche in derartigem Misstrauen erlebt, bei aller berechtigten Sorge um dessen Sicherheit. Haben Sie sich nur ein einziges Mal gefragt, wie er selbst, unter solchen Umständen, Vertrauen gewinnen kann?"
„Das Schicksal des Einzelnen, über das ich nicht zu entscheiden habe."
„Das glaube ich sogar. Aber Sie sind es, der unsere Akte in den Händen hält. Sie tragen dort, jeden Montag, Ihre Einschätzung ein. Aber vielleicht liegt Ihnen ja an unseren Treffen?! Vielleicht sind wir hier, weil sie Gefallen an dieser Art Wochenauftakt gefunden haben. Was ich aber wirklich glaube, ist, dass wir Ihr

letzter Strohhalm sind. Dieses Ritual, Woche für Woche, hat mich überzeugt, dass Sie überhaupt nichts wissen, keine Spur. Sie sind ratlos und fragen sich verzweifelt, wohin er abgetaucht ist. Zu wem. Mit was im Gepäck. Wenn es stimmt, was Sie behaupten, wenn er wirklich einer von Ihnen war, dann weiß er doch, wie es geht. Vor allem weiß er, wie es nicht geht. Wer hat ihn denn ausgebildet, im Glauben, dass er kein Dummkopf ist?"
Die Pranken in der Akte, ein ratsuchendes Blättern, der verbrauchte Druck verbrauchter Varianten – ein leergeschleckter Honigtopf. Die Lust am Nektar und die Frage, wie an ihn noch zu kommen sei. *Stummer Hunger ... gierige Gedanken ...* Aus dem Maul tropfte es speichelnass: Ein neuer Plan. ... *Gestraffte Schultern ... die Brust hebt sich ... der Wanst spannt jeden Silberknopf ... er sagt* – und der Junge schaute in ein teigiges Lächeln: "Gut. Nach so langer Zeit haben Sie uns möglicherweise überzeugt."
Meine Mutter kannte nur diese Hälfte der Wahrheit ...

"Toffeln vom Fritz", hatte ich geschrien und zog fest an ihrer Hand. Ich zog ohne Wirkung, einzig meine Füße rutschten zu ihr hin. Sie kniete sich herunter, lachte laut und nahm mich in den Arm, bevor ich fiel. "Aber das heißt doch Pommes Frites."
Es hatte geschneit. Ein rutschiger Flaum lag auf den Platten. In weißen Spitzen gipfelte das Grünspandach, Adventstupfer auf St. Nikolai. Die Welt hatte sich geschmückt während der Andacht. Unsere Lieder hatten ihr gefallen, wie ich dachte, so wie die sanften Worte des Pfarrers. Sie lag in einem Wolkenkleid.
"Du hast gefragt, was ich essen möchte." Füßestampfend mein Beharren.

„Ich lache doch nur, weil du recht hast. Bei Uhle gibt es Toffeln vom Alten Fritz. Und ich trinke ein Glas Sekt."
Ein Knirschen im Schnee von St. Nikolai her. Ein Gesicht über ihrer Schulter. Ein dunkles Oval unter den Ecken eines Hutes, das Himmelgrau dahinter. Eine aufgescheuchte Krähe, ein Krächzen quergezogen. Ein Zupfen an meinem Ohr und ein Blinzeln: „Morgen ist Montag. Aber wir bleiben morgen früh zu Hause."
Das Grau über ihr, der Schnee im Himmel, der Fleck vor der Wolkendecke: „Ein schöner Adventsgottesdienst." Eine Stimme wie ein H-Moll wischte über den Nachklang der fröhlichen Messe. „Finden Sie nicht?"
Meine Pudelmütze geradegeschoben, meinen Pony unter den Rand gestrichen, ein Streicheln meiner Wange. „Sie haben recht. Sehr schön."
Der Schnee, ein Kleben wie nasser Lehm, ein bappendes Weiß an den Füßen, grau und wässrig die Abdrücke meiner Sohlen. Der tropfnasse Himmel über St. Nikolai, das Grau um den Turm, im Geäst der Bäume, die Wolken einer Zigarette davor. Die Krempen des Hutes, ein umwehtes Dreieck, in der Glut sein Gesicht, das erste Mal: „Da freut man sich auf den nächsten Sonntag. Und dann ist schon wieder Weihnachten."
„Sie sind neu in der Gemeinde?"
„Vor kurzem zugereist." Die Hände wie im Zweifel offen. „Eine kleine Stelle im Museum."
„Ein Kunstexperte?"
„Nur ein kleiner Restaurator. Ich bringe den Glanz auf die Bilder zurück, in den Andere sich gerne stellen."
„So wenig ist das nicht. Aber was wollen Sie?"

Zwei schwarze Flächen wie stehende Schatten, ein großer, ein noch größerer, er und St. Nikolai. Eine Wolke noch und eine lässig geschnippte Zigarette. „Ihnen noch einen schönen Advent wünschen. Ich hoffe Sie nächsten Sonntag hier zu treffen." Die Hand am Hut, am Dreiecksgipfel, für ein Nicken kurz gehoben, für die kleine Verbeugung auf ein Wiedersehen: „Wenn ich neben Ihnen sitzen dürfte? Ich würde mich freuen ... wenn das nicht zu aufdringlich ist?"
Wortlos hoben sich ihre Schultern. Wortlos war sein Blick auf mich. Ein Lächeln im Ansatz. Schon war der Hut davor, über die Stirn auf den Kopf geschoben. Knirschen. Feste Schritte im nassen Schnee. Eine graue Spur, die sich entfernte.

Allein mit dem Kind, zwei Plätze auf den Sonntag, für die junge Mutter im Gang vor der Küche am letzten Tisch hinten. Mittagsdunst im Sog blasierter Pinguine, hager oder Schmerbauch, ein Gezwänge durch die Flügeltür, ein Jonglieren wie im Zirkus, gedunsene Gesichter über schweren Tellern. Witterung in den Nüstern, Dampfkringel um die Nasenspitze, stolze Schritte nach jedem lauten Tritt. Ein Äugen von oben sobald die Tür aufschlägt, ein zurückgeworfener Kopf wie am Eingang schon, wie vom Oberpinguin hinter schwerem Butzenglas. Eine Fehlhaltung wie ein Berufsschaden ... Die Frau mit dem Jungen an der Hand, in der anderen die Klinke, ihr Ziehen auf verschneiten Stufen, ohne jede Hilfe. Mollige Hitze, eingewobener Bratenduft, Wolken frittierter Kartoffeln, ein Gesicht im Spalt: „Sie werden platziert ..."
Der Rückweg von den Tischen, in geduckter Eile, die Frackschöße wehen, militärmarschzackig wedelt der leere Arm. Der

andere ist angewinkelt, eine Serviette fest vor den Bauch gepresst. Ein vaterloser Junge, eine junge Mutter, die Gier kaum verhohlener Blicke. Geile Gedanken, die den Weg verkürzen, den Leerlauf in die Küche zurück, zur Wiederaufnahme der eigenen Wichtigkeit ...

Kein Mangel auf den Tellern. Herr Betriebsdirektor gibt sich und seiner Gattin die Ehre. Sein Parteisekretär in Winkweite am besseren Tisch. Er sitzt abseits, er sitzt oberhalb, sein Platz ist auf der Empore. Seine mit den Sonntagen wechselnden Prasser beim fünften Uhlesekt vor dem Essen kennt man nicht. Herr Direktor kennt aber den Seufzer seines Sekretärs beim Anblick der vollen Teller, beim Gedanken an die hier nie gesehene Frau, alleingelassen bei Kohlrübensuppe zuhaus'. Und er kennt das dümmliche Lächeln ihm gegenüber. Seine brave Gattin, die Unterarme auf dem Tisch, die wippende Dauerwelle auf den Schultern, sein stolzer Pudel. Er sieht das stumm geformte *Guten Appetit* gegen die Empore, die knallroten Lippen für seinen Sekretär. Peinlich verzerrte Striche. Und er meint ein *Wuff* zu hören, so grotesk wie verstrickt, dass er sich abwenden muss, dass er ihr zuliebe die freien Tische zu zählen beginnt, während er ihre Klugheit lobt. Oder er zählt die Aschenbecher mit den blechgebogenen Bügeln. Er liest dreimal RESERVIERT, gestanzt in die Bögen. Er fragt sich, ob sie kommen werden, die grauen Eminenzen der Stadt, die Millionäre ohne Geld, die heimlichen Herren von Handel und Wandel. Er hört ein Lachen des Sekretärs, als sehe dieser den Gedanken. Ein lautes *Prösterchen* beim sechsten Uhlesekt ... Adolf Theissen, Fliesenlegemeister, den Herr

Direktor beim Gedanken an seinen Hausbau zu treffen hofft.
Hannes Jacob, fertig liegt das Blech für den Metzgertresen.
Guido Assmann, der Fuhrpark ist geplündert, ein *Lada* in Teilen für den Fuchs. Alles ist bereitet für die allseits bekannten Könige des Mangels, die immer ihren Tisch bekommen. *Wann kommen sie? Schneit es noch? Ist die Kirche aus? Hat der Sekretär genug getrunken? Dass er nicht mehr sieht, als einen kumpelhaften Plausch?*
Süßes Preiselbeeraroma, der Rehbraten dampft, das Tier aus Mecklenburger Forsten, die kleine Charge für den erlauchten Kreis. Gut ausgeblutet, kein Gedanke an das Land dabei, eine rote Spur im Schnee, irgendwer ist immer auf der Jagd. Der größere Teil hängt reiflich ab, Kühlwaggons gen Westen, mürbe wird alles mit der Zeit. „Vortreffliche Qualität." Der Kellner nickt sich rückwärts weg und wünscht „Einen guten Appetit". Er eilt schon wieder den Gang entlang, ein leeres Tellertaxi, von der Klingel gerufen, die ungeduldige Wiederholung im Ohr, die Küche im Blick, eine Beiläufigkeit im Mund: „Wir hätten noch Kartoffelkroketten." Die Mutter sagt zu dem Jungen, der zappelnd seine Pommes Frites erwartet: „Mit Bratensoße auch sehr lecker." Enttäuscht zieht er seine Hand unter ihrer weg.
Kalter Duft dünstet aus den Polstern. Hitziger Dunst duftet aus der Küche. Kroketten knistern in schäumendem Öl. Kräuselnde Fahnen, wabernde Wolken, blaue Luft kriecht durch alle Ritzen, dunkle Schwaden schwappen aus der Küchentür, der Junge erschrickt bei jedem Tritt. „Die Hausmarke, bitteschön."
Das zweite Glas Sekt. Ihr fehlt der Hunger, hat sie gesagt. Sie ist

aufgeregt, oder hat nicht das Geld. Sie stößt an, ein Prost gegen seine Brause, er sei ihr kleiner Kavalier an diesem Tag.
Ketchup und ein schmieriges Grinsen zu den hingeknallten Kroketten. Dampfkringel in Nasenhöhe, verwehte Spitzen, Duft über dem Tellerrand. Die Sauciere kommt mit dem nächsten Lauf, mit einem *Bitteschön*, einem *Guten Hunger, Kleiner*, und einem Diener zu viel. Ein Schmeichler gegen die junge Mutter, jetzt ist Zeit, Sättigung im Saal, ranzig klebende Blicke.
„Wer war das vor der Kirche?"
„Möchtest du Ketchup auf den Teller?"
„Kanntest du den Mann?"
„Du kannst die Kroketten auch in die Soße stippen."
„Ich fand ihn unheimlich."
„Aber pass' auf, die sind sehr heiß."
„Kommt der nächste Woche wieder?"
„Iss jetzt! Sonst wird es kalt."
„Ich will nachher eine Schneeballschlacht machen."
„Gegen wen?"
„Gegen meine Mama."
„Wir können heute alles machen."
Er nahm eine Krokette mit den Fingern, um sie in die Soße zu tauchen. Er merkte nicht, wie heiß sie war, auch nicht, dass seine Mutter ihm eine Gabel über den Tisch geschoben hatte. Er bemerkte eine Veränderung, aber nichts Offensichtliches, nichts, das ihm erklärlich war. Und erst, als er sie länger ansah, brach ein Lächeln durch ihre Vorsicht, still aber fest, als hätte sie sich dazu entschlossen. Wie eine Ewigkeit kam es ihm vor, wie ein Bild, das er betrachtete, während er merkte, dass ihm selbst das

Lächeln misslang. Es war sein Unvermögen jeden Sonntag, wie ein Fernsehprogramm vorherbestimmt der Ablauf, der Versuch der Freude, die er erst mit diesem Sonntag sah. Die Last seiner frühen Kindheit, die ihr durch irgendetwas genommen schien.

Mir liegt so viel an diesem durch planmäßigen Verrat im Beginn schon zerstörten Moment.

*

UNGARN. Nach einer weiteren, unser Urlaubsland verkündenden Ausweiskontrolle, hinter Nové Zámky, sprühte die tiefstehende Sonne Funken durch wucherndes Buschwerk. Unter ihr zog, in helles Orange getaucht, noch immer diese nie gesehene Weite vorüber, eine staubige Trostlosigkeit aus verbranntem Grün, von ausgedörrten Feldern, erdbraun darniederliegendem Mais. Ich schwieg, denn manchmal wuchs doch etwas, wie zum Trotz oder mir zur Hoffnung, liebevoll gehegt, hausnah auf kleinsten Flächen. Und es waren ja gut zwei Stunden noch bis Budapest, und der Bahndamm näherte sich bald den Wassern der Donau, breit und hoffnungsvoll stimmend.

*

SCHWERIN. Ich erinnere mich nicht an die Stunde davor, nicht an das Danach, nicht an den Tag, der in keiner Jahreszeit lag, der kein Wetter hatte, kein Licht, das mir in Erinnerung blieb, keinen Anfang, kein Ende, keinen Ablauf, nur an diesen wie ein plötzliches Standbild mit Überbelichtung in die Hornhaut gebrannten Augenblick. Ich weiß nichts mehr von meinem Hinkommen, nichts davon, was ich trug oder bei mir hatte, nichts, das mir Aufschluss geben könnte. Und im eigentlichen Sinn hat meine Erinnerung auch kein Bild von meinem Dortsein. Ich weiß nur, dass ich fror in seiner Nähe.

Ich erinnere mich an ein Schneeweiß, dass sich spiegelte oder wiederfand, als hätte ich selbst daringestanden. An die Eislandschaft, ein klirrender Winter. An den Wanderer zwischen zwei toten Bäumen auf einen Stock gestützt, vor Kälte krumm, in dem ich mich sah. An seinen sichtbaren Zweifel beim Ausblick von der Höhe über die Stümpfe eines abgeholzten Hains, über vereiste Wellen hinweg. Kein Ziel lockt am Horizont, nirgends ein warmes Licht, nur frostige Leere und das Drohen des schwarzen Himmels. Der Schneesturm bricht los ... *Oder sind es nur die Risse des alten Öls?* Verloren steht er zwischen beiden noch nicht verfeuerten Bäumen. Krumm wie sie. Wie gefroren oder wie in die Landschaft gewachsen, schmächtig und kaum höher als jeder tote Stumpf. Vom Kommenden erzählt letztendlich die Wahl der den Bäumen gleichen Farben.

Er steht ... Ein Noch in Öl. Ein aus der Zeit genommener Moment. Ein stetes Kippen in den nächsten Augenblick. Ich blinzelte im Fortlauf furchtbarer Erwartungen ... Eine erzählte Sekunde, aus der die Phantasie sich Geschichten log, mit jeder nächsten in Varianten eine andere. Die Wahrheit folgte, wie auf Anfang gesetzt, mit jedem Blinzeln neu von vorn: *Er steht immer noch ...* Wie seit den Jahrzehnten, die ich ihn kenne, wie seit zweihundert Jahren schon, wie alle kommenden Milliarden Sekunden.

„Hallo ... Nicht träumen!" Seine Hand fuhr wie ein Scheibenwischer durch Eis und Schnee. Meine Geschichten verschwammen wie hinter Schlieren. Das Bild dagegen eindeutig und klar. Kein Davor, kein Danach. Es war da als ein für immer aus der Zeit herausgeschnittener Augenblick. „Mit Galle kommt der Firnis weg." Er fuhr mit der Hand auf meinen Bildern umher, tippte Punkte in die Luft, zog Striche und Kreise. „Wir kitten die Risse zwischen den Erhebungen zu. Und unser Maler retuschiert die Stellen mit sorgsam abgemischtem Aquarell."
Ich verstand nichts. Oder ich hörte es nicht. Vielleicht hörte ich es, sah aber nichts als wieder nur die Bilder meiner Phantasie hinter seinen Kreisen. Unbelehrbar malte sich mein Träumen auf die Leinwand. Wieder spielte sich der Beginn der Geschichte ab, bis auf den Hügel hinauf, ihr unwillkürlicher Fortgang, der Versuch mit letzter Kraft, schließlich das Straucheln ... Oder doch ein fernes Licht, das aufglimmt? Ein rettendes Ziel, das sich auftut? „Hallo!" Ein Schnipsen seiner Finger vor meinen Augen, solange bis ich zu ihm aufsah. Wie in einem Gestöber stand er vor mir, plötzlich, verschwommen und unklar, in seinem Restauratorenkittel sichtbar erst im allerletzten Augenblick. Ein Weiß, zerflossen in meinem Gewirr von Eis und Schnee. "Interessiert dich das gar nicht?" *Doch, doch* ... nickte ich meine Lüge gegen die Ungeduld in seiner Stimme. „Und ... Was habe ich gerade erzählt?" Ich nickte wieder, im Suchen seiner Worte, angestrengt zwischen dem Bild und ihm, in einem Hin und Her. Ich sah seine Hände tief in den Kitteltaschen. Ich hörte die Schärfe seiner Wiederholung, „... und, hast du diesmal zugehört?" Ich hatte zugehört. Und als wenn er meine Frage ahnte,

fuhr er fort: „Das machen wir, damit so dumme Lümmels wie du auch die nächsten hundert Jahre noch staunen können."
Ich hörte sein Luftholen: „Ein Meisterwerk. Der Stolz des Museums. Von mir bekommt es seine Leuchtkraft zurück. Dafür hat man mich hergeschickt." Seinen eigenen, erwartbaren Stolz hörte ich nicht. Etwas Anderes schwang in seinen Worten mit. Und zugleich dachte ich über die *Leuchtkraft* nach, die dem Bild fehlen sollte. Wie sie sich vertrüge mit dem zugezogenen Himmel, dem dunklen Drohen dieses fürchterlichen Winters. „Träumen sich deine Gedanken immer noch durch die Winterlandschaft …?"
Kaum etwas klingt so nach wie der Name Caspar David Friedrich. Wenig ragt wie dieser Moment aus meiner Kindheit herüber. Und wenn ich mir die Frage stellen würde, bei allem was ich kürzlich in den Akten las, wie weit eine Dankbarkeit in diesem Wissen noch zu reichen hätte: Ich sähe mein Glück und mein Scheitern gegen seinen Verrat.

Aus Kritzeleien und der schnellstmöglichen Betuschung von Papier wurden erste Versuche, sehr kindlich und darum äußerst ernsthaft. Ich füllte Malblöcke aus hergenommenen Vorlagen, ein Abmalen alles Gesehenen, was mir in die Hände fiel, nach dem einen Kriterium nur, ob es mir als eine ausreichende Herausforderung erschien: Tiere natürlicherweise, Pflanzen jeder Art, auch Autos, Flugzeuge und anderes, was Jungen begeistert, Glückwunsch- und Weihnachtskarten gingen nur noch von mir gemalt in die Post. Blumensträuße, Obstkörbe, Waldwiesen, alles was sich aufdrängt in diesem Alter. Die Ratschläge

meiner Mutter nahm ich zu ihrer Freude meistens an, oft im Scheitern vieler Versuche. Mit zunehmender Übung aber gelang mir nach meinen kindlichen Kriterien viel. Nur mit Landschaft tat ich mich schwer. Aus der Fläche wollte mir nie Tiefe erwachsen, die Farbwahl war nie ein Griff, kein Kontrast erreichte Dramatik. Aber ein aufregendes Gefühl malte mit, eine Unruhe, die ich nur nirgends entstehen sah. Enttäuschung und Ärger, eine regelrechte Wut erfasste mich beim Anblick der meist sonnendurchfluteten Flächen. Einen strengen Winter, einen peitschenden Sturm oder einen bloß drohenden Himmel wagte ich nie.
Ich malte. Ich füllte Kartons mit Farbe. Ich bekleckste alles, was mir als Malfläche nicht verboten war. Ich weiß nicht, wie lange ich in meinem neuen Kinderzimmer saß und nichts Anderes tat.

Kindliche Meisterschaft entstand, wie Beschenkte ernsthaft meinten. Mitunter gelobt war der Witz, mein naiver Bruch des Dargestellten. Ein *Sehr schön* nahm ich als Geringstes hin. Er dagegen, mit den Meistern in nahezu intimer Kennerschaft vertraut, ließ die vielen Chancen ungenutzt. Er rümpfte die Nase über meinen Materialverbrauch. Nie sah ich mehr als ein zügiges Durchblättern der Bilder, eine lästige Pflicht, von der ungewollten Vaterrolle auferlegt. Kein Bezug merkwürdigerweise. Keine Hilfe, kein Leiten … *Verschwendung* hörte ich ihn einmal sagen, ohne zu wissen, ob er seine Zeit meinte oder meine.
Trotz? Vielleicht. (Wer, egal wie alt, malt nur um seinetwillen?) Ich war eine Last. Und ich spürte, als fleißiger Maler konnte ich sie ihm umso mehr sein. Was wusste ich von den dauerhaften Zwängen seiner Fassade? *Das hier ist ganz nett.* Ein Standard,

den ich so wenig vergessen habe wie sein Gesicht, wenn ich ihn nötigte, sich meine neuesten Bilder anzusehen. Ein aufgedunsenes Violett, das sich über sie beugte, verfärbt nach wenigen Tagen der Abwesenheit. Eine Folge der Anstrengungen, von denen er erklärend sprach, jene zermürbenden Dienstreisen, die ihn derart forderten, während er sich, sein wachsendes Doppelkinn befreiend, am Hemdkragen zog. Ende Zwanzig, ein Leben zwischen Funktion und Verbrauch. Narkose als einfache Antwort auf das Gewissen, auf das Wissen um diesen unwiderruflichen Schritt zu weit. Leere und Selbstentfremdung im dauernden Spiel der vorgesehenen Rolle: der spionierende Ehegatte – ein benutztes Leben. Gefangen in jeder Hinsicht, unfreier als alle Anderen in diesem Land. Das Ersticken an der späten Erkenntnis, des an der eigenen Person erfolgten Missbrauchs.
Schweiß auf der Stirn. Ein glänzender Film im zurückgewischten Haar. Tropfen auf der Nackenfalte. Der Hemdkragen wie Löschpapier. Ein Dreieck im Rücken. Halbmonde unter den Achseln. Weißer Stoff, nasses Grau. Durchschimmernde Haut bis an den Rand des Unterhemds. Zittrige Hände, trockengewischt an den Oberschenkeln. Ein Streichholz, die nächste Zigarette. Glut an der zitternden Spitze. Tröpfchen auf den gierigen Lippen. Der Filter halb verschlungen. Heftiges Saugen. Lautes Knistern. Geschwellte Brust. Qualm in den Lungen. Der schnelle Ersatz für das benötigte Glas. Die Sucht für einen Zug überwunden, die Gier nach dem gewohnten Halbrund, kühl und schweißhemmend schon im Anschmiegen der Lippen. Ich genoss diesen Anblick wie das Ergebnis einer Rache. Mir gefiel es,

in seinen Wolken zu stehen, neben seinem Sessel, provokant die Ergebnisse der letzten Tage in der Hand.
Auch wenn ich nicht dafür gepinselt hatte, einige der frühesten Bilder entstanden nur, weil das Kind ihn für sich einnehmen wollte: Greifen nach dem, was möglich scheint. Ausdauernde Mühe. Und am Wunsch gemessen, die regelmäßig scheiternden Versuche. Nichts gelingt aus sich. Auch diese Erkenntnis, neben der Malerei selbst, verdanke ich ihm – Zuversicht ist eine Bedingung des Scheiterns. Das Dritte letztlich, was er mich unbewusst lehrte, dass Aufmerksamkeit etwas ist, wofür man kämpfen muss.
Versagen, was ohnehin zu lernen war, steht als Teil des Weges in meinen frühesten Erinnerungen: Der Einzige mit Bezug, wie ich glauben musste. Nicht verstoßen von ihm, gar nicht angenommen. Bloß das. Sein Erwehren in der fremden Rolle, mit mir als penetrantestem Detail. Unsere widersprüchliche Fremde, die jetzt so nachvollziehbar erscheint. Seine gespielte Geduld. Seine erschöpfte Abwehr ... Die mir bald mitgebrachten Bildbände, die von seiner Dienststelle besorgten Reproduktionen, die wegen *aggressiver Haltlosigkeit gegen das Stiefkind* herbeigeschafften Kataloge, die mich *potentiell interessierenden Drucke*, die von ihm wie eine Bitte um Ruhe auf meinen Maltisch gelegten Museumspostkarten. Der Apparat, von dem ich lese, die eingeschalteten Dienststellen an Orten, die er nie sah, die Vielzahl örtlich Kundiger, die für eine glaubhafte Besorgung sorgten ... Die wenigen Jahre seines Zerbrechens ...
Die Lust an der Qual oder die Unlust am weggeworfenen Leben. Das bereitwillige Opfer oder die Verschwendung an die Idee.

Der Jähzorn nach wenigen Jahren, die trinkende Haltlosigkeit. Das Ersäufen der Lügen. Das Misslingen. Ein schreckliches Geheul, das nicht enden will. Wie ein Sack junger Katzen, der nicht untergeht. Selbstmitleid, klagender Tonfall, anklagender Vorwurf … Das gefährliche Kippen. Nicht zu sehen der Moment, nur der plötzlich geschehene Wechsel. Ihre Angst dagegen, mehr noch ihr Ekel. Die von ihr hingestellte *Goldkrone*. Die nächste Flasche für ein schnelles Koma.

Meine Mutter hasste die Wahrheit.

* * *

Wieder im Atelier, wieder am leeren Tisch, wieder meine Hände darauf wie abgehackt. Wieder die Masse, der Block, das Nochnicht vor mir. Wieder die Angst vor Wiederholung, wie seit Tagen schon. Wieder werfe ich die Tür hinter mir zu und gehe ins *Ex'n'Pop*, ein letztes Mal, schwöre ich mir wieder.
Wieder sitze ich allein auf der Klappsesselreihe an der Wand und schaue Anderen beim Kickern zu. Und wenn niemand mehr spielt, schaue ich auf das unbenutzte Gestänge und trinke wieder. Ich trinke gegen die Bindung an das, was ich versuche, das meinen Händen nicht mehr zur Form gerät, das Stückwerk bleibt, dass sie es auf dem Boden zerschmettern wollen, so unwillkürlich wie sie es früher einmal geschaffen haben. Unerträglich die Erinnerung daran, unvermeidlich der Blick vom Arbeitstisch dorthin, unverständlich das Gesehene, das von fern wie ein fremder Schatten dunkel zu mir herüberwinkt und höhnisch lacht: *Das warst Du einmal ...* während meine Hände wieder darüber streichen, jede Kante widerzeichnen, über jede Furche fahren wie wieder angekommen, über jede Erhebung, die sie einmal ausgearbeitet haben. Jeden Tag wieder, sobald ich beginnen will. Immer der gleiche Ablauf im Atelier, im Museum meiner selbst: Ich begreife es nicht, aber sie erinnern sich.
Jetzt krampfen sie wieder um das Glas. Sie führen es an den Mund, wenn wieder ein Tor fällt, später nur noch, wenn Seitenwechsel ist. Und irgendwann, wenn niemand mehr spielt, halten sie es gelöst. Und ich halte mich wieder aus.
Die Lüftung drückt kalt und schwer von oben. Der Kicker ist verwaist, der Tresen schwach besetzt, dunkel bläst der Blues.

Ted nimmt seinen Baseballschläger. Er haut auf den Tresen, verlangt mehr Durst und Trinkgeld, droht mit sofortigem Rauswurf. Dem Schreck der längst Sedierten folgt ihr einsichtiges Resteschlucken, folgen die geforderten Bestellungen, während ein einsames Paar über die Tanzfläche schwankt … Die Nacht ist vorübergetanzt. Sie hat mich um ihre Stunden betrogen, hat mich wieder mit meiner Verzweiflung allein gelassen. Mit jedem Türschlag winkt ein neuer Tag herein, mit ihm die alte Angst. Wortlos bestellte Gläser dehnen die Stunden, bis es sich zu einer beliebigen ergibt, dass ich gehe.

Ein bürgerlicher Tag vor der Tür. Lärmende Autos, Busse, Transporter auf vier Spuren. Türkische Gemüsehändler halten dagegen. Lastwagen in zweiter Spur. Paletten kreuzen den Bürgersteig. Dönerverkauf auf beiden Seiten. *Wo hatte Tarik noch gearbeitet?* Bistrokellner räumen den Mittagstisch. Taxifahrer hupen sich die Straße frei. Sexshopleuchten im Vierundzwanzigstundenbetrieb. Ein Notarztwagen zerreißt den Lärm. Die Sonne brennt senkrecht, ohne Schatten auf fremdes Treiben. Der Tag hat mir die Straße unkenntlich gemacht.

Ich gehe auffällig langsam zu dieser Stunde. Ich schwanke im Zickzack. Ich kreuze fremdes Terrain wie unter Beschuss. Mütter lenken ihre Kinderwagen beiseite. Stricherinnen erkennen die Vergeblichkeit. Ein Penner schöpft kurz Hoffnung und verzichtet brüderlich auf das Almosen.

An einem dieser Tage habe ich mein Atelier verschlossen und den Schlüssel in die Gärten hinter dem Haus geworfen, soweit ich konnte. Danach hatte ich mich schlafen gelegt. Ich ruhte tief, des Nichts gewiss, dort irgendwo zwischen Rabatten, Schuppen,

Zwergen. Ein rostender Schlüssel in liebevoll gehäuftem Mist, kleinere Träume nährend ...
Gerade einmal anderthalb Jahre ist das jetzt her.

* * *

UNGARN. Das Rot einer späten Sonne fiel durch verrußtes Glas in altes Steinbogenwerk, fiel vom Dachfirst geteilt auf die verrußten Seitenwände, die Imitate zweier Geschosse in einer unbestimmbaren Antike. Budapest – Keleti. Ein Kopfbahnhof wie ein altes Hallenbad, übergroß und langgezogen. Ein Bau in der mehrfachen Höhe der Wagen. Eile zwischen ihnen, ein Anrennen gegen die Verspätungen zum Kopfende hin, um die Lokomotiven herum, zu anderen Gleisen. Ein eigentümlicher Bechterew überall, von der Last schwerer Koffer zur Seite geneigt. Ein Schlängeln um jede im Weg stehende Ergebenheit, die Hinnahme nächster Verspätungen, durch piazzahaften Zeitvertreib hindurch, an Limonadenverkäufern vorbei, dubiosere Händler nicht beachtend, um manches Kartenspiel im Stehen herum und auf Koffern sitzende Alte, das Kinn auf Hand und Stock gestützt, an müde erregten Kindern vorbei, an kraftlos mahnenden Eltern, an umschlungenen Pärchen in ihrer eigenen stillen Welt, inmitten dieser dem Überlaufen nahen Wanne… Ein Fanfarenstoß über dem Getöse. Ein Zug rollte ein. Er schob sich zwischen die Menschenströme, vom Quietschen der Bremsen auf das Äußerste beschleunigt, wir waren gezwungen zu schweigen. Stumm schüttelten wir die kräftigen Hände der aufgereihten Freunde ab. Eminenzenhaft der Letzte. Deine Hand in seinen beiden. Ein versöhnliches Gesicht dazu – Angebot oder Bitte: *Welche Schuld liegt denn bei mir?* Er fasste in die Tasche seines uniformähnlichen Jacketts. Er steckte Dir einen Zettel zu. Es war die letzte Seite seines Blocks, herausgerissen und zusammengefaltet. Er verabschiedete sich, erfreut oder erleichtert. Ich sah das Gesicht eines erschöpften Geheimdienstoffiziers, die Freude eines in den Urlaub gehenden Brigadiers.

Balatonfüred – Richtung Südwest. Unser Zug rollte einer untergehenden Sonne hinterher.

Vom Bahnhof aus bei misstrauischen Passanten bis zum Zeltplatz durchgefragt, hatten wir nachts mit Taschenlampen im Mund unser Zelt aufgebaut, nah eines Baumes, und dank der Sterne den Himmelsrichtungen auf der Spur. Kurz und unruhig war meine erste Nacht. Ich erwachte schweißgebadet, die hellleuchtende Plane über mir. Das Zelt stand frei in der Sonne, den nachts angepeilten Vormittagsschatten weit verfehlt.
Verdorrt, zertreten, totgelegen … blendend weiße Haut auf gelblichbraunen Resten von Gras. Meine Füße ragten aus dem Zelt, in einen kaum einsehbaren Tag. Die Hand vor der Stirn, unter der Sonne, über der unbekannten Welt. Ich blinzelte neugierig in den erlaubten Süden. Plötzlich hörte ich das dumpfe Klappern von Aluminium, das Rascheln einer gerafften Plane, eine belegte Stimme in beinah vertrauten Lauten. Ich erinnerte mich im Schnelldurchlauf an die Herfahrt, schmunzelte wieder über die Scherze der heimreisenden Genossen, und schüttelte den Kopf über unseren Versuch mit dem Lauf der Gestirne. Ich sah dem Abbau eines Zeltes zu, westlich unseres Baumes im verfehlten Schatten. Ich schlug auf Dein Bein, Du schrecktest hoch, schnell zogen wir die Heringe aus dem Boden und unser Zelt, so wie es stand, in den verlassenen Schatten.

Unser erstes Frühstück auf einer Terrasse unter Bäumen, fünfzig Meter vom Balaton. Die Sonne stand hoch in einem wolkenlosen Blau. Das andere Ufer duckte sich unter einen weißen

Flaum, der wie von einem Pinsel ausgestrichen herüberragte. Der gerade noch zu ahnen war über Tihany, über ihrer leuchtend weißen Abtei, unserem Ziel für den nächsten Tag. Es lag direkt vor uns, in einem Flirren oder einem Dunst, nicht bestimmbar in der Mittagssonne, von ihr gar hervorgerufen. Eine türkise Reflexion des Wassers womöglich, eine farbliche Überlagerung auf das Grün der Hänge, eine Unschärfe als Ergebnis, nicht fokussierbar, wie mit müden Augen gesehen. In einem dünnen Strich der Klarheit, knapp über dem Sand, schoben Frauen mit dunklerer Haut, das vermutet schwarze Haar unter Kopftüchern versteckt, Fahrräder den Strand entlang. Flechtkörbe standen auf den Trägern, hingen am Lenker. Dürre Kinder, halbnackt und dunkel wie sie, sprangen zwischen den Rädern herum. Die Frauen gingen in lange, dunkle Kleider gehüllt … Ein pittoresker Kontrast zu dem Badespaß, in den sie ihren *forró kukorica* ausriefen.

* * *

… die Tage modern dahin. Ruhe, Stillstand, Zeit. Morgen für Morgen gleich und jeder Abend dem Morgen. Wochen vergehen. Mir liegt an nichts und nichts geschieht. Wenn ich müde bin, schlafe ich. Wenn ich Hunger habe, esse ich. Wenn ich mich unterhalten will, rede ich mit mir. Ich lese, wenn mir das nicht reicht, und wenn ich etwas sehen will, gehe ich spazieren. Das Atelier – ein toter Raum am Ende des Flures.
Stell Dir vor, es ging mir gut.

* * *

UNGARNs Farben waren es, die unbekannten, nach denen ich mich vor Beginn schon sehnte …

Verschwitzt erreichten wir den Aussichtsturm, ein hölzernes Gebilde wie von einer Feuerwacht, verwittert und bemoost, enge, steile Leitern im Innern. Oben blies ein heftiger Wind durch unsere feuchten Sachen. Kurz ließ er mich fürchten, bis ich die Abendsonne sah, seine Frische nicht mehr wahrnahm, fasziniert wie ich war von dem reifen Gelb, seinen Spiegelungen in den Giebelblechen, einem vereinzelten Blinken der Häuser, die sich bergab, dem See entgegen zu einer Siedlung verdichteten. Oder von ihrer Reflexion auf der anderen Seite, von der kleinen Landwirtschaft her, die am Fuß eines Weinbergbogens das Zentrum eines grünen Amphitheaters war. Zum See hin offen, der Hof im Abendlicht, ringsum dramatisch wachsende Schatten.

Nicht mehr türkis, ostseegrau war das Wasser jetzt. Und gegen die Sonne geschaut, Richtung Westen, aus einer graugrünen Melange heraus, wechselte der See gegen unser Ufer in ein sich kräftigendes Blau. Der Blick war frei nach allen Seiten, fünfzig Kilometer oder mehr. Jetzt, in Erinnerung der Mittagssonne, verstand ich Ferne: das Zusammenspiel von ausgedünnten Farben – ein Kontrastverlust, mit einem Verschwimmen der Konturen … Die sinkende Sonne … ein Feuerrot … Glutrot … Blutrot, in das Blau der Nacht ausgestrichen.

Ich schaute, während Du von unten zur Eile mahntest und bald laut heraufgerufen hast. Ich hätte die Nacht auf dem Turm verbracht, einen Mond erhoffend.

Der Abstieg auf Trampelpfaden, hart und ausgetreten, begonnen im letzten Rot, der schwindende Tag unser Begleiter durch verdorrtes Geäst. Jesuslatschen, das gefährlichste Schuhwerk für Wanderungen solcher Art. Tastend am Gestrüpp, wie blind über Wurzelstufen, auf ausgetretenen Terrassen den Berg hinab. Dein Fluchen war mein Wegweiser voraus. Dein Ziel ein spärlicher Schein in der Nacht. Eine Biegung führte weg, die nächste wieder hin. Steil bergab, kein Halt in den Riemen, die Zehen krallten vor der Sohle in den Boden. „Bist du taub oder hast du mich nicht hören wollen?" Der Schein war bald heller. Laternen hinter dem letzten Dickicht, einseitig der Dorfstraße, alle zwanzig Meter an schiefen Holzpfählen verschraubt. Durchhängende Kabel, ein sandiges Plateau zuvor, dann der abschüssige Asphalt. „Keine Antwort kann auch eine Antwort sein." Der Teer im Streit mit den Laternen, ein lichtschluckendes Band, träge funkelndes Gestein im Asphalt. Hunde bellten durch Lattenholz, schürften sich die Schnauzen, andere verbissen sich in Maschendraht. Ein Mofa kreischte von hinten vorbei, verschwand und tauchte auf, kleiner und leiser in jedem Lichtkegel. Noch ein Gasstoß, eine abschüssige Kurve, das schrille Sägen verklang. Eisiges Neon blendete hinter der Kurve, überblendete kalt die Lichterketten eines Gartenlokals, die Lampions über den Tischen. Am Eingang mühte sich ein halber Quadratmeter Colarot um Gastlichkeit. Stimmengewirr, angeregt und lauter mit jedem Schritt, ein hörbarer Wegweiser, übertönt vom Quietschen des Tores, nicht laut, aber deutlich in anderer Lage. Ein verkündender Ton. Der alte Ober vor leeren Tischen, grußlos gegen die neuen Gäste, das Tablett unter dem Arm,

Eile in kurzen, schnellen Schritten. Ein abrupter Stopp, ein schneller Schritt rückwärts, eine sichtbare Entrüstung am letzten Tisch vor dem Haus. Eine ruckartige Bewegung des Oberkörpers, eine Welle, die daraus folgte, die über Schulter und Arm in die Serviette lief, die ein ungehöriges Laubblatt von seinem Tisch fegte … Das sorgsame Glattstreichen der Decke. Die Wiederaufnahme des tantenhaften Trippelschritts. Die Straffung des Rückens im Lauf, als ein halbes Dutzend Biergläser zusammenstieß, als ihn das laute Prost seiner letzten Gäste erreichte. Die folgende Beschleunigung der Schritte, die doppelt genommenen Stufen, sein Schwungholen mit dem Oberkörper, bei jedem Schritt ähnlich einem pickenden Huhn … unser Lachen hatte etwas Versöhnendes.

Der Ober war in der Tür unter dem Neon verschwunden. Sein freier Arm hatte in weiten Bögen Luft geschaufelt, das Tablett hatte er fest unter den anderen geklemmt, wie ein Militär die Mütze beim Rapport vor einer alten, ehrgebietenden Majestät: *Schnell an der Kasse gekurbelt, klingend springende Lade, fröhlicher Ton seit k.u.k. Der Digitalrechner zwischen bierklebrigen Fingern, die Summe der vielen Runden, der tagesaktuelle Faktor, das Produkt ist eine utopische Zahl. Eigenes Geld in die Kasse gezählt, das Bier fröhlich aufgefüllt, beschwingt von der lohnenden Arbeit. Das Haus dankt vielmals und schmeißt die letzte Runde …*

Er war in der Tür stehengeblieben. Er war erstaunt. Er erwartete uns nicht mehr, oder wir waren bereits vergessen. Er trug schwer an seinem Tablett, beidhändig über der Schulter. Ein Säulenheiliger für drei Terrassenmeter. Ein Beladener mit tastenden Fußspitzen auf der Treppe, der alte Rücken gebeugt,

steif bis zur letzten Stufe. Ebenerdig wieder ganz der Herr Ober, der Hausherr mit zurückgeworfenem Kopf, seine Gäste abschätzend im Vorübergehen: Schuhe, Hose, T-Shirt, Schnauzflaum ... Das Knirschen des Kieses unter seinen Schuhen vermischte sich mit der Frage: „DDR?" „Nein Deutschland." Ein zackiges Nicken zur Begrüßung, Herr alter Schule. Er nickte noch einmal für den freigemachten Weg. Und er nickte dankbar am letzten Tisch, den großzügigen Gästen zu jedem servierten Bier: „Bietscheen ... Bietscheen ... Bietscheen ..."
„Wie kannst du das sagen?"
„Hab ich gelogen?"
„Der will doch Westmark haben."
„Aber Forint wird auf der Rechnung stehen."
„Das wird peinlich."
„Schämst du dich etwa für dein Geld und alles andere?"
„Ich will mich nicht für dich schämen."
Ich war schon dem Winken des Obers gefolgt, seiner Geste des zurückgezogenen Stuhls: *Voilà* ... Ein übertriebener Handschwung hatte den Tisch präsentiert, ein weiterer das *Reserviert* verschwinden lassen, ein Zupfen die verrutschte Manschette im Ärmel der Kellnerjacke zurechtgeschoben. Er trug das Schild weg, mit ausgestrecktem Arm, schnelle Trippelschritte an leeren Tischen vorbei, sichtbar war die Freude über den sich so spät noch abzeichnenden Erfolg. Er kam mit den Karten wieder. Er tippte mit einem Diener auf seine Empfehlung. Die Bekräftigungen, die sich anbiedernden Versuche in Deutsch, die geküssten Fingerspitzen sagten mir, dass sonst nichts mehr zu haben sei: „Zweimal Gulasch bitte und zwei große Bier!"

Nun wieder wie unter einer Last gebeugt rannte er Richtung Restaurant davon. Er rannte mit den Karten unterm Arm, wie jemand, der in sein Büro eilt, der mit seiner untergeklemmten Aktentasche der immer gleichen Verspätung hinterherläuft, die ihm täglich widerfährt ... Wie ein ausgedienter Schreibstubenbeamter dachte ich und hörte ihn von der Treppe schon die Bestellung in die Küche rufen.

„Hast du die Veränderung gesehen", staunte ich.

„Hast du die Preise gesehen?"

„Rechne doch mal um!"

„Habe ich. Aber wir sind zwei Wochen hier und dürfen nichts mehr umtauschen."

„Egal. Ich habe Hunger", sagte ich ungeduldig, von meiner Lautstärke selbst überrascht.

„Bietscheen." Der Alte warf zwei Filze zwischen uns und stellte das Bier darauf. Am anderen Tisch war es seltsam still geworden. Zu mir gebeugt entgegnetest Du leise: „Geben wir heute die Hälfte aus und morgen vielleicht die andere, dann sind es bloß noch zwölf Tage ..."

„Ich habe Westgeld dabei. Prost."

Ich hatte mein Glas gehoben und allein getrunken. Du warst in die Lehne zurückgefallen. Du schautest Deinen Händen zu, ihrem unwillkürlichen Kneten, wie die Daumen nervös in den Handflächen rieben, wie sie abwechselnd die Knöchel zählten.

„Du hast was?"

„... D-Mark mitgenommen."

„Wo hast du die her?"

„Ist doch egal."

„So was kann nicht egal sein."
„Das tut doch nichts zur Sache. Geht dich auch nichts an."
„Hast du die etwa von deinem Vater?"
„Von meinem Vater? Den hab' ich seit Jahren nicht gesehen. Und es ist auch egal. Hat doch jeder was."
„Das ist nicht egal!"
„Warum ist es nicht egal? Warum willst du wissen, woher ich das Geld habe?"
„Weil das ein Devisenvergehen ist."
„Ein Devisenvergehen …", wiederholte ich mit lautem Lachen. „Da kann ich dich beruhigen. Mein Vater sieht in jeder nicht abgelieferten Westmark kein Devisenvergehen, für ihn ist das ganz klar ein Fall von Landesverrat." Mir unterlief eine wegwerfende Geste.
„Ich meine deinen richtigen Vater."
Sprachlos sah ich diesen kurzen Triumph eines Wissens. Eine Sekunde nur, aber ich habe ihn bis heute nicht vergessen. Diese Häme, wie sie der Jugend leicht widerfährt, offensichtlich noch im kleinsten Mienenspiel. (Deine kleine, verräterische Rache für das Warten vor dem Turm?) Angriffslust, sichtbar in einem Flackern schmaler Augen. Und ein Grinsen, das nur zu ahnen ist, hinter dem starren Ausdruck der Überheblichkeit. Aber keine Spur mehr davon, wenn sie das Unbedarfte ihrer Äußerung bemerkt, wenn sie selbst feststellt, einen dummen Fehler gemacht zu haben. Röte im Gesicht, ein verschämtes Ausweichen, das bald in sichtbares Nachdenken wechselt. Eine angespannte Suche, Gedanken, die zu keiner glaubhaften Erklärung führen wollen …
Du hattest zu dem anderen Tisch hinübergeschaut, als wäre

sie dort zu finden gewesen. Oder war es aus der Befürchtung heraus, man beobachte uns? Und von diesem Tisch, als könne Hilfe von dort herbeitreten, nach dem Gartentor hin, das allerdings still im Rahmen lehnte. Vielleicht entsprang Dein Ausweichen auch dem Wunsch, das Gesagte unausgesprochen zu machen, die Zeit bis zu unserem Eintritt in diesen Garten zurückzudrehen? Du schautest Dich nach dem Ober um, wie aus eingeübter Vorsicht. Bestimmt nicht, weil Du hungrig warst. Vielleicht weil Du mit dem Essen die so dringende Ablenkung erwartet hast? Oder um dieser Eingebung zu folgen, selbst dem Ober eine Bestellung zu geben, welcher aber nicht zu sehen war? Vergeblich. Schließlich hattest Du vertraulich nach meiner Hand gefasst: „Wenn die uns erwischt hätten?" Ich zog sie vor Deiner Berührung weg. „Was weißt du über meinen richtigen Vater?"

„Gar nichts …", sagtest Du. „Abgehauen ist er", folgte einem Moment des Überlegens.

„Abgehauen …?"

„Von deiner Mutter … meine ich." Du hattest gestottert, brauchtest Pausen, die ich an Dir nicht kannte. „Verraten hat er sie … Oder sie hat ihn verlassen …? Was weiß ich?"

„Woher weißt du das?"

„Der ist doch nicht mehr da."

„Wo ist der denn?"

„Was weiß ich. Ich meine nur, der hat euch im Stich gelassen."
Du schienst Deine Sicherheit zurückzugewinnen, als ich nichts darauf sagte, wie wieder zu Dir gefunden mit der Stille zwischen uns. Beruhigend war bestimmt auch die wieder aufgekommene

Biergartenakustik. Die hörbar sich selbst genügenden Gespräche. Das laute Gelächter, das vom letzten Tisch herüberwehte. Aber ich fragte Dich noch einmal, was Du über meinen richtigen Vater wusstest.
„Wirklich gar nichts …", beharrtest Du. Deine Erklärung aber war schwach: „Du hast einmal von dem Mann deiner Mutter gesprochen und nicht von deinem Vater."
„Ich habe niemals von einem richtigen oder falschen Vater gesprochen. Ich habe auch nie das Wort Stiefvater benutzt."
„Aber das ist doch das Gleiche."
Das Wortspiel mit *Dasselbe aber ist es nicht*, hatte ich mir geschenkt. Mein Zweifel, wie ich heute weiß, blieb zu Recht, der zwingende Schluss aber, dem ich noch auswich, weil ich ihn nicht zu Ende denken wollte, weil er unüberwindlich zwischen uns gestanden hätte, über diese zwei Wochen hinaus, war es nicht.
„Du bist mein Freund …", unterbrachst Du meine Gedanken. „Wir verreisen zusammen. Und ich wäre genauso dran gewesen. Ich musste das fragen."
„Ein Devisenvergehen von vielen. Schau dich doch mal um!"
„Aber wir sind nicht zuhause. Wir sind an zwei Grenzen kontrolliert worden."
Ich schlug mir auf die Brust, auf den Beutel unter meinem Hemd. „Dieses Geld nimmt man überall."
Der Ober knallte die Teller auf den Tisch. „Viel Appetit", sagte er und wies auf seinen Feierabend hin: „Halbe Stunde, dann Schluss. Bier schnell noch?" Ich zeigte ihm ein V aus zwei gestreckten Fingern. Er schlurfte davon, den Tag in den Füßen.

„Du hättest mir das sagen müssen."
„Damit du dagegen bist?"
„Weil ich dein Freund bin."
„Deswegen habe ich es dir nicht gesagt."
„Wie freundlich von dir, geradezu nobel ... Aber ich wäre genauso dran gewesen. Verstehst du das nicht?"
„Jetzt lass mal locker!"
„Locker lassen?", hattest Du Dich vorgebeugt und gesagt: „Mein Vater hat mich schon vor deiner Renitenz gewarnt."
Letztendlich war es dieser Satz, nicht die Erwähnung meines Vaters, die sich damit stellende Frage, die von da an unausweichlich zwischen uns stand. Der Verdacht, der von nun an fortwährend in mir arbeitete, noch verstärkt in Deiner Gegenwart, ganz unbeabsichtigt, der umso mehr bohrte, sich immer wieder von selbst in Erinnerung brachte, der immer wieder überraschte, nie gewollt war, ein nicht zu unterdrückender Zweifel ... Die Frage, die ich mir selbst hätte beantworten können, mit Vertrauen nur, ganz schlicht, wie ich heute weiß: *Wie kommt er dazu?* lautete ihr erster Teil. Dein Vater kannte mich nicht, hatte nie mit mir gesprochen. Nur einmal war er mir begegnet, allein auf den Fluren. Der Herr Direktor, der mich bloß meiner Verspätung wegen registriert hatte, mit einem erzieherischen Blick zur Uhr: *Fünf Minuten vor der Zeit ist des Lehrlings Pünktlichkeit* ... Fünf Minuten, die mich verdächtig gemacht haben sollen? Ein zweites und letztes Mal bei meiner Verhaftung aus dem Unterricht heraus. Leicht zu beantworten ist dieser Teil der Frage, zwingend der Verdacht: Seine Warnung vor mir und Dein Wissen um meinen Vater. Die Position Deines Vaters

sprach mehr für eine Zusammenarbeit als dagegen. Wie aber lautete die Antwort auf ihren zweiten Teil? Das Denken kreist um die schlimmste Annahme, immer wieder, bald andauernd, alles wird zum Indiz, bis jeder bewahrte Zweifel abgetragen ist: *Warum eigentlich wurdest Du nicht verhaftet?! Was hast Du ausgesagt? Was ist mit Dir geschehen? Oder berichtest Du selbst, aus freien Stücken sogar?*
Wir aßen wortlos, vom Ober, der die anderen Tische abdeckte, mehrfach umrundet: „Schmecken gut?" Eine Böe staubte durch den Garten. Das Tischtuch wehte über die Kante. Es winkte, als ob es mitgenommen werden wollte. Ich schob den Teller fort. Der Ober dachte, es schmecke nicht. Er zog die Schultern hoch, es war ihm egal.
„Hey ... ihr da ...!" Am hinteren Tisch stemmte sich jemand in die Höhe und legte sich unsicher tastenden Fußes den Weg zurecht. „Hey ... Wo seid ihr her?" Ich trank mein Bier aus und winkte dem Ober mit dem leeren Glas. „Wir haben nämlich 'ne Wette am Laufen", lallte er, schwenkte vom Weg ein und nahm sich einäugig unseren Tisch zum Ziel. Eine notwendige Stütze, die es schnellstens zu erreichen galt. Er stürzte voran in kurzen, immer schnelleren Schritten, als versuchten seine Beine den vorgelehnten Oberkörper einzuholen. Mit Glück bekam er unseren Tisch zu packen, dann rief er dem Ober hinterher: „Drei Große noch!" Der Ober auf der Treppe, eine schwarze Silhouette vor dem Neon, hörte den Befehl und verschwand in der Tür.
„Seid ihr aussem Osten? Mal ganz direkt gefragt."
Der Tisch bog sich unter der Last, schwankte wie ein Floß. Wel-

len schwerer See, als würde er ihn mit sich in die Tiefe reißen, sobald er fiele. Links, rechts, ein balancierendes Spiel. Bizeps, Trizeps. Ein ärmelloses T-Shirt. Querstreifen. Gespannter Stoff. Wie ein Ruderer trainiert. Ihm gefiel, was er mit einem Auge sah. Und als hätte er mit dem servierten Bier auch unser Einverständnis gehabt, zog er einen Stuhl heran und krachte hinein. Er klopfte dem Ober auf die Schulter und schaute über den Glasrand: „Prost ... Ich bin der Mark ..." Kurze Stille. Ein Moment, der für unsere Namen gedacht war. Dann ein großer Schluck allein. „Also wir sind aus Frankfurt ... am Main, meine ich ... hahaha. Witzich, oder? Wir haben gewettet ... ich mit meinen Freunden da drüben, dass ihr aussem Osten kommt."
„Und ...", hatte ich gefragt, „wie hast du gewettet?"
„Das sag' ich ma' später ... Das könnte ja beeinflussen ... haha." Ein einsames Lachen. Ein blinzelndes Auge. Ein Spirellilöckchen, das davor hing, das er fortstrich. Er saß breitbeinig, die rechte Hand am Bier auf dem Tisch, der linke Ellenbogen auf dem Knie. Ein Auge, das fragend schaute. Das andere nach wie vor zugekniffen, was ein Schielen verhinderte oder ein Taumeln.
„Osten oder Westen, das hängt vom Standpunkt der Betrachtung ab." Ich sah Dich angeekelt das Bier wegschieben. „Wir jedenfalls kommen aus der Deutschen Demokratischen Republik. Schon mal gehört? DDR? Ostdeutschland meinetwegen."
„Scheiße ...", rief der Typ, und meinte nicht unser etwaiges Schicksal. Sein Auge suchte den Tisch mit den Freunden. „Ich hab' auf meine Menschenkenntnis gesetzt ... Auf euch hab' ich gesetzt!" Er stemmte sich mit einem Armstütz hoch. Ein kräftiger Schluck half ihm über das Gelächter aus der hinteren Ecke

des Gartens hinweg. „Jetzt muss ich eure Rechnung zahl'n."
Das kommt überhaupt nicht in Frage hattest Du gesagt, oder wolltest es. Ich rief: „Halt's Maul! Du Arschloch!"

*

SCHWERIN. Über die Kimme gelinst, das Auge nun auf fern gestellt, das Korn gesucht, dann noch ferner – alles in eine Linie gebracht, soweit die *Goldkrone* es noch zulässt. Eine Linie aus drei Punkten und ein Knack ... Ein kleines Loch vorn links, unterhalb des Henkels ... *Zieht also links runter.* Den Kolben in die Hüfte, den Hebel zurück und vor. Wieder angelegt, rechts oben, kurz unter den Mundrand, knack ... Ein Loch in der Mitte. Jubel brandet auf: „Schützenschnur! Schützenschnur!", johlt es durch dünne Barackenwände über den Appellplatz des zweckentfremdeten Kinderferienlagers, weht in den Mecklenburger Wald. Die Tassen werden aneinandergeschlagen, auf mich wird getrunken. Ein beliebiger Anlass, bis zum nächsten Loch, dem übernächsten ... dem vollendeten Gießkannenmuster um das Loch in der Mitte herum. *Wer schießt, darf nicht trinken, versteht sich von selbst. Erst wenn das Ziel vernichtet ist,* so unser klassenkämpferischer Ansporn. Der Kommunistencognac ist unser Lohn ... Loch um Loch in die gelbe Plastetasse, bis nichts mehr übrig ist, nur der Boden noch steht, flach und schwer zu treffen. Irgendwem schießt die Sangeslust ins Blut:

„Spaniens Himmel breitet seine Sterne
   über unseren Schützengräben aus.

Und der Morgen grüßt schon aus der Ferne,
bald geht es zum neuen Kampf hinaus."
Eine simple Melodie, ein zackiger Rhythmus, ein schönes Marschlied. Gern gesungen, wie am Vormittag schon, auf dem Weg vom Schießstand zurück, verärgert wegen der verpassten Chance, wütend über die raureifbelegten Nachwuchskalaschnikows. Eine Scharte war auszuwetzen: *Schießen, meine einzige militärische Verwendbarkeit* – gegen eine Kindergartentasse. Noch ein Schuss im Magazin, das Moll eines verlorenen Krieges im Ohr, die Schunkelei um mich herum. Die dritte Goldkrone aus vollen Tassen. Ich fokussiere vor und zurück … *Eigentlich sind es vier Punkte*, denke ich und ziehe die Linie ganz schmal durch das wankende Kameradenspalier, von meinem Auge über Kimme und Korn, um nichts zu sehen von dem Trubel, eins zu werden mit dem Ziel: *Darin liegt die Kunst des Schießens – einfach abknallen.* Auch bewährt, sich die Tasse, die Scheibe, den Pappkameraden als seinen Schleifer vorzustellen. Nichts anderes verdient er. Er weiß es auch. Und er genießt es sichtlich. So wie er es genießt, wenn er vaterländischen Alarm spielen darf und im Frost antreten lässt, zum dritten Mal in einer Nacht. Einst ein Masochist, ein Prügelknabe und geil darauf. Ein Schinder nach dem Seitenwechsel, unser Antreiber im Morgengrauen. Ein frustrierter Verlierer mit Stoppuhr und lauter Fresse und ewigen Wiederholungen: „Antreten!" „Im Laufschritt!" „Auf die Stube!" „Im Laufschritt!" „Antreten!" Ein Feldherr mit Zeitvorgaben, der seine Rochade plant, einen kühnen Gegenschlag von Siebzehnjährigen mit Holzgewehren vor der Brust und Arbeitsschuhen an den Füßen und Gasmasken

im Gesicht. Ein Napoleon, der Befehlshaber einer Lehrlingskompanie, die im Eilmarsch die Morgennebel teilt, die durch Buchenwälder eine Flanke schlägt, die seine Zange vorwärts treibt während sie *Minenfeld* hört und in einer Reihe durch das Laub über Wurzeln stolpert, die auf halber Strecke beim Handgranatenweitzielwurf die feindliche Vorhut vernichtet, die über Kartenmaterial und Kompass gebeugt, den weiteren Weg in die taktische Stellung plant: *Lagebesprechung* … Das Ergebnis ist von vornherein egal. Es lenkt nur ab … Und wieder treibt er an. Er sieht die Erholung in den Reihen, sieht seinen Erfolg gefährdet, mithin den geilen Spaß. Und wieder die Lust, und wieder ein Schrei: „ABC-Alarm!" Einer kotzt in die Maske.

Der Schießstand ist in Sicht. Der Zeitplan ist eingehalten. Ein Strategenlächeln auf den Lippen: „Fünf Minuten vor der Zeit, ist des Soldaten Pünktlichkeit!" Wehrlos geschliffen steht die Kompanie vor dem Schießstandleiter. Er übergibt sie und geht in den dampfenden Rücken auf und ab. Er hört mit ihr die Einweisung: „Kleinkaliber, 4,7 Millimeter, KK genannt." Er hört auch das geraunte „Kinderkalaschnikow". Er begrüßt die Zurechtweisung „Auf vierhundert Meter tödlich", und schaut händereibend auf die Flintengarnitur. Aber niemand weiß, ob es bloß wegen der Kälte ist.

Zehn Bahnen, zehn Pappfeinde. Erdwälle zu den Seiten und am Ende. Ein künstliches Tal im mecklenburgischen Urwald. Buchen ringsum. Wind pfeift durch blattlose Gerippe. Drei Zehnerreihen im dünnen Grün der GST. Ein farbiges Spiel privater Unterfütterung ragt aus Krägen, Ärmeln, Hosenbeinen. Die erste Reihe ist bewaffnet, ist feuerbereit, ist eine lustige Buschtruppe oder furchterregendes Paramilitär. Sie wirft sich auf die Matten, wirft sich dem Feind entgegen. Sie sieht ihn über Kimme und Korn, sieht ihn technisch. Er bleibt gesichtslos – ein schwarzer Fleck auf grauem Karton. Sie sieht den Feind wehrlos, er ist reglos, sie drückt den Abzug ... Schulterstoß und Knall ... Ein dumpfer Widerhall schlingert aus dem Tal, zerreißt im Wald. Flügelschlagen und Gekreisch in den Kronen ... Eine unglaubwürdige Stille nach dem letzten Schuss. „Sichern" ist befohlen. Ein Fernglas wird gereicht. Ich sehe ein kleines Loch, rechts über der Schulter. Der Schleifer ist verärgert. Er klatscht in die Hände, spornt mich an. Er weiß nicht, dass sein Leben hier zählt. „Entsichern! Feuer!" Die Linie nach links unten, ich ziele dem Loch gegenüber, auf sechs Stunden früher, wie bei einer Uhr. Oder sechs Stunden später, was besser wäre: *Ich verschenke gern diesen Teil meines Lebens*, denke ich und drücke ... und drücke ... Vereinzelte Schüsse auf den Nebenbahnen. Drei, vier, ein vielfaches Echo. Mein Abzug ist wie festgestellt. Ich kontrolliere die Sicherung, ziele erneut und drücke wieder vergebens. Meine Hand geht hoch für die Meldung. Ein Ersatzgewehr, schneller als in jedem Krieg. Erklärende Worte, eine verlegen gestammelte Entschuldigung: „Ist eine Ladehemmung, Kamerad. Bei den Temperaturen verharzt das Öl." *Wäre ja nicht mein Krieg, nur mein Leben*, denke ich. Unerwidert bleibt auch das Kamerad. Es bleibt stehen, wie der Feind stehen bleibt, dass er vor Glück lachen könnte, wäre er nicht aus Pappe, festgeschraubt in fünfzig Metern. Eine Sandfontäne hinter ihm, eine andere Maschinenpistole. Eine Fontäne vor ihm, die nächste Maschinenpistole. Der Wechsel läuft wie geschmiert, eine Rotation auf allen Bahnen, die rückwärtigen Dienste im Akkord, ein vielstimmiges Geflüster aus Meldung und Befehl: *Ladehemmung – Sichern – Gesichert – Entladen – Waffe laden – Entsichern – Feuer* ... Und über allem, der aus dem Hintergrund gegen die ablaufende Zeit brüllende Spieß.

Endlich ein Schuss ... Links, knapp unterhalb des schwarzen Flecks. Und wieder drücke ich gegen den Widerstand im Abzug. Ich reiße am Schlitten. Ich stoße den Kolben gegen den Boden, abwechselnd das Magazin. Ich will meinen Treffer in die Mitte. „Feuer einstellen" hallt es über den Platz. Und das Schwarz, und was ich darauf gesehen habe, bleibt unverletzt, kein Treffer, keine tödliche Wunde, keine Ströme von Blut. Es lebt noch und brüllt wieder seine Wut heraus, erregt schon beim Gedanken ans Antretenlassen ... Ein enttäuschtes Kind mit Macht und böser Phantasie schreitet die Reihe ab, schüttelt den Kopf und schreit: „Stillgestanden! Ihr Pfeifen! Kehrt – Marsch! IM LAUFSCHRITT! ZACK! ZACK!"

„Die Heimat ist weit,
   doch wir sind bereit,
     wir kämpfen und siegen für dich:
Freiheit!"

Ich gleiche aus und drücke ab. Der Tassenboden schnalzt davon. Jubel brandet auf, Gejohle umtost mich. Noch ein *Prost*. Einer klopft mir auf die Schulter. Ein Anderer entreißt mir das Gewehr. Der Herausforderer ist erkoren. Er will sich gegen mich beweisen. Ein neues Ziel ist schnell zur Hand. Er torkelt zum Strich, schwankt mit dem Luftgewehr, den Lauf gegen eingezogene Köpfe. Er sieht die Hände davor geschlagen, oder sieht sie nicht. Er sieht die bauchige Kanne, ein leichtes Ziel. Er lädt und schießt und hört den Chor der Barrikadentauber:

„Dem Faschisten werden wir nicht weichen,
schickt er auch die Kugeln hageldicht.
Mit uns stehn Kameraden ohne gleichen,
und ein Rückwärts gibt es mit uns nicht."

Die Reihen schunkeln im Schulterschluss, die übergelegten Arme halten die Betrunkenen, der Refrain übertönt den letzten Schuss. Das Magazin ist leer, das Ziel liegt in Scherben, der Schütze lässt sich feiern. Er wird in die Luft gehoben – ein neuer Held hoch über uns. Ein wackerer Kamerad, bis der Turm ins Wanken gerät, bis unter ihm ein Tisch zerbricht. Die *Goldkrone* hilft über den Schreck, hilft über die Zwangspause hinweg, hilft bei der Suche nach dem nächsten Ziel. Sie beflügelt die Kreativität, befeuert jeden Leichtsinn:

„Rührt die Trommel! Fällt die Bajonette!
Vorwärts marsch! Der Sieg ist unser Lohn.
Mit der roten Fahne brecht die Kette!
Auf zum Kampf das Thälmann Bataillon!"

Ernst Thälmann wird vom Nagel gehangen und an die Wand gestellt. Er schaut fest in den Lauf, ganz Militär unter den wurstigen Falten der Rotfrontkämpfermütze. Sindermann, Stoph und Honecker sind als nächstes dran ... Ein standhaft lächelndes Panoptikum, mit der historischen Wahrheit auf festem Grund. Es sieht die neue Generation, sieht den wehrerzieherischen Erfolg, sieht mit zerschossenen Augen die Perspektive.

„Die Heimat ist weit,
doch wir sind bereit,

wir kämpfen und sterben für dich:
Freiheit!"
Die Regale sind leergeräumt, alle Bilder abgehangen, ein Tisch ist zerbrochen, der Boden liegt voller Blei und Scherben. Die Trümmer türmen sich in einem ostrakalen Funkeln, unter einem flackernden Neon, sein matter Widerschein am Boden wie ein zerbrochenes Licht. Die Wachstubendecke hängt drückend über dem Scherbengericht, ohne Kläger, kein Richter, noch. Jungen stehen in einem Chaos. Sie sehen unter zerschossenen Flaschen, Tassen, Kannen, den Resten zerbrochenen Mobiliars, die Schuldigen exekutiert … Sie sehen den Kehricht von Geschichte und Gegenwart, das unheimlich gewordene Tun, das eigene junge Leben dagegen. Und plötzlich nüchtern vor Schreck, die drohende Zukunft, die Angst in den Gesichtern, die unsicheren Freunde, das schwankende Gewissen, die lauernden Augen, den schon erwogenen Verrat … Ausweichende Blicke, distanzierende Schritte, ein wortloses Rückwärts wie ein Versuch mit der Zeit – der wiedergewonnene Instinkt, die Flucht aus der Mitte, das Verstecken am Rand, das Untertauchen in der Menge, die gesenkten Köpfe, die vergrabenen Fäuste, ein Versuch der unbeteiligten Zeugenschaft.
Der Mond fällt durch grobmaschige Stores. Ein gesiebtes Licht wie eine Ahnung, die sich einschleicht, sich fortsetzt, die in sinnlosen Gedanken gipfelt. Ein Ast schlägt an das Fenster. Ein Schatten springt zurück. Eilige Schritte entfernen sich im Dunkel. „Los! Aufräumen!" hallt es durch die Baracke. Ein wildes Gestolper beginnt. Der, der gerufen hat, dreht sich vor das Fenster. Eine quietschende Sohle, ein Kehrtum auf der Stelle, Halbkreis

der Wachbataillone, Parade oder Parodie. Er sieht sich wie in einem Spiegel. Er fingert das eingerollte Käppi aus der Hosentasche, schlägt es wie eine Peitsche von sich, zieht diesen Fetzen auf das Haupt, die blonde Stirnlocke verschwindet unter dem Dreieck. Er sieht sich zum Militär gewandelt, sieht durch sein Spiegelbild in die Mondnacht. Er sieht nichts. Er zieht die Übergardine vor das Fenster, vor das zerschossene Ambiente der Wachbaracke. Er sperrt aus und er sperrt ein. Er besiegelt einen geheimen Bund, ein brüchiges Übereinkommen. So bin ich Dir das erste Mal begegnet.

*

UNGARN. Die Nachtstunden, vor allem das viele Bier, für das wir uns an den Westlern schadlos gehalten hatten, trugen zu einer gewissen Beruhigung bei. Ebenso zu meinem Versuch des Verdrängens im Wissen um unsere gemeinsamen Tage. Ein wortloses Erwachen, das daraus folgte, ein langsames Finden einer vorsichtigen Sprache, ein Tasten in den Wortsinnen. Praktische Fragen zu Anfang nur, in achtsamer Distanz, wie die schonende Wiederbeanspruchung eines überreizten Organs. Im Stillen vorab gestellt, in verschiedenen Lagen, Wort für Wort abgewogen, Ton gegen Ton, unsicher jeder Silbe. Uns verbindend war der tags zuvor gefasste Plan …
Die Sonne stand hoch, wie von Gaze verhüllt hinter diesigen Streifen. Die flirrende Farbpracht lag in Grau gedimmt. Ein leichter Wind kam auf, kühl und unerwartet. Ich fühlte mich verwöhnt, meine Zuschreibung des Südens war ergänzt um das

Wetter des zweiten Tages. Unser Ziel lag hinter den gepeitschten Wassern der tags zuvor so ruhigen Bucht. Die barocken Türme der Abtei, kalkweiße Gipfel über dem See, das Herrschaftszeichen einer anderen Zeit. Sie drohten schaukelnden Booten. Eine prächtige Loreley, an der alle ferneren Träume Reisender zerschellen, zum Greifen nah auf ihrem Fels.
Unser Bus war ein rollendes Landleben. Kleingeflügel gackerte aus Käfigen. Netze mit Kohl standen im Gang, Kindsköpfe sortiert nach Blau und Weiß. Alte Frauen mit Gemüsekiepen auf den Schößen, die runzligen Gesichter in schwarze Kopftücher gefasst. Verschmierte Blaumänner zwischen ihnen, Krusten von Feldarbeit und Öl. Ein ängstliches Miauen ... ein unnützer Wurf lugte aus einem Korb. Der altbekannte *Ikarus*, deutlich nah dem Absturz, *schlenkte* die Überschüsse jedweder Subsistenz durch die Kurven am Wasser. Es ging der Abtei entgegen, dem alten Markt in ihrem Schatten, Jahrhunderte unter den Zwiebeltürmchen. Wir fuhren in Richtung eines herkömmlichen Handels diesseits des großen, weltumfassenden Plans. Die Türen öffneten sich. Wir folgten dem Nachschub. Der Bus rußte eine letzte Wolke Richtung Abtei. Wenige Schritte zum Markt. Die Stände zur Linken, die Besuchertreppe rechts. Wenige Stufen, eine Terrasse. Informationsblättchen in einem Kasten am Tor. Zwei aufgesperrte Flügel.
Eine illustre Gesellschaft im wahrsten Sinne, die ich unter der Kuppel versammelt sah. Pausbackige Engel, strengmeinende Heilige, liebliche Marien, ein Jesus überall. Du warst im Eingang stehengeblieben und sahst von dort den wandfüllenden Hauptaltar. Die roten Marmorsäulen von einem Golddach überkront,

Moses oder wen in die Mitte gemalt, von Engeln emporgetragen, die schmalen Tempel links und rechts davon. Ich drehte mich einmal zwischen den Bänken, zählte sechs weitere Altäre, kleinere, wie Nippes an den Wänden verteilt, wo immer Platz war. Figuren hingen überall oder waren hingestellt, schienen gelandet mitunter, wahllos wie Stadttauben in einem Bahnhof. Sie schauten ihrerseits nach dem Betrachter aus einer unglaublichen Fülle von Kreuzen, die zu erwarten war, von hölzernen Bibeln, Tieren, Ornamenten mit unendlichen Verzierungen in Blattgold. Ein Drittel aller Fläche wenigstens war belegt. Nur diese eine Drehung von mir, und Du warst verschwunden.

Diese Welt und eine andere. Oder eine Idee und ein Glaube, erkämpft in Jahrzehnten oder zurechtgeschnitzt in einem Vierteljahrhundert. Sechzehn Figuren allein im Hauptaltar. Ich hatte zu zählen begonnen, ganze Körper, teils von der Größe Halbwüchsiger. Und ich war mir sicher, viele kleinere übersehen zu haben. Weitere zweiundfünfzig waren es an den anderen Altären. Ein unwillkürlicher Spaß, den ich im Entdecken fand. Unüberschaubar dazu die Zahl bloßer Köpfe, Engelsgesichter, wie abgeschlagen und aufgespießt. An der linken Seite des Schiffes, zentral und kontrastreich in Silber inszeniert, ein weiterer Tempel, ein übermannshoher Rahmen für viele kleinere Altäre und in sie gezwängte Geschichten. Maria mit Jesus in der Mitte, wie unter einem Dach in ihrem Altar.

Welch ein Aufwand, welche Huldigung – fünfundzwanzig Jahre seines Lebens hat der Künstler ihr gewidmet. Ein Handwerker im Staatsauftrag: *Schaffe mir und den Meinen eine dem Herren huldigende Begräbnisstätte*, hatte der König glaubensfest gefordert.

Aber Undank ist des Himmels Lohn: Er ist die einzige Leiche in seinem Mausoleum geblieben. Keine Familienangehörigen, keine Nachfahren, die ihm folgten.

Äußerst bestimmt und eilig, eine Großfamilie, wie ich annahm, ein knappes Dutzend von drei Generationen drängte mitschiffs, beinah rücksichtslos dem Hauptaltar entgegen. Die Alten vorweg, die Eltern dahinter, am Ende eine stumme Schar Vorschulkinder. Ich war zwischen die Bänke ausgewichen, sah sie das Kreuz schlagen und nacheinander vor dem Altar niederknien, um dann eigentümlich versunken in die Reihen zu rücken, jeder für sich, das Gemurmel eines Gebetes auf den Lippen. Urlauber hatte ich erwartet, stattdessen aber die ersten Pilger in meinem Leben gesehen.

Ich saß inmitten des heiter strengen Prunks, dieser Vielzahl bacchantischer Engelsgesichter, dem proper lächelnden Angebot einer anderen Flucht. Mich umfing nichts, es ödete mich mit einem Mal an bis zum Überdruss. Ich dachte an ein dauerndes Weihnachten, an Zuckergebäck und Torte nach dem Braten – das Kotzen kommt vom Fressen. Man würgt an den süßen Versprechen, und es kotzt sich im Dauern der realen Zustände in einem fort. Nichts als Zinnober – es bleibt der Heißhunger in der auferlegten Diät.

Ein Bekenntnis hallte durch die Abtei. Demütiges Getuschel folgte dem Echo. Münzen fielen in den Opferstock. Jedes Klimpern für eine einzelne Kerze, für ein erloschenes Licht, für einen einsamen Toten. Schreien wollte ich, im Ernst und zu meinem Spaß, gegen alle Versprechungen, diesseits, jenseits, gegen den Kult um die Lebenden und jeden Totenkult ... Ein alter

Glaube blüht unter dem neuen fort. Ich blieb stumm. Ich setzte meine Mütze zum Gehen auf und wand mich aus den Reihen. Plötzlich aber, mittschiffs daher geweht, warm und leise, umfing mich ein Gesang wie ein Zauber gehaucht. Ich folgte ihm hinter den Hauptaltar und stieg durch einen verborgenen Zugang. Ich duckte mich unter niedrigen Decken auf der Suche nach seinem Ursprung, zwängte mich durch schmale Gänge und fand auf ausgetretenem Stufen in die Krypta hinab, in die schmucklose Gruft des Mittelalters. Ich stand vor vier Säulen im Quadrat. Plumpe Steinzylinder, die das Gewölbe schulterten, den Altar mithin, die Last des ganzen Prunks. Vier schiefgedrückte Pfeiler an den Ecken eines Tableaus aus schlichtem Backstein, das Kreuz obenauf – ein gemauertes Grab, steinern, bescheiden, besungen. Ein Lied und ein Echo zwischen roh behauenem Stein … Zwei Mädchen, mein Alter ungefähr, standen mit ihrem Vater zu einem Dreieck zwischen den Säulen. Sie sangen mit geschlossenen Augen über das Grab hinweg, sichtlich dem Hier entrückt, versonnen zur Melodie geneigt. Ein Knicks manchmal wie beim Schlagersingen in der Langsamkeit des Liedes. Bei den wiederkehrenden Höhepunkten aber erwachten sie aus dem sie umfangenden Zauber: Aufgerissene Augen, riesige Münder, immer höher schwangen sich die zarten Stimmen … Ein gehaltener Ton kurz vor ihrem Brechen. Mit dem Refrain suchten die wieder entrückenden Augen die Bestätigung des Vaters oben, des Landesvaters unten und des Vaters an der Seite. Sanft antwortete sein Bariton. Ein heiliger Gesang in wechselnden Stimmen über das Grab hinweg. Eine Huldigung des Alleingebliebenen unter dem steinernen Kreuz, des Alleingelassenen am hölzernen Kreuz

... Opfer des Vaters ... Opfer des Volkes – Opfer im Zehnt, in Stein, in Holz, in Blattgold. Der alte Glaube, soviel sah ich, war nicht tot, war nie tot, war nur totgeredet, totgepredigt, war öffentlich ersetzt mit den nie endenden Litaneien der Partei. Der Mensch braucht seinen Glauben und er wechselt ihn gern.
Liedende, Liedanfang ... Schöne Mädchenaugen, volle Lippen, ein lange gehaltenes O und andere schöne Buchstaben ... Eine lockende Hand, ein zu mir geneigter Mädchenkörper und ein bekehrendes Lächeln, welches ich kopfwiegend mit mir nahm, in weltliche Gedanken vertieft.

Glaubenfrei und wissend sah ich Dich, als ich um die Abtei bog, gefestigt wie mir schien, in Deiner Zuneigung dem Weiblichen gegenüber. Ein reizvolles Kennenlernen muss es gewesen sein, neben Sara auf die Mauer gestützt. Eine Hand zwei Fingerbreit von ihrem Po entfernt, die andere in der Tasche, die Füße übereinandergeschlagen, eine lässige Zigarette im Mund. Unmöglich, mein Erlebnis jetzt zu teilen, bedauerte ich, die wenigen Schritte zu euch hin. Aber plötzlich, vergessen war die Gruft, oder überlagert, verschoben, überstrahlt ... ich weiß nicht wie, die Dunkelheit war weg, mit ihr die Mädchen. Ihre Stimmen klangen aus, wurden stumm, runtergeregelt wie ein Schlager, der nicht anders enden kann. Alles war verloschen, einmal noch blitzte schwach das Bild der Lippen auf ... Die Aufnahme war gelöscht, das Band zur Neubespielung frei: Ich war fasziniert von dem Ausblick in euren Rücken, über die Mauer und den steil abfallenden Fels hinweg, keine fünfzig Meter bis zum See. Eigentlich standen wir mitten in ihm, auf dem vorgelagerten

Punkt der Halbinsel, und auf dem Fels dort oben über ihm wie auf dem Bug eines Ozeanriesen. Und ob es die Nähe war oder das Licht des frühen Nachmittags, das Wasser schillerte wieder in jenem Türkis, mit einlaufenden Flächen sanften Blaus - die Assoziation einer nie gesehenen Lagune. Ein schmaler Strich tiefdunklen Blaus verlief geradeaus. Fast ein Schwarz, das Tiefe und Unheimliches versprach, das sich zur Mitte des Sees hin öffnete, an Breite gewann, um sich bald im allgemeinen Türkis zu verlieren, in einem Ineinanderfließen wie von Wasserfarben. Ob es die inzwischen eingetretene Windstille war, die die zuvor gepeitschten Wasser in ihrem Nebeneinander derart hat stehen lassen, bis zu dieser Stelle auf halbem Weg zum Horizont?

„Darf ich vorstellen, mein Freund und Reisebegleiter, der große Lebenskünstler." Deine Hand rollte ironisch durch die Luft, eine varietémeisterliche Verbeugung folgte, wie für einen Tusch, den Vorhang und die nächste Nummer … Sie war mit einem Lachen von der Mauer gesprungen. „Hi. Ich bin Sara. Ingo hat schon von dir erzählt." Skeptisch mein „Aha". Sie kicherte: „Der Guckindieluft, der nichts planen kann, aber alles regelt." Ihre Hand entwand sich meiner in einer schnellen Körperdrehung, um Dich am Arm zu fassen. Dein Augenzwinkern, über die Schulter geworfen, sah ich gerade noch, bevor sie loslief auf unbestimmt und Dich entführte.

Ein Schrei von oben, ein erfreuter Gruß des Wassers … Eine Möwe im Wind, das Doppelvau dicht über mir. Ein zweiter Schrei, dann kippte sie kopfvoran unter den Wind. Und ein dritter, auf den sie seewärts stürzte, im Flug die Felskonturen nachzeichnend. Ein weicher Schwung nach groben Zacken, bis sie den Steilflug abfing, Kreise vor der Landung, zweimal über den Wellen, als setze ein Schreiber zögerlich seinen schließenden Punkt. Ein Hornstoß. Eine Warnung vom Wasser her ... Eine Fähre meldete ihr Kommen. Ein zweiter Hornstoß, auf den der weiße Fleck in die Hafenrinne lief. Ein dritter, und ich sah die weiße Schraubenspur auf dem dunklen Wasser schäumen, auf dem Strich, der in umgekehrter Richtung, in der Ferne, von Schwarzblau zu Türkis zerfloss.

Mein erster Impuls, dieses Bild sei nur im Aquarell möglich, war ein Trugschluss gewesen. Nie hätte es diese feine Kraft der Farben gezeigt, die erst mit der Deckung entstehen kann. Alles hätte wie ein Zufall ausgesehen, das Ineinanderfließen der Farben nur wie zugelassen aus Angst vor einer Nichtbewältigung der Fläche. Und während ich noch schaute, begann das Auge in meiner Vorstellung schon die Töne zu mischen und auf Leinwand zu setzen. Varianten testend malte es sich Farbskizzen in Öl und in Acryl.

* * *

Ich liebe die Nacht, für immer vorbei sind alle dunklen Atelierstunden. Ihre leeren Straßen, das ruhige Licht der Laternen, die wartenden Autos, die verschlossenen Geschäfte, ihre nicht verkauften Auslagen, die geklebten Plakate, die sinnlos leuchtende Werbung für Dinge, die ich nicht kaufen kann. Ich erschrecke nicht, wenn ein Nachtbus herandröhnt, wenn hinter jeder Scheibe ein lebloses Gesicht an seinem Gegenüber vorbei ins Dunkel schaut, wie Dummys, die unfallfrei den Weg finden. Ich frage mich, wenn eine Frau aussteigt, ob sie von einem Mann kommt oder zu einem geht, ob sie alleine bleibt, oder ob sie einer Arbeit wegen aus dem Haus gegangen ist. Darüber biege ich ab, in meine Seitenstraße, sehe ihr Ende im Dunkel liegen, unheimlich, wo die Nacht wie deckendes Schwarz über den Park gefallen ist. Und obwohl sie dort kein Geheimnis birgt, fühle ich einen Schauer, der in mir etwas lebendig werden lässt. In die andere Richtung mutig, wärmen Kaninchen sich am letzten im Gehwegstein gespeicherten Rest des Tages. Manchmal kreuzt ein Fuchs die Straße, und ich bin so verblüfft, dass ich jemand antippen möchte: *Schau mal!* Stattdessen drehe ich mich einmal im Kreis und sehe, dass ich alleine bin.
An irgendeinem Tag, in irgendeiner Woche, der wievielten - ich weiß es nicht, auch nicht warum, schalte ich das Telefon ein und wähle einer alten Gewohnheit folgend die Mailbox an. Ich schwanke zwischen Verwunderung und Freude, als die automatische Stimme sagt, es hätte drei Anrufe gegeben. Den Datumsansagen folgt das Knacken des aufgelegten Hörers, die Stimme schließt mit dem Hinweis, dass keine weiteren Nachrichten vorliegen. Das Piepen der toten Leitung im Ohr, blättere

ich durch den Speicher, die alphabetische Reihe runter, durch gesichtslose Namen, durch blasse oder gar keine Erinnerungen. Mit jedem weiteren Eintrag sehe ich mich wie einen Nachlassverwalter, amtlich bestellt, auf der Suche nach Hinterbliebenen, oder wie einen Kommissar, möglicher Zeugenschaft auf der Spur. Aber ich finde keinen Namen eines besorgten Menschen, der sich den Versuchen zuordnen lässt. Mit dem letzten Buchstaben ist es mir auch egal, das nervöse Piepen hat sich längst der Lästigkeit überführt, ich lege auf. Ich schiebe das Telefon beiseite und bin froh über die Ruhe. Doch plötzlich drückt ein Wind durch das angekippte Fenster. Er fährt in die Kastanie am Haus, packt die Blätter, biegt die Äste, wiegt den Stamm. Ein Eichhörnchen nähert sich, ein ängstliches Intervall aus Sprüngen und Pausen, wachsam geht der Kopf in alle Richtungen, bevor es die Krallen in der Rinde verhakt, den Baum erklimmt, in einem Spurt zum ersten Ast. Wieder eine heftige Böe. Bedrohlich tief hängt der Himmel. Die ersten Tropfen schlagen an mein Fenster. Das Eichhörnchen wartet geduckt, den Schwanz angelegt, auf seinem schwingenden Ast. Ein silbernes Zucken quer unter dem schwarzen Himmel, ein Knall wie ein Bombentreffer, ohne verkündendes Grollen, ohne Nachhall. Eine abgehackte Explosion als Auftakt zu einem Konzert aus Paukenschlägen. Mit drei langen Sprüngen ist das Eichhörnchen zurück am Stamm, ist sich nicht sicher, will erst nach unten, flüchtet beim nächsten Donner in das Laubdach. Es verschwindet zwischen den Blättern, die ihre hellgrüne Unterseite zeigen, mit jeder Böe, die in sie fährt. Ich lege mich auf das Bett und lausche ihrem Rauschen, dem gleichmäßigen Regen, der eingesetzt hat, dem ziehenden

Donner, der sich bereits viel Zeit lässt, nicht gleich dem Flackern folgt, das ich an der Decke sehe, das immer seltener das dämmerähnliche Licht zerreißt ... Nichts, was sich ereignet hat ... nichts, was passieren wird ... nichts, was ich bedenken müsste ... traumlos schlafe ich ein ... Und wahrscheinlich hätte ich wieder in die Nacht hinein geschlafen, aber ein Klingeln, das mir im Halbschlaf grotesk erschien, weil es im Intervall eines Weckers mahnte, als stünde ein Tagwerk an, war dauerhaft beharrlich, ließ keinen verträumten Zweifel zu: *Kein Irrtum – es klingelt immer noch, obwohl ich auf den Wecker drücke* ... Kurz hörte es auf und fing wieder an ... *Das Telefon.* Unsicher, ohne meinen Namen zu sagen, melde ich mich mit einem anonymen „Hallo". So bleibt es egal, was ich sage oder nicht sage, ob ich schweige oder auflege. Ich bleibe stumm, bis der Anrufer dies von sich aus tut. Es kann eine falsche Verbindung sein, er kann sich verwählt haben – das *Hallo* ist kein Beweis meiner Existenz. Der Anrufer sagt auch: „Hallo ..." Und er sagt: „Peter hier." Kein Zweifel seinerseits, auch keine Floskeln. Und ich überlege gezwungenermaßen, wie er einzuordnen sei, welche Bedeutung er noch haben kann, welche Gemeinsamkeiten heute noch sind. „Galerie Neubert wird erwachsen, wir feiern den Achtzehnten." Ich kann förmlich sehen, wie der dicke Zeigefinger das Brillengestell die Nase hochschiebt, die eckigen Gläser mit den schnellen Augen dahinter, das Gesichtsrund unter dem licht gewordenen Rotblond. Und ich denke, wie albern solch ein Anlass, als er anfügt: „Außerdem sind wir genau zehn Jahre in den neuen Räumen, die wir mit einer großen Ausstellung von dir eröffnet haben. Wir feiern im Hof, wenn das Wetter mitspielt. Doreen und ich hoffen, dich zu sehen, unseren ersten Künstler unter Vertrag."

Ich stand aufgeschreckt in der Welt, die ich mir eingerichtet hatte, die ich zu bewahren suchte. Mein erträgliches Leben jetzt, zwischen diesen Wänden. Aber am anderen Ende des Flures, hinter einer verschlossenen Tür, so furchtbar wie lockend, dämmerte ein erinnertes Ich.

* * *

UNGARN. Die folgenden Tage sah ich Dich nicht. Sara war uns beiden eine willkommene Gelegenheit, uns aus dem Weg zu gehen. Manchmal, unter Vortäuschung eines tiefen Schlafs, hörte ich Dich nachts kommen. Oder ich hörte, wie Du in aller Frühe Deine Schritte zu dem Zelt ihrer Eltern lenktest, begleitet von rücksichtsvoll leisen, noch morgenrauen Stimmen anderer Frühaufsteher ... Ich schlief planlos in jeden neuen Tag hinein. Obwohl, so stimmt das nicht. Ich hatte Pläne oder Ziele, nur war ich allein. Ich musste nichts verabreden, nichts einhalten. (Wahrscheinlich habe ich das Alleinreisen in diesen Tagen für mich entdeckt, ohne zu ahnen, was bereits begonnen hatte, was in den folgenden Wochen noch geschehen würde.)

Ich konnte mich also mir selbst überlassen. Oft schlug ich den Zelteingang vor dem Aufstehen zurück und sah zum See, viertelstundenlang, über meine Füße hinweg in die späten Nebel über dem Wasser oder in frühe Wolken hinauf. Ich übte mich mit gespreizten Zehen in ihrem Fangen, mich über jeden Misserfolg wundernd oder über die Idee an sich. Erst wenn die Sonne gewandert war, mit ihr der Schatten unseres Baumes, wenn mich also die Hitze aus dem Zelt zwang, dann begann ich meinen Tag. Es waren Tage, die mich zuerst ans Wasser führten, für einen Kaffee, für die Fortsetzung der unterbrochenen Muße und den Genuss allgemeiner Urlaubsfreuden. Kreischender Badespaß, Strandspaziergänge, Sonnenbäder und Wasserski, die ich aus der Ferne genoss, im Schatten eines Schirmes. Dem Kaffee folgten für gewöhnlich ein Bier und eine Zigarette, so dass ich mit dreifachem Schwung zu mir kam und in der Folge nah einer Antwort auf die sich stellende Frage: *Was anfangen mit diesem Tag?* Gegen die Verführungen der Bequemlichkeit klemmte ich die nötigen Forint unter den Tischdeckenklipp, deutlich sichtbar und lange vor dem letzten Schluck und einem nächsten Angebot. Bis die Bedienung die Scheine vom Tisch gezählt hatte, waren die möglichen Ziele der Wanderungen gegen meine schwankende Lust abgewogen, den Blick währenddessen fest auf fern gestellt, über die blinkenden Wasser und die wogenden Köpfe der Badenden hinweg.

*

SCHWERIN. Milchglasfenster, klein wie Rudimente in der Decke. Grau suppte der Himmel in die neonhelle Halle. Unter ihm schwenkte die Palette heran, eine knappe Tonne Feinblech, zwei Millimeter. Der Hallenkran stoppte vor der Schere. Ich deutete etwas seitlich. Arthur ließ die Katze das letzte Stück über die Blöcke gleiten. Ich drückte noch ein bisschen, als er die Palette absenkte und sagte: „Nach' m Frühstück brauch ich die Zuschnitte. Die Papiere hat Schmittchen. Der wollte dich sowieso noch sprechen, sitzt oben …" Er wies mit dem Kopf über die Schulter, unter dem Kran hindurch Richtung Hallendecke. „… wartet in seinem Bungalow." Die Gabel rutschte aus der Palette, als Arthur den Kran zurückfuhr, und so den Blick auf die Fenster des Meisterbüros freigab.
„Die ganze Palette?"
„Das ist die erste Palette. Und jetzt beeil' dich, sonst hört der Sozialismus noch auf zu siegen!"
Frustriert warf ich meine Handschuhe auf das Blech, steuerte

die Treppe an, zwölf Eisenstufen bis zum Knick, zwölf bis zum Absatz vor Schmittchens Fenster, zwischen Bungalow und Hallenkran. Ich klopfte mit der Faust an die schallisolierte Tür, trat ein und zog sie hinter mir zu. Das Hämmern, das Stanzen, das Fallen der Bleche, jeder Lärm war angenehm gedämpft. Ich sagte leise: „Hallo Schmittchen, du wolltest mich sprechen."
Schmittchen schaute mit seinem Silberblick vom Schreibtisch auf, mit beiden Augen links und rechts an mir vorbei, grüßte zurück und fragte: „Du kennst Heino?"
„Noch nicht."
„Das ist dein FDJ-Betriebssekretär."
Ich sagte nichts.
„Mitglied unserer Betriebsparteiorganisation."
Ich nickte. Der Vorgestellte stand von der Heizung auf, strich sein blaues Hemd über dem gut gewachsenen Bauch glatt, stopfte es unter ihm sorgsam in den Hosenbund und sagte: „Freundschaft." „Freundschaft", grüßte ich zurück.
Er beugte sein blasses Gesicht unter dem glühend roten Haar über Schmittchens Schreibtisch, seine wurstigen Finger zogen ein maschinengeschriebenes Blatt heran. Dann räusperte er sich zweimal: „Wie du bestimmt längst weist, wird der alte Siggi, ich meine deinen Kollegen und Jugendfreund Sigmar, bald heiraten. Er wird Vater und demnächst auch noch ganze siebenundzwanzig Jahre alt."
Schmittchen sank in die Lehne zurück, sah mich an und verschränkte die Finger über der Brust.
„Nun kannst du dir vorstellen", fuhr Heino fort, „dass Siggi sich zwar noch nicht zu alt, aber bald zu erwachsen fühlen wird, für

den Posten des Sekretärs der Freien Deutschen Jugend in der Feinblechnerei." Das Wort Jugend hatte er hervorgehoben und mich dabei prüfend angeschaut, während auf der anderen Hallenseite ein Kran entlangfuhr, auf der Feinblechnerseite ebenso. Das nächste Blech schwebte unterhalb des Bungalows Richtung Schere vorbei. Schmittchens länglichem Gesicht war nichts zu entnehmen. Ich zählte das Hin und Her, mithin die Paletten, die Arthur für mich stapelte.

„Was du nicht vergessen solltest ..." Heino hatte sich erneut geräuspert. „... du bist in dieser Geschichte nicht ohne Fürsprecher ausgekommen."

Schmittchen setzte sich aufrecht, drückte seinen Rücken durch und ließ die Ellenbogen auf den Schreibtisch sinken.

„Da gibt es nicht nur einen, der jetzt mehr als nur die Planerfüllung und gute Noten in der Berufsschule von dir erwartet." Er faltete das Blatt zusammen und steckte es in die Brusttasche seines Blauhemds. „Sollte das noch zur Verhandlung kommen, glaube ich nicht, dass irgendjemand eine Bürgschaft für dich übernehmen würde. Dein Arbeitskollektiv etwa?" Er schüttelte den Kopf. Schmittchens Augen pokerten links und rechts an mir vorbei. Ich sagte: „Keine Frage. Übernehm' ich gern vom Siggi", und zählte die fünfte Kranfahrt. Mein Tagesplan: Sechs Tonnen Blech.

*

UNGARN. Balatonfüred war charmant und öde, ein beschauliches Städtchen, durch das ich beinah täglich ging. Das Heilbad der Nomenklatura, wie ich gehört hatte, einer alten und einer neuen alten, einer stets flanierenden Gesellschaft. Ein Ort geprägt von saisonalem Kulturbedarf. Die Erbauer, Herren mit Frack und Stock, vorstellbar in jeder Straße, den Zylinder gehoben gegen jeden vorübergehenden Herrn, die untergehakten Damen in schleifenden Röcken vor jedem Haus, ihre Spitzenschirmchen gegen jedes Wetter gerichtet. Auch denkbar in einem Spiel mit der Zeit, gegen die einst feudalen Fassaden, den bröckelnden Putz ihrer Häuser, gegen die zweckmäßigen Betonplatten, auf denen sie nie schritten, den löchrigen Asphalt, den sie nicht kannten, die plumpen Laternen mit dem hässlichen Licht, in dem sie sich nie sahen, gegen das bürgerliche Gebaren in ihren Straßen, die überdachten Souvenirauslagen, die Tische voller Westimitate, die Stapel gefälschter Jeans, die blassbedruckten T-Shirts auf Bügeln im Wind, gegen kopierte Musikkassetten, Walkman und Ghettoblaster, gegen jeden Schwund aus westlicher Auftragsproduktion … Spitzenschirmchen gegen das Treiben der neuesten Stände, gegen devisenschachernden Geschäftssinn, gegen einen Zeitgeist, welcher in beiden sich vor meinem Auge überlappenden Zeiten bislang nicht vorstellbar war, in dem spätfeudalen Vorgestern nicht und nicht in dem jüngsten, plötzlich gestrig scheinenden Entwurf.

Wenn ich die Promenade erreicht hatte, beeilte ich mich, sie bergan über die hügeligen Querstraßen weit hinter mir zu lassen. Die Gemächlichkeit, die ich kurz darauf in der oberen Stadt empfand, neben meiner dort verwirklichten Vorstellung des Südens, waren mir die nötige Einstimmung auf die Einsamkeit der folgenden Wanderungen. Ich ging auf offiziellen Wegen, schlug mich quer durch Gebüsch, auf Trampelpfaden dem höchsten Punkt entgegen, immer auf der Suche nach dem freien Ausblick, stets bergauf. Wenn ich ihn gefunden hatte, zeichnete ich, was ich sah. Ich füllte mein Skizzentagebuch mit Bleistiftstrichen. Und in den Stunden darauf, an einen Stamm gelehnt oder auf einem Baumstumpf sitzend, versuchte ich mir die Farben einzuprägen. Ihren Wandel gegen Abend vor allem, das lange Spiel ihres steten Übergangs, unmerklich in jedem einzelnen Moment, der sich schon in den nächsten dehnt. Ihr Fließen, das nur in Etappen in Erinnerung bleibt, nur im Vergleich zum Vorher, zum Davor, zum Anfang.

Ich ging immer im allerletzten Rot, einen Aussichtsturm als Wegweiser eingeprägt oder einen anderen erhöhten Punkt, angefüllt mit Licht und Farben, bevor Schwärze sie machtvoll überlagerte. Wenn mein Orientierungspunkt im Dunkel verschwunden war, schaute ich zum See, nach dem girlandenheiteren Partyschein an seinem Ufer, oder hörte in Richtung der Musik. Meine Schritte setzte ich in den kalten Kegel der Taschenlampe.

Balatonfüred im Wandel der Tageszeit. Die Stände fand ich leergeräumt, für die Nacht verhangen. Die Promenade war überlaufen, ein Weg trunkenen Wollens und Vergessens. Ich mied sie. Ich hatte eine Weinstube entdeckt, wie gemacht für diesen Zweck, in einer Garage, in den Berg gehauen, mit Rebzeilen, die vom Dach aus in den schwarzen Himmel liefen. Ich suchte sie jeden Abend, egal woher ich kam. Erfrischender Welschriesling erwartete mich zu gierig verschlungenen Gemüsetorten oder stärkender Zürkebarat mit Wurst und Käse. Und eines Abends, von der alten Winzerfrau frisch gebraten, eine Gänseleber auf

Tokajerapfelscheiben, ein solcher Tropfen dazu, wie Bernstein im Glas und dicker als Öl. Sie reichte mir beides wie ein nationales Heiligtum auf einem Tablett mit Deckchen. Ihre alten Augen strahlten, und ich glaube fest, sie hatte beides extra für mich bereitet.

Leute aus dem Ort gingen dorthin, so wie wir in unsere Bierkneipen. Es waren unterhaltsame Abende, auch ohne eine gemeinsame Sprache. Und es war der Wein, der mir half, mein auffallendes Alleinsein zu erklären. Wir saßen auf niedrigen Hockern um einen ovalen Tisch, ein Kartenspiel darauf, manchmal ein Brett für Dame oder Schach, immer ein kühler Liter in der Mitte, reihum bestellt. Ich paffte ihre Stumpen mit, schnupfte ihren Tabak und trank wahrscheinlich doppelt wie jeder Einzelne, den freundlichen Prostereien geschuldet. Spät in der Nacht rückte ich mit dem Hocker an die Wand, fixierte mit einem Auge den Tisch oder einen sonstigen Punkt, aus Angst umzukippen. Der stets folgende Mokka, von der alten Frau ungefragt gereicht, war mit den Abenden zu einem Ritual geworden, ebenso das Streicheln meiner Schulter und ihr Schimpfen mit der Herrenrunde. Sie lachten nur, sie klopften meine Knie, während ich still den Zucker verrührte und nicht ohne Neid an Dich dachte, vor allem aber mit einer bisher nicht gekannten Traurigkeit.

*

SCHWERIN. „Guten Abend liebe Jugendfreunde. Ich glaube, wir sind jetzt vollzählig. Oder …? Ah … der Frank, der nickt.

Danke Frank. Dann möchte ich euch, liebe Jugendfreunde, mit dem Gruß der Freien Deutschen Jugend begrüßen … meine lieben Jugendfreunde, zu unserer monatlichen Sitzung …" Bei dem Wort Sitzung, wie von einer späten Erinnerung gemahnt, stand Heino auf und warf seinen Stuhl um. Frank zählte kopfnickend die angesprochenen Jugendfreunde noch einmal durch, dieses knappe Dutzend beiderseits der Tafel, angefangen am langen Eck, wo Heino sich umständlich nach dem Stuhl bückte. Über die Namensliste gebeugt, stellte Frank anschließend die Vollzähligkeit fest und machte hinter jedem Anwesenden zufrieden ein Häkchen.

„… Freundschaft!", rief Heino seiner Begrüßung hinterher, und bekam ein vielstimmig zermurmeltes „Freundschaft" zur Antwort. „Also unsere Märzsitzung … im Monat März", sagte Heino mit einer gewissen Bestimmtheit, schob drei leere Bierflaschen von sich weg, und mit diesen auch die Schuld an seinem Missgeschick, so sah es aus. Statt der Flaschen nahm er nun die Notizen in den Blick, welche er auf den freigewordenen Platz geschoben hatte. Unter seinem lichten Blond glühte die Anstrengung des Bückens nach. Frank grinste vor sich hin. Durch die Fenster drang das Klingeln einer Feierabendbahn Richtung Neubaugebiet Großer Dreesch.

„Wie ihr schon wisst, werdet ihr, das Jugendkollektiv des VEB Plastmaschinenwerks, also ihr …", fuhr Heino tief luftholend fort, „in stattlicher Zahl am Pfingsttreffen der Freien Deutschen Jugend in unserer Hauptstadt teilnehmen. Dazu brauchen wir eine Losung, die wir in ganz Groß an der Ehrentribüne mit unserem Ersten Sekretär Genossen Eberhard Aurich, seinen

Vorgängern Egon Krenz und Erich Honecker und dem ganzen versammelten Rest vom Politbüro da drauf vorbeitragen werden ... So ... das ist das eine Thema ..." Er beugte sich über seine Notizen, erinnerte sich dank ihrer und wankte in die Senkrechte zurück. „Das andere Thema, über das wir heute sprechen müssen, sind die neuen Direktiven des ZK's. Dazu möchte ich unseren Genossen Peter Schulz, den ersten Sekretär der BPO unseres VEB PMS begrüßen." Die versammelte Runde nickte ihre Begrüßung über die mit Bier und Maracujabrause vollgestellte Tafel hinweg, während Heino sich mit der flachen Hand über die Stirn fuhr. „Genossen Schulz, den ihr alle kennen solltet, nicht bloß weil er uns ein häufig und gern gesehener Gast ist, möchte ich bitten, dass er den Anfang macht, dachte ich mir. Wir sollten nämlich, dachte ich mir, die Direktiven, alle sind vielleicht zu viele, in unserer Losung aufgreifen ... eine davon, würde ich meinen, vielleicht zwei Direktiven, wenn ihr das wollt ... also zwei Transparente in diesem Fall."

Während des letzten Teils seiner Worte hatte Heino sich mit beiden Händen auf dem Tisch abgestützt, scheinbar nicht bloß des Halts wegen, sondern vor allem als eine kameradschaftliche Geste, wie aus Zuneigung zu den Sitzenden. Die schräg nach hinten fallenden Beine hatten abwechselnd Überschlagen gespielt und den rundlichen Oberkörper mit jedem Wechsel des Standbeins mal der einen Seite der Zuhörerschaft, mal der anderen zugewandt. Wobei er jeden nacheinander, beide Reihen entlang, ins Auge gefasst hatte, ganz gleich ob dieser zuhörte oder döste, schläfrig die eigenen auf dem Tisch liegenden Hände im Blick. Davon unbeirrt hatte er seine Ansprache zum

Schluss gebracht, stützte sich jetzt allein auf den linken Arm, hob den rechten, zeigte auf mich und sagte: „Bevor wir aber endgültig anfangen, möchte ich euch das neue Mitglied unserer FDJ-Betriebsleitung vorstellen, den FDJ-Sekretär der Feinblechnerei ... unseren Jugendfreund ..." Unschwer zu erkennen war, dass er nach meinem Namen suchte. Sein Kopf senkte sich, kurz suchte er in den Blättern, dann sagte er leise vor sich hin: „Der Jugendfreund von der Blechabteilung ..." Aus ihrer schläfrigen Trägheit gerissen, waren die Augen beiderseits des Tisches längst der Richtung des erhobenen Arms gefolgt. In einem Akt des Aufbäumens wiederholte er: „Der Sekretär aus'm Blechbereich ...", blieb abermals stecken, während ich mich an *endgültig* und *anfangen* als Denkübung gegen mein Erröten hielt. Er senkte seinen Arm, zog den Stuhl heran, ließ sich darauf fallen, als gäbe er einer plötzlichen Erschöpfung nach, und bereitete so meiner Befürchtung, etwas sagen zu müssen, ein abruptes Ende. Ohne weitere Neugierde hatte er sich abgewandt. Er hatte seinem Genossen Schulz den linken Arm auf die Schulter gelegt und übergangslos ein aktuelles Wort zur Parteipolitik erbeten. Das Fenster in beider Rücken gab einen Ausblick auf die beginnende Nacht.
Ein Räuspern des Gastes forderte ungeteilte Aufmerksamkeit ein. Seine Hände fassten das Revers. Sie hoben das Jackett aus dem Nacken, eine Vierteldrehung des Kopfes ins Nichts und die Drehung zurück. Das Aufschlagen eines erheblichen Stapels Papier, zweimal längs, zweimal hochkant, die Bekräftigung seiner Forderung, deutete auf das Kommende. Der Sekretärsdaumen unter einer Ecke des Stapels spielte Kino. Ein schneller

Durchlauf, ein Schnurren wie eine Drohung. Ein schlaffer Seufzer neben mir. Das Kino von vorn, langsamer, von sichtbarer Bedeutung. Konzentrierte Augen blinzelten zwischen die fallenden Blätter, suchten und verfinsterten sich. Ein zuckendes Hin und Her zwischen den Winkeln, eine Zornesfalte auf der Stirn. Und neben mir ein leises: „Ist bestimmt das falsche Herrschaftswissen!" Mit dem dritten Durchlauf gab Sekretär Schulz auf. Er stieß mit spitzen Fingern die verrutschten Blätter zusammen und sagte, das Gesicht dicht über dem Stapel, mit einem wütenden Kopfschütteln, das in seiner Schnelligkeit beinah ein Zittern war: „Da hat sie mir ... Wofür die ganze Kaderarbeit ...? Standpunkt! Zuverlässigkeit ... Konsequenzen ..." Eine Straßenbahn war angefahren. Das Quietschen um das alte Haus herum übertönte seine letzten Worte. Als wieder Stille eingetreten war, gab Heino zu bedenken: „Aber das kann den ersten Sekretär der Betriebsparteiorganisation von unser'm VEB PMS doch nicht total auß'm Konzept bring' ... Oder was?!" Und bevor Schulz sich selbst als getroffen sehen musste, von der Frage an sich und dem respektlosen *Oder was?*, das Heino langgezogen hintangestellt hatte, riss er entschlossen die Rechte in die Luft, ballte eine Faust und rief: „Ich werde memorieren. Der Klassenfeind schläft ja nicht! Aber wir sind auf der Wacht und haben einen Plan ..." Ein Vibrieren floss durch das Gemäuer, durch den Boden, in den Tisch. Wie Beifall brandete das Klirren der Flaschen auf, als wieder eine Straßenbahn aus der Kurve um das Haus herum Fahrt aufgenommen hatte. „Unser Plan beruht auf den historischen Gesetzmäßigkeiten, wie das Politbüro im Vorfeld der Tagung des Zentralkomitees der

Sozialistischen Einheitspartei Deutschlands herausgestrichen hat. Und kein Jota werden wir dahinter zurückbleiben. Und keine wie auch immer geartete Nachlässigkeit oder Provokation von interessierter Stelle kann uns von seiner Verwirklichung abhalten." Sein Zeigefinger drohte in den Raum. „Mit dem durch unser Politbüro ausdrücklich unterstützten Fünfjahresplan für unsere sozialistische Volkswirtschaft unserer Deutschen Demokratischen Republik wird den zunehmenden Erfordernissen der weiteren Entwicklung unserer entwickelten sozialistischen Gesellschaft unter allen Bedingungen genüge getan." Genosse Schulz holte Luft. „Es wurde einmütig festgestellt, dass die von der Plankommission festgelegten Plankennziffern der Verpflichtung zur weiteren und verstärkten Sicherung des Weltfriedens und allen friedlichen Belangen unseres sozialistischen Lebens Rechnung tragen. Und nichts ist dazu besser geeignet als die anhaltende Steigerung der Produktion in Industrie und Landwirtschaft, verwirklicht durch unsere Arbeiter und Bauern im unverbrüchlichen Bündnis mit der Intelligenz." Seine Stimme hatte sich bedeutungsvoll gesenkt, bis hierhin einem Hauchen gleich. Eine vermeintliche Reflexion, vielleicht eine Reflexion seiner selbst. Dann brach sie wieder hervor. Eine anfangs kalkulierte Erregung, ein freudiger Kampfeston, mit dem Schulz sich selbst überrumpelte, indem er sich im Fortlauf seiner Rede unwillkürlich selbst befeuerte, so sein Denken in Versatzstücken in weitere Tiefen riss: „Insbesondere besteht die Notwendigkeit der erheblichen und dauerhaften Steigerung der Industrieproduktion. Der Vorsitzende des Zentralkomitees der Sozialistischen Einheitspartei Deutschlands,

Generalsekretär Genosse Erich Honecker, hat dabei auf die herausragende Bedeutung der Konsumgüterproduktion und des Schwermaschinenbaus verwiesen. Und er hat direkt, uns auf's Äußerste mit Stolz erfüllend, auf unser Kombinat Bezug genommen. Die bisherige Planübererfüllung und die weitergehende freiwillige Zielsetzung des Schwermaschinenkombinats SKET, dem wir, liebe Jugendfreunde, mit unserem VEB PMS angehören, erfülle ihn mit besonderem Stolz und allergrößter Zuversicht: Wir haben uns ihm gegenüber verpflichtet, eine Spritzgießmaschine 5000 über Plan zu produzieren. Und wir werden die geradewegs auf uns draufzukommenden Aufgaben in der Produktion hochwertigster Konsumgüter auf das Allergenauste wahrnehmen. Genosse Erich Honecker hat zu Recht auf die dem Sozialismus innewohnende Bedeutung der Befriedigung der Bedürfnisse der Werktätigen hingewiesen. Unser volkseigenes Kombinat und allen voran unser volkseigener Betrieb als sein Bestandteil ist Vorbild und Aushängeschild der Wirtschaft unseres Landes, nicht nur in der sozialistischen Welt, vor allem im nichtsozialistischen Wirtschaftsgebiet und weit darüber hinaus. Unser VEB ist der schlagende Beweis für die Überlegenheit des Sozialismus. Und im unverbrüchlichen Bruderbund mit unseren Bruderländern des Rates für Gegenseitige Wirtschaftshilfe, allen voran und Hand in Hand mit unseren ruhmreichen Brüdern der Arbeiterklasse der UdSSR, wird es uns gelingen, jede Aggression und fortgesetzte Provokation imperialistischer Nachbarstaaten, insbesondere der BRD im Fahrwasser des aggressiven US–Imperialismus von vornherein und ein für alle Mal zum Scheitern zu verurteilen."

Er holte hörbar Luft für den feierlichen Schluss: „Und deshalb, liebe Jugendfreunde, getreu dem sozialistischen Motto: Mein Kampfplatz – mein Arbeitsplatz! möchte ich schließen mit dem Gruß der Freien Deutschen Jugend: FREUNDSCHAFT!"
Regen schlierte die Scheiben hinab und ließ jede Aussicht ins vage verschwimmen. Fest und bestimmt war nur der Blick des Genossen Honecker gewesen, zum Rezitativ seiner Worte. Jetzt kam er mir freundlich abwartend vor, wie er aus seinem Rahmen von der Wand zwischen zwei Fenstern in die stumme Runde schichtmüder Gesichter herabblickte. Schulz, von sich selbst überwältigt, hatte die Quintessenz seiner Rede in rasendem Tempo gesprochen. Sein Ruf nach *Freundschaft* war wie ein plötzliches Ereignis über das Auditorium hereingebrochen und wie ein längst nicht mehr zu erwartender Schluss reaktionslos verhallt. Von der ausbleibenden Antwort irritiert, wiederholte Schulz den Gruß, um sich schließlich durch die vielfach geraunte Erwiderung in seiner rednerischen Kraft bestätigt zu sehen. Der Genuss dieses Moments gab seinem Gesicht Halt, so wie die Stuhllehne seinem Rücken, in die er sich freudig erschöpft hatte fallen lassen.
Neben mir allerdings, wie eine zweite Stimme, hatte sich ein leises „Love, peace and happiness" in den Chor gemischt. Ich schaute erschrocken Richtung Schulz. Ich sah dessen selbstzufriedenes Gesicht und drehte mich in dem schizophrenen Zustand gleichzeitiger Beruhigung und Beunruhigung in die andere Richtung, schaute dort in ein Gesicht voller Spott, in ein der gelungenen Subversion wegen karikaturhaft breites Grinsen.

In meiner ungewohnten Rolle gefangen, hatte ich bisher nicht wahrgenommen, wer neben mir sitzt. Oder ich hatte mich aus Verlegenheit nicht getraut zu schauen. Und ob es nun einen Grund gab, diesem Gesicht Aufmerksamkeit zu schenken oder nicht, meine Erinnerung tat es unwillkürlich. Sie suchte den Abgleich und mühte sich in immer weiteren Tiefen, eine Übereinstimmung dieser Züge mit einem Bild zu finden. Sie wühlte in einer immer ferneren Vergangenheit, durchdrang Schicht um Schicht, ohne dass es ihr gelingen wollte. Das Grinsen war gewichen. Ein starres Gesicht längst, in das ich sah, der Kopf zurückgelehnt für einen skeptischen Blick mit mehr Abstand. Ein wirres Blond darum, welches ein erheblicher Mutwille in die Form einer Elvislocke gezwungen haben musste. Verdrängt schien mir jeder Bezug. Durch die eigentümlich spitze Nase fuhr ein nervöses Zucken, während Heino in meinem Rücken, vom Zischen einer geöffneten Bierflasche begleitet, sagte: „Wir mach'n ma' 'ne kurze Pause."

„Wie kommst du eigentlich hierher?" Die blonden Brauen standen streng zusammengezogen in dem vergessenen, nicht mehr zuzuordnenden Gesicht. Fassungslosigkeit neben der sich eine zunehmende Ungeduld zeigte … Morsch spannte das Stuhlgeflecht. Ich rutschte hin und her: *Ein merkwürdiger Verrat, dieses Vergessen! Wem gegenüber?*, fragte ich mich. Ich rückte weg. Mein Schweigen dröhnte über den Tisch. Das Echo zerschellte in heiterer Runde. Bittersüß gurgelte das Feierabendbier durch muntere Kehlen.

„Erinnerst du dich überhaupt nicht mehr?" Mit einem Schulterzucken gab ich es zu. „Vielleicht hilft dir das!" Ich hatte ein Bier in die Hand bekommen. „Wir waren alle betrunken, wie auf Klassenfahrt, das erste Mal." Ich setzte die Flasche an und hob den Kopf. Ein feines, fernes Lächeln des Genossen Honecker stimmte zu. Ich trank und sah im Augenwinkel Hände über Schenkel fahren, einen Oberkörper langsam in mein Blickfeld sinken, einen Kopf, der beinah auf dem Tisch lag. „Egal. Du kommst noch drauf. Auch wenn der Vollrausch und ein paar Monate dazwischen liegen. Was mich aber wirklich interessiert: Ist es ein Sinneswandel?" Ein gereiztes Kreisen der Schultern. „Ist es das geschärfte Bewusstsein für die historischen Gesetzmäßigkeiten, das dir widerfahren ist?" Ein Kopfschütteln. Ein tiefes Luftholen. Das Hochschnellen des Oberkörpers in die Senkrechte. „Oder ist es wie immer: Einfach nur so, abgestumpft mit der Zeit?"

Ein dumpfes Klirren hallte durch den Raum, unrhythmisch wie Morsezeichen ... Heino trommelte mit einem Stift gegen seine leere Flasche. Mit schwerer Zunge erklärte er die Pause für beendet: „Wir haben noch den zweiten Teil vor uns ... in dem ich mit euch über die Pfingstlosung ... hinter der wir marschieren werden ... bei der zentralen Kundgebung ... entscheiden werde ... werden ..." Von einem krampfhaften Aufstoßen mehrfach gestört, hatte Heino mit einer Hand vor dem Mund gesprochen, vor sich blähenden Wangen. Während die andere auf der Suche nach dem besten Platz für den Stift das Links und Rechts neben den Papieren probierte und sich gegen beide möglichen Varianten, für ein Ablegen darauf entschied. Eine Minute vielleicht, während der Heino auf die dringende Erleichterung wartete, welche ihm ein im Auftakt lauter, schließlich schaumerstickter Magenwind brachte. Er schluckte und räusperte sich. Er schluckte wieder und sagte mit belegter Stimme: „Wer einen Vorschlag hat, nur raus damit!" Seine Arme sanken nieder. Die Handrücken lagen auf dem Tisch. Die dicken Finger schaufelten unter zusammengekniffenen Augen ein ungeduldiges Na los doch in die Luft. Ein listig, trunkenes Blinzeln gegen jedes verlegene Lächeln, hinter dem sich das erwartete Unvermögen barg, aus einer kreativen Zeitendeutung ein korrektes Nichts zu schöpfen. Allmählich waren Heinos Hände zur Ruhe gekommen, die Handflächen lagen auf den Tisch gedreht. Ein schweißiges Quietschen, als er sie über die Platte unter ein Gesicht zog, welches unentschieden zwischen gewohnter Enttäuschung und erhoffter Genugtuung schwankte. „Ich ...", setzte er an und fuhr nach einer betonenden Pause fort, „... ich bin nicht unvorbereitet hergekommen. Ich habe unter Berücksichtigung der gegebenen Bedingungen unseres Kollektivs und den Direktiven des Zentralkomitees folgenden Diskussionsbeitrag erarbeitet ..." Beinah feierlich holte er Luft. Genosse Schulz hatte derweil die Tischkante gepackt und sich zurückgelehnt. Seine Augen waren in die Höhe gewendet. Er hatte sich der Konzentration hingegeben und dem Nichts unter der Decke. Heino ließ die Luft hörbar entgleiten, wiegte kurz den Kopf und sagte in voller Lautstärke: „Ich stelle folgenden beschlussfähigen Diskussionsbeitrag zur Abstimmung ..." Seine Hand fuhr durch die Luft. „Ganz groß: FÜR DEN WELTFRIEDEN. Darunter: Das Jugendkollektiv VEB Plastmaschinenwerk. Dritte Zeile: Produziert eine Spritzgießmaschine 5000!" Schulz fiel vornüber: „Eine ... oder noch eine?!" „Ach ... Da werden wir uns schon einig", wehrte Heino jede Festlegung ab. „Ja also … eigentlich ein guter Vorschlag. Gefällt mir. Der Genosse Honecker wird sich bestimmt erinnern." Schulz sank zufrieden in die Lehne zurück. Ein Wink von Heino, schon protokollierte Frank den Vorschlag. Schulzens Nachbar über Eck strich sich derweil den Schnauzbart glatt, mit Daumen und Zeigefinger, von innen nach außen. Unter der Hand stieß er ein zaghaftes „*Hmm* …" hervor, das unbeachtet verhallte, ebenso die Wiederholung. Das dritte *Hmm* schließlich nahm Heino unwillig zur Kenntnis: „Gibt es irgendwelche Anmerkungen? Uwe?" Der Tonfall verriet Herablassung und Angriffslust. Schulz dagegen wandte sich gespannt seinem Nachbarn zu und sah, wie die Hand vom Bart ließ, wie sie pflichtschuldig mit spitzem Zeigefinger die Meldung zur Diskussion nachreichte.

„Ja was denn nun?" rief Heino.

„Iss das nich' vielleicht 'n bisschen lang für so 'n Plakat?" war Uwes zögerliche Frage an Heino. Schulz, für jeden sichtbar das Problem erkennend, folgte mit hochgezogenen Augenbrauen in Richtung des Adressaten. „Die könn' schon noch schnell genug lesen, die altgedienten Herren. Ansonsten gehst du mit dem Plakat voran, denn hammse ja genug Zeit für die Lektüre!" Heino hieb über sich selbst amüsiert auf den Tisch. Ein nach dem ersten Schreck zögerlich aufgekommenes Gelächter, der verdienten Herren wegen, was Heino wohl hatte sagen wollen, erstarb schnell in Verlegenheit gegenüber Uwe. Derweil hatte sich in Schulz' Gesicht eine Bemerkung angedeutet, die er aber vorzog, nicht zu machen. Abrupt unterbrach Heino selbst sein wieder einsames Lachen mit der Frage, ob man nun endlich abstimmen könne, und hob die Hand für den eigenen Vorschlag. Schulz blieb stumm. Alle Jugendfreunde folgten Heino. Sein Antrag war einstimmig angenommen.

„Dann können wir ja endlich zum letzten Programmpunkt kommen: dem gemütlichen Teil!" Heino langte nach dem letzten, noch nicht geleerten Bier, vor ihm auf dem Tisch. Eine Pause wie ein kurzer Stillstand folgte. Dann setzte ein zunächst zaghaftes Flüstern ein, ein Stühleknarren und Sohlenquietschen erfüllte schnell den Raum, verstärkt vom Zischen angehobener Kronkorken, dem Klappern quer über den Tisch geschobener Öffner, dem Aneinanderschlagen entkronter Flaschen … Eine hochfahrende Stimmung hatte die schläfrige Zurückhaltung der vorherigen Stunde überwunden. Frank beendete das Protokoll mit einem schwungvollen Punkt hinter dem Ergebnis und maß nun mit der Spitze seines Stiftes durch die Luft eiernd das verbliebene Weiß darunter, auf der Suche nach dem schönsten Platz für seine Signatur. Schulz' Augen folgten diesen mit Endgültigkeit drohenden Kreisen. Unwille zeigte sich in seinem Gesicht, wie in seinem nervösen Fingerspiel. „Uwe, hol dem Genossen doch mal 'n Bier", rief Heino an Schulz vorbei. „Nein!" Schulz hielt seinen Nachbarn, der gerade aufstehen wollte, am Arm fest. „So geht das nicht! Eine Losung nur …" Er zeigte auf Heino, der gerade, als ob er sich neu orientieren müsse, die Augen geschlossen hatte und nach einem kurzen Kopfschütteln, mit schwankendem Oberkörper Schulz' ausholenden Handbewegungen folgte, als dieser fortfuhr: „Eine Losung nur, auch wenn die unbestritten ja ganz toll ist, ist für das Protokoll zu wenig. Wie sieht das denn aus? Nur eine Losung?

Hier sitzen so viele junge, kreative Jugendfreunde, voller Elan für die gute Sache. Und nur einer hatte eine Idee!? Noch dazu der Vorsitzende mit seiner langjährigen Erfahrung!? Wo bleibt denn euer Schwung, eure jugendliche Begeisterung? Ihr habt doch hier die Möglichkeit, euch einmal ganz für euch selbst auszudrücken, einen eigenen Beitrag zu leisten, eine einzigartige Möglichkeit, eurem Kampfeswillen Ausdruck zu verleihen. Ihr könnt selbst etwas mit ganz eigenen Worten sagen, etwas Wichtiges noch dazu." Väterlich ausgebreitet standen Schulz' Arme noch in der Luft und forderten weitere Beiträge ein, als Heino, der zwischenzeitlich eingeschlafen schien, sich flüsternd zu Frank lehnte, bevor er mit erhobenem Zeigefinger zurückschwankte und genüsslich um Aufmerksamkeit bat: „Der nun iss für's Protokoll, vom Protokollanten höchstpersönlich." Frank aber, anstatt etwas zu sagen, hatte sich plötzlich über das Papier gebeugt und unter stoßweiser Abgabe kehliger Grunzlaute notiert, was Heino ihn bat, nun endlich vorzulesen. Aber wie zur Rechtschreibkontrolle sprang Franks Stift noch einmal von Wort zu Wort. Eine scheinbare Berichtigung hier, ein nachgezeichneter Buchstabe dort, ein zögerlicher Strich unter dem Geschriebenen. Nichts als ein papiernes Kratzen war zu hören gewesen, solange bis Heino brüllte: „Jetzt lies!" „Wofür ist es nie zu spät, für die internationale Solidarität." Frank legte den Stift beiseite, schaute ihm eine Weile nach. Dann erst hob er den Kopf. Er schien um seinen Lachanfall herumgekommen und blickte reihum in Gesichter von angestrengter Reglosigkeit. Ein schulterzuckendes „Naja", mit dem Schulz betrübt in die Stuhllehne sackte, inmitten einer amüsierten Unruhe, die den

Raum nun doch zu erfassen schien. „Ich hab' auch noch ein'." Schweißer-Udo beugte seinen massiven Körper vor. Den Bauch an die Tischkante gelehnt schaute er einmal im Kreis herum und sagte: „Jugendfreund, was du heute kannst verrichten, davon wird morgen schon die Welt berichten … oder immer noch berichten …? Ich weiß nich mehr … iss ja auch scheißegal." Ein Schrei zerriss die Spannung, kurz und schrill … Frank, die Hand unnütz vor dem Mund, lachte so hemmungslos wie ansteckend. Gleichzeitig hatte ein rhythmisches Schwingen den Tisch erfasst, von Udos Bauch ausgehend, der im Takt seiner zuckenden Schultern an der Kante wackelte, dabei ein Lachen hervorstieß wie gehämmertes Blech, den Grundton der lauthals brüllenden Runde. „Den nehm' wir nächstes Mal", stieß Heino mühsam hervor und riss Schulz mit einem Schulterhieb aus seiner Verlegenheit. Schulz' angestrengter Mund verzog sich zu einem ungefragten Einverständnis. Amüsiert über den Ausgang der Sitzung, kippten Heinos Augen mit einem Schielen weg. Uwe holte laut lachend den nächsten Kasten Bier.

„Und? Ist es dir eingefallen?" Die leise Frage einer unbewegten Stimme neben mir. Eine Pistole aus Daumen und Zeigefinger und ein stummes, lippengeformtes *Peng* gegen Honeckers erstarrte Züge. Ein Schuss gegen das Fadenkreuz aller Wut und Hoffnung … Eine Persiflage, wie mir schien. Und ich hatte recht. Ich sah den Hohn, der mir entgegenschlug. Verachtung sogar, die eine Antwort erforderte, welche ich nicht geben konnte. Ein ungefährliches Schulterzucken stattdessen, weil ich nichts verstand. Aber wenn ich es doch verstanden hatte, eine Ahnung bloß, die mich beschlich, so fehlte mir der Mut.

Und ich sagte mir, dass es nicht fehlender Mut ist, diese kleine Zivilcourage – ein großes, ein verlerntes, ein mir noch unbekanntes Wort, sondern die erlernte Vorsicht. Ich gab mir geübt den Anschein von Schuldfreiheit und Nachdenken. Ich wandte mich gespielt, als hätte ich Rat finden können, dem vielfach Vorsitzenden zu. Ich schwieg in seiner schmallippigen, stummen, nichtssagenden Allgegenwärtigkeit, im Blickfeld seiner hornschattenumrandeten Augen. Ich war verstummt, oder ich hatte das Sprechen nie gelernt unter ihrer entrückten Ferne, ihrer Fernsicht, durch das spiegelnde Brillenglas hindurch, durch die aufnehmende Kamera und durch mich, durch die Gegenwart an der Zukunft vorbei auf ein, irgendein Ziel … Ich, geborgen in seiner Gegenwärtigkeit, wie sie krawattengewürgt aus dem gestärkten Kragen ragte. Der Landesvater mit den Puterlappen, die einmal Wangen waren, mit den langen Ohren, dem Lidschlupf, der dicken Greisennase, den mutmaßlichen Magenkrebsfalten, dem weichenden Stirngrau – Friedhofsblond. Das wesende Nichts. Ich sah die Antwort, ohne alles zu wissen. Ich hörte: „Wenn ich nicht dabei gewesen wäre … Nur dank meines Vaters. Die hätten euch alle dabehalten." Ich hörte auch Sohlen auf Linoleum quietschen und das Knarren eines Stuhls neben mir. Ich sah, wie der neben mir sich erhob, ein Schatten im Augenwinkel wie zum Gehen gewandt. Ich spürte wie dieser Satz mich erfasste, mich beunruhigte, in mich drang, mir den Atem nehmen wollte, wie mein Puls zu rasen begann, das Herz voller Widerwillen polterte oder vor Angst außer Takt geriet. Wie dieser Satz die Gegenwart zu teilen schien und den Moment verschob in die Vergangenheit: Ich erinnerte mich.

Ich sah mich wieder an diesem Tisch sitzen, allein, einen Stift in der kreisenden Hand, über den leeren Bogen gebeugt, nur mein Name und die Klasse darauf: Maschinen- und Anlagenmonteur MAM 2. Ein blendendes Weiß darunter, ein unendlicher Raum für frisch Gelerntes, für ständig Gehörtes, für die historischen Gesetzmäßigkeiten, für korrekt Phantasiertes, Platz für den zur Wissenschaft erklärten Mummenschanz – die Spekulation mit der Welt. Ich war gefangen an diesem Tisch, in diesem Raum, in dieser Welt, der einzigen, die denkbar war in diesem Moment, in dieser Zeit, in diesem Land. Eine neunzigminütige Ewigkeit hirnloser Konzentration um mich herum, der Ergüsse in Tintenfarbe, des Scharrens der Füße, des nervösen Hüstelns, der sich vergewissernden Blicke zur Tafel, richtig gelesen zu haben, die Fragen verstanden zu haben. Angestrengte Blicke über den Lehrer hinweg, der in unbeflecktem Weiß darunter saß, im Kittelweiß der politischen Theorie. Auszuhalten seine Observation, das Misstrauen zu ertragen, den Pessimismus des Leninkenners, den Optimismus des Menschenverbesserers, den staatsbürgerkundigen Blick. Schnell stehe ich im Verdacht unerlaubter Kommunikation oder der Suche danach. Oder, was ungleich schlimmer ist, mich zu verweigern: Aus Desinteresse erwächst die Subversion! Nur wer gefestigt ist, besteht das vorherbestimmte Leben. Und wenn es nicht das hinreichende Wissen ist, das die Seiten füllt, dann der notwendige Glaube. Eine sozialistische Persönlichkeit an jedem Tisch. Die Überzeugung von stumpfgeschriebenen Federn auf Papier gekratzt. Das Lernziel verewigt. Jedem nach seinen Leistungen, längst nicht mehr *Das Seine*. Und folgend das phantasieloseste Ende

von allen, die höchste Form der menschlichen Entwicklung ...
Es tritt auf: DER KOMMUNISMUS in darstellerischer Wissenschaft. Eine neu zu träumende Gelehrtenrepublik – Jedem nach seinen Bedürfnissen.

Ich schraube meinen Füller auseinander, entnehme die Patrone, die ich nicht brauchen werde. Ich werfe sie quer durch den Raum und lasse ihr die Worte folgen: „Gut gelernt, schlecht vorbereitet." Mein Gleichnis, was keiner weiß, die Subversion, die keiner vermuten darf. Der Fänger nimmt es persönlich. Beleidigt lädt er sein Schreibgerät. Er folgt den Mahnungen zur Ruhe. Er fasst mit hellseherischer Sicherheit den Weltenlauf in schöne Worte. Welche Hybris? Auf welcher Seite, frage ich mich, von einer wachsenden Ödnis zu einer stillen Rebellion verführt, für etwas weniger als eine Stunde. Ich schiebe die Blätter beiseite und will wütend sein gegen diese Welt und bin es gegen mich, gegen meine Jugend, mein Nichtverstehen und gegen die Angst und meine Fragen, die ich nicht stelle.

Aber kein Empfinden ist für die Ewigkeit. Und wieder bin ich umwölkt von Langeweile, den Schatten des Nichtwissens, das keine Gelassenheit sein kann, nur eine Flucht aus dem Hier oder dem Jetzt der verbleibenden Minuten, diesem geraubten Teil meines Lebens. In Gedanken durch die Mauern, Flucht ins Freie, nur weg, raus in den Herbst, der noch lange nicht *der* Herbst war. Irgendein Herbst bloß, der nass an die Fenster klatscht, der an den Bäumen zieht mit seinen Winden, als ob er sie prüfen wolle, in seinem Hin und Her. Ein Bild der Standhaftigkeit um mich herum. Und keine Phantasie, mir die Entwurzlungen vorzustellen, die kommen sollten. Nur träumend hätte ich diese Kraft gehabt ... Immer noch hier. Der Sekundenzeiger spielt sich auf. Er spielt Minute, spielt Stunde, spielt Tage, Monate, Jahre ... Ich träume mich fort. Ich bin im Nichts. Ich bin allein. Niemand der mich hat ... Verloren. Ich bin diesem Land verloren gegangen durch Langeweile.

Das Klopfen an der Tür, an das ich mich erinnerte, zwei kurze, schnelle Töne. Das erstaunte Innehalten der Schreibmannschaft unter den Augen des Lehrers, die fragend den Raum durchstreifen, die sich nur einen Verspäteten vorstellen können, die die freigebliebene Bank zu finden suchen. Die ohne ein bittendes *Herein* geöffnete Tür, in der Direktor Gundermann erscheint. Die zwei Herren in solidem Grau in seinem Rücken, beschlipst wie er, die Gesichter in routinierte Neugierde gekleidet. Die vorsorglich den Weg versperren, die aus dem Halbdunkel des Flures über des Direktors Schulter in das Publikum spähen, bevor sie ihren Auftritt haben, die machtbewusst seine formelhaften Worte der Entschuldigung abnicken, die den Lehrer der Statisterei überführen in ihrer nahtlosen Überleitung, der nebulösen Erwähnung eines schwerwiegenden Ereignisses, eines nicht mehr schulintern klärbaren Sachverhaltes. Die Nennung meines Namens, die Aufforderung des Direktors, mich zu erheben, die ihrige, alles was ich bei mir habe, nicht mehr anzufassen, die erstaunten, fast ehrfürchtigen Gesichter ringsum, reißen mich aus meinem Traumgebilde ... Die Herren treten aus der Tür vor das Herbstlicht, Grau in Grau. Ein lichtfremdes Blinzeln in den Raum. Die Kameradenhand im Vorübergehen auf der Kittelschulter. Die dienstliche Hand luftschaufelnd gegen mich, dass ich beiseite trete. Eine Hand in meiner Armbeuge, an meinen Sachen, in meiner Tasche. Inspizientenhände, Inspizientenaugen, von der staatsbürgerkundlichen Leistungskontrolle zur politischen Kontrolle. Das leere Blatt wie zum Beweis. In gerader Linie treten wir ab. Im Rücken des Lehrers, am Direktor vorbei, ein Entenmarsch mit knallenden Hacken und stolz schlenkernden Armen. Eine Hand henkelt meine Tasche. Ein russischer Chronograph klappert am dürren Gelenk. Eine andere Hand hat meinen Arm von hinten gepackt, als könne ich nicht geradeaus, das kurze Stück ins Dunkel des Flures … *Abgang.* Direktor Gundermann schließt die Tür. Er beendet das Schaustück. Sie fällt zu. Sie fällt wie ein Vorhang vor die fahlen Gesichter, vor offene Münder, vor das belehrt raunende Publikum.

Es war wie ein Traum, ein böser, ein verdrängter Traum, in den ich zurückgestoßen worden war, aus dem ich langsam wieder zu mir kam. Ich nahm allmählich die Stille wahr, dieses befremdete Schweigen, das sich die Tafel entlang auf die bierheiteren Gesichter gelegt hatte. Über die bis dahin deutlich sichtbare Hoffnung, den Zirkus wieder einmal überstanden zu haben, dank beschwerlich abgesessener Zeit endlich in den späten Feierabend entkommen zu sein. Die erschöpft abgesackten Schultern, die verständnislos ins Nichts verdrehten Augen, der ganze Unwille, der sich auf den neben mir Stehenden zu fokussieren schien. Ich sah den zur Seite geneigten Kopf, auch die so typische Handbewegung, die die Haare aus der Stirn strich, die so gravitätisch wirkte oder unsicher, was ich immer noch nicht weiß. Und aus dieser Bewegung heraus den an Respektlosigkeit nicht zu überbietenden Zeigefinger: „FDJler Ingo Gundermann möchte zu dieser ausgesuchten Diskussion auch seinen Beitrag leisten und folgenden Vorschlag präsentieren ..." Du hättest Dich auch *Seine Durchlaucht* nennen können oder Ähnliches, es wäre nicht weiter aufgefallen. Aber dass ich erst so viele Jahre später darüber lachen kann, wie Du, nun der ungeteilten Aufmerksamkeit gewiss, die systematische Dummheit, der wir unterworfen waren, uns unterworfen hatten, in flagranti überführtest mit nur einem Satz: „Im Sozialismus lädt der Meilenstein niemals zum Verweilen ein." Und Dich auch noch auf den Allerhöchsten beriefst: „Ich möchte Genossen Erich Honecker zitieren: Vorwärts immer, rückwärts nimmer!"

*

UNGARN. Nach Saras Abreise hattest Du den Ortswechsel vorgeschlagen und darauf bestanden, als ich bequem meine Eingewöhnung vorschob. Die Orte, die ich gerne besuchte, die Bekanntschaften, die ich geschlossen hatte und vermissen würde. Ohne Sara, das verstand ich allerdings, wolltest Du dort nicht länger bleiben. *Balatonfüred* gegen *Badacsony*, der Tipp ihres Vaters: *Eine urwüchsige Westernlandschaft im Westen des Nordufers*, wie Du ihn zitiertest. Ein nettes Wortspiel, gegen das es nichts zu erwidern gab. Aber darüber hinaus? Mir fiel nichts ein, einzig meine Abneigung gegen Gojko-Mitić-Filme. Natürlich war das kein Argument gegen Badacsony, und ich, meinem geographischen Fehler, was dessen Herkunft und die Drehorte betraf, sofort auf der Spur, willigte hilflos ein. Wir bauten das Zelt ab, nahmen den Mittagszug, die schöne Strecke den See entlang, die Augen auf ihn gerichtet und auf den Reiseplan, für den Vergleich der dort aufgeführten, unaussprechlichen Ortsnamen mit denen erreichter Bahnhöfe. Trotz dieser Mühe waren wir zu früh ausgestiegen. Selbst das kleine Badacsony hatte einen gleichlautenden Vorort mit einem von uns ignorierten Namenszusatz. Der Zeltplatz lag auf der anderen Seite der Stadt. Aber Dein Russisch half uns den Bus zu finden, mein Englisch den Fahrpreis zu erfragen, und ausgerechnet die älteste Frau unter den Insassen, es dem Fahrer zu übersetzen. Die alte Frau, die auch wegen des überhöhten Fahrpreises mit ihm schimpfte, die vor unserem Zeltplatz den Halteknopf drückte, wofür sie extra aufgestanden war. Beschämt waren wir ausgestiegen. Die Alte winkte uns noch durch das Fenster zu, während der Bus anfuhr und auf dem schmal zulaufenden Schwarz der Uferstraße davonrollte, mit einer Rußwolke bei jedem Gangwechsel, in verzerrende Luftspiegelungen hinein … Rechts der Straße lag das Gleis mit der Station, ein kalkweißes Wartehäuschen, an dem der gesuchte Name stand. Eine Siedlung dahinter, flach ansteigend, Eigenheime flach im Bau, mit Gärten in staubigem Grün. Eine eigene Welt aus dürstendem Zierrat und krüppligen Hecken. Nirgends ein Baum. Ein aufgebrochener Acker parallel wie eine mutwillige Grenze. Zu sehen waren einige Quadratmeter Grün, eine Handvoll Dünger, eine Wolke abgezählter Tropfen, ein sich wildgebärdender Strauch, eine mächtige Schere, ein frischer Maulwurfshügel, eine eiserne Falle, ein hübscher Setzling, Wege totgetretenen Bodens. Ich sah eine freche Wildblumenreihe, eine kraftvoll ausgeworfene Schaufel verzehrenden Pestizids. Hecken, Wälle, Gräben, Mauern,

Drähte, ein Streifen geharkten Sandes ... Ein kauerndes Kaninchen, eine verstolperte Flucht. Wachhabende Gärtnerpatrouillen. Ein Bergtableau als das sichtbare Ende dieser Welt, seine senkrechte Felsmauer, die Gipfel vom Wind geschliffen. Ungefährdet gen Westen ziehende Kumuluswolken.

Ein Windstoß war über den Asphalt gefegt, vom See herüber, über blinkende Wellen, begrenzt von einem schmalen Uferstreifen, überlebender Baumbestand davor, Bungalows in seinem Schatten, Zelte wild auf letzten Lücken ... Wir schulterten unsere Rucksäcke und suchten den Eingang.

*

SCHWERIN. In der Zentrale der Stadt. Der Stuhl, der zentrale Punkt im Raum. Auf ihn gesetzt, von einer nachdrücklichen Hand auf meiner Schulter: „Sie warten hier!" Ich wartete, bewusst der Zeit, die ich hatte, der Langeweile, die mich begleitete. Und ich begann die Ungeduld zu ahnen, die ich auslöste, inmitten der gewünschten, erwarteten, erpressten, der allgegenwärtigen Funktionalität.

Pressspan füllte die Wände. Ein furnierter Tunnel sorgfältig verwahrter Akten, unsichtbar geführter Vorgänge zum Fenster hin. Ein Holzimitat, das seine Farbe in den Spiegelungen des Herbstes verlor, in seinem Verlauf von beige zu wolkengrau, diesem kleinen Stück Himmel über dem Demmlerplatz.

Eine abschüssige Bahn der Farben und vielem mehr, von dem jeder ahnte und keiner etwas wusste. Ein kontrastreiches Spiel, dem ich fasziniert folgte, das in Kontrast zu allem stand, was ich wissen sollte, das ich einmal gelernt hatte, das mir verloren gegangen war in den öden Jahren zuvor, unwiederbringlich mit dem Weg in dieses Haus mit seiner zentralen Lage, die mich bis dahin stets gewundert hatte, in das ich nach so vielen Jahren nun noch einmal geführt worden war – ein lesbares Zeichen mitten in der Stadt. Und ebenso wie die Farben allmählich verwischten, sie schließlich in einem kontrastlosen Grau verschwunden waren, so kam es mir vor, als wenn auch ich mich aufzulösen begonnen hatte. Meine Augen sogen sich mit diesem Bild voll und sahen nichts. Mehrmals wandte ich den Kopf nach beiden Seiten und einmal auch in das Halbdunkel über meiner Schulter. „Sie sehen nach unten!" Ich sah es ein. Ich hielt es für klug. Ich wusste, es geht hier nur um mich, ohne dass ich für irgendjemand wichtig bin.

Eine gedrückte Klinke, ein Türknarren in meinem Rücken, ein Stoß bohnerwachsfeuchter Luft wischte herein, mit ihm ein fernes, leises Weinen. Kurze Schritte um die Tür herum, Geflüster aus der Ecke, dann ein langes, lautes Schweigen. Die Schritte zurück, die zufallende Tür, der Moment vollkommener Stille ... Ein überzogenes Räuspern. Ein Klatschen und Händereiben. Ein gelassen wandelndes Hin und Her, das sich mir näherte mit jedem der zahlreichen Wechsel. Das plötzlich stoppte, direkt hinter mir, dass ich den Atem hörte und meinte, ihn zu spüren in meinem Nacken, der sich darbot, verschwitzt und zitternd. Meine Augen wie im Wahnsinn verdreht. Eine Spekulation über den Rand des Sichtbaren hinaus, in das Vorhersehbare. Sie erwarteten es, sie fürchteten es, sie zuckten nach beiden Seiten, hinter wild schlagenden Lidern. Mein Puls hämmerte. Nichts war zu hören, nichts zu sehen. Ich war allein, diese Ewigkeit, das erste Mal in meinem Leben.

Wieder die Tür. Schritte die Aktenmeter entlang, an mir vorbei, um den Schreibtisch herum. Ich hörte dem Moment der offenen Tür nach: Das Weinen hatte aufgehört, war weggeschlossen oder stumm geworden. Stuhlrollen quietschten heran. „Wissen Sie, warum sie hier sind?" Ich wagte nicht den Kopf zu heben. Der Stuhl knarrte unter dem fallenden Gewicht, vorgestellte Füße zogen ihn nach, die Spitzen nah an meinen, sehnige Hände auf den Knien. Ich ahnte warum. Ich schüttelte den Kopf. Und als ginge es um Zeit, drehte der Arm die Fliegeruhr für einen Blick darauf, ging auf Kopfhöhe, schüttelte sie vom Handgelenk, das Gliederrasseln nah meinem Ohr. Ich zuckte zusammen. Ich hörte die Genugtuung und ein gespielt väterliches Bemühen: „Das sollten Sie aber wissen. Und je eher es Ihnen einfällt desto besser. Sie sind hier raus, und ich komme heute noch in meinen Garten. Der Herbst verlangt viel Arbeit, müssen Sie wissen. Der Winter wird hart und er kommt früh dieses Jahr." Die Hand hob mein Kinn. „Sie sind doch noch jung. So vergesslich können Sie doch noch gar nicht sein."

Jemand hatte seinen Platz eingenommen, hatte sich zwischen mich und meine graue Welt gesetzt und verdunkelte die Aussicht ... Ein kleiner, hagerer Mann war um mich bemüht oder um das, was ich wusste, von dem ich glaubte, es nicht teilen zu müssen. Er wusste es längst, wollte nur Details oder das Spiel, das ihm ein leichtes schien. Ein Grinsen zog über das knochige Gesicht, zog am schmallippigen Mund, und war vielleicht einmal ein Lächeln gewesen, lange vor dieser freudlosen, lustvollen

Parodie, die ich sah. Zu der ich selbst hätte werden können in einem Irgendwann, ohne diese Langeweile, die mir so jung schon zugestoßen war, die ich drohend mir gegenüber wie in einem Spiegel sah. Aber er hatte mich, heute, vielleicht auch morgen, für eine unbestimmte Zeit. Und er wird andere nach mir haben. Ich sah die lange, höckerige Nase, die kantige Spitze, die ausgestellten Flügel, die Luft, die sie holten für das Angebot oder die Drohung: „Aber ich werde Ihnen gerne helfen." Schon der Tonfall war eine Lüge. Auch die wie zu einem Gebet aneinander geschmiegten Hände, die zwischen den Schenkeln steckten, zwischen den weibisch zusammengepressten Knien. Ebenso der durchgedrückte Rücken, vorgebeugt und ungeduldig meiner Beichte. Einzig ehrlich war das mir zugeneigte Ohr, meinem Mund so nah, dass es meinen Atem hören musste, flach und schnell, die Gedanken, die es hören wollte, verräterisch ventilierend. „Wenn Sie nichts sagen, dann muss ich glauben, dass Sie mir nichts sagen wollen." Ein frauenhafter Schwung des Unterschenkels, ein Überschlagen der Beine, überzogen achtsam an meinen vorbei. Das Gesicht war in Gleichgültigkeit versunken, in unangreifbarem Stolz über meine Wortlosigkeit. Er lehnte sich zurück und wandte sich ab. Er neigte sich den Aktenschränken wie schönen Erinnerungen zu, seiner persönlichen Historie, seine Selbstvergewisserung gegen die Zurückweisung, gegen sein vorheriges Werben, gegen die berufliche Ungeduld mit diesem kleinen Fall: „Sie sind nicht etwa wegen einer läppischen Sachbeschädigung hier. Soweit sollten Sie sich im Klaren sein. Um so was kümmern sich die Genossen von der Kripo. Ich denke, so dumm sind Sie nicht. Das wissen Sie."

In seinen Stuhl gelehnt, sah er mich aus kleinen Augen an. Reglos sprach er weiter: „Wir interessieren uns für Ihre staatsfeindlichen Umtriebe. Sie haben die Portraits hochrangiger sozialistischer Persönlichkeiten geschändet, darunter lebende Autoritäten unseres Staates. Dann haben Sie die Beweisstücke Ihres schändlichen Treibens vernichtet und die Reste vergraben." Das Gesicht, eine ausdruckslose Scheibe, erstarrt in Gewissheit und Funktionalität. „Sollten Sie leugnen, und so deute ich Ihr bisheriges Schweigen, ist das ganz und gar zwecklos. Bei uns sowieso." Die Hände klappten auseinander, ein Seufzen über die Handflächen hinweg. Ein Tätscheln meiner Schulter. „Ihre erste Chance haben Sie leider vertan." Er stand auf, mühsam oder geziert, auf meine Schulter gestützt, ein alter Mann mit einem Mal, den Zweifel der Erfahrung im Gesicht: *Eine ganze Generation, ein unsicherer Kantonist.* Die Jugend, unfähig einer positiven Sinngebung, die nie erwogen war, und woran er nicht dachte, von ihm selbst nie gewollt.

Müde Schritte hinter den Schreibtisch. Dumpf und drückend das Grau in seinem Rücken. Es war ihm fern und fremd und zum Überdruss bekannt. Lustlos schlug er einen Aktendeckel auf, blätterte mit angelecktem Finger durch die Seiten, gedankenverloren legte er sie von rechts nach links. Eine Fotografie, die dazwischengeraten schien, hielt er hoch, hielt sie zwischen uns, gegen mich. Er grinste müde über ihren Rand hinweg, legte sie beiseite und blätterte weiter. Manchmal ein stilles Nicken, wenn er bei einer Seite verweilte, sie mit dem Finger überflog, ihn erneut anleckte und umblätterte. Wieder eine Fotografie, die er auf die erste legte, dann noch eine. Der

Stapel neben der Akte wuchs, bis sie endlich durchgeblättert, die letzte Seite nach links gelegt und der Deckel zugeklappt war. Ruhig wischte er den Stapel vom Tisch in die Hand und schlug ihn auf die Platte. Eine ordentliche Arbeit, eine gelungene Sammlung, sein Œuvre, das er mir plötzlich über den Tisch hinweg entgegenstreckte, schnell wie den Versuch einer Ohrfeige, wobei er wie ein altes Weib fächerte und schrie: „Wer hat solche Ideen?" Er rannte um meinen Stuhl herum. Er gab mir ein Foto mit jedem neuen Kreis. „Schauen Sie sich's gut an!" Er meinte die blitzlichtausgeleuchtete Baracke, den zerbrochenen Tisch, die Mülltonne, stehend und umgestoßen, ihren Inhalt, ein hingekippter Haufen erst, dann glattgestrichen – die durchlöcherten, zerrissenen Portraits, Bleikugeln, Bilderrahmen, Scherben. Scherbenverliebte Archäologie, abgelichtet bis ins letzte Detail. „Und jetzt kommt's!" Er tippte auf die rauchvergilbte Wand, auf die weißen Vierecke von der langen Hängung, auf die Nagellöcher wie nach einer Finissage, auf die dokumentierten Rigipsbrösel, auf jedes der Bilder seiner akribischen Reihe. Er stopfte sie mir zu, schneller als ich mich erinnern konnte: „Haben Sie das angestiftet?" Ein *Voilà* der Linken und die lächelnde Gewissheit des Kommissars über die ausgestreckte Rechte hinweg, über das präsentierte corpus delicti, den exhumierten Fall. Die wesende Staatsmacht, durchschossen und in Stücke gerissen, in totes Buchenlaub gebettet, Puzzles zwischen dem ausgehobenen Fundloch und dem aufgeworfenen Erdhaufen, sorgsam handgeschaufelt, liebevoll aufgehäufelt – ein handgetrommelter Kartoffelhügel, maulwurfsgleich …

Ein zufriedenes Lächeln wegen des gelösten Falls. Und ein Grinsen über den Schuldigen, der vor ihm saß. Ich betrachtete diesen Unsinn in meiner Hand und abwechselnd seinen Schöpfer, diesen Zuchtmeister eines Kleingartens, den Selbstversorger ohne Not, Liebhaber der Natur, die er selbst erschafft, den Dreck unter den Nägeln, ein erholungssüchtiger Pausenclown im Zwergenidyll, die Rastlosigkeit, die kaum stillstehen konnte in diesem Moment, in diesem Reich und seinem anderen, in welches meine Vorstellung ihm folgte: Reih und Glied hinter gezogenen Hecken, vor durchgezählten Blumen in quadratischen Rabatten, auf feingeschorenem Rasen, am krummen Stamm, den er zerhackt, weil er ihn nicht erträgt. Den Spaten in die Wurzeln geschlagen – *Stumpf und Stiel* – Hieb für Hieb, sicher geführt, aus der gesenkten Schulter, dem gebeugten Rücken, bis er alles auf den Haufen werfen kann, seinen Haufen ... Und der *Kompost der Geschichte*, der mir einfällt, ist zu groß für uns. Der Fall bleibt lächerlich. Eine Peinlichkeit für ihn, was er weiß, und lebensbestimmender Ernst für mich, was ich ahne. Trophäenstolz schlenkerte seine Hand das nächste Bild, als ob ich es fangen sollte, vor meinem Gesicht hin und her. Derselbe Arm auch dort im Bild, dieselbe Hand mit dem in Klarsicht getüteten Fund – eine Fortsetzung im Kleinen, wie in einem doppelten Spiegel. „War eine schöne Puzzlelei!" Und in schneller Folge, wie der Austeiler in einem Kartenspiel, warf er mir die Ablichtungen zu. Seine Fotos von geklebten Schnipseln, die Wiederherstellungen seiner Autoritäten, seine archäologischen Arbeiten über eine unbedeutende Geschichte. Die Ungeduld der bald leeren Hand floss in seinen Körper zurück.

Er trat mit den Füßen, als ob er rennen müsse und brüllte: „Aufheben!" Ich sank auf die Knie. Ich sammelte diesen Haufen zusammen, sein Canasta oder Rommé, ein Bild um das andere: die besungenen Helden, die ermordeten Führer, die sterbenden Gerontokraten – nichts als Leichen, zerhackt, verschmiert und aufgelöst – gefunden in meinem Massengrab. Befriedigende Bilder für mich. Und befriedigend für ihn, wie ich auf seinen Befehl hin vor ihm kniete. „Wir haben die Aussage von jemand, der Ihr Treiben von A bis Z beobachtet hat. Wir wissen also, wer auf die Bilder geschossen hat. Und jetzt sagen Sie uns, wer hat das angestiftet!" Ich erhob mich, während ich durch die Fotos blätterte. Unseren gemeinsamen Schatz in der Hand, ihn um Kopfeslänge überragend, zählte ich auf Höhe seiner Augen von neuem durch, Bild für Bild, als hätte ich nichts gehört. Ich spielte nicht mit. Ich spielte ein anderes Spiel. Ich spielte einen gefährlichen Poker: *Royal Flush*! Wir hatten alle zusammen! Ich lachte. Ich musste lachen und wollte es nicht. Er riss mir die Fotos aus der Hand. Ein Stoß vor die Brust warf mich in den Stuhl zurück. Mit aufgerissenem Mund stand er vor mir. Er bebte, die Hand mit den Fotos für eine Ohrfeige in der Luft, er fuchtelte unter der Decke vor dem Neon herum. Ein Schrei erstickte noch beim Luftholen in Fassungslosigkeit. Der Arm sank, die Ohrfeige blieb ungeschlagen. Und mit dem Arm, so schien es, sank auch der Körper zusammen. Die erschöpften Schultern, die müden Augen, das in Jahrzehnten der Wiederholungen verbrauchte Gesicht. Ich meinte, meinen stumm errungenen Sieg zu sehen.
„Wir haben schon ganz andere kleingekriegt …" Er drehte mir den Rücken zu und trat vor das Fenster. Er winkte mit den

Bildern, unter einem Klappern der Uhr, die längst vergessenen Schritte heran. Der erste Schlag traf mich in den Rücken. Ich stürzte mit dem Stuhl um. Unter den folgenden rang ich vergebens nach Luft, um sagen zu können, dass ich es gewesen war.

*

UNGARN. Von Sport- und Wehrunterricht trainiert, waren wir die schnellsten Wanderer.
Von der gemeinsamen Wanderung des ersten Tags in Badacsony gelangweilt, hast Du mich den Ausflug nach Szigliget allein machen lassen. Dir war nach einem Badetag, wie Du sagtest. Sichtbar war die Sehnsucht nach Sara und Dein Wunsch allein zu sein. *Viel Spaß im Morast* winkte ich Dir zum Abschied, unseren verunglückten Badeversuch in Erinnerung, und nahm den Zug, für die eine Station in westlicher Richtung. Anschließend machte ich mich in den verlassen wirkenden Siedlungen Szigligets auf die Suche nach Vár-hegy oder entsprechenden Wegweisern. Ich irrte an großzügigen Gärten mit hohen Hecken vorbei, die geweißte Sommerhäuser mit gesprengtem Rasen verbargen, künstliche Teiche und Partyzelte, die mich an ein vornehmes Irgendwo auf der Welt denken ließen, das ich nie gesehen hatte. Einzig die Auffahrten störten meinen Tagtraum vom Westen. Die abgestellten Moskvich, Wolga, Lada rückten das Bild auf sozialistische Art zurecht, dass eine schwarze Tschaikakolonne mich nicht gewundert hätte: Ein Blaulicht vorweg, eins hinterher, erschöpfte Regierungstäter mit Erholungsauftrag in der Mitte, anonym gesänftet hinter schwarzem Store.

Schließlich fand ich den steilen Zugang zur Burg, einen Steinweg, einige Dutzend Meter zum Vorhof hinauf. Ich zahlte meine Forint, stieg auf der Ruine immer höher, über Treppen wie auf einer steilen Rampe den seezugewandten Mauern entgegen, über Fundamentreste hinweg, an einer Brunnenmechanik vorbei, am Wohnturm mit zwei zierlichen Kammern und der zugigen Kapelle, an niedlichen Kanonen, verrostet, aber wie gemacht für einen Beschuss mit Karnevalskonfetti. Auf der Brüstung, die Hand auf den Zinnen, dachte ich, nur ein Feenwesen fehlte noch, vorübergeweht in fliegendem Stoff. Und ein edler Ritter in klapperndem Sardinenblech, ein klebender Wams darunter, seit Wochen ungewaschen, stinkend und zahnlos, aber ein unverdrossenes Freierslied auf den eingefallenen Lippen – die Minne für das komplette Bild. Froh um das Fehlen dieses Details wandte ich meinen Blick der Gegenwart zu. Schaudernd fiel er durch die Zinnen, stürzte dreißig Meter das Mauerwerk hinab, an einem Schwarm tanzender Schmetterlinge vorbei, zwischen Baumwipfeln hindurch. Er zerschellte auf der Zufahrt zwischen Menschentrauben, schlug inmitten von Figuren auf, klein wie Spielzeug, allerlei Gefährt entstiegen, umweht von blauen Zweitaktwolken. Ein Massenansturm als gäbe es nur dieses Ungarn und kein Anderswo. Immer neue Formationen, gefügig wie ich selbst, Wellen eines lächerlichen Angriffs auf die einzige Ruine der Welt, wie es schien, dem einzigen Ziel, das dem stummen Wegducker geblieben war ... Ich entriss mich meiner Phantasie von Pech und Steinen, von kübelweiser Scheiße, einem Regen aus Armbrustpfeilen und allem Dreck, den man auf Andere werfen kann, dem Träumen eines besserwisserischen Kindes. Ich hob, um klarer zu sehen, den Schirm meiner Mütze und drehte ihn ins Genick ... Höchststand Mittag – als schien die Sonne von allen Seiten. Licht und Farben verschwammen in einem tanzenden Spiel. Alles war hell und strahlte derart, selbst der dunkle Mauerstein, dass das überforderte Auge sich schutzsuchend hinter einem diesig flirrenden Schleier vor der Welt verbarg. (Malerpoetik, ich weiß. Aber wenn es so scheint, das Auge es so sieht?) Es war zu viel, die Welt sehend nicht auszuhalten. Mit geschlossenen Augen, bei tiefen Atemzügen stand ich dort, den Kopf auf die Brust gesenkt – ich kalibrierte unserem Teil der Welt die Farben neu. Ein Versuch mit dem Dunkel.

Nachdem ich die Augen wieder geöffnet und den Schirm über sie geschoben hatte, betrachtete ich die Welt aufs Neue. Landschaft, die in den sattesten Farben vor mir lag, die in einen lichten Flaum gekleidet schien, je weiter ich in die Ferne sah, über Felder, Wiesen, Wald, in eine verschwimmende Schärfe hinein, in ein Schwinden des Kontrasts ... Die Sonne kitzelte wie einer Schuld bewusst den tiefsten Ton aus trocknem Grün, strohiges Getreide wog sich in Gold, dass ein Blinken nicht verwundert hätte, trockene Parzellen umgebrochener Erde dunkelten von Graubraun gegen Schwarz. Alles war so gleichmäßig voller Licht. Und nirgends fand sich der Schatten, der dem Maler das Farbenspiel erleichtert hätte. Raum und Perspektive? Wie malt sich ein Wald oder der einzelne Baum? Oben helleres Grün als unten? Nur das? Und aus der Ferne gesehen, von oben gar, so wie von dort? *Dort unter mir ist der Wald, ist eindeutig ein Wald* ... Aber genau betrachtet war er nichts als eine Fläche

welligen Grüns. Ich sah darüber hinweg, ich schweifte ab, vielleicht wich ich aus. Ich schaute vom Land zum See. Ich suchte dort den erhellenden Ausblick. Ich sah eine öde Fläche von Blau in Grau zerlaufen, nichts an ihrem Ende, nur ein Ufer wie ein fernes Land, hinter dem Dunst des Sees wie hinter geheimnisvollen Schleiern. Schemenhaft wie eine ewige Vermutung, wie jene Zuschreibung, die an diesem Tag noch in immerwährender Unerreichbarkeit zu liegen schien, fern und unbekannt, in noch unbekannten Farben ausmalbar.
Vielleicht lag es an der erhaben hohen Position. Vielleicht kam es mit den Schmetterlingen, diesen wunderbaren Faltern, geldscheingroß mit weißen Flügeln, schwarzumrandet, manchmal ein Zitronengelb darin. Mit ihrem Jagen vor der Burg, ihrer Balz vor der alten Mauer, liebestoll im Aufwind. Mit ihrem häufigen Stehen in der Luft, ohne jeden Flügelschlag, furchtlos und ohne Fluchtgedanken, als ob sie zum Greifen nah bei mir den nächsten Lieben erwartet hatten, für die Entführung auf den schönsten Tanz ... Und um wiederzukommen, zu mir, der ich über ihrem Wind thronte. Vielleicht stellte ich mir das Fliegen vor, mit den Schmetterlingen sprechen, ein gewagter Sprung, verschmolzen mit einem Drachen, ihnen gleich ... Oder mir kam ein Ultraleicht in den Sinn: ein verheißendes Propellersägen direkt über mir, das mich hinaushebt in endlos steigenden Kreisen, weit über sie. Über immer fernere Reste allen Mauerwerks, grenzenlos des Wegs, wie ich es im Fernsehen gesehen hatte, in einem fremden Sender. Ich beugte mich über die Zinnen, in die frei zirkulierende Luft. Ich fühlte mit ausgestreckter Hand den warmen Aufwind der Schmetterlinge. Ich blieb, wo ich war.

Wie eine Sucht war das Besteigen aller umliegenden Berge, ein Sport wohl auch, gut trainiert und militärisch verwendbar wie ich war, immer stramm vorbei, uneinholbar für alle anderen Wanderer. Für den Schweiß wurde ich immer mit den herrlichsten Ausblicken belohnt, mit Ferne und einer sich fortsetzenden Phantasie - Abstand von meiner begrenzten Welt…
Das Sehen hatte ich am Balaton gelernt. Und die Bilder blieben stehen. Ich konnte sie von einem Mal an abrufen, durch sie blättern, wann ich es wollte, ein Album in meinem Kopf, als hielte ich eines in den Händen, vor und zurück, wie ich es wollte. Der Vergleich offenen Auges mit einem vergangenen Augenblick, und oft mit vielen, zur gleichen Zeit. Es war eine bis dahin nicht gekannte Konzentration, die ich entdeckt hatte, eine Fähigkeit, selbst wenn ich nicht allein war, mit Dir zusammen hin und wieder auf den Höhen stand, die mich gerade deshalb so erstaunte, um die ich nach ihrer Entdeckung sofort zu fürchten begann.

* * *

Diese Stadt ist so reich und willens dich zu beschenken. Bist du aber einmal nicht mehr fähig, diese Geschenke anzunehmen und dir zu eigen zu machen, dann nimmt sie nur noch.

* * *

UNGARN. Der Stich ins Herz. – Pathos? Meinetwegen ... Ich gebe zu, ich konnte von der Flucht auf die Berge nicht lassen, vom Schauen in die Weite. Ich war dem offen gewagten Blick verfallen, und dem heimlichen, wo er sich bot und lohnte. Und er lohnte oft, wie es die Menschen im Sommer so an sich haben, wenn alle wenig anhaben. So auch auf Vár-hegy. (Wie ein nicht zum Zuge gekommener Teenager. Und nicht nur der.) Der Abstieg von der Burg und die Einkehr in ein kleines Hofcafé, auf eine bestuhlte Terrasse unter einem Platanendach, mit einer Wiese davor, leicht abschüssig bis zu einer Gestallung. Die Limonade lag kühl in der Hand, sie floss erfrischend in den trockenen Hals, ziellos schweiften meine Augen über den Glasrand hinweg. Als ich sie wieder an den Mund führen wollte, gelang mir kein Schlucken mehr, das Einfachste nicht. Ein Kloß wie ein Krampf in meinem Hals. Ich presste die Hand vor den Mund, um ein Spucken zu verhindern. Mir war mit einem Mal schlecht geworden, wie von einem Schlag in die Magenkuhle. Ich konnte keine Luft holen, hatte Herzrasen, ein Schlagen bis in die Schläfen hinauf. Mein Kopf glühte, und ich wusste nicht warum. Aber gleich darauf nahm ich den Grund für meine Verwirrung wahr. Ich hatte Schönheit gesehen. Ein Mädchen meines Alters, augenfällig das pechschwarze Haar, das ihr lang und schwer über die Schultern fiel. Ihre Bewegungen aber, welche sie auf besondere Art zu empfinden schien, waren das eigentlich Auffällige. Schönheit, die in einer bewussten, aber unwillkürlichen Langsamkeit lag. Ich sah ein körperliches Erleben jedes kleinen Moments. Und erst jetzt sah ich die Spielzeuge, kindsgroße Holzfiguren auf dem Rasen verteilt, und die Kinder auf diesem Parcours, die nach ihr riefen, wenn sie Hilfe brauchten oder wissen wollten, wie etwas geht. Selbst die Kleinsten, die kreischend Luftballons von ihr erbaten, welche sie am Stöpselmund eines lustigen Gnoms sofort aufzublasen hatte. Jedem ihrer Tritte auf die Fußpumpe folgte ein gesteigertes Entzücken in den Kinderaugen, ein Hüpfen und Händeklatschen, das sich sogleich in ihrem Gesicht widerspiegelte, in einer tiefempfundenen Wärme, wie mir schien.

Unbegreiflich, wie ich an dem Rasenstück vorübergehen konnte, ohne diese Szenerie zu bemerken, diesen Tumult, der sich darauf abspielte, der mit ihr in der Mitte im eigentlichen Sinn gar keiner war ... Ein gravitätisches Zentrum der Ruhe mit kleinen Planeten auf engen Bahnen. Vielleicht war ich so gebannt in mir gewesen, voller Bilder meiner engen Welt und voll trauriger Phantasie.

Ich schaute unablässig, ich konnte nicht anders. Und bald hatte sie es bemerkt. Sie blickte verunsichert über die Schulter, über die wenigen Tische zu mir hin, jedes Mal wenn eines der Kinder sie vom Rand des Rasens zu sich rief. Aber einmal trafen ihre Augen mich wie suchend, gar nicht irritiert, bildete ich mir ein. Wieder konnte ich die Limonade nicht trinken. Ich stellte mich ungeschickt an und verschüttete einen Teil davon. Ich rieb meine Hände an der Hose ab, strich auf den Oberschenkeln vor und zurück, bis ich merkte, dass sie sauber waren, die Hose dafür längst klebte. Ich versteckte die Hände in den Taschen und begann unwillkürlich mit den Beinen zu wackeln. Ich saß auf meinem Stuhl, wie ein Alkoholiker, der warten muss. Unbewusst langte ich auf den Tisch, fummelte an allem herum, zerdrückte jeden Bierdeckel. Ein Kellner legte im Vorübergehen den Kopf zurück, als suchte er skeptisch Abstand. Längst war ich aufgefallen. Und als sie sich wieder zu einem Kind niederbeugte, welches mit aufgeregt wedelnden Armen vor einem Spielzeug stand, verließ ich die Terrasse zwischen vollen Tischen hindurch und stolperte Richtung Toilette.

Das Wasser in Gesicht und Nacken bewirkte nichts, keine Beruhigung, auch der Moment der Stille nicht. Der Spiegel zeigte einen Fremden. Ich sah Zweifel, ein Bild das nicht genügt.

Auf der Terrasse zurück, sah ich einen Tisch neu besetzt. Zwischen meinem Tisch und ihrer Wiese saßen zwei Mädchen, deren Wege sich mit meinen auf der Ruine mehrfach gekreuzt, vielleicht gesucht hatten, schöne Mädchen eben noch, blasierte Zicken mit einem Mal. Ihre lackierten Finger auf der Suche, wie von Leseschülern spitz in der Speisekarte. Die Karte wie zu einem Spiel sonderbar hochgehalten: *Seh' ich dich nicht, suchst du mich?* Ein albernes Verstecken. Sie saßen schulmädchenhaft korrekt in irgendeiner Erwartung, kerzengerade in einer irgendwo gesehenen Rolle. Sie saßen mit ihr Rücken an Rücken. Kein Ausblick auf die Wiese mit ihrem Spielzeug. Kein Kinderjubel, wie ich ihn zuvor sah. Hinter mir war nichts als die Wand. Welche besseren Plätze konnte ich empfehlen? In welcher Sprache ohne ein Gespräch führen zu müssen? Welches andere Café? Ich wollte sie dort nicht sehen, weil ich nicht mehr schauen konnte. Ich wollte, sie gingen, weil sie denken mussten, ich sei ihretwegen so aufgewühlt. Sie aber schauten und hatten wohl Zorn in meinem Gesicht gesehen. Und die Irritation in ihren Gesichtern war es, die mich verstehen ließ, es war nicht der verlorene Moment, es war mein Selbsterkennen und das plötzliche Erschrecken vor der Konsequenz, die mir so früh widerfuhr, die ich von da an deutlich sah …

Ein Wind strich die Wiese herauf. Er brachte Bewegung in das Platanendach, strich über meine Arme, ein kühler Hauch auf der Stirn und ein überhitzter Schüttelfrost. Er brachte das Wiederspüren dessen, was ich immer war: Ich bin allein. Wie oft habe ich versucht, sie zu malen. Es ist mir nie gelungen.

* * *

Festlichkeiten am Tag sind mir ein Graus. Es irritiert mich, wenn unter brennender Sonne Frohsinn Einzug halten soll in hemdsärmelige Gemüter, in gravitätische Charaktere, in kunstsinnige Geister, in beliebige Claqueure. Dann wendet sich mein hilfloser Verstand den Getränken zu. Ich folge ihm bedingungslos. Und mein Wesen, solchen Umgang längst nicht mehr gewöhnt, lockert sich mit einem Glas in der Hand. Dennoch fliehe ich in eine Ecke des Hofes, in Richtung eines Gartenstuhls. Die von Peter geschnorrte Zigarette, die erste an diesem Jubiläumstag, verursacht einen desorientierenden Schwindel. Ich sacke angenehm beschwert in das Stuhlgeflecht. In meinem Rücken das beruhigende Rauschen einer efeubewachsenen Häuserwand, vom Giebel her das aufgeregte Tschilpen junger Schwalben, die Kontrapunkte zu den Loungeklängen, die der DJ von den Turntables in die Boxen schickt. Rahmenbildend die Bewegung seiner tätowierten Arme beim Synchronisieren der nächsten Platte, im Zusammenspiel mit der Sorgfalt, mit der der Koch auf der anderen Hofseite das Gegrillte wendet. Zwischen beiden, locker fraktioniert, mit sektglasspitzen Fingern, die Freunde der Galerie, die Sammler der Werke, die Tanten der PR, die kommandierenden Fotografen, kurzberockte Groupies im Wochenendfieber, die alten Kollegen, vereinzelt ein stiller Betrachter und die übliche Handvoll langgesichtiger Alleinmaler im Pflichttermin – Unmut, den ich teile. Über mir knarrt ein Fenster, ein Ziehharmonikagestänge quietscht, jemand hängt Wäsche auf, lässt lustige Tropfen regnen. Getrommel auf dem Kies. Ich war noch nie ein Tagtrinker. Ich brauchte immer die Sicherheit der Nacht, das Dunkel, das den Abstand schafft, das die Gewissheit oder den Zweifel in weite Ferne rückt, wie ich es brauchte, in der mir nichts hell beschienen und nur dadurch zu verschwommener Größe wuchs. Ich brauchte das Dämmerlicht, das die Konturen schleift, das mir Jugend verlieh oder die nötige Reife, das die Worte von jeder strengen Bedeutung löst, weil das immer akzeptierte Glas meinen Witz charmanter fließen ließ. Ich versteckte mich im Zwielicht morgens öffnender Dunkelräume, hinter dem Stroboskop der Bewegungen, das mein Schwanken übermalte, es erlaubte, sympathisch machte, egal wo ich war.

Der Wind treibt mir ein Gemisch aus Fisch, Fleisch und Kohle in die Nase. Ich sitze in der Ecke des Hofes, die Sonne auf meinen ausgestreckten Füßen, in den Händen das leere Glas. Ich scheue den Weg an die Bar, zwischen den Grüppchen hindurch. Ich will nicht in das Gedränge zurück, in den unvermeidlichen Smalltalk. Bekannte schauen schon herüber. Ich bemerke irritierte Blicke, mitunter besorgte Gesichter. Ich habe keine Lust, ihre Zweifel zu zerstreuen. Sie haben recht. Und ich frage mich, warum ich hergekommen bin. Peter fällt mir ein – Sympathie, die bleiben wird, aber keine Dankbarkeit für etwas, das nichts mehr zählt.

Der Koch gießt ein Bier auf den Grill und zeigt mit seiner Zange auf den Rost. Er erklärt einer Frau sein Werk. Die Zangenspitze hüpft von Speise zu Speise. Sie dagegen wiegt unschlüssig den Kopf. Der Wind hat die Bierwolke zu mir getragen. Der Sekt hat Appetit gemacht. Ich werde alles probieren und mich für das Beste in rauen Mengen entscheiden. Ich werde mit den Nachlässigkeiten der letzten Monate brechen, die kulinarische Verwahrlosung gerne büßen, Yo-Yo spielen mit dem Effekt meiner

Junggesellendiät. Schon stehe ich am Grill und will mir einen Teller nehmen. Die Frau greift mit mir gemeinsam zu. Sie zieht von der anderen Seite, den Blick auf den Grill gerichtet, auf ein letztes Stück Zander im Bananenblatt. „Den will ich auch", sage ich. Sie lächelt verwundert, nimmt mich jetzt erst wahr, scheint nicht verärgert, eher bestätigt in ihrer Wahl. Sie bietet mir im Tausch für etwas, das ich aussuchen soll, die Hälfte an. Was sonst noch fertig ist, lasse ich mir auf den Teller legen. Schon sitzen wir, den Efeu im Rücken, und essen, die Arme über Kreuz, alles von zwei Tellern geteilt. Den halben Zander gibt sie für ein ganzes Würstchen her, das sie gar nicht mag. Mit gespieltem Entsetzen inspiziert sie den Kringel. Sie schiebt ihn an den Rand und reklamiert einen schlechten Tausch: „Das ess' ich nicht. Du musst mich schon verwöhnen!" „Für ein Stück Fisch?" „Oder ich nehme mir, was ich will." Kurz bin ich abgelenkt. Ich kann gerade noch die Gabel abwehren, die in das Steak fahren will. „Guck mal", täuscht sie mich und hat Erfolg. Ich verzichte generös.

Was muss ich berichten? Du denkst Dir sicher den Fortgang und hast recht. Das Fest hatten wir bald verlassen, für einen bezirksübergreifenden Zug durch die Gemeinde. Die Nacht war lang und (ich muss schmunzeln) auch anstrengend gewesen. Ich war sehr bald in einen kurzen, tiefen Schlaf gesunken, der hin und wieder unterbrochen war, fast unmerklich, von einem kurzen Wachwerden, wenn wir uns umdrehten, von einer präsenten Erinnerung, einer warmen Gegenwärtigkeit. Wir lagen in ihrem schmalen Bett, abwechselnd die Brust am anderen Rücken,

ihre Hand suchte meine, unsere Haut floss ineinander. Manchmal ein kurzes Herzrasen, über das ich wieder einschlief, in dem klaren Wunsch, mir diese Nacht zu bewahren. Diesen trunkenen Taumel, die Klarheit der Gefühle, das geheimnisvolle Verwischen ihres Gesichts in der Dunkelheit, das dunkle Leuchten ihrer Augen, diesen festen Glanz …
Aber irgendwo in weiter Ferne erklimmt die Sonne den Horizont, wirft Licht und Schatten voraus, auf einen Tag, der viel zu früh beginnt. Unbeirrbar nimmt sie ihren Weg, steigt stetig höher, schickt ihr Licht tiefer und leuchtet jeden Winkel aus, das letzte Geheimnis. Sie zerreißt die Nacht, von der nichts zu bleiben droht. Hinter meinen Lidern blendet grelles Orange wie ein zweiter Sonnenaufgang, ein erster Weckruf: Es ist Tag. Sein Licht will sich kalt und nüchtern über alles legen, was eben noch war. Ich wage nicht, die Augen zu öffnen. Ich beschließe, nicht zu sehen, blind zu bleiben, nicht zu akzeptieren, was ich nicht sehen will. Ihre Hand entzieht sich, gleitet unter meinem Arm hindurch. Sie dreht sich auf den Rücken unter einem zarten Schnarchen wie von einem Kind. Ich lausche den Atemzügen, dem Zittern der Nase beim Luftholen, dem Blubbern der zweifelsfrei geküssten Lippen, wenn sie ausatmet. Ich stelle mir ihre Brust vor, wie sie sich hebt unter dem vermeidbaren Ringen nach Luft, wie sie sich erleichtert senkt, und komme mir dabei wie ein Abtrünniger vor. Ich ziehe das Kissen vors Gesicht, suche Deckung im Dunkel. Heiß und stickig hallt mein Atem zurück. Ich drehe mich auf den Rücken, an ihre Seite. Plötzlich klingt ihr Schnarchen leise, wie aus einem anderen Raum, ein unbeirrbarer Rhythmus, es zwingt mich in seinen ruhigen Takt.

Ich atme mit ihr, ganz langsam, bewusst ein und aus. Habe ich das gesucht, die endlosen Jahre einsam im Atelier, um es hier zu finden?

Die Sonne ist gestiegen, fällt nicht mehr durch das Fenster, wirft anderswo ihre Schatten. Im Hof höre ich einen Jungen seinen Ball gegen die Wand treten. Er tritt ihn gegen die Zeit, immer schneller, je langsamer sie vergehen will. Schuss, Abprall, Echo – immer kürzer die Folge. Die Wände wie ein Trichter, nirgendwo ein Ausgang. Ich hole schneller Luft, atme einen anderen Takt und falle aus ihrem heraus. Der Ball ist versprungen. Jungenflüche jagen ihm hinterher. Neben mir verschluckt sich ein Schnarchen, zermurmelt eine Zunge den Schlaf, unverstandene Fetzen, bis zum nächsten Schuss. Die Hoftür quietscht. Dem *Hi* folgt ein *Da biste ja endlich*. Eine kurze Absprache, schon spielen zwei Jungen unter geliehenen Namen abwechselnd auf dasselbe Tor. Ich schaue an die Decke. Ich lausche den Schritten, den kurzen Sprints, den abrupten Stopps, ihren verbissenen Rufen. Ich höre die Schüsse, zähle die Tore, freue mich über jedes und stelle mir die beiden vor. Das Weiß der Raufaserdecke wird zu meiner Leinwand: Zwei Wuschelköpfe huschen hin und her, halten mit der Schulter den Anderen vom Ball fern, sie ziehen ab oder verstolpern den Schuss und jagen wieder dem Ball hinterher. Einer war schneller dran, der Andere steht ihm gegenüber, funkelnde Blicke treffen sich, täuschen links an, trennen sich rechts, wieder prallt der Ball an die Wand, und wieder rufe ich unhörbar *Tor!*.

Ich hätte gerne mitgespielt, den ersten Fußball seit Jahren. Ich liege stumm. Ich lausche dem bald atemlosen Getrappel, den kurzen Bubenschritten, die sich zunehmend belagern, den Ballrunden, die immer engere Kreise ziehen, einem bereits kraftlosen Protest, der mich wie eine Ankündigung des nächsten Schusses aus dem Wegnicken reißt, bevor der Ball wieder sein Ziel oder etwas anderes getroffen hat. Ich könnte das Fenster schließen, aber ich tue es nicht. Ich drehe mich auf die Seite und sehe, ich bin nicht allein. Im Hof geht ein Fenster auf. Beckham wird zu Tisch gerufen. Die Mutter erlaubt kein Rückspiel. Sie ist erbost über die Widerrede. Ribéry bleibt Sieger im Hofderby.

Von den Rufen der Mutter war sie aufgewacht. Oder von der plötzlichen Stille im Hof. Oder einfach mit der Zeit. Ein Orientieren wie in fremden Räumen, wie am ersten Morgen in einem Hotel, wie im Erwachen nach einer verwirrenden Reise. Sie strich die Decke glatt, langsam und ordentlich. Sie strich über sich, als schiebe sie nicht nur die Falten weg, immer von sich fort. Ihre Hand war in meine gerutscht. Ein Zufall, den ich ergriff, irritiert vom ausbleibenden Gegendruck, ohne welchen ihre in meiner lag. Ein Moment, den ich festhalten wollte, bedrängt von der Reglosigkeit, mit der sie das Folgende geschehen ließ. Und verletzt von dem Schwung, mit dem sie danach aufsprang. Befremdet von der Bestimmtheit, mit der sie alle Fenster öffnete, das Licht im Rücken, die Klarheit des Tages vor sich: „Ich muss dir etwas sagen …" Aber enttäuscht vor allem über das Kopfschütteln, das das Gestern oder Heute meinte, über das Misstrauen, mit dem sie die Worte verschluckte, über die Mutlosigkeit, mit der sie das Zimmer verlassen hatte, während ich sie dort noch stehen sah, zu einem Schattenriss geschmolzen, die Kontur einer Erinnerung auf meiner Netzhaut. Die Dusche rauschte eine Ewigkeit.

Ihre Schritte in einem Morgenmantel, barfuß und so hektisch, als wenn sie etwas aufzuholen hätte, unter einem Handtuchturban, als wenn sie sich unkenntlich machen wollte. Dumpfe Schläge, knarrendes Parkett. Ihre Kreise, während derer sie Ordnung in die Wohnung brachte und aussah, als meinte sie ihr Leben. Wie sie die Wäsche vom Boden las, diese Reihe gestern abgeworfener Sachen, eine Schnitzeljagd in Richtung ihres Bettes, auf dem ich lag. Wie sie jeden Blick in meine Richtung vermied, ein Selbstbetrug: Sehe ich dich nicht, bist du nicht da. Wie sie meine Sachen auf mich warf und sagte: „Ich mach' uns einen Kaffee." Nichts von dem vertrug sich mit meiner Erinnerung. Auch das letzte meiner schönen Bilder war schon verschwommen. Die Bestimmtheit, mit der sie mich zu sich gezogen hatte, als mir nachts ein Wasser umgefallen war. Als ich, ordentlicher Gast, im Halbschlaf aufstehen und wischen wollte. Ihr Lächeln darüber, *Was stört diesen Moment?!* das mir wie ein überschüttetes Aquarell zerfloss, das unwirklich geworden war wie ein Traum. Ausgelöscht. Leere, die den Erwachenden nur durch sich an den Traum erinnert ... Ich zog mich an. Ich streifte meine feuchten Socken über. Ich wusste, es hatte diesen Moment gegeben. Wieder ließ ich das Glas liegen.

Der leere Tisch, ihre knetenden Hände darauf, die nicht angezündete Kerze wie eine Verweigerung zwischen uns. Die U1 quietschte am offenen Fenster vorüber. Ein rollendes Publikum im Vierminutentakt. Die Bühne war bereitet ... Sie schaute ihre Hände an, schaute zur Decke, zur Seite, auf den Boden, auf die beiseite geräumten Bücher, Hefter, Vorlesungsblätter. Ordnung, die sie erinnerte. Sie wankte wie auf einem Kneipenstuhl. „Ich muss gleich los." Das dritte *Ich* an diesem Morgen.

„Du wolltest mir etwas sagen."

Ihr Kopf sank auf die Arme. Ich fasste die ausgestreckten Hände. Sie drückte unerwartet. „Es gibt einen Anderen", sagte sie zur Seite, weg von mir, zum Fenster hin, zu ihm hinaus, überall dorthin, wo ich nicht war. Wieder ein Zug. Noch ein Publikum. Das Stück nahm seinen Lauf …

* * *

UNGARN. Wie ich erwartet hatte, war aus Deinem Badetag nichts geworden. Als ich zurückkam, lagst Du auf dem Steg, die Beine baumelten über dem Wasser des Balatons, das Handtuch zu einem Kissen gefaltet unter Deinem Kopf. Neben Dir eine Postkarte, ein Bild der Gegend um Badacsony. Ich erkannte die Berge, die Du an diesem Tag nicht gesehen hattest. Ein Motiv wie zum Beweis an die Zittauer Adresse, die Du erst wenige Tage kanntest. Ich schob sie unter das Handtuch, schmunzelnd bei dem Gedanken an eine so respektvoll angegangene Schwiegersohnrolle. Und zugleich war ich melancholisch an den Burgfels erinnert, an den Abstieg, an die Zwischenstation mit ihrem Kinderspiel. Ich setzte mich und sah mit Dir zusammen wortlos in die untergehende Sonne, die Flasche illegalen Tresters zwischen uns, mein heimlicher Erwerb von einem Weinbauern. Und bei jedem Schluck, der stets aufs Neue verheerend brannte, dachte ich an die Stunde vor dem Kauf, an den Moment, als ich fluchtartig das Café verlassen hatte, mutlos in ihrem Rücken und verzweifelt über diesen Tag. „Zittau ist keine Illusion wie Ungarn oder ein immer unerreichbares Noch-weiter-weg", sagte ich, bevor ich einschlief. Meine einzigen Worte.

Ein weißes Haus, ein eckiges Haus, ein Bauhaushaus. Der See gegenüber, der Uferstreifen, die Baumreihe, die Straße. Ein Garten, ein später Anbau, ein gläserner Eingang. Der schmale Empfang, die funktionale Geometrie, das Tageslicht, das Weiß, das Hell. Einige Forint, ein Lächeln, ein Fingerzeig. Das Eichenholz der Stufen, das Schweben im Vorbau, ein Schweben durch den Bruch des Mauerwerks in eine andere Zeit hinein …

Winzige Räume, niedrige Decken, wohnliche Enge. Das Alte in ähnlich strahlendem Weiß. Deckenlicht aus kraftvollen Leuchten, das Licht des Meisters, Licht des Betrachters. Fensterbuchten, das Licht des Architekten – schmaler Zeitgeist, Licht des Bewohners. Der formale Geiz des Architekten ist der Platz für des Bauherren Rahmen: Bild ... Bild ... Bild ... Ein Fenster. Der nächste Raum. Die nächste enge Hängung ... Ein Naturalist, ein Impressionist, ein Expressionist ... Wandeln auf dem Weg des Malers. Maler seiner selbst, seiner Mutter, seiner Freunde, seiner Bank, der Landschaft dahinter, der Landschaft davor. Früh Maler eines stumm klagenden Volkes, schwerer Strich, dunkle Farben. Später ein heiterer van Gogh, sonnig umsponnen, fern des großen Krieges. Maler seines fernen Badacsony. Einmal aber marschiert doch ein versprengter Trupp durch den Ort ... *Wohin?* Das Thema geht mit den Soldaten. Studium des Strichs, der eingefangenen Farben, der Umsetzung des Lichts. Abgleich mit den Bildern der vorangegangenen Tage ...
Landschaft hatte ich entdeckt und mit Egry József die Möglichkeit, dort stehen zu bleiben, in zarter Abgewandtheit bis in den Tod. Zwischen den Kriegen verlieren sich die Formen, verliert sich die Schwere seines Strichs. Luftig ausgedünnte Flächen wölben sich ins endlos Schöne. Wolkige Übungen am Sommer, am grellen Licht des Balatons. Alles scheint in Auflösung begriffen, ist von Licht zersetzt, diffundiert gegen nichts, ist durchstrahlt wie das Kleid der Frau, die vor mir steht ... Ich möchte zu ihr treten, auf den Balkon, in ihr Bild, mit ihr versinken in seinem Ausblick. Als zarter Schatten lehnt sie an der Wand, von nichts als dem lichten Kleid umrandet. Sie schaut über die Dächer,

regungslos in ihrer schönen Pose … Weil sie wie immer um ihren Betrachter weiß? Weil sie mich erwartet, allein, abseits von allen? Ein Kennenlernen auf dem Balkon? Sie sieht über die Dächer zum See, über eine blendende Fläche, über dieses Weißgelb in ein Blau in einem fernen Eck. Die Sonne nimmt sich alles, bricht durch das Kleid. Sie zeigt wie ein schwaches Röntgen die weibliche Silhouette … Ich möchte zu ihr gehen, den Arm um sie legen, den Moment teilen, mit ihr sein. Ich lese *Balaton Lights,* 1930 …

… ein Land in übereinanderstürzenden Wellen mit Bauernhof und Esel, als reite Picasso selbst durch die Kubistik des Bildes. Ein Regenbogen mit Mitbetrachter. Ein Morgennebel über der Palette aller Farben. Ein *Herbsttag*, keine Form, nur Farben – der Titel gibt Aufschluss. So wie bei dem *Mann am See*, verloren in klaustrophobischen Mondspiegelungen. Und immer wieder er selbst. Wie ein Thema kehrt er wieder, während ich durch seine Räume gehe, am heimeligen Esstisch vorbei, an der devotional präsentierten Staffelei, an seinen späten Selbstbildnissen, die Furchen schönend aufgelöst in der errungenen Flächigkeit. Und immer wieder das Kontinuum neben ihm, der Berg von Badacsony. Das gravitätische Zentrum der anderen Art, umspült vom *Ungarischen Meer*. Eine Welt in bebildertem Fortlauf, die keinen Winter zu kennen scheint, und neben seinem Schöpfer kaum einen Menschen. Die alte Mutter einmal wie eingestreut. Ein Bild, das aus der Reihe fällt, wie Zille präzis – präzis wie ein einmalig Berührter.

Was war passiert in den fünf Jahrzehnten? In der Werkbeschau die drängende Frage. Ich folgte ihm ein zweites Mal von seinem

Beginn als Menschenmaler an. Ich schritt ihn von dort wieder ab, ohne Antwort zu erhalten. Ich sah ein Talent im Sozialen beginnen, zum Handwerker sich wandeln, wie es sich über Landschaft in bedingungsloser Schönheit verlor … Oder gehe ich heute in Gedanken die Bilder ab, und kommt es mir bloß wie damals vor? Wie eine auf die Zukunft gerichtete falsche Erinnerung, eine eingebildete Warnung über die Jahre meines Schaffens hinweg? Eine Angst, die vor einem Gelingen aus dem Spielerischen steht?

* * *

Sie hatte sich meine Nummer geben lassen und gesagt: „Ich rufe dich an." Sie hatte es gesagt, bevor ich nach ihrer Nummer fragen konnte. Den ersten Tag war ich mir sicher gewesen, dass sie nicht anrufen würde. Das Kabel hatte ich trotzdem eingesteckt, das Telefon stand neben meinem Bett. Ich schlief viel, holte die verpassten Stunden nach, ohne wirklich darauf zu warten. Als der zweite Tag begann, hatte ich nichts zu tun. Das war soweit normal. Was ich bisher nicht kannte, war, dass ich dies spürte. Ich langweilte mich und war froh, dass ich ihre Nummer nicht hatte, ich so nicht in die Verlegenheit kommen konnte, sie nur aus diesem Grund anzurufen. Ich versuchte mir die Zeit mit Lesen zu vertreiben, musste aber feststellen, dass die Bücher sich wie von selbst lasen. Vielmehr war es so, als wenn ein anderer sie mir vorlas, und ich nicht zuhörte. Die Sätze blieben ohne Sinn. Immer wieder musste ich ganze Seiten noch einmal lesen, musste mich zur Konzentration zwingen, um sie auf der nächsten Seite wieder zu verlieren. Egal welches Buch Interesse versprach, es blieben bloß Versuche. Bald hatte ich aufgegeben. Allerdings konnte ich mir auch keinen Film ausleihen, weil ich dann doch fürchtete, einen möglichen Anruf zu verpassen. Erst gegen Mitternacht, wenn Fremde sich für gewöhnlich nicht mehr anrufen, bin ich in die Videothek gegangen und mit einem gut zwei Tage bespielenden Stapel an Filmen zurückgekehrt. Irgendeine Liebesschnulze versöhnte mit allem und wog mich in den Schlaf.
Unüblich früh war mein Erwachen, unüblich früh begann ein Tag, der die übliche Einsamkeit versprach. Langsam war ich aus dem Schlaf in ein unbeschwertes Dämmern geglitten, während

ich die Schritte des Nachbarn in morgendlicher Richtung die Treppe hinunterhasten hörte. Schnelle Schritte im Kontrast zu der abendlichen Schwere seines Ganges, die mir bisher bekannt gewesen war. Die Haustür schlug zu und ich schaltete den Rekorder ein. Über der ereignislosen Langsamkeit des ersten Films bin ich wieder eingeschlafen. Vom Rauschen geweckt, nachdem der Rekorder sich abgeschaltet hatte, starrte ich benommen auf die leblose Hektik in Schwarzweiß, das elektronische Gemälde, den bewegten Pointillismus, solange bis ich mich erinnerte: *Ich warte. Ich warte zweifach. Mir bleibt nichts mehr als warten.* Alle Varianten verbraucht, verflogen die Phantasie, nichts, das sich ergänzt, geblieben war nur ein zerstörerischer Zwang und daneben ein schöner Traum.

Der Rest des Tages verging mit den Filmen, ohne dass ich weiter daran dachte. Ich liebte sorglos mit, ich tötete ohne Gewissen, ich hasste unreflektiert und abgrundtief. Ich untersuchte, raubte, wurde zum Helden, hatte immer eine schöne Frau an meiner Seite und war unendlich reich.

Spätabends erschreckte mich das Klingeln des Telefons. Ich saß wie versteinert auf dem Bett, wusste gar nichts für einen Moment und nahm den Hörer erst beim fünften Läuten ab. „Hallo, ich bin's." Mir rann ein dürftiges „Ja" über die Lippen. „Kennst mich wohl nicht mehr?" Ihre Stimme hörte sich an, als sei sie an das Telefon gelaufen, plötzlich nach drei Tagen. „Hast dir die Zeit wohl anderweitig vertrieben, was?" Ihre Frage klang wie vorher überlegt. „Ich hab' sie mir vertrieben." „Ach was. Und mit wem?" Ich schwieg eine Weile und versuchte die Hast zu verstehen, mit der sie plötzlich anrief. „Mit Rachel, Amanda,

Barbara, Sigourney, Angelina …" Stille. Nur ein Atmen in der Leitung. „Das glaub' ich nicht." Besser wäre es, hätte ich beinah entgegnet. Aber ich sagte nichts. Ich gab keine Erklärung, die mich bloßgestellt hätte. Ihre Atemzüge wurden langsamer und wehten tief und gleichmäßig durch das Telefon. Ich schwieg ebenso überzeugend. Dann sagte sie mit regungsloser Stimme: „Ich wollte mich mit dir verabreden." „Ich hatte das erwartet." Wieder Stille. „Was schlägst du vor?", fragte sie. „Du hast mich angerufen."

* * *

UNGARN. Es war ein Sonntag, als wir den Balaton hinter uns ließen. Ich erinnere mich noch gut an den überfüllten Zug mit seinen abreisenden Sommerfrischlern, den abgekühlten Wochenendbadern, gestärkt oder ausgelaugt, die allesamt einen kleinen Haushalt rückzuführen hatten, so schien es. An die ächzenden Ablagen, die vollgestellten Gänge, die Zelte, Matratzen, Campingkocher, alles aufeinandergestapelt, kein Sitzplatz war frei geblieben. Man saß in den Gängen worauf man nachts zuvor noch geschlafen hatte ... Die Luft war raus. Ein Alltag drohte fad, öde, erdrückend, eingeübt, von oben herab, so gewohnt wie fremd. Man saß im Weg, saß auf den Schößen Anderer, auf Armlehnen und Koffern, in Wolken von Zigarettenqualm, Zwetschgenwasser und Erinnerungen. Man zog, um Platz zu machen, die Beine ein und löschte den brennenden Mund mit dem letzten Bier, das nach Freiheit schmeckte, zu einem Prost auf den kommenden Freitagabend oder den nächsten Sommer. Der Wind schlug durch die Fenster, die Vorhänge flogen, mitunter knallte es wie Dauerfeuer ...

Im Egryhaus war ich des Balatons überdrüssig geworden. Ich hielt die Lüge seines Sommers nicht mehr aus. Dieses Traumland in übersteuerten Farben war mir von da an wie ein Opium vorgekommen. Wie ein Betrug mit seinen Felsen, das an ein fernes Unbekannt erinnerte, mit seiner sonnenbadenden Apathie, die nach Freiheit schmeckte, dem tageweisen Runterzählen seiner Illusionen, der sich steigernden Trübsal bei jedem Finger weniger, der morgens in die Luft gestreckt stand, mit seinen träge verdunstenden Wassern, von keinem aufkommenden Wind bewegt ... Listige Schleier über ihrer Oberfläche, über ihrem

modrigen Grund, über dem schwindenden Rest abgezählter Tage. Starke Verneblungen golden schimmernden Weins, wenn die Blendungen dieses Trugbilds nicht bis in die Nacht tragen wollten.
Wir fuhren durch die nach Wasser und vielem anderen dürstende Realität der Pannonischen Ebene. Ein wohltuender Anblick, dieses Eindimensional der Fläche, grundweg ehrlich in seiner Not.

Der erste Tag in Budapest war mir vorgekommen, wie ein Versuch mit mir inmitten von Millionen.

Ein Tourist in der doppelten Stadt, der Bewohner einer viel kleineren, der ostdeutschen Provinz zumal, nähert sich der besuchten Metropole, der Welt somit, die sie einst war, im Ringen um Verständnis ihrer eigentümlichen Geographie grundsätzlich vom geteilten Zentrum her. Mit scharfgestellten Augen schreitet er die Grenze ab, zwischen Ost und West, ihren natürlichen Verlauf von Nord und Süd. In dieser Natürlichkeit findet er einen Unterschied – Margaretenbrücke, Kettenbrücke, Elisabethbrücke, Freiheitsbrücke, so viel Verbindendes sah er in der eigenen Hauptstadt nie ...
Buda im Blick, Pest unter seinen Füßen. Er wandelt am Ufer, im Schatten des Parlaments. Er sieht sich winzig, alleine und unbedeutend klein am Fuße dieses Zeichens ertrotzter Freiheit. Und er träumt sich alsbald auf die hohen Zinnen der Fischerbastei auf der gegenüberliegenden Seite. Dann plötzlich, er weiß nicht warum, denkt er sich in diesen seltenen Versuch der

anderen Richtung. Er sieht eine perfekte Imagination aus Stein, was er noch nicht weiß, ein historisierendes Spiel mit Wahrheit und Geschichte. Die andere Seite liegt vom Fundament aufwärts in verklärenden Nebeln einer bemühten Romantik. Was früher war oder später kam, weiß er nicht, interessiert ihn nicht, er glaubt an jenen zwingenden Verlauf der Geschichte. Wie ein Sog zieht es ihn hinüber, lockt ihn der zeitgleich existierende Scheinentwurf, das Gegenteil. Oben, auf den Mauern angekommen, sieht er nicht besser, aber klar. Er legt seine Hand zum Fluss gebeugt auf den historisierenden Festungsstein … Geschichte vorgetäuscht, das weiß er nun, und er weiß, die Wahrheit hat ihren eigenen Verlauf. Und ihm ist, als sehe er sich selbst, wie eben noch auf der anderen Seite, unbedeutend, einer unter vielen und ameisenklein. In seinem Rücken, dort, wo er sich in seiner Erinnerung sieht, steht strahlend weiß und kathedralenhaft das Parlament. Und er glaubt an nichts, nicht mehr vielleicht, und redet fortan mit sich selbst.

Vielleicht scheut er den nochmaligen Weg und versteckt sich hinter allgemeiner Mühe. Vielleicht scheint ihm der Strom zu breit und der Irrtum peinlich. Vielleicht sieht er für diesen Tag kein Zurück oder es lockt ihn nichts von den Budaer Höhen in die gewachsene Mühsal der Pester Fläche hinab, in den bürgerlichen Teil der Welt, die er sieht. Er lacht darüber, er tut es mit einer kleinen Handbewegung leichthin ab. Und er verlacht lauthals den Namen des benutzten Übergangs: *Freiheitsbrücke*.

* * *

Ich traf sie spät vor dem Park. Die Sonne fiel langsam zur Seite weg, viel früher als ich dachte. Sie streifte die Giebel, war bald halbiert, keine Wärme mehr, nicht einmal zur Hälfte. In meinem Rücken übte der Herbst seine Winde. Er legte die Blätter von einer Seite auf die andere, wie um sie besser abreißen zu können, wenn es an der Zeit ist. Und in vollkommener Monotonie, als wolle er zur Ruhe mahnen, rauschte der künstliche Wasserfall. Ein alter Mann zog seinen mürrischen Hund an meiner Bank vorbei. Er überquerte die Straße und ging in sein Haus. Der Hund machte einen Sprung, brachte seinen Schwanz in Sicherheit, die Tür schlug zu, Licht ging an. Zwei müde Silhouetten auf jeder halben Treppe. Licht in einer Wohnung, Dunkelheit im Treppenhaus. Nur nicht im vierten Stock … Ein Hund, der wohl kein Ende finden kann.

Laternenlicht glimmte auf. Ein zarter Blitz, der durch die Straße fuhr, der langsam heller wurde. Das Osteriaschild leuchtete durch Autoscheiben, in suchende Gesichter. Müde Fahrer, die ihre Wagen im Schritttempo vorüberlenkten, die in Seitenstraßen bogen, um zu Fuß zurückzukehren. An der *Villa Kreuzberg* blinkte die *Afterhour* in reißerischen Farben. Und hinter mir, wie ein tiefer dunkler Rachen, gähnte der Park, die unheimliche Beute der Böen. Erregtes Blätterrasseln drang aus seiner Tiefe. Der Wasserfall war abgestellt. Ungesehen verrauschte Bäche bis dahin …

Sie kam auf der anderen Straßenseite, den Kopf zu Boden geneigt, und wäre wohl vorübergegangen, wenn ich nicht gerufen hätte. Dreimal, erst dann blieb sie stehen. Sie schaute wie über einen reißenden Strom zu mir. Ich wartete einen Wagen ab und ging über die Straße. Ihre vorgestreckte Hand hielt mich auf Abstand. Zufrieden die Frage nach Art der Begrüßung beantwortet zu sehen, nahm ich sie. Und unzufrieden über die kalte Förmlichkeit fragte ich, wie es ihr geht. „Ich hatte einen Scheißtag." „Du auch?", log ich, da er für mich erst begonnen hatte, und log nicht, in der geringen Erwartung, die sie mir ließ. „Eigentlich wollte ich absagen." Sie zog die Hand zurück. „Aber das hättest du nicht verstanden." Ihre Augen wanderten zur Seite, verloren sich im dunklen Park. „Heute geht mir alles schief. Ich konnte in der Nacht nicht schlafen. Dann bin ich zu spät in die Uni gekommen und so weiter …"Meine Hände steckten tief in den Hosentaschen. Ich spielte mit dem Schlüssel. In ihren Augen glänzte das Schwarz des Parks. „Lass uns spazieren gehen!" Sie nickte ein stummes, freudloses Ja.

Asphalt führte uns in den Park hinein. Die Bäume schluckten das Licht der Stadt, allmählich auch den Lärm, dämmriges Grau und das Rauschen einer fernen Welt. Serpentinenartig schraubten sich die Wege auf und ab, teilten Baumreihen, durchschnitten Buschwerk, tote Dichter grüßten steinern vom Rand. Hecken gaben labyrinthische Verzweigungen frei, die ich einschlug oder nicht. Sie folgte mir … Merkwürdige Töne. Leise Schreie erst von irgendwoher. Bald ein diszipliniertes Schnattern von oben. Zahllose Punkte am Himmel – ein großes V, das mit singenden Schwingen südwärts zog. Den Kopf im Nacken staunte ich und lauschte. Sie, blind und taub, ging alleine weiter und war im Dunkel verschwunden … Stille am Himmel. Milchige Wolkenfäden quergezogen. Diesiges Glimmen der Sterne. Rauschen in den Bäumen. Eine Sirene vor dem Park.

Auf dem Berg hatte ich sie wieder eingeholt. Sie stand zitternd in den Böen, den Blick über die Stadt verloren, das Kriegerdenkmal im Rücken, das harte Licht der Scheinwerfer im Gesicht. Kies knirschte unter meinen Sohlen, knirschte um das Denkmal herum, jeder Schritt eine Schlacht, bis ich neben ihr stand. Ich hielt Abstand wie ein Fremder. Ich schaute auf die Stadt wie ein Besucher. Ich sah von Ampeln losgelassene Lichterketten, ein wohnliches Glimmen unter jeder Traufe, eitriges Neon am Potsdamer Platz, Scheinwerferkegel wie suchende Flak, das Warnblinken am Fernsehturm, die Antwort kommender Flugzeuge, die Leuchtfeuerschneise von Tempelhof. Ich sah ihre Arme verschränkt, die Augen schmal gegen den Wind, ein Zucken um die Winkel. Ich suchte die Stadt nach vertrauten Orten ab, von denen ich erzählen konnte, nach längst verlorenen Erinnerungen, etwas, das das Schweigen bricht. Aber ich sah nur die Mauern, die es nicht mehr gab, die Narbenwülste, die über den Wundrändern spannten. Ich hörte den Schlachtenlärm in meinem Rücken und konnte nichts sagen oder wollte nicht mehr. Oder mir fiel nichts ein, das sich für ein Rendezvous geeignet hätte. Ich ließ das Denkmal hinter mir, den Kies, den Berg, den Park, die Stadt und sie.

Die Nachtlichter der Stadt hatte ich mit in den Schlaf genommen, ebenso die Frische der Herbstwinde während des Wegs, eine knappe Fußstunde vom Park. Klar in den Gedanken und im Fühlen war ich eingeschlafen, in gewohnter Einsamkeit, ohne Traum, sorglos. Aber mit dem ersten Tageslicht, mehr Film als Traum, wie unter die Lider gespielt, sah ich sie, auch wenn sie gesichtslos irgendeine Andere war. Ich fühlte die Abwehr meiner erzwungenen Umarmung, ihren steifen Körper, den ich festhielt, der sagte: *Du tust mir weh.* Ich ließ sie los und war allein, mit nichts als ihrem Geruch an mir und der in mich geschmolzenen Erinnerung, dieser Leerstelle in meinen Armen, an meiner Brust, wo sie gewesen war. Ich blieb zurück mit hängenden Armen, mit leeren Händen ... Zwielichtiges Morgengrauen – Zwiespalt im Halbschlaf. Ich konnte mich nicht wehren gegen das Erwachen. Ich wollte es auch nicht. Aber ich wollte auch nicht wach sein ohne Zuflucht. Die Nacht kippte weg, dieser Traum mit ihr. Sie kippte in den Anfang eines weiteren Tages. Grell verwischte Farben, verschwommene Konturen, fließende Flächen, transparente Realität ... Der Wunsch schimmerte durch alles hindurch. Ich war blind. Ich sah sie, egal was ich sah – eine wilde Fahrt, zusammenhanglos und nicht zu stoppen, die Einzelheiten der Erinnerung in Endlosschleife aufgereiht ...

Ich wundere mich über das Wort *Wunsch*, wenn ich es jetzt gebrauche. Und wenn Verstand die Macht bedeutet, die ich über mich habe, dann begann ich sie an diesem Morgen zu verlieren. Alles, mit einem Mal, mit diesem Traum, dem Erwachen, sehend und blind, mit zitternden Händen, drehte sich um sie – Verlust und Lust. Und drehte sich um ihn, den ich nicht kannte, um den ich bloß wusste. Und ich hätte um seine Macht über sie wissen müssen, das Reziprok, so klar: Wir, zwei Gegensatzpaare, zu dritt.

Ich wusste es und nahm ihn nicht ernst, zu meiner Beruhigung – selbsttherapierender Mutwille vor dem Wahnsinn. Ich redete auf mich ein. Ich stocherte fortwährend in Einzelheiten meiner Erinnerung. Ich summierte zu meinen Gunsten die Details des ersten Abends und der einen Nacht mit ihr, den ganzen Tag lang, bis ich abends wusste, was ich wissen wollte. Die zwei oder drei Dinge waren genug. Dann ging ich los, ausreichend versorgt mit zusammengereimtem Mut.

* * *

UNGARN. Welch heimliche Freude der sommerlichen Kleidung wegen, die wir sahen, besser: was wir sahen, das sie preisgab. Etwas, das ich so offen selten gewagt hatte, weil es mich mit Scham erfüllte, aber es lohnte so sehr und ich konnte nicht davon lassen. In Budapest schaute ich wieder Mädchen hinterher.
Für manche aber war der Sommer die reinste Qual. Ich sah hechelnde Schwangere und gebeugte Alte, die bei vierzig Grad jede unnütze Bewegung vermieden. Nach wenigen Tagen aber war auch ich an eine Grenze gelangt, wie ein Versehrter, begrenzt an Körper und Geist. Ich stolperte neben Dir durch die Straßen und konnte nicht mehr klar denken, nur kürzere Passagen strenger Konzentration gelangen mir noch, mancher Satz zwischen uns blieb unbeendet. Den Stadtplan steckte ich nicht mehr weg. Über keine erreichte Kreuzung hinaus der Orientierung mehr fähig, schlug ich ihn an jeder auf.

* * *

Deux ou trois choses leuchtete schon von weitem. Ich wechselte in das Dunkel der anderen Straßenseite, und je näher ich dem Restaurant kam, in dem sie arbeitete, desto tiefer stieß ich auch in das Halbdunkel alter Erinnerungen vor: Braches Mauerwerk – eine Generation später von Lofts zersetzt. Ein urbaner Lichtertanz flutete zwischen beiden Zentren der Stadt. Der Feierabend verkehrte sich bereits in die Nacht, von heimwärts wieder nach außer Haus. Halbvolle Busse in beide Richtungen, suchendes Taxilicht, jede Form erkaufter Individualität und manch später Lieferwagen rollte dort, wo Kinder einst Fußball spielten, wo ältere Herren Tee tranken, wo Grillfeste abgehalten und Autos repariert wurden, wo auf der anderen Seite die letzten Posten patrouillierten. Der Herbstwind wehte Laub herbei, sonst nichts an diesem Abend, in diesem Jahr, war längst kein Sturm mehr, ein steter Wandel bloß. Ich ging auf der Straße meiner Erinnerung auf ein Ende zu, wo keines mehr war, auf ein anderes Ende, das kommen sollte, wie mir schien, mit einem Mal mutlos in dunkle Gedanken versunken – *Bistrot Lyonnais* und die zwei oder drei Dinge, die ich eben noch zu wissen glaubte …

Ein heller Schriftzug über den Fenstern, zugeneigte Gesichter im Kerzenlicht dahinter, deliziös geschwungene Münder, ein nicht hörbares *Santé* hin und wieder, auf ein nächstes nachgeschenkt vom Kellner, wenn rechtzeitig gesehen. Zweierlei Zweifel bis dahin, ein dritter kam hinzu. Er spannte mir die Finger in den Taschen, das Portemonnaie umklammert wie im Krampf. Ein schwacher Widerstand. Vertan die Zeit, die ich ausreichend hatte, verschwendet die Gedanken, von denen ich hergeführt worden war, sicher war ich mir nur noch meiner Zweifel. Plötzlich ein schrilles Lachen aus dem Dunkel seitlich, ein vielstimmiger Einfall, hell oder stimmbrüchig, ein Rülpsen, bierluftgetrieben über allem, ein lautes *vous cochon* in der Folge, und ein nächster dadurch provozierter, schaumerstickter, leiserer Versuch. Ein knappes Dutzend Gestalten löste sich aus dem Dunkel, schwankte laut lachend durcheinander, größer unter jeder nächsten Laterne. Ich machte einen Schritt zwischen die parkenden Autos und sah zurück. Ich sah mich, wie ich dort gestanden hatte, mutlos, eine Weile lang, versteckt wie seit Langem schon, heimlich abgebogen vom einst eingeschlagenen Weg.

„Hey Françoise … ton papa fait la cuisine ici?" Die Gestalten waren stehengeblieben, jede mit einem Bier in der Hand, einer trug schwer am Vorrat in seinem Rucksack. „Ohh oui … mon papa, mon petit Bocuse!", rief dieser mit gestreckten Armen, als würde er von Papa nach einem langen Schultag abgeholt. Ein kindlicher Anblick, bis auf die Bierdose in seiner Hand. Der schwere Rucksack aber, einem frühen Tornister ähnlich, zog ihn nach hinten weg. Kurze Stolperschritte rückwärts, rudernde Arme gegen den nicht mehr zu verhindernden Sturz. Aus Angst um die Vorräte riss er einen Anderen mit sich, den er noch am Kragen zu packen bekommen hatte.

Unentdeckt geblieben, im Rücken seiner sich bückenden Freunde, überquerte ich verstohlen die Straße, abgelenkt von mir, ein automatisches Gehen. Ich drückte die Klinke und zog an der schweren Tür. Hitze schlug mir ins Gesicht, ein züngelnder Kamin, der Geruch von brennendem Holz, Kerzenwachs und Küche. Der letzte Schub, kalt und frisch mit der zufallenden Tür. Ein beladener Kellner, riesige Teller, zwei links, einer rechts, Wagenräder, woran ich dachte, essbare Verzierungen, die ich sah. Er nickte mir vertraulich zu wie einem Stammgast, sagte ein *Merci* für den freigemachten Weg. Die Kälte meiner Sachen, einen Moment noch von ihr umschlossen, fiel ab und blieb doch: Nackte Wände, eine Halle wie ein riesiger Schlauch, leere Tresenhocker hinter einer Säule, gegenüber der wackere Kamin. Ich suchte sie in dieser Unentschiedenheit, während ich das Klirren der servierten Teller hörte, ein „Bon appétit" jeweils, die schnellen Schritte auf mich zu, von der Seite ein „Monsieur … Haben Sie reserviert?" Und ich hörte den Kellner gehetzt, ohne abzuwarten, ohne mich anzusehen, den Blick nach der Küche gerichtet, in Richtung einer heftig geschlagenen Klingel, sich selbst die Antwort geben: „Wir sind heute voll, Monsieur. Excusez-moi, Monsieur!" „Ich möchte nur einen Wein." „Oh oui Monsieur!" Ein geübtes Lächeln, ein rechter Winkel der Arme wie ein regelnder Verkehrspolizist, ein leichter Druck meiner Schulter und ein schneller Diener, aus dem heraus er mich mit Schwung überholte und am Tresen entlangeilte, auf die Reihe freier Hocker zeigend, mit dem er schließlich durch eine bulläugige Flügeltür trat, worauf das Klingeln abrupt endete.

Allein über zusammengesteckten Köpfen, in heißer, stimmenvoller Luft, Klangteppich oder dröhnender Akustikbrei, ein Chanson als zarter Versuch ordnender Melodie. Ich saß im harten Echo lackierter Wände. Sie nicht und niemand sonst, dem ich einen Wunsch hätte äußern können. Marina Vlady

lächelte versonnen von einem Poster herab: *Deux ou trois choses* ... die ich gerne hätte, die ich haben muss.
Eine aufgetretene Tür, ein französischer Fluch, in der Küche laut begonnen, im Gastraum leise zu Ende geraunt ... Der Kellner lief mit drei Tellern vorüber, eine Wiederholung der ersten Begegnung. Mit dem nächsten Pendeln der Tür, wie angesaugt von ihrem Schwung, trat sie ins Restaurant, etwas vorgeneigt und weniger selbstverständlich, eine abwesende Eleganz im Gefolge seiner knallenden Schritte. Sie hielt einen Teller wie ein Kissen in beiden Händen, mit einer Sauciere wie einer Krone darauf. Mit dem Gesicht einer Unbeteiligten stand sie hinter ihm, wartete sein Servieren einer älteren Dame ab, einer jüngeren, ihrem verliebten Gegenüber, sein Kreisen um den Tisch herum. Zur Krönung der servierten Kunst nahm er mit beiden Händen die Sauciere an sich, um Jus auf die Teller zu träufeln, von achtsamem Geiz dirigiert, Striche neben dem Fleisch, in derselben Reihenfolge wie zuvor. Drei abschließende Verbeugungen, ein Diener alter Schule. Ein Nicken des ganzen Oberkörpers, fast vollendet. Nur der Arsch ging dreimal zu weit raus. Er stellte die Sauciere wieder auf den Teller in ihren Händen, befahl den Gästen sein „Bon appétit!" und ließ sie, die nach ihm etwas gesagt hatte, dezenter, nicht hörbar für mich, die dafür ein Lächeln der alten Dame geschenkt bekam, wie ein Möbel unbeachtet stehen.
„Bonsoir. Ich hätte gern' einen Rotwein." Die Überraschung war gut überspielt oder belanglos kurz, war wie mit dem Weinglas weggesunken, das sie in ein Becken auf eine Bürste gestülpt hatte, das sie auf dieser drehte, dabei gleichzeitig auf- und niederstieß,

bedenklich lange für die große Zahl der dreckigen Gläser. Endlose Sekunden, bis sie es endlich anhob und mit gesenktem Kopf dem Schaum zuschaute, als zählte sie jeden fallenden Tropfen, jede lesbare Regung ihres Gesichts so vor mir verbarg: „Einen französischen vielleicht?" Meine Finger trommelten auf das Holz, schwebten kurz darüber hinweg und wogen ab: „Wenn Sie sonst nichts zu bieten haben." „Alles andere ist leider ausgetrunken." Ihre freie Hand kreiste bezeichnend über der Arbeit, die sie vor sich hatte, die andere schwenkte das Glas in klarem Wasser. „Extra für Sie, Monsieur", sagte sie, als es poliert vor mir stand, als sie eine Flasche präsentierte, mit einem Ausdruck, in dem es nichts zu deuten gab: „Wär' der recht?" Ich sah gar nicht hin, ich nickte nur und hörte, als der Wein eingeschenkt war, ein verschworenes „Bon appétit, Monsieur." Und ich hörte ihr Lachen, das im Widerhall des Saals langsam verrauschte, in einem Teppich aus lauten Stimmen, von gelösten Zungen, aus anschwellenden Prostereien, von klirrenden Gläsern, vom Klappern abgeräumter Teller, von hinter mir wechselnden Schritten, vom Schlagen der Türen, dem Küchenlärm, der Toilettenspülung, den ungeduldigen Ordres an den Kellner, welchem sofort sein lautes Trippeln an den Tresen folgte. Zeitdehnende Wünsche, die er mit knochigen Fingern in die Kasse hackte, die er ihr gleichzeitig über die dreckigen Gläser hinweg zurief: Crémant oder Chartreuse, Armagnac, Wein, glas- und flaschenweise, Bier, Cognac und Kaffee standen im Handumdrehen auf Tabletts bereit, diesen Abend zu beenden oder ein Wochenende einzuläuten.

Ihr unbewegtes Gesicht, wenn er ihr etwas zurief, das mich merkwürdig bewegte, die seelenlose Mechanik, mit der sie alles

ausführte, die mich irritierte, die Fremdheit, die so wieder entstand. Und wieder die Nähe, wenn sie mir ebenso heimlich wie offen, in einem zu unbekümmertem Trotz verschmolzenen Widerspruch, jeden Schluck nachschenkte, als wollte sie mich damit halten. Auch ihr Wunsch, die Tresenseite zu wechseln, auf den freien Platz neben mir, den ich sah oder sehen wollte. Daneben die Hast, die ich ebenso sah, auf den Feierabend hin und worauf noch, was ich mich fragte, vermessen oder ganz das Gegenteil ... Zwei oder drei Fragen mit einem Mal. Die Vielzahl möglicher Antworten, sich bedingend, über Kreuz, nicht einzeln zu denken. Der Kamin, die hitzige Luft mit Kerzenflimmer verwoben, der kräftige Rotwein. Ich schwankte nach der einen Seite und der anderen, wo auf beiden nur eitler Zweifel war, der immer drängt, immer ohne Zeit, ausgeliefert dem Wunsch und einer nicht einsehbaren Realität im Gegenüber.
„Möchtest du etwas essen?" Ich log, indem ich den Hunger überspielte und den Wein, den ich nur mehr nippte, ein verlegener Zeitvertreib. Und ich erwiderte gegen jeden Verdacht: „Meine Großtante ... – du musst wissen, ich komme aus protestantischem Hause, meinte in Fällen wie diesen: Es gab viel Geschirr für 's Geld." Ihr lautes Lachen gefiel mir wie am ersten Abend. Und ich gefiel mir in dieser Form von Macht über sie, oder in dem Selbstvertrauen, das ihr Lachen mir gab.
„Chérie ..." rief der Kellner, eine Hand in die ausgeschwenkte Hüfte gestemmt, unentschieden zwischen Hysterie und Neid. Die Herausforderung wechselte zwischen ihr und mir, wechselte im Ton von Herablassung zu klebriger Schmeichelei. „... immer dasselbe, wenn auch nicht derselbe. Ohhlala ... Mein Deutsch!

Ich bin selbst überrascht. Wenn das so weitergeht, Chérie, dann gibt es bald Besucherverbot. Ich muss kassieren. Bringst du die Getränke an die Tische?! Merci beaucoup." Er rannte los, die Rechnungen in der Hand, sich seinen Abend bezahlen zu lassen. Ein zweifacher Genuss, in der bitteren Stille, die er zurückließ ...
Marinas stille Lust über allem. Ein unverändertes Lächeln, ein dezenter Hohn von oben, von einem Poster herab. Ich trank das Glas leer, ein einziger Schluck. Ich schob es von mir weg, mein Geld daneben ... Mein Gehen, dieses Ende und ein anderes: Ich sah mich grußlos meine Jacke von der Garderobe an den nackten Wänden nehmen, sah mich darin verschwinden, wie in einem vertrauten Zuhause. Ich sah mich die schwankenden Tische passieren, das Dunkel der Straße vor mir. Ich, auf dem Weg zurück, über das Ende der Straße hinweg, an das Ende des vorherigen Tages, zurück in die vergangenen Wochen, die dunklen Monate, die sinnlosen Jahre ...
Sie fasste meine Hand mit dem Geld und schüttelte den Kopf, über diese Bosheit erschrocken oder über sich selbst, über diese eine kleine Vergangenheit vielleicht. Wieder nur Rätsel. Die sich ankündigende Sicherheit wich wieder lähmendem Zweifel. Ein Streicheln, mit dem sich ihre Hand löste. Ein auf die nächste Stunde verbindlich gefülltes Glas. Eine unendliche Stunde, die sich in Wortlosigkeit dehnte, wie Jahre verstrich in diesem unwirtlichen Raum. Jahre, die in ihrem Gesicht mit einem Mal vorübergezogen schienen, leblos, wie eingefroren, verhärmt sogar, wie in einer freudlosen Vergangenheit vorzeitig gealtert, in Jahren, denen nachträglich kein Sinn mehr zu entnehmen ist.

Eine Stunde, während der sich allmählich die Tische leerten, der Kamin niederbrannte, sich stickiger Rauch ohne Wärme in den Raum ergoss, der Tresen sich wieder mit Gläsern füllte, mit Mundrändern daran von Fett und Lippenstift und mit schalen Resten, während der der Eimer überquoll mit jeglichem Müll. Eine Stunde gegen deren Ende ein Koch fluchend aus der Küche kam, ein Tablett Bier verlangte und meinte, auf alles spucken zu müssen. Eine Stunde, die eine letzte Ordre beendete: „Deux Armagnac!" Und der Kellner betonte, der „absolument le meilleur" müsse es sein. Sie hatte mich vergessen, oder sich selbst für diese Stunde. Ihre Hände wie zwei Automaten, ausdruckslos wie das Gesicht, das meine Richtung mied, konzentriert oder betreten. Erstickter Kerzenschein, niedergebrannt oder ausgeblasen, Wachs vermischt mit Putzgeruch. Die Tische leer, die Nacht in grelles Licht verkehrt. Aus der Küche krächzte harter Punk, ein im Rhythmus gestoßener Schrubber. Der Kellner zählte die Kasse, das Rascheln und Klimpern in meinem Rücken. Ich zählte die polierten Gläser, das dritte Mal. Sie wischte den Tresen, verschnürte den Müll, nahm mein Glas vom Tresen, nahm ihr Geld vom Kellner, hörte seinen letzten Kommentar. Ich hörte ihr dunkles Lachen im Gehen, das wohl sagte, es sei nicht sein Geld, das er gibt.

Sie schob ihr Fahrrad zwischen uns, nur Zufall, bloße Verlegenheit oder ein Zeichen. Die Häme des Kellners klang nach wie ein Echo zwischen den Häuserfronten, verräterisch und fordernd. Eine Entscheidung, die sie nicht treffen konnte, nichts, das ich erwartet hatte. Die Nacht, das Dunkel, die Stille, schmerzhaft beinah. Der Wind in der Straße, belebend für nichts, für wortlose

Gedanken vielleicht, für einen sinnlosen Weg, gemeinsam schweigend, jeder für sich. Und jeder für sich blieben wir an einer unbefahrenen Kreuzung stehen, das unnütz leuchtende Rot gegenüber. Vielleicht waren wir auch gemeinsam stehengeblieben, in trennender Wortlosigkeit verbunden, in unseren verschiedenen Bedenken. Selbst das stumme Einvernehmen, bei Rot zu gehen, war ausgeschlossen in der gemeinsamen Befürchtung, unsere Blicke könnten sich treffen, sobald einer links schaut, der andere rechts.

Musik unter der Hochbahn, das Durcheinander vieler Stimmen aus dem Bahnhof, ein andauerndes Lachen, unwirklich wie eine Phantasie, lauter mit jedem Schritt nach dem Grün. Tanzende im Eingangsbogen, die Realität eines anderen Wochenendes, die jungen Franzosen in meiner Erinnerung. Ich erzählte nichts. Ich folgte still im Abstand eines halben Schrittes. Seitlich des Eingangs plötzlich ein Schatten, eine Zeitung in der ausgestreckten Hand, die andere offen für die alternative Spende. Sie wich aus und lenkte ihr Fahrrad in meinen Weg. Sie fasste sofort meinen Arm, als fürchtete sie, dass ich stürze. Erst sah ich den Schreck, dann ein Lächeln in ihrem Gesicht, das mich einlud, die einfahrende Bahn nicht zu beachten, mit ihr zu gehen.

Ich kannte das Rattern der U-Bahn über uns und den Weg. Ich kannte auch das grüne Tor und den Hof dahinter, den Zaun, an den sie ihr Fahrrad schließen würde, die zweieinhalb Treppen, das Knarren unter den zertretenen Läufern, die Tür zu der verwohnten Beletage, das nackte Holz im Flur, das Zimmer an seinem Ende, den Stuhl für die Sachen, den Boden, wenn keine Zeit ist, den Wasserfleck vor dem Bett. Das Mitleid, das ich plötzlich in ihrem Gesicht sah, als sie ungefragt sagte: „Ich werde aber nicht mit dir schlafen", kannte ich nicht.

* * *

UNGARN. Eine lustige Seilzugbahn, annähernd steil wie ein Fahrstuhl, die Kabinen im Winkel des Berges gebaut, beförderte uns in eine andere Zeit. Sie hob mit einem Ruck vom Budaer Donauufer weg und rührend langsam, als gelte es jeden Meter zu bedenken, zog sie den Berg empor, still und unaufgeregt, majestätisch gar, wenn man an die Herrschaften eines niedlichen Landes denkt. Ein leises Knirschen der alten Schienen unter uns und manchmal ein Erzittern des historischen Blechs. Aussicht war nur nach hinten, wie für die auffahrenden Beamten einst, wie damals auf k. u. k. – nicht einsehbar, was in Fahrtrichtung lag, was kommen sollte. Die Donau floss dunkelgrau dahin, zu einem schönen Lied auf Deinen Lippen, älter als die Bahn. Ironisch Deine Betonung der weltbekannten Zeile. Über dem Wasser, asynchron wie ein Fehler mit zwei Zeiten, die eiserne Kettenbrücke zwischen ihren römischen Triumphbögen aus gehauenem Stein. Pest in Draufsicht am anderen Ufer. Dächer in krausen Wellen bis zu den Hügeln des Horizonts. Vereinzelt stachen Kirchen aus dem Häusermeer. Hinter dem Wagen fiel das Gleis in die Tiefe, eine Schneise in gestutztem Heckengrün, in der Draufsicht steil wie ein Kletterpfad. Auf dem Berg angekommen, in federnde Puffer gezogen, der abschließende Ruck in anderer Richtung. Die Bahn stand unterhalb einer Wand aus braunem Stein: Der Burgpalast, kolossal und drohend, ein Grünspandach und eine Kuppel von der nochmaligen Höhe.
Wir wandelten den erhabenen Weg der alten Beamten, kommod heraufgehievt wie zu ihren Zeiten, aufwärts die granitenen Platten. Kein cursus honorum. Kein Weg über fragmentierende Grenzen hinweg. Kein werbendes Weiß in keiner res publica.

Noch immer nicht nach den Jahrtausenden, vielleicht niemals. Vorstellbar war mir nichts als die einst eilende Pflicht und Wichtigkeit in bunten Uniformen – die Geburt bestimmt das Regiment. Und zwischen diesen, wie in vorweggenommener Trauer um die kommende Totgeburt, für immer verfrüht, so schien es, und dann mit einem Mal zu spät, das einsame Schwarz eines bürgerlichen Fracks unter einem himmelwärts aufschießenden Zylinder.

Wir klimperten unsere Forint in die blecherne Kuhle unter der Kassenscheibe. Wir lauschten ihrem Nachhall aus dem Foyer wie einem klingenden Spiel. Wir zählten fröhlich die ausreichende Zahl von Tönen unter die strengen Augen der Kassiererin in dunkelgrauer Uniform. Durch ihr Billet berechtigt, traten wir durch die Schwingtür, in den kühlen Luftzug dahinter. Du atmetest hörbar auf, dankbar von mir in dieses Heiligtum genötigt worden zu sein, in seine klimatisierten Hallen.

Rechts, vorweg, allem voran: Sieg, Gründung, Mythos ... zehn Meter lang, vier in der Höhe. Irgendwer spricht vom Pferd herab, ermutigt seine bewaffneten Horden. Wir stahlen uns vorbei, betraten eines der Kabinette, fanden dort Ungarns Realismus in einsamer Ruhe. Leben und Landschaft vor hundert Jahren. Leben und Landschaft in magischen Bildern, wunderbar klassisch, manches so geschichtenvoll wie ein Film, dass vor ihnen die Zeit verflog. Andere boten einen schönen Ausblick, nur das, immerhin. Wir trafen uns vor dem frühen Herbst einer Waldallee wieder. Goldenes Licht brach über ihr durch dichtes Laub, pointilistisch in kleinsten Reflexen. Ich hatte sie schon von Nahem untersucht, gedrängt von Neid und Skepsis, hatte

aber schließlich feststellen müssen, der Realismus der Punkte trug auch aus zwanzig Zentimetern. Nun sah ich Dir bei der Betrachtung zu und erkannte meinen eigenen Zweifel von zuvor wieder. Ein Bein vor dem anderen, als hättest Du einen Schritt in die Allee gemacht, die Hände wie ein lässiger Wanderer in den Hosentaschen. Dein Oberkörper bog sich vor und zurück, von nichts als Skepsis bewegt. Schritten weg und wieder hin folgten Schritte zu den Seiten des Bildes. Mit geneigtem Kopf und leiser Stimme fragtest Du schließlich, mich oder den Maler: „Wie geht das?"
„Es geht …"
„Das sehe ich."
Du hattest Dich in einem Viertel gedreht, die Hände in der Luft, eine Linie vom Bild zu mir: „Aber wie?"
„Ich würde …" Ich unterbrach mich und holte Luft in einer Pause aus Respekt und Frechheit: „Wie das Licht durch die Bäume bricht … Die Strahlen … die Lichttunnel im Laubdach. Die helleren Blätter an ihren Seiten, oben vor allem, dunkler nach unten hin, grüner, Herbstgrün, ledrig … Und die Tunnel werden dünner, so scheint es aber nur. Ein Spiel mit dem Licht. Oben sehen sie breiter aus, das macht das hellere Laub. Unten, über dem ausgefahrenen Weg, wo sich ihr Licht vereinigt, sind sie zart nachgezeichnet. Die einzelnen Punkte dort werden zur Fläche, werfen Schatten in die tiefen Spurrillen, die dadurch so tief ausgefahren wirken wie nach einem kürzlichen Regen. Dort, der hellere Strich als direkt unter den Bäumen … Nur logisch, weil sich die auslaufenden Kronen darüber mit ihren dünnen Astspitzen bloß noch aneinander neigen … Aber das

Licht kommt dennoch von rechts, das hellere Laub hier. Alles ist definiert, nirgends ein Zufall, alles hat seine Richtung … Er malte uns, davon erzählt letztlich die Reife der Farben, einen frühen Nachmittag. Es geht. Malen ist Sehen." Ich rieb mir die Augen und sagte zwischen den Händen hindurch: „… und Handwerk: Übung und Übung und …" „Und Talent?" „Talent ist hilfreich."

Still hatten wir diesen Saal verlassen. Wir stießen neugierig durch die nächste Tür, in eine Sammlung christlicher Darstellungen, Altarbilder und Triptychen vor allem, die wir durcheilten wie Suchende, wie zwei, die sich unter Zeitdruck verlaufen hatten. Nichts, was uns dort hielt. Wiederholungen des Immergleichen durch Räume hinweg, gotische Simplizität in einem fort. Den folgenden verschlungenen Saal sahen wir der Historie gewidmet, den nationalen Ereignissen und ihren Durchlauchtheiten. Auch dort, als hätte jemand thematisch reduzieren wollen, ein Sujet bloß. Beinah hörbar war ein steter Schlachtenlärm. Und kühl goutierend hing der jeweilige Fürst nebenbei, Türkenbesieger allesamt. Portraits von oben herab, Zeugnisse grenzenloser Blasiertheit mitunter. „Gibt es etwas Öderes als Historienmalerei?", hattest Du gefragt ohne stehenzubleiben. „Tolle Schinken", entgegnete ich ironisch. „Alle verbrennen", war Deine Antwort. „Die Fratzen sind sowieso geschönt, nichts daran ist echt."

Auf der einen Seite liefen wir die Kriegsgeschichte rauf, ihren Fortlauf auf der anderen Seite runter. Dieser Saal, so dachte ich, wird eine ebenso schnelle Runde. Plötzlich aber warst Du stehengeblieben. Eine Büste, die Dich hielt, das Abbild von irgendwem.

Dann gingst Du um die schwarze Bronze herum und hast Dich verwundert umgeschaut, nahmst jetzt erst die lebensgroßen, inmitten des mythisch Kolossalen zierlich wirkenden Büsten wahr, jenen Ahnenpfad von Macht und Geld. Es war das Bürgertum, nüchterner zumeist oder ehrlich. Ein ausgestelltes neunzehntes Jahrhundert, die direktere Kunst vielleicht, selbstbeschränkter in den Mitteln der Mode. Es war der Bürger, wie er dort stand, der seinen Betrachter animierte zu einem Griff in seinen Rauschebart, jene im Gegensatz zur Beschränkung dieser Zeit ausufernde Mode. Aber Deine Hand bog vorher ab. Du warst nicht der Enkel, gewippt im Schoß des alten Herren. Du wahrtest die Regeln des Museumsbesuchers und hast bloß gestaunt, wo einzig ein Anfassen befriedigend gewesen wäre. Dein Kopf kreiste um den breiten Bart, der wie ein wildes Wasser über die Brust des Unbekannten schoss, mit einem Namen, der uns nichts sagte. „Wer war schon Marx gegen diesen Herrn?"
„Wer war hier der Künstler?"
„Der Barbier?" Du fuhrst Dir zweifelnd über das Kinn, zogst an Deinem Jugendflaum wie dem doppelten Konträr aus Alter und der gezeigten Zeit. „Hast du auch modelliert?"
„Versuche ..." Ich schabte aus der Ferne die Züge nach, als hielte ich ein Werkzeug in meinen Händen. „Ganz gut, eigentlich ... Aber es fehlte die Herausforderung."
„So etwas fehlte dir?" Du strichst Dir über die Brust wie über einen Sabberlatz, unter einem Gesicht zwischen Skepsis und Ironie.
„Gut gemacht ist noch keine Kunst. Aber ich gebe zu ...", ergänzte ich in bedauerndem Ton, „... für wahre Größe fehlt mir

noch solch' ein voluminöses Rauschen. Ich kann einfach keine aufgepufften Gesichtspullover."

Wir hatten laut gelacht, daran erinnere ich mich sehr gut. Ebenso an meine gleichzeitigen Entschuldigungen, die ich dienernd in Richtung der Büste sprach, als sei sie das Konterfei des Künstlers selbst. Auch an meine eingestreuten Versuche mit seinem Namen, welcher mir trotz mehrmaligen Ansatzes unaussprechlich geblieben war.

„Was kannst du besser?", hattest Du gefragt, plötzlich ernst. „Malerei oder Modellieren?"

„Talent ist für beides."

„Was ist das deine?"

„Vielleicht gibt es ein Dazwischen? Vielleicht will ich es nicht wissen? Noch nicht vielleicht."

Du hattest genickt und Dich im Raum umgeschaut, als sei dort die Bebilderung meiner Worte zu finden gewesen. „Warum wusste ich nichts davon?"

„Spielerei bisher." Meine Gedanken blätterten sich durch die Bilder der letzten Tage. Ich sah die Farben des Südens und die teils schroffen Formen, ihre Ausläufer in sanften Wellen, das Nichts der Fläche unter flirrender Hitze. Ich dachte an das Ungarn vor der Tür: „Aber es ist ein Anfang daraus geworden."

* * *

Ich hatte mich verabschiedet und statt ihres Angebots um ein Treffen gebeten, kein Rendezvous. Ich sehe heute noch ihr Gesicht im Laternenlicht zerrissen. Die vom Kellner zerstörte Überraschung und auf der anderen Seite ihre Verlegenheit, die ich mit mir nahm, in die Nacht, das Einzige, das ich zuließ in meiner Erinnerung, als Phantasie für den kommenden Tag …
Erträglich sein Heraufziehen, hinnehmbar das Warten. Zeit, die mir merkwürdigerweise nützlich schien wie lange nicht, die ich dessen nicht bewusst auf meine Wohnung verwendete. Plötzlich mit den Auswüchsen eines Lebens konfrontiert, das ziellos geworden war, räumte und reinigte ich dessen Behausung - ein fremdes Säuferloch. Wie ein bestellter Vormund, ausreichend distanziert und erstaunlich mühelos, in einem anfangs unendlich scheinenden Slalom um Dinge herum und einem ständigen Wechsel der Räume. Ich brachte Ordnung in das schutzbefohlene Leben und dachte an nichts, nicht einmal an sie. Zu nichts hatte ich Bezug, nichts, das ich vor mir herstieß oder in die Hand nahm, bedeutete mir etwas. Nur manchmal, für eine kurze Pause, stand ich vor der verschlossenen Tür.

Langsames Vorrücken in der Reihe, schweigend oder von gesenkten Stimmen begleitet. Das Foyer ist erfüllt von ehrfürchtigem Gemurmel. Gespräche, die Intimes berichten von der Kunst, von ungezählten Happenings, von gesehenen Einzigartigkeiten, von großartigen Bekanntschaften. Monologe, die auch den nebenstehenden Fremden erreichen sollen, die vermeintlich gleichgesinnte Zuhörerschaft. Kindern, die Freundschaft schließen wollen, wird mit einem Streicheln durchs Haar das Toben verboten. Die gläserne Drehtür vor allem, die Karussellfahrt in der mächtigen Glasfront, ihre bespielbare Entdeckung, die menschenklein aus der Ferne kaum zu erkennen ist, so unscheinbar wie ein erzwungenes Zugeständnis. Leicht, sich den Architekten vorzustellen, über den Plan gebeugt, Falten des Unwillens auf der Stirn bei der Erinnerung an ihren Zweck: Aller Eintritt unter das stählerne Dach, in den Kubus aus Glas, in sein Kunstwerk, um die Anderer zu sehen. Rabattierende Ausweise der Behinderung oder Studentenschaft werden bereitgehalten oder ärgerlich vermisst. Ein zu Boden gefallener Geldschein wird aufgehoben und zurückgegeben. Die Freude verkürzt den Beteiligten die Wartezeit. „Mein Lohn von gestern." Ihr heimlicher Handtrichter gegen mein Ohr, ihre Brust an meinem Arm. Sie löst sich nur langsam, eine weiche Erinnerung, das Gefühl wieder verlorener Nähe. Sie legt ihre Jacke auf den Tisch, unter das runzlige Lächeln der Garderobenfrau, das nur langsam ausklingt, das sich jüngerer Jahre zu erinnern schien, in unserem Moment zuvor. Die beflissene Arroganz der Kassiererin, ehemals Höherem verschrieben, ergraut längst auch im Äußeren, blass, eingefallen, schlaffhäutig, übergroß bebrillt und glaskastenbewehrt, straft sie mit kleinstem Trinkgeld, Centbeträge für uns beide. Ich folge ihr, meine Hände unsicher in den Hosentaschen, in den weißen Trichter aus gestellten Wänden. In diesen Tunnel der Kunst, in das in ihn gezwungene 20. Jahrhundert, die Leistungsschau, ihre Chronologie, zwingend, natürlich, zweifellos: *Was tun, wenn man einen Menschen kennenlernen möchte, selbst aber nicht mehr weiß, wer man ist?* Ich war stehengeblieben, plötzlich von diesem Zweifel er-

fasst, von mir selbst in diese erdrückende Größe gestellt, mich selbst nicht sehend. Ich schaute ihr nach, ich, einer unter vielen, längst kein Hindernis mehr im Strom, verfolgte ihr Verschwinden. Einige Rempler noch von hinten, manchmal sah ich sie, ihr Kopf wie zwischen Wellen, bis sie schließlich in der Menge unterging. Jetzt, in dieser Vielzahl unendlicher Erwartungen allein, anonym und fremd den drängenden Besuchern, kann ich gehen. Ich kann dem widersprüchlichen Sog nachgeben in das Labyrinth aus weißen Wänden, in die verstellte lichte Weite, diese Einbahnstraße durch die Vergangenheit, kann unter die stählerne Kassettendecke des Architekten treten, allem als Krone aufgesetzt, unter den schwarzen Deckel der Nationalgalerie, erdrückend wie ein strategisch herbeigeführter Sieg.
Ich ahme Kunstinteresse nach, zwangsläufig die Gesichter Anderer, ihr begieriges Wandeln, das standhafte Verweilen. Ich bin entsetzt von dieser Idee, meinem tatsächlichen Hiersein, vor allem aber, dass mir selbst nichts Annäherndes mehr gelingen will. In der Zeit verloren, in ihrer bloßen Reihung, gehe ich mit unsicheren Schritten durch die Vergangenheit. Meine Vergangenheit, die manchmal aufblitzt zwischen dicht gedrängten Betrachtern. Ich gehe den Kanon ab, ob gestellt oder gehängt, sehe alte Referenzen aufblitzen zwischen zur Seite geneigten Köpfen, vertieft oder in Skepsis. Ich bin nur widerwillig bereit sie zu teilen. Ich erbitte mein Herantreten, ich erzwinge es und verteidige mein Verweilen ... Erkämpfte Einsicht, verlorener Abstand, verstummender Zweifel: Die Leinwand, auf die ich schaue wie in einen gerahmten Spiegel, ist ein verdichtetes Schicksal, das Ich eine Behausung aus totem Beton. Leben

existiert nur in den Rissen. Ein Selbstbildnis in Stein vor der Welt, dem konkreten Hintergrund. Diese ewige Fläche, die immer bleiben wird, ungetrübt und fröhlichfarben, egal wie man selbst ist. Ich hatte längst vergessen, wie ich schon einmal vor diesem Bild gestanden hatte, wie ich auf eine andere Art anfing, ein Neubeginn, benommen für Jahre. Meine Vergangenheit schaute mich an. Ich schaute mich an.

„Hier bist du." Ihre Hand schiebt sich von hinten um meinen Unterarm, vertraut, vielleicht zu sehr in diesem Moment. „Du hast mich gar nicht gesucht?!"

„Ich habe etwas wiedergefunden."

„Ein schreckliches Bild."

„Ja erschreckend."

„Lebende, die schon tot sind. Ich zeige dir meine Top Ten."

Ihre Hand schiebt sich tiefer in meine, sie zieht an ihr, sanft aber bestimmt. Sie zieht mich weg von dem Bild, wie eine Frau es nur angesichts einer Konkurrentin tut oder der Schönheit an sich. Mit der anderen Hand weist sie jenseits der sterbenden Minotauren, der gereihten Akte, der weinenden Frauen, der Lumpensammler, an den kaffeebeschwingten Stillleben vorbei auf die schöne Nusch, die Pavianmutter mit VW-Käferkopf, den Stier aus Fahrradschrott. Sie zeigt auf jene intimen Einsichten, auf das simple Sehen ...

Ich blättere durch den verstaubten Katalog und sehe die Bilder wieder, wie im Original von der ersten Seite an. Und ich sehe sie wieder. Ich folge ihr in meiner Erinnerung durch die Räume und höre ihr Lachen: „Neunzehnhundertsiebzehn! Ein signiertes Pissoir." Sie geht um den Sockel herum, das Kinn vorgestreckt, spöttische Fältchen um den Mund. Sie sagt, während Kinderhände dieses Porzellan betatschen wollen: „Von allen Seiten, eindeutig nur ein Pissoir … Welchen schockierenden Stilbruch kann es danach noch geben?!" Die Fäuste in die Hüften gestemmt, schaut sie wie jemand, der etwas soeben verstanden hat oder lange schon meint und sich endlich bestätigt sieht, allerdings so frech, als wenn sie Widerspruch erwartet. „Und hier! Die vollgeschissene Konserve!" Sie beugt sich über den Glaskasten mit der vergilbten Dose, als wenn sie daran riechen wolle, als ginge es um Echtheit nach Jahrzehnten. „Nummer siebenundvierzig. Was für eine nette Serie." Wieder an meiner Seite, aus meiner Perspektive, mit meinen Zweifeln, mit einem Stoß in meine Rippen: „Wie klug von ihm: Wenn er Geld braucht … Eine unendliche Serie." Sie spricht lehrerhaft: „So kann es gehen. Ausgesorgt, so lange er lebt und scheißt." Wieder fasst sie meine Hand, begeistert wie ein Kind, das den trägen Vater mit sich zieht: „Da gibt's noch mehr. Komm mit!" Noch ein Lachen angesichts der Pariser Luft, über die genaue Mengenangabe vielleicht. Und ein amüsiertes Staunen über den Kamm, den Flaschentrockner, die Schippe, den Garderobenhaken, über die zur Kunst erklärte Alltäglichkeit eines vergangenen Jahrhunderts. Ihre Worte treffen auch in anderen Räumen. Sie spricht von Monochromie und lustiger Geometrie, von heiteren Schnörkeln, Gesichtern in LSD-Kubismus, dekorativem Minimalismus, dem Schönen, einer mitunter wohnlichen Kunst. Es fallen Worte wie spröde Materialisierung und geronnene Albträume. Sie spricht über das Unsichtbare, die Zerstörung des Sichtbaren. Kritiklos gegen ihre Kritik frage ich mich,

was ist das Privileg der Kunst? Keinen Halt sehen zu müssen, keinen Stopp der Phantasie? Die schöne Freiheit und diesen hässlichen Zwang daneben? Oder andersherum, den Zwang vorangesetzt, woran ich noch nicht dachte.
Wir treiben durch die Zeit und alle Welten, durch tausend Leben wie durch ein einzelnes, vor tausend Augen wie ein Einziger, durch alle Freude wie im Rausch, durch Spiel, Witz und Leid, durch Formen, Farben, Material. Wir folgen dem Weiß der gestellten Wände, durch die andächtig staunende Menge, durch das allgemeine Einverständnis, das in diesem Kubus zum Abschluss gekommene Kunstverständnis, wie mir in meiner Erinnerung scheint. Wir bummeln unter einem schwarzen Deckel durch stehende, stickige Luft ... Schwere Füße, überreizte Augen, ermüdetes Verstehen, erzwungenes Verständnis ... Nur ein matter Sog noch. Und noch eine Ecke, ein neuer Raum, wieder ein Kapitel, ein weiterer Meister. Müde sehe ich, dass ich wenig von ihm weiß, nur seine expressionistischen Skandale kenne, diese unverblümten Fleischlichkeiten des Seins und die Verwurstereien der Nachwelt in Form erotischer Postkartenmotive. Aber auch, dass ich einmal von früher Vollendung hörte neben der Legende von der Banalität seines frühen Todes. Und als sähe man in den Bildern schon das tödliche Fieber, schwelge ich mit einem Mal in seinen Farben. Selbst der Kohle erzwingt er Kolorit – lichtes Schwarz, flirrendes Grau, gilbendes Weiß. In allen seinen Bildern sehe ich *unrettbar das Ich. Ich sehe die wärmsten Farben zueinander verfließen, zerrinnen, brechen, die erhaben sind, hügelig aufgetragen, grün, grau, und daneben blaukalt wie ein Stern, weiß, weißblau ... Wissend wird man, jede Ziffer*

beobachtend und zu sehen versucht, das ist mehr, schauen kann auch der Maler, das ist der Kontakt, das ist der Wille. Und in den Formen setzt dieser Wille sich fort, in den scheinbar amputierten Körpern, in marionettenhaftem Tanz, in Mehrfachselbstbildnissen, in erotischer Verheißung, in merkwürdig entlebten Portraits, in der Reduktion ohne Hintergrund, das Wesentliche fokussiert. Ein Seher der modernen Zeit: Industrialisierung – das Subjekt ist aus seiner Statik herausgeschleudert, jede Anthropozentrik aufgehoben, ist plötzlich beschleunigt auf immer schnelleren Wegen durch den Raum, die Perspektive unablässig ändernd – Augenblicke übereinandergelegt, wie befreit von den Zwängen des Körpers, Stück um Stück verrenkt aneinander. Persönlichkeit wird zur bloßen Frage nach der jeweiligen Zeit. Sie dagegen geht von Bild zu Bild, ohne zu verweilen. Eine erschöpfte Ungeduld liegt in ihrer Eile, wie bei allen in diesem letzten Raum. Sie geht voraus, erkundet ihn flüchtig, schreitet ihn bloß ab, ihr Vorsprung wächst. Ich will sie nicht wieder verlieren und schaue ihr nach, nach jedem neuen Bild. Mit einem Mal sehe ich sie innehalten. Mein Abstand zu ihr beträgt ein oder zwei seiner Perioden. Mein Bild von ihm wächst über diese weiter, meine Bewunderung ebenso. Und sie steht noch immer dort, mit offenem Mund, der stimmlos Gedankenströme formuliert, mit einem Schatten auf dem Gesicht, das plötzlich gealtert scheint, mit einem Schrecken in den Zügen, die wie zerfallen sind, die so leichenblass nicht übereinstimmen wollen mit dem Glanz der Augen. Tränen, die sie nicht zu unterdrücken sucht. Ich bin ihr nicht recht, oder ich bin zu viel. Sie geht, bevor ich es verstehen kann: Ein Stück Packpapier, schwarze Kreide und Aquarell. Ein aufrecht sitzender Mann. Ganzkörper. Unterschenkel abgeschnitten. Sonst nichts, nur das Weggelassene. Die rechte Hand hält den fehlenden Bogen, ausgestrichen, nach unten vom Körper weg. Die linke, nah der Brust, umgreift den vermuteten Hals, die Finger druckvoll auf den nicht gemalten Saiten. Den Mann umzeichnet ein schwarzer Strich. Die Farben wie ein Elixier hineingegossen, wo Leben ist oder Bewegung in warmen Tönen trüb. Ein Glühen dagegen, wo die Musik ist. Orange der Arm, die Hände. Orange auf den Wangen, den Lidern, um den konzentrierten Blick. Das Ohr aber scheint zu brennen, so wie der Unterleib. Das Feuer in einer Abendröte ausgestrichen zum Herz hinauf, ein Züngeln und Flackern aufwärts in den wässrig stillen Rest aus Türkis und Himmelblau. Ein darin schlagender, heißer, weicher Fleck. Der Mann ist, was er macht ... Er ist allein, irgendwo. Kein Raum, beiges Packpapier, keine Perspektive, pastöse Fläche, kein Stuhl, er sitzt in der Luft. Er spielt sein Cello, ein Instrument, das nicht zu sehen ist. Und ohne den begrenzenden Strich würde er zerfließen. Es bliebe nur dieser Fleck und was nackt an ihm ist, die skelettösen Hände in Orange und das kastenförmige Gesicht, feuerfarben infiziert.

Ich sehe die Farben dieser Welt und schlage den Deckel zu. Schwer liegt der Katalog auf meinen Knien, unter meinen Händen, weich schmiegt sich der Karton. Ich bewahre mir die Farben hinter verschlossenen Lidern, als sei es damit genug. Was sollen sie noch entdecken! Und schon habe ich Angst, sie wieder zu verlieren. Aber ich weiß auch, dass es geschehen wird, dass der Augenblick und die Vielfalt seiner durchblätterten Seiten, die Schönheit der letzten Stunde ins Nichts zerfließt. Minuten nur, und ich sehe bloß ein fleckiges Braun hinter meinen Lidern, Varianten von Dreck, aus dem mein Dasein erwachen wird, sobald ich sie öffne, wenn ich wieder sehe ...

Mit gesenktem Kopf, die Welt derart ausgeschlossen, mit den Augen auf dem Steinboden, einem kleinkörnigen Muster, mit langsamen Schritten auf diesen Konstellationen aus Schwarz mit Punkten von Weiß, ungeregelt wie der Zufall, unsere nachlässige Natur. Meine Reflexionsfläche, eine doppelte, auf der ich die Bilder verließ und mit mir nahm, aus diesem letzten Saal, in einer Mischung aus Stärke und Unsicherheit, simultan, darin bemerkenswert. Die Glaswand des Foyers war ein schwarzer Spiegel, die Welt dahinter eine dunkle Fläche, dank schwacher Straßenlampen verstärkt zu nichts von Bedeutung, mittels gelblicher Scheinwerferstreifen quergezogen, irgendwohin. Ich stieß die Drehtür auf und trat hinein. Die Bilder verloren sich mit der Gewöhnung der Augen. Sie saß auf der Vortreppe, die mich von allem wegführen sollte, die wenigen Stufen zu ihr hin. Der flackernde Schein des Feuerzeugs lag wie ein Kranz um ihr Haar. Ich setzte mich neben sie und konnte meinen Arm um ihre Schulter legen, ich wollte es sogar. Sie rückte weg. Die Zigarettenglut erhellte das versteinerte Gesicht. „Was war so schlimm?", fragte ich. Mit dem Qualm stieß sie ein langes Schweigen aus. Ihr Kopf folgte dem Anfahren eines Busses wie einer verpassten Gelegenheit. „Warum hast du auf mich gewartet?", forderte ich sie heraus, unfähig jeder Taktik, oder nicht willens. Ihre Hand wehrte ab, als hätte sie die Frage unausgesprochen machen können. „Was denkst du über mich?", fragte sie stattdessen, ohne mich anzusehen. Sie schnippte die Zigarette ihrer Frage hinterher. „Dass ich eine Kellnerin bin?" Die Schärfe der Stimme zeichnete sich in ihrem Gesicht nach: „Du in deiner ganzen Egozentrik ... ach was Egomanie. Nimmst du überhaupt jemand anderen wahr?"

Sie zog die Beine an und umklammerte die Knie. Ich betrachtete ihr Profil, ein Neumond im Laternenlicht. Ich suchte eine Antwort: *Es scheint nur so ... Ich habe es nicht gelernt, Gefühle zu zeigen ... Nähe macht mich unsicher ...* Eine glaubhafte Lüge, die ich nicht finden sollte.

„Warum soll ich mich auf dich einlassen, auf mehr als nur ein bisschen meiner Zeit? Du weißt nichts von mir und willst nichts wissen. Das ist alles so verlogen. Du interessierst dich nur für dich."

Wir lernen uns gerade erst kennen, hätte eine Antwort auf den ausgesprochenen Teil der Frage sein können, der unausgesprochene, der Teil aber, der sie drängte, hielt mich zurück.

„Du hast mich gefragt, ob ich dich wiedersehen will." Sie suchte in ihren Manteltaschen nach den Zigaretten. „Schön ... Warum nicht? Immerhin hat der Mann mir gefallen, so gut, dass ich mit ihm geschlafen habe. Auch wenn er mich später einfach stehengelassen hat, nachts in einem Park." Sie schlug mit zitternden Händen eine neue Zigarette aus der Schachtel. „Aber vielleicht lag es ja auch an mir. Vielleicht hätte ich mich in diesem Zustand genauso stehen lassen." Sie nuschelte laut mit der Zigarette im Mund. „Und dann habe ich Ja gesagt. Und sofort hast du bestimmt, was wir machen werden." Sie durchsuchte alle Taschen nach dem eben noch verwendeten Feuerzeug. „Warum hast du nicht gefragt, was ich machen will? Oder wenigstens, ob ich das hier auch will. Mit diesem Schiele zum Schluss?" Ihr Daumen zeigte über die Schulter. In der Stimme lag ein Vorwurf, der über diesen Nachmittag hinausreichte, der größer war, mich nur mit einschloss. Wind schlug gegen die Flamme. Ein kurzes Flackern hinter der Hand. Tränen auf den eingefallenen Wangen. Die Zigarette knisterte. Qualm, eingewobene Worte, Silbenwolken: „Ihr seid euch so gleich." Noch ein Zug, Glut, wieder Qualm. Ein lautes Schlucken. Ein verschlucktes Weinen, gegen das sie ankämpfte, so wie sie um ihren Stolz rang, der ihr neben mir so wichtig schien. Ich nahm ihre Hand. Eine kalte formbare Masse in meiner, so tot sich anfühlend wie alle, die ich geformt, die ich mit meiner Arbeit zum Leben erweckt hatte. Ich rutschte zu ihr hin. Ich nahm meine andere Hand hinzu. „Es tut mir weh, wenn du sagst, dass ich ihm gleiche." Sie schaute zur Seite weg, in eines der kommenden Lichter. Ihre Finger glitten zwischen meine, sie fassten zu, nicht fest, aber spürbar. Ein tiefer Atemzug wie ein erneutes Aufbäumen. Sie warf den Kopf herum. Ihr Gesicht, eine einzige Herausforderung und meine letzte Chance zugleich … *Was willst du?* denke ich. *Was fehlt in deinem Leben? Was habe ich dich nicht gefragt? Was wolltest du mir erzählen, und hast es nicht? Wer bist du? Was erwartest du? Was soll ich dir geben, was er nicht kann? … vielleicht nicht will? Warum soll ich es tun? Weil ich nach ihm kam? Weil du bei ihm gelernt hast, was du möchtest oder wenigstens was nicht? Weil er vor mir meine Chance schon verbraucht hatte? Was hat dieser alte Mann an sich? … dieser Herr aus München?* Fragen, die sich mir stellten. Sie fragte ich:

„Was tut dir so weh?"
Es war, als spürte ich ihre Hände Sekunden später noch. Dabei hatte sie ihr Gesicht längst in ihnen vergraben. Sie schüttelte den Kopf, getroffen von der Direktheit der erhofften Frage. „Es war das Klavier, immer das Klavier. Nichts daneben. Alles andere war nichts."
Sie wischte die Tränen weg, grob und trotzig. Sie schluckte wieder. Die Stimme war ihr weggebrochen. Dünn, fast unhörbar auch das folgende Wort ... der Satz ... die Erklärung: „Links ... hier links ... meine Hand ... zertrümmert. Mit dem Fahrrad weggerutscht. Vier OPs ... Trotzdem taub. Immer nur taub ... Und dieser Arsch ist einfach abgehauen. Hat mir die Vorfahrt genommen und ist einfach abgehauen. Der hat überhaupt keine Ahnung ... Ich schaue diese Hand hier an und sehe mein Leben. Und dieses Arschloch hatte noch nich' mal 'n Kratzer an seiner Scheißkarre!"
Ich sah die zugewachsenen Wunden offen liegen. Die gebleichten Narben sah ich das erste Mal. Ich hielt den zuckenden Körper fest, von der Nähe erschüttert. Ich küsste die nassen Wangen und fragte still wie alle meine Fragen: *Gehen wir zu dir oder zu mir?* Und ich log laut: „Peter hatte es erzählt."

***

UNGARN. Ein zeitloses Dahintreiben … Ich war bei mir. Ich war froh um jede Stunde, die noch kam und um jede, die vergangen war. Ich teilte mein Dasein mit der Zeit und mit Dir, meinem neuen Freund, dem alten, längst bekannten. Aber mit Wucht, mit einem Mal, ich verstand es nicht, wollte es nicht, verengte sich alles – wie in einem Trichter, in den die verbliebenen Tage fließen wollten. In einem sich beschleunigenden Strudel, in ein abschließendes Schlürfen, Glucksen, Rülpsen … weg. Vorbei. *Budapest-Keleti* drängte sich mir auf, das Bild von einem Schaffner, der in diesen Mauern steht und pfeift.

Die letzten Sonnenstrahlen, die die Erde schon nicht mehr treffen, nur die Wolken noch von unten … Ich stehe in einem Feuerrot, unter einem brennenden Himmel. Eine Stunde knapp, und ein Marineblau senkt sich nieder, die Wolkenhaufen glühen aus. Verbrannte Klumpen ziehen über mich hinweg in jede Ferne. Und über allem ein blinkendes Licht mit Kondens, ein Wolkenstrich von Menschenhand Richtung Westen quergezogen.
Ein kurioses Detail aber mildert meinen Kummer, niemand sonst scheint es zu bemerken: Der Mond im Achtel senkt sich auf den Burgpalast … Ein osmanischer Sichelmond steht zentral auf der Kuppelspitze, festgeschraubt für einen Augenblick, so scheint es mir, bis er mit dem Tag hinter ihr untergeht.
Wer versteht schon den Verlauf der Gestirne, der sich nicht damit befasst? Wer bedenkt die Breiten, Grad für Grad? Der Mond sinkt mit der Sonne hinab. Wohin folgt er ihr? Wohin könnte ich ihm folgen? Wo geht er auf? Der Hemisphärensprung oder ein Zurück zu den Osmanen, über mehr als vierhundert Jahre

... Das Eine schien mir weniger unmöglich als das Andere. (Mosambik oder ähnlich umkämpfte Volksrepubliken? Aber davon hörte ich nie.) Ich dachte aber, nichts ist sicher, nur der Wandel. Und ich hoffte, so sie verginge, unsere einzig mögliche Welt, so wären wir frei und blieben es – Geschichte wiederholt sich nicht, so sagt man. Die Osmanen sah man an den Budapester Ufern für eine lange Zeit aber kein zweites Mal, nur ihre Zeichen hin und wieder.

Ein weiteres Detail: *Sein Sie vorsichtig! In Ungarn sind Dinge in Bewegung geraten, von denen keiner weiß, wo sie hinführen werden.*
Was sollte ich anderes denken, über das, was ich in bestem Deutsch auf dem Zettel las, der mir in die Hände gefallen war. Ich weiß nicht mehr, was ich gesucht hatte, Batterien, den Dosenöffner oder ein Taschenmesser. Es ist auch egal. Ich fand ihn in Deinem Rucksack. Ich starrte auf diese drei Zeilen. Und je länger ich das tat, desto unausweichlicher war mein Verdacht. Die Ungarn in unserem Abteil, mit ihrem merkwürdigen Rollenspiel, das konnte nun kein Zufall mehr sein: Schützenhilfe des ungarischen Geheimdienstes. Observation im Bruderland. Warum hatte er Dir diesen Zettel bei der Verabschiedung zugesteckt? Offen, konspirativ!
Paranoia! Die unvermeidlich ist, wenn du einmal mit ihnen Kontakt hattest. Die ihr Werkzeug ist, die dich zersetzt. Dann gibt es keine Zufälle. Deine Erfahrung lässt sie nicht mehr zu.
Dann gibt es keine klaren Gedanken mehr, keinen gesunden Verstand, der dir sagt, er kann doch nicht so dumm sein, dass ich diesen Zettel finde, und sich damit verraten.

Die Wärme im Zelt hatte mich geweckt oder die Sonne selbst. Morgenlicht drang durch die Plane. Ich drehte mich auf die andere Seite, für eine weitere Stunde Schlaf. Aber mein Rücken schmerzte und ich war wütend auf Dich ... (Wie ungerecht, aber das bin ich heute noch, wenn ich geweckt werde.) *Hier ist es gut,* hattest Du gesagt und das Zelt auf den Boden geworfen, auf den ersten freien Platz, an den wir gekommen waren. Wie eine Landnahme hatte es ausgesehen. Aber ich war zu müde gewesen, mir über den Platz Gedanken zu machen, im Dunkeln wieder und umsonst wahrscheinlich, wie an unserem ersten Abend. Ich hatte bloß noch schlafen wollen. Und als mir das wieder einfiel, war ich verärgert über mich selbst. Ich drehte mich auf den Rücken, zog die Beine an, was gegen die Schmerzen half, und dachte über den vorherigen Tag nach, über Deine Idee, den Zeltplatz für die letzten Nächte noch einmal zu wechseln, die erniedrigende Verhandlung mit dem Schwarztaxifahrer, seinen Gesichtsausdruck, diese Mischung aus Hochstapelei und Pokerface, sein herablassender Blick auf die fünf D-Mark, sein schließliches Schulterzucken und die illegale Fahrt durch das nächtliche Budapest, durch die ausgestorben wirkenden Straßen, durch das Dunkel bis zur Donau, die lichtgeschmückten Brücken, den plötzlichen Metropolenschein – *Weihnachten im Sommer* hattest Du über die monarchische Pracht gesagt. Ich erinnerte mich an die Lichter des Parlaments wie an einen erwachenden Widerschein, an die steilen Straßen am Budaer Ufer, den schlafenden Zeltplatzwächter, an mein Plädoyer, ihn nicht zu wecken und das Geld zu sparen, zuletzt unsere Mühen, das Zelt aufzubauen, im Dunkeln, heimlich und still zudem.

Anschließend hatte ich lange wach gelegen, bis es mir gelungen war, die Melodie der Grillen mit dem Schlaf zu verweben. Nun lag ich wieder wach und war zu müde um aufzustehen. Träge kreisten meine Gedanken um den Ort, an den wir im Dunkeln gekommen waren. Aber selbst die Neugierde half mir nicht hoch, auch der Gedanke nicht, dass ich wenigstens das Zelt öffnen sollte, damit es etwas kühler würde. Ich schloss die Augen und versuchte wieder einzuschlafen. Die Vogelstimmen, erste Schritte und leise Gespräche, ein ferner Hubschrauber waren eine angenehme Begleitmusik. Es wollte mir gelingen, meine Gedanken schweiften ab, schon befand ich mich in jenem kurzen Zustand des Halbbewussten, in welchem das reale Denken sich mit dem ersten Traumbild mischt ... Aber dann hörte ich einen Schrei. Es war das schrille Kreischen einer Frau, die immer wieder Luft holte und weiterschrie. Eine Männerstimme kam hinzu, eine zweite, die abwechselnd ein langes *Jaaa* brüllten, bis auch sie keine Luft mehr hatten und die Wiederholungen ihres *Ja* nicht mehr langanhaltend schrien, sondern nur noch bellten, zwischendurch einen Pfiff hören ließen wie auf einem Konzert. Dann schrien sie gemeinsam, drei Stimmen nach kurzer Atempause, die sich gegenseitig höher trieben, ein grässlicher Chor, ein minutenlanger Jubel bis zur nächsten Erschöpfung. Aus dem Hintergrund aber drang ein Weinen, das immer deutlicher durch das Decrescendo brach, das sich mit einer lautgestellten Radiostimme mischte. Der Hubschrauber war längst fort, keine Vogelstimmen mehr in den Bäumen, keine Schritte, keine Gespräche, kein Laut von sonst woher, der das Erwachen eines normalen Tages hätte bedeuten können.

Es war mir vorgekommen, als sei das Zentrum der Welt direkt neben unserem Zelt, und alles schaut erschrocken dorthin. Stille ringsum, nur das Radio und das Weinen, hin und wieder noch ein kurzes, lautes *Ja*.
Ich hatte auf meiner Luftmatratze gesessen und zog die Schultern hoch, als Du mich verschlafen anschautest. Daraufhin hast Du Dich umgedreht und weitergeschlafen, als sei die Welt noch dieselbe gewesen, wie am Tag zuvor.
Bald hatte die Sonne unser Zelt frontal ins Visier genommen. Längst hörte ich die Geräusche morgendlicher Routine wieder, als sei die Natur ein zweites Mal erwacht. Irgendwo schrie ein Kind. In dieses Klangbild mischten sich hektische Stimmen, kurze Sätze wie Kommandos, ein deutsches Stakkato, sächsisch intoniert. Ich sah vorbeieilende Schattenrisse, hörte klapperndes Aluminium, glattgestrichenes Tuch, klirrendes Geschirr, aufgestoßene Rucksäcke, schnelle Schritte im Zickzack, die Frage *Geht das noch rein?* Ein wildes Stopfen und Stoßen, den Kraftschrei einer Frau, die dirigierenden Worte eines Mannes, den Scherz eines Anderen und lachenden Zuspruch ... Dann gingen sie. Ich hörte ihre nahen Schritte neben unserem Zelt, ihre Schritte über Gras, auf Kies ... Ihre weit entfernten Schritte auf Asphalt, über Feldwege, auf Waldboden, durch Ackerfurchen hörte ich nicht.
Mein Schatten lag vor mir. Er folgte meinen Bewegungen. Er berührte, was ich sah. Mein Schatten war lang und dünn, ein Morgenschatten. Er fiel über mich hinweg, fiel auf niedergedrücktes Gras, auf leere Flaschen, auf die Reste eines letzten Frühstücks, gegen eine nackte Wäscheleine, auf ein Paar blaue

Stoffturnschuhe, die abgestoßenen Spitzen gegen mich gerichtet. In einem steckte eine angebrochene Schachtel *Schweinejuwel*. Mein Weg über den Zeltplatz war einsam, niemand ging in meiner Richtung, niemand kam mir entgegen. Wen ich sah, der stand abseits des Weges, zwischen den Zelten, niemand stand allein. Ich sah hitzig geführte Gespräche, ich sah betroffen schweigende Paare in Campingsesseln, ich sah die Gedanken, aber ich konnte sie nicht lesen. Ich sah beiseite geschobene Kinder, wie verstoßen die Gesichter. Der fröhliche Abbau eines Zeltes reichte mir die Bilder zu dem vorherigen Tonspiel nach. Der Einladung in alle Richtungen prostender Westler, mit ihnen zu trinken, entzog ich mich. Ich schlug sie aus und gab nichts auf den Hohn, mit dem sie mir Unverständliches nachriefen. Diese Selbstgewissheit, die ich längst so gut kannte, dass sie mich auch in der gesteigerten Form an diesem Morgen nicht wunderte. Obwohl ich den Grund des Trinkens zu dieser frühen Stunde nicht wusste, nicht wissen konnte, noch nicht.
Pfeile wiesen mir den Weg. Ich folgte ihnen, bog mehrfach ab und trat schließlich in das Halbdunkel des Raumes, den ein Strichmännchensymbol mir zur morgendlichen Benutzung empfahl. Ein Geruch von scharfen Putzmitteln schlug mir entgegen. Hinter mir fiel die Tür ins Schloss. Das sonnige Viereck am Boden war ausgelöscht, mit ihm mein Schatten. Ich tastete in milchigem Oberlicht nach dem Lichtschalter, kippte ihn auf und ab und hörte jemand sagen: „Geht nicht." Meine lichtgewöhnten Augen suchten das Halbdunkel unter den Fensterscharten ab, während ich mich nach meinem einsamen Weg über den Zeltplatz wunderte, plötzlich nicht allein zu sein. Der Raum wurde heller,

so kam es mir vor, allmählich wurden Umrisse sichtbar, wie ein Foto, das sich entwickelt. Seine stumpfen Fliesen malten sich mit trägem Weiß aus. „Gestern ging's noch. Heute brauchen sie den ganzen Strom für ihre Fernseher und Radios. Oder die Kraftwerker sind auch schon weg." Unter dem Oberlicht beugte ein Mann sein eingeseiftes Gesicht gegen einen Spiegel und zog, als wenn er sich etwas fragte, die Schultern hoch. Sein Unterleib lehnte am Becken, der Bauch stand darüber, eine Hand spannte die Haut, die andere zog mit dem Rasierapparat unsichere Striche durch den Schaum. Ich ging auf ein Becken zu, drehte das Wasser auf, wartete bis es kalt war, und wusch mein Gesicht. „Scheißungarn." Ein dunkler Strich rann ihm vom Kinn zum Hals. „Hast du Rasierpflaster?" Ich verneinte und trocknete mich ab. „Rasierst dich wohl noch nicht?" Ein Lächeln lag auf dem teils befreiten Gesicht. „Manchmal", antwortete ich. Er wiederholte mein *Manchmal*, aber das Lächeln war einen Moment zu lang, es wurde breit unter dem Schaum, wurde ein hässliches Grinsen, zerfiel zu nichts. Er presste sein Handtuch auf den Schnitt. „Als manchmal noch ausreichte, war alles noch in bester Ordnung." Er legte das Handtuch beiseite und lehnte sich wieder gegen den Spiegel. „Warum nicht vor zehn Jahren?" Er hatte nur so gefragt, oder sein Spiegelbild, aber nicht mich. An seinem Kinn trat ein dunkler Punkt hervor, wurde größer, wurde ein Tropfen, eine Blase, verlief wieder zu einem Strich. „Scheißungarn", sagte er nochmal. Seine Hände fassten das Becken, er stützte sich auf, als ob er Halt suchte. „Scheiß auf das Licht!" Mit gepressten Lippen schabte er sich das restliche Weiß von den Wangen. „Ist ja nicht das erste Mal, dass ich mich schneide … Ist auch nicht das erste Mal, dass ich mich mit kaltem Wasser rasiere. Es geht alles, wenn man muss." Er hatte das Wasser aufgedreht, um sich das Gesicht zu waschen. Als er es abtrocknete und weiterredete, musste ich genau hinhören, um zu verstehen, was er sagte: „Seit ungefähr zehn Jahren kommen wir hierher. Meine Frau will überhaupt nicht mehr. Aber wohin? Die paar FDGB-Plätze kriegen andere, dafür mach ich zu oft die Fresse auf. Und sonst ...? An die Ostsee ...? Mit 'nem schönen Blick auf die Patrouillenboote im Sonnenuntergang? Regnet sowieso meist. Und wenn du nachts doch mal am Strand liegen kannst, ohne Perso, wirste sofort mitgenommen. Hier iss'es schon anders. Keine Ahnung wieso. Und du kannst auch mal was kaufen, wenn du vorher den Blauen Karl umgelegt hast, in die wahre Währung: Unsere Devise – Devisen. Was willste mit den Ostlappen sonst auch machen? Du arbeitest das ganze Jahr, Weihnachten gibt's Kubaorangen – süß und saftig ... Schwiegermutter hat ihr Leben lang nur geschuftet, um dir davon deine Schrankwand zu bezahlen – Aussteuer, das ließ se sich nich' nehm'. Da stellste dann die Schale mit diesem sauren Südfruchtimitat rein, die Jahresbanane schön draufdekoriert und bevor alles schrumplich wird, fängt ein neues sozialistisches Jahr an und die ganze Scheiße beginnt wieder von vorn. Schule der sozialistischen Arbeit, dein Meister erzählt dir, wie du den neuen Jahresplan übererfüllen kannst ... übererfüllen ...? Wenn sich mal was erfüllen würde." Er beugte sich zum Spiegel und kontrollierte den Schnitt. „Nur was absehbar ist, erfüllt sich. Langweilig, oder?" Als er sah, dass der Schnitt nicht mehr blutete, fuhr er fort: „Ich hatte mal Krankenscheine geklaut, mit 'nem Freund: acht Monate Knast. Einbruch, Diebstahl, Betrug, asoziales Verhalten, so der Staatsanwalt, so der Richter. Mit kurzen Haaren wär's bestimmt nur Bewährung geworden, auch wenn se uns die als erstes abgeschnitten haben, gleich nach der Verhaftung, noch im Polizeiauto. Nur eine Seite, die andere durften wir uns dann selber abschneiden. Worüber manche Leute lachen könn'?! Der Richter aber faselte in seiner Begründung was vom Verhalten und dem Erscheinungsbild einer sozialistischen Persönlichkeit, dem wir schon äußerlich nicht entsprechen würden. Acht Monate eingesperrt. Keine kurze Zeit, aber absehbar. Im Sommer biste wieder frei, hab' ich mir gesagt, und bis dahin hältste dich an die Regeln, und du hältst auch mal schön die Schnauze ... nur bis zum Sommer, das werd' ich wohl ma' schaffen. Und das Merkwürdige war, ich hatte da drin plötzlich meine Freiheiten – lesen, fernsehen, Fußball spielen. Ich konnte raus, wenn ich wollte, oder drin' bleiben, wenn ich keine Lust hatte. In der Werkstatt hab' ich Holzfiguren für die Kameraden gedrechselt, wenn das Soll erfüllt war. Keine Zelle ohne Weihnachtsfigur, Görden anno 1977. Einfach nur weil ich mal die Fresse gehalten und mitgemacht habe, jeden verlangten Scheiß. Ich hab' mir sogar 'nen Großteil meiner Zigaretten so verdient, ohne dass ich die für die Figur'n verlangt hätte. War 'ne harte Währung da drin. Ostern dann wollten auch alle was haben. Hast du 'ne Ahnung, wie man Hasen drechselt? Ich hab' die Dinger alle geschnitzt. Mein Gott sahen die aus. Heute wollen meine Kinder immer, dass ich ihnen was schnitze. Kein Spaziergang ohne Taschenmesser. Ich hatte meine Freiheiten da drin. In dem kleinen Gefängnis." Er schwieg eine Weile in

den Spiegel. Dann verstaute er das Rasierzeug in seiner Tasche. „Vielleicht hatte ich mich sogar frei gefühlt. Aber ich wusste immer, da draußen, in hundert Metern oder so, mal weiter weg, mal näher, ich konnte ihn sehen, wenn ich wollte, ich konnte aber auch wegsehen, wenn mir nicht nach der Realität war, steht ein Zaun. Geharkter Sand dahinter, dann eine Mauer mit Stacheldraht und Wachtürmen, von denen scharf geschossen wird. Also, Fazit: Ich irre mich. Mein Gefühl belügt mich. Ich bin nicht frei." Er nahm die Tasche und ging hinter mir weg. Ich drehte mich um und hörte weiter zu, als er im Rahmen stand, die Türklinke in der Hand, als könne er sich nicht entschließen zu gehen. Die Sonne von vorne, eine schwarze Fläche im Rahmen, am Boden ein langer Schatten. „Jetzt ist wieder ein Sommer. Und die Scheißungarn feiern mit den Österreichern zusammen so'n scheiß paneuropäisches Picknick. Da machen die einfach den Zaun auf. Zehn Jahre zu spät. Zwei Kinder ... und meine Frau hat Angst ... Die kommt nicht mit."
Blinkend und gemächlich schoben sich die Wasser durch den Donaubogen, ein Spiegel aus trägen Wogen sonst woher, aus einer unbekannten Welt Richtung Südost hinab. Ich spürte die Zeltstange im Rücken und hörte die letzten Sätze des Mannes wieder und wieder. Sonst nichts. Ich sah die Sonne von oben und von unten, die Schiffe auf den funkelnden Wellen, denen sie nur folgen durften, ein Hinauf Richtung Quelle nicht erlaubt, ein begrenztes Stück vielleicht, eigentlich immer bloß das Hinab. Ein Weltgeschehen wie jeden Tag zuvor. Ich hatte Ausblick auf kleine Boote, die die Kielwasser der Ausflugsschiffe kreuzten, von Möwen verfolgt auf ihrem Slalom zwischen trägen

Schubverbänden. Auf die Fähren quer zum Strom, die mit ihrem Fahrvolk die Seiten wechselten. Auf die Brücken in parallelen Reihen bis zu den Horizonten, ihren tosenden Verkehr beider Richtungen. Ich sah das Parlament geradeaus, geblendet von den alten, neuen Ideen hinter seinem kalkweißen Widerschein … Stille … Nichts, als das Sonnenspiel um mich herum und diese Sätze, wieder und wieder, von Anfang bis Ende, jede Silbe auf ein Neues. Ein Hämmern, eine gesprungene Platte, Fortlauf ohne Halt, nicht auszuhalten ohne ein Tun, nicht ohne dem Moment zu folgen, nicht ohne ihm sogleich zu misstrauen … Als wäre ich es nicht selbst gewesen, der aufgestanden war und ungläubig gegen mich, gegen alles, was ich meinte zu sein, den leeren Platz betrachtete, der das niedergedrückte Gras sah, dort wo das andere Zelt gestanden hatte, die herumliegenden Reste jener frohen Flucht. Ich, der selbst seinen Rucksack nahm, um ihn zu packen.

Und es war ein Anderer, den ich sah, als der, auf den ich gewartet hatte. Von dem ich mich verabschieden wollte. Ein grundweg veränderter Mensch, der da kam, den Kiesweg vom Laden herauf, zwei Kola in der Hand. Der zu unserem Zelt abbog, die Wiese bergan, mit gesenktem Kopf, ohne mich zu sehen oder irgendetwas um ihn herum, nur den Boden vor sich, das einzig noch Beherrschbare, Schritt für Schritt ein umständlicher Tanz, jede Leichtigkeit dahin. Der im Innersten erschüttert auf mich zuwankte. Erschüttert! Warum erschüttert? Heute weiß ich es. Ich wusste es auch damals … Ich konnte es mir denken, zusammenreimen konnte ich es mir. Aber ich verstand es nicht. Um meinetwillen verstand ich es nicht. Ich musste es mir noch sagen lassen ... Ich musste mir sagen lassen, dass es etwas gibt, das Dir mehr bedeutet als unsere Freundschaft. Ich musste mir wegen der Folgen für Dich, wenn ich ginge, für Deine Familie, für Deinen Vater drohen lassen. Du hast meine Schuld für seine Verwendung eingefordert: *Welchen Sommer hättest Du ohne meine Aussage gesehen? Ohne die Fürsprache durch meinen Vater?* Ich hörte es mir an, auf meinem gepackten Rucksack. Du standst vor dem Panorama, zwischen mir und dem sich bietenden Ausblick, wie hilflos in das Geschehen geworfen, wie in Spinnweben geraten. Deine Arme in der Luft, verhedderte Gesten, eindeutige Worte ... Sprachlos sank mein Kopf, wortlos war meine Antwort. Du sahst ein stummes, trauriges *Einverstanden.*

* * *

Freude? Tiefe. In jedem Moment, dass er sich unaushaltbar dehnt. Ich wusste immer, dass das nicht ewig geht.

Die Nacht singt ihr Lied   singt mein Lied ... säuselndes Einerlei   dringt durch das Fenster   hebt den Vorhang ... gespenstisch weht der Stoff ... weht   fliegt   fällt ... Mondlichtfetzen wieder und wieder   Schärpe der Nacht ... ich verfange mich ...   traumvoll ...   schlaflos ...   steigt und sinkt   fällt auf mich   fällt auf sie   Mondlicht erglüht und verglimmt ... neonsilbriger Glanz im Wechsel der Tage ...   hellwache Mitternacht sucht mich   suche ich   fällt auf mich   fällt auf sie ... Tagestod   Tagesgeburt ...   die Zeit läuft   scheint in den Moment gegossen ...   ihr Gesicht wie Beton   rissige Hülle   Nichts   wann?   jetzt   bald   irgendwann ...   stumpfe Haut ...   der Vorhang fällt   nichts   tot   Schwarz ...   ich bin allein   bin aus der Zeit gefallen   ich höre meinen Herzschlag   ihren Atem ... Wind im Vorhang ...   leichengraues Antlitz ...   Totenmaske aus Beton ...   Fältchen wie Risse – wie versteinert mit der Zeit ... *Ich muss ein Foto machen ...*   Meine Hände tasten sich im Dunkeln vor, öffnen Türen, heben Deckel, ziehen Schübe, streichen über zeitlosen Unrat, greifen blind in eine Lebenssammlung, durchwühlen einen Flohmarkt unverkäuflicher Dinge auf der Suche nach dem Apparat. Sie schieben Sedimente beiseite, tasten, wühlen, fassen ... ertasten den dahingegangenen Stolz eines Vaters, eines Großvaters, eines Toten vielleicht – ungewisse Herkunft. Sie ergreifen eine vergangene Zeit ...   Blankes Metall, klare Kälte, lackiertes Metall, stumpf, ein Pistolengriff, eine geriffelte Optik ...   Eine Super 8 liegt in meinen staunenden Händen.

Eine Zeitmaschine ... längst stehengeblieben ... Hülle der Erinnerung Jahrhunderte alt archaisches Relikt präinformelle Ikone totes Fragment einer toten Zeit ... Herkunft ... längst vergessen. Steinerne Schwere in meiner Hand. Wind vor dem Haus im Fenster im Vorhang. Mondlicht auf dem Boden auf dem Bett auf ihrem Gesicht ... Mein *de Chirico!* Noch ein Blick der Vergewisserung. Die Kamera wie einen Schatz an meiner Brust. Das erregend kalte Holz des Flures unter meinen Füßen. Die Tür zum Atelier. Barfuß mein Tritt, zurück in mein altes Ich. Krachend fliegt die Tür auf, das alte Holz splittert, das Blatt reißt aus dem Rahmen. Staub rollt in Büschen über den Boden, klebt an meinen Füßen, weht unter den Tisch, liegt auf dem Tisch, auf den Resten alter Verzweiflung, liegt überall, fliegt überall, tanzt über allem – die aufgewühlte Totenasche einer begraben geglaubten Zeit. Die Kamera fest in einer Hand, schiebe ich mit der anderen den Tisch frei, schiebe alles achtlos auf den Boden. Ich entstaube die Platte und nehme mir meinen Platz zurück ... Durch die Fenster fällt das Licht eines stürmischen Morgens. Es fällt in Kegeln auf den Tisch, auf meine Hände, auf den hastig verrührten Gips. Es fällt auf die Kamera, die im Gips versinkt, die hinübergleitet aus dem Nichts längst vergessener Erinnerungen in eine unbelebte Ewigkeit.

Mir war es so vorgekommen, als wäre die Masse in einer Woge aus Jetzt und Hier über der Kamera zusammengeschlagen, als hätte sie sie mit sich in die Tiefe gezogen, unbestimmbar fern auf den Grund einer archäologischen Zeit, dem Versteinern preisgegeben. Ich saß lange in meinem wiedergewonnenen Reich, unzählige Stunden am Tisch, bewegungslos vor dem Kasten, in dem sie ruhte. Ich befühlte ungeduldig den langsam härtenden Gips, erspürte mit zitternden Händen seine Wärme, hinterließ meine Fingerabdrücke auf der weichen Masse wie eine verfrüht gegebene Signatur. Und ich malte mir bereits eine ganze Serie vergangener Dinge aus, wie die Museumsschätze des Altertums auf Stelen geschraubt. Unsere vergessenen Ikonen, Meilensteine der Technik, die Revolutionen von gestern – heute Relikte einer gerade eben vergangenen und längst schon vergessenen Zeit. Ich sah eine Sammlung der letzten Jahrzehnte, wie unter einem Brennglas zu Stein geschmolzen, Wegmarken der Begierde, die kaum Zeit zwischen sich zugelassen hatten, keine Jahrzehnte, wenige Jahre bloß, Monate vielleicht, oder nur Wochen, Tage, Stunden.

Der Sturm hatte sich gelegt. Aus dem Morgen war ein früher Tag geworden. Ich hatte mehrere Blätter mit Notizen gefüllt, die wohlverwahrt in einer Mappe lagen, der ich zuvor alte, unbesehen beiseite geworfene Skizzen entnommen hatte. Ich klopfte mit ruhigen Händen auf den Gips und sagte zuversichtlich „Toi, toi, toi", als befände sich darin ein zur Heilung eingegipstes Bein.

Erst nachdem ich die Tür hinter mir in den gesplitterten Rahmen gezogen hatte und über das kalte Holz den Flur zurückging, merkte ich, wie ausgekühlt ich war. Ich hatte mich zu ihr unter die Decke gelegt, dem heißen Gesicht einen Kuss gegeben, dankbar ihre Wärme aufgenommen, und war eingeschlafen …

… Tag oder Nacht – Abend oder Morgen – bedeutungslos, nicht auseinanderzuhalten   alles verschwommen   zu nichts zerflossen   ein traumvolles Nichts hinter zuckenden Lidern   was war gewesen?

was kommt? was bricht herein zieht herauf schlägt mit jungen Flügeln trägt zurück erhebt? wieder oben angekommen ein Schweben über den Setzlingen der Phantasie Sämlinge ihrer Zeit Wurzeln in Kübeln aus Beton Sprossen aus der Ferne sichtbar überall sonst unausgewachsenes Kraut verdorrtes Grün schlingendes Geäst … weit der Blick zurück klare Sicht verhangen der aufziehende Tag die durchbrechende Zeit … zitternde Luft flirrender Morgen unheimlich vage grau Wand aus Beton ich schlage an pralle ab werde wieder dagegen geworfen ich falle ich verfange mich ich werde gepackt umschlungen tentakelt genesselt ich höre eine Stimme ich höre meinen Namen ich höre jemand laut meinen Namen rufen … Ich will mich befreien, ich schlage um mich, ich weiche auf, ich löse mich auf, ich zerfließe … ich gehe verloren … wach. Der Alptraum war in der Wirklichkeit versunken. Sie kniete neben mir auf dem Bett. Sie betastete ihren Mund. Sie sah das Blut an ihren Fingern, sie schmeckte es mit der Zunge und lächelte. Sie musste nichts verzeihen, bis hierher nicht. Was sie mir nicht verzeihen konnte war, dass ich durch sie hindurch gesehen und beiseite geschoben hatte, dass ich über den Flur gelaufen war und die Ateliertür hinter mir zufallen ließ.

Kennst Du das? Ist es Dir schon passiert, dass Du einen Menschen nicht wahrgenommen hast, obwohl er vor Dir stand, in seiner ganzen Aufmerksamkeit für Dich, und dass Du nichts davon gesehen hast, nicht in diesem Augenblick? Dass Du nur für etwas anderes Augen hattest, etwas Ausschließliches, auf das du gierig warst wie ein Süchtiger nach seinem Elixier?

Ich schlug den Kasten weg, setzte die Säge an den befreiten Gips, teilte den Quader in zwei Hälften. Ich sah nichts als die Kamera, die ich aus ihm herausbrach und auf die Seite schob. Ich hörte nichts, als ich Kalk, Sand und Wasser vermischte. Ich dachte nur: *Hoffentlich ist genug da.* Ich hörte ihr Fluchen nicht, nicht das Türenschlagen, nicht die wütend getretenen Stufen. Ich hörte nur mich selbst, als der Beton in die Gipsform floss: „Hoffentlich reicht der Stoff!" Ich flehte darum, als ich die Reste aus der Schale zusammenkratzte und in das schwarze Loch schob, bis es endlich grau überlief. Ich hatte meine Droge zurück. Und sie hatte mich.

* * *

ZWISCHEN DEN WELTEN. Es war anders, eigentümlich hell war es, es war bunter, es war Nacht. Es war die erste Nacht nach der Nacht, der historischen Nacht, dieser Jahrhundertnacht. Es war etwas zu Ende gegangen, ein Experiment, ein Eingriff wie eine Operation, eine unter Gewaltanwendung vorgenommene Schädelöffnung. Der Patient war von der Intensivstation entlassen, saß als Rekonvaleszent kommod vor den Fernsehapparaten und schaute der eigenen Genesung zu: *Völker der Welt, schaut auf diese Stadt!* Schließlich, nach achtundzwanzig Jahren, sahen sie jubelnd oder ängstlich, fassungslos in jedem Fall, das Experiment mit ihrer Welt zu Ende gehen, sichtbar so nur in dieser Stadt.

Jener Herbst war vollendet, etwas Neues hatte seinen Anfang gefunden. Aber vielleicht war der Herbst bloß einem strengen Winter gewichen. Es war kalt und klar, wenn ich mich richtig erinnere, auf meinem Weg durch die Seitenstraßen einer verlassen wirkenden Stadt. Es war spät, es ging kaum Verkehr zwischen Bahnhof Lichtenberg, wo der Zug aus Schwerin angekommen war, und dem Zentrum. Bisweilen war das wie in Blech geschlagene Hämmern eines fernen Zweitakters zu hören. Manchmal glitt ein Fahrradlicht über die Straße und vereinzelt war ein helles Fenster in einem Block zu sehen, so einsam, als trotzten letzte Dagebliebene nicht der nächtlichen Stunde, sondern den politischen Zeiten. Ich sah keines der Kerzenlichter mehr, die die von mir eingeschlagene Richtung bedeuteten. Selbst auf unseren alten Spuren, denen ich bald folgte, war kein Leben, ging kein Verkehr, kein Licht leuchtete im Frankfurter Tor, vollkommene Stille auf dem Platz, wo die Allee mit ihrem

Namen auch den Stil wechselt, wo sie an Aufmarschbreite gewinnt. Laternenlicht und Baumgerippe.

Ich lief allein entlang der vielen unbefahrenen Spuren, auf mich gestellt wie Monate zuvor, so einsam wie unter den aufmarschierten Hunderttausenden, jetzt den Rest eines alten Lebens auf dem Rücken, mit ihm einen Anfang. Ich erkannte alles wieder, jeden HO und jedes Café, den Springbrunnen im Kreisverkehr, nur die Fontäne fehlte, das Moskau war nicht mehr fern. Ich folgte meiner Erinnerung von sechs Monaten und zwei Tagen zuvor: Wir, inmitten der Pfingstjugend, winkend den Gerontokraten und dem Jüngsten unter den Alten, dem Vorgänger unseres Ersten Sekretärs. Als hätte ich ihn im Dunkeln über acht unbefahrene Spuren hinweg wiedergesehen, auf dem leeren Parkplatz, dort wo die Tribüne gestanden hatte. Ich erinnerte mich seines hemmungslosen Jubels, wie er in die Luft gesprungen war, die Hände seiner Jugend entgegengestreckt. Wie er immer wieder über die Schulter in den erstarrten Neid der noch Älteren schaute und ihre bloße Anwesenheit vor der marschierenden Jugend als sicheres Zeichen für seine Zukunft nahm. Triumph oder naiver Begeisterungswille? *Übt die Pfeife immer noch für das ganze Volk?*, fragte ich mich … Und wieder sah ich ihn sich beinah von der Tribüne werfen, keine zwanzig Meter entfernt von mir. Stage diving unter der geistigen Abwesenheit der Alten, dem eisigen Aushaltewillen der Nievorgesehenen, ihrem gequälten Lächeln unter dem mechanischen Winken des wachgespritzten Generalsekretärs. Ihn hatte er aufgehalten, den Ziehvater, dessen Panzerbataillone. Ihn hatte er beerbt, vor der Zeit und zu spät, ein weniger alter Mann derselben alten Schule. Ihm zeigte er die neuen Züge des alten Spiels: Russisch Schach

– immer einen Zug verspätet nachgedacht. In jeder Offenheit ungeübt ließ er jene Konferenz abhalten, wollte Druck ablassen, vor der Presse, vor der Welt in ihrem Lauf ... Aber sein Paladin, der dienstbare Ochs', verstolperte eine Antwort nur und kein Esel half ihm, nichts hielt sie auf.
Eine Nacht später. Eine Freitagnacht. Wen das noch am Vorabend Undenkbare nicht erfreute, der konnte kleiner feiern. Eine Woche war vorüber, zwei Tage waren frei. Aber wie nach einer Katastrophe ausgestorben lag die Stadt. Manchmal war ein Wagen zu hören, manchmal ein Licht zu sehen, ein verhuschter Schatten manchmal wie ein Zeichen Überlebender. Dieser Herbst hatte mich wieder hergeführt – mit diesem Tag war er vorbei. Ich schlug den Kragen hoch. Ich ging die leeren Spuren entlang, den Aufmarsch eines Einzelnen. Mein alter Sekretär, der Sekretär der Erwachsengewordenen, der letzte Sekretär aller *Selbstermündigten*, der Insolvenzverwalter der verbliebenen Tage winkte mir zum Abschied hinterher.
Die Weltzeituhr ragte einsam aus dem Dunkel. Sie zählte wie immer die hiesigen Sekunden, Minuten, Stunden, zählte die Tage von Paris, London und Washington, die Wochen im tickenden Moskau, zeigte diese Zeiten an, nicht die abgelaufenen, keine kommenden. Sie drehte sich unbeeindruckt. Sie zählte ohne den gewohnten Hohn. Der Fernsehturm blinkte in jede Ferne. Der Neptunbrunnen stand still und leer. Der Staatsrat schlief fest oder trank verzweifelt. Ich sah nicht wo. Ich sah in der Fassade einen alten Schatten, hager und steif, die Arme deklamierend in der Luft, einen weißen Flecken auf der schwarzen Silhouette ... Ein schimmernder Vatermörder? Liebknecht

oder wer? Eine sozialistische Republik in Aussicht? Ein Trugbild, eine Reflexion im Dunkel, ein anderer November. Der Palast gegenüber stand verschlossen, das Licht im Lampenladen an Liebknechts historischer Stelle war aus, die Volkskammer bis auf weiteres vertagt, verwittert und angegraut der Bau mit einem Mal. Licht kam von woanders her. Erwacht war die res publika, ein Leuchten anderer Art, ein demos auf dem Weg, so auch ich, kratia in Sicht.

Das Licht gusseiserner Armleuchter grüßte jenseits dieser Zeiten von der Brücke herüber. Einem Jenseits grüßte der Dom, aus seiner Zeit gefallen und aus allen späteren, massiv und schwer, der Klotz im Lustgarten der Macht: Von Gottes Gnaden Anfang bis zur höchsten Form der menschlichen Entwicklung, ein Tausendjähriges Zwischenspiel mit einem Führer, von dem nichts zu sehen war, nur die Folgen. Ewigkeit als Anspruch war in jeden Stein gehauen. Ich schaute zum Dom, auf den Anfang dieses Jahrhunderts zurück. Paris seinerzeit hatte längst einen Eiffelturm. Mir wurde klar, was sonst als das, was hinter mir lag, was dunkel in meinem Rücken stand und runtergedimmt neben mir, hätte daraus werden können.

Schinkels gedrungene Fassade duckte sich im Hintergrund, am anderen Ende des Platzes, einsam über das ganze Jahrhundert. Die Klassik stand abseits in ihrer wohltuenden Ordnung der Säulen … Griechische? Römische? Erkennbar aus dieser Ferne war lediglich die nüchterne Statik in den tragenden Gedanken. Wie Strahlen schossen sie unter dem Dach empor. Und doch waren sie leicht zu übersehen, überragt von solch gewaltigen Schatten. Sie schienen anachronistisch gegen die Wucht der umstehenden Fassaden, in ihrer Offenheit vermeintlich obsolet. Gering geschätzt über die wechselhaften Zeiten des Platzes, waren sie sein bescheidener Anfang und vielleicht der Grundstein des seit einem Tag wieder Denkbaren.

Ein Licht glimmte auf, hoch über mir. Ein Licht im Dom, in einem Turm ... *Ein Licht im Bischofszimmer? Das Licht einer Schreibtischlampe? Ihr Kegel auf dem Blatt Papier, das achtundzwanzig Jahre unbeschrieben blieb? Kratzt ein alter Füller den bewegten Entwurf der Sonntagspredigt darauf? Rechnet der Schreiber sogar, sein schweifender Blick Worte suchend auf dem Platz, die Jahre auf sechsundfünfzig zusammen, dankbarer umso mehr?*

Die Zeit drängte, noch war ich nicht am Ziel. Nichts war sicher, nichts ausgemacht, alles nur ein böser Scherz vielleicht, für einen Tag. Ich wandte mich nach links, neunzig Grad, das alte Tor, das so lange keines war, hinter Bäumen geradeaus. Aber links, so albern dachte ich, stimmt hier nicht. In hundertachtzig Grad schläft der Staatsrat und verpasst diese *Wende*, dahinter liegt der Süden, unser Ungarn und jeder entferntere, gestern unerreichbare noch ... Mein Kopf drehte sich weiter, drehte den *Hals* und das ganze Ich mit ihm, drehte am Palast vorbei, gewendet zwischen Jetzt und Gleich ... Diesen Anschein duldete ich nicht, bei dreihundertsechzig aber schwindelte es mir. Ich hüpfte den Sitz der Rucksackriemen zurecht und wandte mich wieder vom Alten Museum ab, links in Richtung Westen, frei für den Wechsel und vor mir selbst frei jedes opportunen, nur der Gelegenheit folgenden Verdachts. Ich ging die Straße zwischen Zeughaus und Palais hinunter, zwischen Oper und Wache,

zwischen der Kommode und dem Alten Fritz, zwischen Universität und Scheiterhaufen … Die Humboldts thronten auf den Sockeln des Wissens, zwei marmorne Wächter am Eingang der Gelehrtenrepublik. Die Bücherasche war längst verweht, verwaist stand plötzlich Schinkels Wache. Kein Stechschritt, keine wachsame Folklore, kein preußischer Kommunismus marschierte mehr. Das Wachregiment ruhte zur Nacht oder war schon aufgelöst. Ein verschmitztes Lächeln unter dem Dreizack hoch zu Ross.
Musik wehte aus aufschlagenden Türen herüber, ich sah ein reges Treiben vor dem Operncafé, erste Zeichen einer lebenden Stadt. Fünfmarktaxen am Alten Fritz, alles, was besser war als ein Trabant, Fahrgastwechsel am Platz der Bücherverbrennung. Ein Shuttle zwischen Friedrichstraße und Tanzcafé und jedem sonstigen Ziel. Wellen jubelnder Rückkehrer. Faszinierte Ostbesucher. „Hallo. Kann man wirklich rüber? Einfach so?" „Klar … Friedrichstraße! Hier, trink!" Immer noch im Zweifel, hatte ich vorübergehend Entflohene gefragt, wie ich unschwer erkannte, wiedergekehrte Jugend nach einer bewegenden Reise. Ich setzte ihre Sektflasche an und hörte sie bereits aus einiger Entfernung: „Die Mauer ist weg! Die Mauer ist weg! Die Mauer ist weg …" Ich trank und fragte mich, ob ich unangebracht nüchtern erschienen war, an diesem Tag nach achtundzwanzig Jahren – das Gefängnis viel älter als sie und ich. Die Flasche nahm ich als Zehrung für meinen späten Mut, für etwas Leichtigkeit auf den letzten Metern in diesem Land.
Linden Ecke Friedrich, die Achse von Nord nach Süd, zwischen dem Osten und dem Westen. Der Wind zog aus allen

Richtungen, zog zum Checkpoint südlich. *Alpha Bravo Charlie* rief ich dankbar mit ihm und ging nördlich, zwischen Ruinen hindurch, Richtung meines Übergangs. Vertraute Grautöne im Dunkeln. Das Metropol strahlte vom Ende der blinden Fassaden, wie gelandet stand es in der Straße, einsam in Beton und goldenem Glas. Ein Raumschiff mit Fassade. Die Herberge fremdartiger Wesen und der Schatten hiesiger Wächter. Jene unsichtbare Beamtenschar um die Sicherheit des Staates stets in Sorge. Mit dem vorherigen Tag in nie erwogener Form: kein klarer Befehl, egal woher, nur Widersprüchliches. Und die Gier nach letzten Devisen ... Ein einsamer Concierge hinter Panzerglas.

Brache inmitten der Stadt. Zugige Leerstellen zum Bahnhof hin. Unter der S-Bahn sammelten sich die Winde. Sie schoben mich durch den Trichter, diese Enge der Friedrichstraße, als hätte ich noch eines Zuspruchs bedurft. Ein Pfeifen und Rauschen bis ich hinter der Brücke auf den Platz getreten war. Meine Augen tränten. Verschwommen erkannte ich den Palast. Drei Wände aus Glas, licht und weit. Hohn und Spott. Das kantige Foyer mit Schwebedach, das aus einer verbotenen Welt herüberragte, der Eingang zum Ausgang. Ich sah eine Ruine, wenn die Nacht zuvor kein Versehen war oder das Ventil für einen Tag. Keine Massen davor, nicht das Drängen, das ich erwartet hatte. Vereinzelte Grüppchen, eine spazierende Normalität, heitere Ausflüge, die es wohl waren, die dort begannen, wo ein Grenzsoldat für jeden Dokumentenbesitz wie ein Türsteher lässig nickte ... Ein letzter Schluck im Schatten der Bahnhofsmauer. Ich versteckte die Flasche hinter einem Strauch. Der Bürger, der ich bis hierher war, eingeübt in diesen Staat, schien wieder auf, ein letztes Mal vielleicht: Respekt, der geboten ist und gelernt sein sollte von jedem, der vor die bewaffneten Staatsorgane tritt. Ein tiefer Atemzug der kalten Luft, ich war ernüchtert von der noch immer angepassten Heimlichkeit. Mit einem Mal besorgt, tastete ich nach meinem Portemonnaie, nach dem Personalausweis darin. Es fand sich in der Jackentasche, wie immer gut verwahrt. Ich hatte das disziplinierte Drängeln erwartet, mir die gewohnten Massen gewünscht, das erste Mal, das alltägliche Anstehen in der Schlange, die bestärkende Gemeinschaft der Wartenden, die passive Dynamik der Bedürfenden, im lauten Hoffen vereint wie im stillen Fluchen. Die zweite Nacht, und diese Zeiten waren sichtbar vorbei. Späte Ausflügler schlenderten in ihr Wochenende. Ein Grenzsoldat nickte freundlich. Und aus der Ferne sah es aus, als hielte er jedem Reisenden die Tür. Labyrinthische Gitter kanalisierten meinen Weg. Ein Überspringen verbot das gelernte Leben. Ich schlängelte in den vorgegebenen Bahnen über den Platz, dem Abnicker meines Ausweises entgegen. Ein junger Posten, kein preußischer Kommiss, noch nicht. Ein freundliches Gesicht. *Mein Freund und Helfer seit einem Tag?* Beinah ein Lächeln auf den Zügen. *Der Auftakt zu einem Gruß?* Kein wohlmeinender Wunsch, der dem folgt, kein Guten Abend. *Was weiß er? Was denkt er? Na dann gute Nacht und Auf Nimmerwiedersehen?* Er nickte bloß. Die Tür stand weit offen, mein Ausgang in eine andere Welt. Ich wollte nicht wiederkommen, wie andere. Ich hatte abgeschlossen, wie andere. Mir war plötzlich egal, was er dachte, ob er etwas wissen wollte, und wenn ja, was. Mich interessierte nicht mehr, ob er sich für mich freute, oder für sein Land. Ob es sein eigener Besuch war, auf den er wartete, oder bloß der Feierabend ...

... terra incognita. Steinplatten grob verlegt. An Spaziergänge unter freiem Himmel erinnernd. Ein Plateau, Stufen abwärts, ich sah mich wie auf einer Bühne vor einem Publikum in Uniform. Man erwartete mich. Man stand zum Spalier zwischen Zollbändern aufgereiht. Schiebefreundliche Aluminiumschienen blinkten von vertrautem Sprelacart. Nichts, was ich zu verzollen hatte, ich trug nur Verräterisches bei mir. Nicht die Zahnbürste, nicht den Schlafsack, nicht die Notgarnitur Wechselsachen, meinen SV-Ausweis, meine Zeugnisse, die Skizzenbücher, eine Existenz in einem Rucksack, reduziert auf kleinstem Raum. Neon in heller Flut. Mitternacht auf einer Uhr an der Stirnwand gegenüber. Eine Front aus Schrankwandsprelacart unter dieser Uhr, die ohne Zukunft tickt. Acht geheimnisvolle Türen, nummeriert und stahlrahmenbewehrt. *Stahl? Zum Schutz vor wem? Schutz gegen was? Aus welcher Richtung? Das biedere Imitat von Wohnlichkeit ein letztes Mal? In Gestalt eines durchbruchsicheren Zugangs in eine andere Zeit? In eine phantastische Welt oder in die Entsprechung einer diesseits zusammenphantasierten Unterwelt?* Das Böse verborgen hinter Holzimitat. Eine Nummer leuchtete auf. Ein Posten wies mir wortlos diese Richtung. Kein Interesse an mir, an meinem Rucksack, meinem Ausweis, den ich zeigte. Ich zog an der schweren Tür. Ein klaustrophobischer Dreimeterschlauch. Sprelacart überall. Eine auf links gebaute Schrankwand, mein Schubfach in eine andere Welt. In meinem Rücken der Schlag von schwerem Stahl. Über das Echo legte sich der Befehl: „Personalausweis oder Reisepass!" Der alte, scharfe Ton, ein neues, schönes Wort. Ein Posten schaute aus seiner Parallelkabine aufwärts wie ein Glaubender, in eine Reihe Deckenspiegel, interessiert an meiner Rückansicht. Er saß geschützt hinter Glas. Ein Rummelkartenverkauf, an den ich dachte. Einzig das Leichengrau seines Hemdes passte zu keinem Spaß, zu keiner Jahrmarktattraktion, nicht zu Zuckerwatte, zu keinem Karussell, zu einer Geisterbahn vielleicht, zahlbar nach überlebter Fahrt. Ich schob meinen Ausweis unter dem Glas hindurch, damit sein Stempel mein bisheriges Leben dokumentiere. Ein Farbklecks für meinen finalen Ausgang aus seinem Land, diesem Reich spukender Geister, der Herrschaft der Untoten über verrußte Ruinen, über spinnenwebverhangene Luftschlösser, über die sinnestäuschenden Verneblungen von Kohledunst und Zweitaktwolken. Ich sah ihre Gesichter vor mir, grau wie sein Hemd, die übliche Galerie aller Dienstzimmer, die großen Vorbilder, ihre säuerlichen Blicke, wie einstudiert von ihm, der ein Lächeln gar nicht erst versuchte. Der stattdessen seine Stempel betrachtete, der seine Unsicherheit nicht verbergen konnte, seine plötzliche Infragestellung. Der mit seiner Linken den Sitz der Krawatte prüfte, dieses schmale Anthrazit auf Grau über mattsilbernen Knöpfen. Der dieses Stück Kunstgewebe zentrierte und nach unten glattstrich, immer wieder, als wenn sich die gewohnte Ordnung so wiederherstellen ließe.

An der Rückwand der Kabine hing die Uniformjacke, sorgsam auf einem Bügel. Ein Blouson von der Form, sportiv bis auf die Farbe. Ein tieferes Grau, ein Steingrau oder helles Schiefergrau, mattsilberne Knöpfe, in Streifen eng gewebte Schulterstücke, ein abfließendes Silber mit Pickeln aus stumpfen Gold. Kein Leuchten im Neon, bloß ein trüber Schimmer mittlerer Befehlsgewalt, zu Nichts geschrumpft seit letzter Nacht.

Ich sah ihn an. Ich suchte seine Augen. Er wich nicht aus, er musste es nicht. Er war konzentriert, er schaute sich mein Passbild an. Die Blätter meines Ausweises schnurrten unter seinem Daumen vom Deckblatt zur letzten Seite durch. Unter dem anderen Daumen von hinten nach vorn. Wieder besah er mein Passbild, wieder vermied er den Abgleich mit dem Original. Er las das Geburtsdatum, vielleicht sah er die Chancen, vielleicht ein bedauernswertes Verlorensein. Wieder schob er die Krawatte zurecht und zog den Knoten fest. Eine Beiläufigkeit mit beiden Händen. Oder der Zeitgewinn für eine Abwägung. Sein Kopf kippte seitlich, als ob er noch zu entscheiden hätte. Der Kragen schnürte in den Hals, eine aufgeraute Hautfalte hing über den Stoff. Ein Kreisen des Kopfes, als würgte es ihn. Noch einmal strich er die Krawatte glatt, nach unten weg, als schöbe er einen Zweifel fort. Ein Tasten ihres Sitzes. Ein Trommelwirbel der Finger auf dem Bauch. Dann langte seine Rechte blind nach der Stempelbank. Die Handfläche strich über den größten Knauf, schwebte zurück, stand in zärtlicher Erinnerung über ihm. Ein zögerliches Greifen in der Luft wie ein Winken zum Abschied. Sekunden des Schmerzes, sichtbar der Verlust, ein offenliegendes Subalternentum. Ich erkannte die Exekution eines doppelt fremden Willens, wenn der gestrige Tag kein Versehen war. Er griff den Stempel und senkte ihn an gespreizten Fingern vorbei in die für *Vermerke* bislang leeren Seiten. In satter Tintenfarbe stand *VISUM* in meinen Personalausweis gestempelt ... gemäß *ANTRAGSTELLUNG*, zwei Freizeilen, ein rechteckiger Rahmen darum. Er drehte den Ausweis, als sei es so vorgesehen, Teil seiner Amtshandlung bloß. Ich realisierte, dieses Fremdwort nicht auf dem Kopf gelesen zu haben, dass seine Erlaubnis verkehrt herum in meinem Ausweis stand. Und dass es ihm so egal war wie mir. Handschriftliche Eintragungen in den Freizeilen, noch ein Stempel, klein gegen den ersten, geradezu niedlich das runde Wappen der Staatsmacht in dünnen Farben. Schon sah ich ihn die nächsten wählen, für kleine Flecken von Rot und Grün – verwischte Ampelfarben: *Bleiben oder gehen?* Eine letzte Prüfung der an sich korrekten Arbeit, dann schob er den Ausweis unter dem Glas hindurch. Er verfolgte die wenigen Zentimeter zu mir hin. Er sah nicht mich, nur wie meine Hand seine Arbeit nahm ...

Ein tiefes Brummen, fast ein Scheppern, erschreckend laut im ganzen Raum. Ein elektromagnetischer Ton vom anderen Ende der Kabine her. Ein anhaltendes Vibrieren des Holzimitats auf ganzer Länge. Er nickte in diese Richtung, eine deutliche Gebärde zum Ausgang hin. Er wies mir nicht den Weg, er schickte mich fort. Sein Kopf sank auf die Brust. Der Mützenschirm verdeckte das Gesicht. Die Fingerspitzen stießen die Stempel im Halter hin und her, suchten eine Ordnung, die außer ihm keiner sah. Sein Mund öffnete sich für ein Aufwiedersehen. Meine Hand löste sich vom Schulterriemen. Er sagte nichts. Ich unterließ die Geste. Ich legte meine Hand gegen die schlosslose Tür, gegen die Vibration der Sprelacartkabine. *Bitte drücken* forderte mich die Gravur in einem Plasteschild auf ... *Wer die Enge seiner Heimat begreifen will, der reise!*, fiel mir ein. Tucholsky

hatte das gesagt. Ich war bereit. Der Verschluss schnappte auf. Das Brummen war vorbei. Ich folgte der Ausladung.
Stille ...
Stille ist Nichts.
Nichts ist ein infernalischer Ton, der alles klarer sehen lässt.
Stille ist das Ende des vergehenden Moments. Nichts ist der Anfang. Und jedes Geräusch in ihr ist Schreck und Erleichterung zugleich ...
Die gepanzerte Tür, ein Knall wie von Zentnern hinter mir, von überall, sein Widerhall von gekachelten Wänden. Das Echo verlor sich in einem Tunnel, auf meinem Weg voraus. Zwei Linien strammstehender Posten in gleichmäßigem Abstand. Ich lief meinen Spießrutenlauf zwischen funktionslosen Schallbrechern hindurch. Aus der Tiefe hallten mir meine Schritte entgegen. Der Tunnel senkte sich in die Unterwelt wie ein Kanal. Maßloses Neon strahlte von der Decke, glänzte von weißen Wandfliesen wider – Schlachthausatmosphäre im Abfluss der Republik. *Übergang zur U-Bahn* wies ein Emailleschild mir die Richtung. Und ein sanft gezogener Treppenbogen schwenkte mich in mein neues Leben ein.

„Hey du ... Kommst du aus'm Osten?"
Alle fünfzig Meter zog ein schwaches Licht durch mein Spiegelbild. Stahlträger glitten vorüber, unvermittelt fielen steile Treppen in den Schacht, mein Ausblick zwischen diesen: Ich, vor einer schwarzen, spiegelnden Wand ... Die U-Bahn hatte auf Schrittgeschwindigkeit verlangsamt – *Französische Straße* verkündete ein Emailleschild den toten Bahnhof in alter

Typographie unter Schichten von Dreck. Ein strammstehender Posten an beiden Enden des Bahnsteigs, Halbwüchsige mit geschulterter Kalaschnikow, die über aufgeblühten Putz wachten, über vergilbten Kalk, rostenden Stahl, den Staub von drei Jahrzehnten. Schwaches Licht fiel von der Decke, ausreichend hell für eine warnende Garbe, für den gezielten Schuss. Im Schatten der Stahlhelme zuckten weiße Punkte, waggonzählende Kinderaugen fuhren mit. Vielleicht suchten sie mich in meinem leuchtenden Zug, aus dem schwachen Schein ihres Kellerlichts heraus, diesem Glimmen einzelner Birnen unter Kapseln aus verdrahtetem Glas. Ein zieloptimiertes Licht für jede aus der Dunkelheit herbeieilende Verstärkung. Ein Glimmen ähnlich dem Notlicht am Bühnenaufgang in Schwerin, an das es mich erinnerte: Ich sah mich in diesem Licht, unter einem viel zu großen Helm ähnlicher Form. Ein aufgeregter Statist in einem Stück Staatstheater, der auf das Zeichen für seinen Auftritt wartet, das Stahlgeländer in der zitternden Hand, auf der Bühne dann das Gewehr. Ruhig bereits beim zweiten Einsatz, der niederen Rolle bewusst, des Subalternentums im unvermeidlichen Befehl, der eigenen Ersetzbarkeit, der Kleinigkeit, die es zu tun gab – ich, ein exekutierender Wehrmachtssoldat in einem Partisanenstück über einen immer wieder zu gewinnenden Krieg.

„Ich muss nach Marienfelde."

„Daos is' aober die U-Baohn naoch Alt-Mariendorf."

Die norddeutsche Färbung der Worte war wie ein Bekenntnis der Herkunft deutlich überzogen. Nach vielen Jahren illegaler Hörerschaft ein dennoch vertrauter Klang: *Stau auf der A ...*

und der B ..., von da bis dort ... Die Namen nie gesehener Orte klangen wieder, wie noch am Tag zuvor.

„Ein Ostfriese, der lesen kann. Ich glaub's ja nicht."

Auf der Bankreihe schräg gegenüber, vor dem Schwarz, den ziehenden Notlichtern, den Trägern und Treppen, saßen zwei angetrunkene Typen meines Alters.

„Huuusum iss Noordfriesland! Du Staodtei, du!" Der protestierende Nordfriese hatte den Anderen in den Schwitzkasten genommen und rieb ihm mit der freien Hand einen Wirbel in die rötlichen Haare. „Domiddas doo in doin Schäädl rooingehen tut, du Geogrooophiejenie!"

„Topographiegenie, du Friese", war unter einem Keuchen zu hören, gefolgt von einer Reihe sich erwehrender Fausthiebe auf die Rippen des Peinigers.

„Bistuu nu aus'm Ossen odda nich?", fragte der Nordfriese erneut über den Kopf des Eingeklemmten hinweg, welcher eine nächste, viel härtere Salve auf den Brustkorb trommelte und, daraufhin losgelassen, die Frage für mich beantwortete: „Klar man, du Blödmann." Er korrigierte den Sitz seiner Brille und strich den Haarwirbel glatt, so gut es ging. „Der will nach Marienfelde ... Du Vollspacken! Du Sohn einer Bäuerin!" Zur Täuschung besah er sein Spiegelbild in der Scheibe neben mir, in betont eitler Form, um die so provozierte Unaufmerksamkeit für einen Seitwärtshaken auf die Schulter des Nordfriesen zu nutzen. Dieser kippte unter einem lauten Stöhnen der Länge nach auf die Bank: „Längst verkauft, der Hof ... Du Pfeffersacksöhnchen!" Er lachte und schnellte in die Senkrechte zurück, so dass seine Schulter heftig an die des Freundes stieß: „Füüü bannich viieee Schodder ... Alddeeer."

Und an mich erging dialektfrei die Mahnung: „Lass dir nichts einreden! Der hat von nichts eine Ahnung, davon aber viel."

Im Halbdunkel zog *Leipziger Straße* vorüber, ein altes Schild wie zuvor. Wieder zwei wachsame Posten in Dreck und Staub, unter blätterndem Putz, die zwischen genieteten Stahlträgern die Stellung hielten, solange die U-Bahn im Schritttempo durch die Bunkeratmosphäre rollte. Ein Erlebniszug im Disneyland des Kalten Krieges.

„Duuu ... hast überhaupt keine Ahnung ... Marienfelde, Aufnahmelager. Da will er hin." Der Rotblonde zeigte auf mich, während er seinen Freund ansah.

„Doch ein Ostler", triumphierte der Nordfriese.

Jetzt folgten die Augen des Rotblonden der Richtung des Fingers. „Mach dir nichts draus!" Wieder sah er neben mir in sein Spiegelbild: „Du musst wissen, er lebt noch nicht so lang' in der großen Stadt: Kenntnis der Manieren, und Kenntnis und Manieren. Das kommt erst mit der Zeit." Kritisch senkte sich sein Kinn auf die Brust, der Kopf schwenkte nach beiden Seiten. „So hoffe ich", ergänzte er, wobei er seitlich nach oben äugte, um wieder mit seinem Haar zu kämpfen, den störrischen Wirbel so gut es ging im Blick.

„Wo muss ich denn umsteigen?"

Mit einem Mal schien ihm das Haar ausreichend in Form. Er schaute mich geradeaus an. „Glaubst du, die machen Nachtschicht?"

„Irgendwer wird schon da sein."

„Wie im Osten", rief der Nordfriese dazwischen. „Seid bereit! Immer bereit."

Der Zug verlangsamte. Die Gleise trennten sich. Mit einem Quietschen rollte der Zug durch den Gleisbogen und den nächsten Bahnhof, wieder streng beobachtet.

„So'n Quatsch … Du kommst mit." Der Rotblonde orientierte sich: „Kochstraße … Nächste steigen wir aus und feiern deine Freiheit." Ein Emailleschild, der zweite Posten, wieder Dunkelheit, wieder einzelne Lampen, Positionslichtern gleich.

„Wochenend' und Mondesschein, lass uns in Kreuzberg noch sauf'n ein … lalala lala lalala …" Der Friese schunkelte allein mit sich, mit angewinkelten Armen und summte die Melodie wortlos weiter.

„Das ist der Plan." Eine generöse Handbewegung, mit der der Rotblonde über den Zweifel in meinem Gesicht hinwegfuhr. „Du bist eingeladen. Das erste flüssige Carepaket der Weltgeschichte."

„Geschichte wird gemacht, es geht voran …", griff der Friese den Wortlaut auf, schunkelte in Vorfreude den schnelleren Takt, wobei er wie ein flügge werdendes Küken mit den Ellenbogen wedelte.

HALLESCHES TOR … ein rotes Schild, blaue Wände, helles Licht. Eine Endstation vom Eindruck, oder der Ausgangspunkt einer Reise. Nichts deutete auf die fortgeschrittene Nacht. Der Zug rollte aus, die Station war angesagt, Leben erfasste das Innere, die Türen fuhren auf, ich ging einfach mit. Ich folgte auf eine Rolltreppe, durch einen ansteigenden, langen Gang, mit der nächsten Rolltreppe auf eine Hochbahnbrücke. In der Tiefe dümpelte ein Fluss, tosender Verkehr auf der Uferstraße gegenüber. Ein schmaler Zug schlängelte heran. Ein gelber Wurm

auf Schienenbögen parallel zum Fluss, über der Fahrerkabine glimmte blass *U1 Schlesisches Tor*. Die Wartenden traten zurück, schmale Korridore für die heraustretenden Massen, überlaufene Flächen, nichts wies auf ein Nachhaus', auf das Ende der Nacht. Wir drängten in das überfüllte Abteil. Ein Warnsignal, die Türen schlossen sich. „Heute fahren alle schwarz", entgegnete der Rotblonde meiner sichtbaren Verlegenheit.
„Schnabelbar?", fragte der Nordfriese.
„Schnabelbar", bestätigte der Rotblonde.
Ihre Blicke wechselten zwischen der Beobachtung der Fahrgäste und dem Ausblick in Wohnzimmer auf Laternenhöhe, die einsehbar vor uns lagen, auf Imbissbuden und Kneipen, auf Passanten, die parallel zur Bahnlinie liefen oder in Seitenstraßen abbogen, auf die Lichter des Verkehrs, in die Nacht einer lebenden Stadt. Zwei Stationen. Mit dem Großteil der Fahrgäste verließen wir den Zug, eingeklemmt wie in einem Berufsverkehr. Ein gelassener Strom ebener Erde entgegen, oder auf Rolltreppen tiefer hinab für die Weiterfahrt mit einer anderen Bahn. „Hey …! Bruder des Ostens! Wir müssen hier lang!" Einige schnelle Schritte gegen die Fahrtrichtung der Rolltreppe, die ich abgedrängt betreten hatte. „Pass bloß auf! Hier, in dieser dunklen Gegend, sind schon Leute verloren gegangen." In die Mitte genommen erklärten sie mir: „Die sind nie wieder aufgetaucht aus diesem Sumpf von Suff, Puff und Drogen." Ein schmaler Gang, schlafende Gestalten an den Wänden, Bettenberge in abgrenzender Häuslichkeit, Bettelbecher in Nasennähe. Jedes Klimpern eine Beruhigung des Schlafs vor dem nächsten Tag.

„Ich glaub' da war'n auch Ostchips bei." Der Nordfriese hatte sich einer Handvoll Kleingeld entledigt.

„Hab' ich da Aluminium gehört …? Du Zyniker!" sagte der Rotblonde.

„Dafür gibt's auch Schnaps und Bier … Nicht wahr, mein neuer Freund?" Der Nordfriese hatte seine Hand auf meine Schulter gelegt: „Nicht friesisch herb, aber herb billig – Opium für's Volk. Wenn ich mal den alten Marx zitieren darf, in deiner Gegenwart. Zu saufen gibt's doch immer … Apropos …" Mit einem Fingerschnipsen zeigte er in den schwarzen Himmel am Ende der erreichten Treppe. „Beim Döner hol' ich Bier. Nullkommafünf Liter auf zweihundert Meter …? Das reicht ganz knapp, würd' ich sagen." Er nahm die Treppe in Doppelstufen, wobei er mit kräftiger Stimme sang: „Met allein … nein nein nein! Mit Freunden allein, darf es sein. Flöß ich dir ein. Flöß ich dir eeeiin …" Oben angekommen zeigte er in die Richtung, in welche er sogleich verschwand.

„Peter. Und das ist Rocky." Der Rotblonde zeigte auf sich und dann die Treppe hinauf, dem Nordfriesen hinterher.

„Der Boxer?"

„Nee … Rocky hatte mal 'n Auftritt in 'ner Vorband von so 'ner musikalischen Lokalattraktion, Torfrock oder so. Ist aber zur Vernunft gekommen … fast, wie man sieht. Wendet sich heute seriösen ingenieurwissenschaftlichen Studien zu. Und du? Nich', dass ich nich' abhauen würde. Sind wir ja auch irgendwie."

Ich zog mich am Geländer ein paar Stufen die Treppe hinauf, auf der Suche nach einem kurzen Satz, den ich nicht fand: „Komm! Bevor er verschwunden ist."

„Der haut nicht ab … Ich widerspreche mir. Aber auf witzige Art, musst du zugeben?" Er war mir auf die Treppe gefolgt und fuhr fort: „Seit gestern glaube ich an die Wiedervereinigung, so erschreckend diese Vorstellung auch ist."

„Daran glaubte ich schon im Sommer."

„Im Sommer war doch nichts, außer Ungarn?"

„Schon … Man merkte auf einmal … zwei mögliche Wege nur: Panzer, wie 53, aber nicht die Russen diesmal. Der Krenz vielleicht. Der war ja schnell noch in China jubeln, auf dem Tian'anmen. Oder die andere Variante zu Ende gedacht, ohne Panzer blieb nur die Wiedervereinigung. Auf einmal kippte alles."

„Hier kippt nie was. Nich' ma' die Wahrnehmung."

„Gorbatschow? Schon mal gehört?"

„Idiot!"

„Zwei Jahre her etwa, da war das Schild verschwunden, drei auf sieben Meter ungefähr: Von der Sowjetunion lernen, heißt siegen lernen. Knallrot oder blutrot … Hat mir fast gefehlt. Eine schmerzliche Lücke in der Gewöhnung, von klein auf, als Kind schon ein stehender Satz. Und jeden Morgen wieder, auf dem Weg zur Arbeit. Hunderte, von den Straßenbahnen ausgespuckt, im Dunkeln die Straße runter, rechts Lederwaren, die Frauen bogen vor diesem Riesenschild ab. Links dahinter das Hydraulikwerk und das VEB Plastmaschinenwerk, wo ich hin musste, am Ende der Straße … Ein RGW – Industriegebiet, Rat für gegenseitige Wirtschaftshilfe, Comecon oder so von euch genannt."

„Ein Industriegebiet. Bei uns heißt so was ganz heimelig Gewerbepark."

„Und dann war es einfach weg. Von einem Tag auf den anderen

stand da ein leeres Gerüst. Ich hab' vergessen, was sie später dran gehangen haben."

„Entbehrt nicht einer gewissen Logik."

„Ja. Die keiner verstand ... Oder jeder richtig verstand: Russische Panzer ... wie 53? Wahrscheinlich nicht."

„Aber warum gehst du jetzt?"

„Weil ich vorher nicht konnte?"

„Ahh ... Ein feuchter Jugendtraum also."

„Meinst du, weil ich mir in meiner Annahme, was mich hier erwartet, nicht sicher sein sollte?"

„Die Angst der Jugend, das Leben zu verpassen."

„... das eigene Leben immerhin!"

„So gewendet stellt sich die eine Frage, die sich immer und überall zu stellen lohnt. Aber ganz persönlich? Kannst du den Grund sagen?"

„Weil es in mir ist, immer schon ... Eine Fremde, ein Anderssein, die geohrfeigte Lächerlichkeit, zu der du so schnell werden kannst. Wenn du einmal angefangen hast, dich wegzudenken, stellt sich die Frage wohin: In den Süden der Republik, auf derselben Seite der Mauer? Wo dich ebenso wenig irgendwas erwartet, aber jeder alles Eingeübte genauso von dir erwartet? Oder gleich ganz weg? Ein Wegtauchen, ein Freischwimmen in erwartungsfreier Anonymität."

„Sie hörten das Wort zum Wochenende."

Vor uns ein Wohnkomplex wie ein Felsmassiv mit hineingesprengter Straße. Ein verwitterter Neubau, ein erdrückender Riegel, ein Klotz in der Gewöhnlichkeit, die ich ohne seinen Schuppenpanzer aus Satellitenschüsseln zu kennen meinte.

Der Verkehr rollte wie durch ein Burgtor. Fußgänger liefen quer über die Straße. Manche nahmen den Zebrastreifen unter ihm, das geriffelte Band einer Grenzmarkierung gleich. Sie wechselten die Bürgersteige, wechselten zwischen den Burgtorseiten, tauchten von einem Neon in das andere. Sie wählten aus der Imbisskonkurrenz, die sich in aller Lichtverschwendung gegenseitig zu überstrahlen suchte.

„Du glaubst also, die machen wieder dicht?"

„Glaubst du, die lassen das auf sich beruhen?"

Reifenquietschen … Ein Taxi auf dem Zebrastreifen. Eine dunkle Gestalt rannte unerschrocken um die Motorhaube herum, das Licht eines taghellen Imbisses im Rücken. Die Gestalt tauchte in das Licht auf unserer Seite: „Hey Jungs …" Rocky stand breitbeinig vor uns. „Stellt euch mal vor: Die da drüben haben Flens." Wütendes Gehupe. Akzentreiche Beschimpfungen aus dem aufgekurbelten Taxifenster. Rocky antwortete mit einem über die Schulter geworfener Mittelfinger und trank einen langen Zug aus der aufgeploppten Flasche.

„Und wir?" fragte Peter. Rocky hob die Arme zu einer horizontalen Linie als stünde ein Gekreuzigter vor uns. Er holte tief Luft und rülpste mit zurückgeworfenem Kopf. „Für euch." Ein Bier in beiden Jackentaschen.

„Auf dein Paradies", sagte Peter zu mir.

„Jesus Christ …" Rocky ließ die Arme fallen. Er sagte wie im Schreck erinnert: „Ich muss heut' noch nageln."

Ein dunkles Haus hinter der nächsten Ecke, schräg über die Straße. Eine Provokation in der hellen Zeile. Ein riesiger Geierschnabel bog sich aus der Wand ins Laternenlicht. Wartende wie zusammengeschabt im Halbdunkel vor der Tür, unter dem kupfernen Dreizack. Rocky stürmte quer über die Straße und verschwand in dieser Schar.

„Ich halte mich nicht für naiv." Ich war auf dem Bordstein stehengeblieben. Peter wandte sich zwischen den parkenden Autos um: „Naivität? Es geht um die konkrete Erfahrung, die du nicht hast."

„Ich handle nach der, die ich habe."

„Nein. Du haust ab."

„Vielleicht haue ich ab. Die Alternative heißt abwarten."

„Oder bei der Revolution mitmachen."

„Als Spielball der Ereignisse?"

„Das bist du hier auch. Aber ohne jede konkrete Erfahrung."

„Du denkst, ich komme hier nicht zurecht."

„Westsender sehen ist nicht genug."

„Also denkst du doch an Naivität?"

„Ich denke gar nichts. Ich kenne dich nicht. Aber ich weiß, dass du für dieses andere System sozialisiert worden bist."

Die Wartenden unter dem Schnabel waren in das Haus gelassen worden. Rocky rief aus der offenen Tür und winkte herüber.

„Ein schöner Satz", sagte ich. Und Peter nickte noch, bevor wir über die Straße liefen, um uns zu dritt, gierig und lammfromm zugleich, als willige Beute in den Geierrachen zu stürzen.

Stunden später, meinen Rucksack auf dem Rücken, trat ich in einen hellen Herbsttag, in eine unbelebte Straße, die wie noch nie begangen vor mir lag, für meinen eigenen Versuch, ein Staatsbürger zu werden.

* * *

Die eingetrockneten Weinreste, das leuchtende Mundrot am Glasrand, die Tropfen von Kerzenwachs, das zerwühlte Kissen, ihr flüchtiger Duft, die Erinnerung, in die ich jeden Morgen sank. Ich, völlig leergearbeitet, ein Nichts und mit Träumen aufzufüllen nach einer langen Nacht.

Ich hatte die Spuren so gelassen – unser Stillleben, das Bett lange nicht bezogen – ihr Geruch. Ein wilder Hauch und ein narzisstisches Versinken jeden Morgen. Mit dem Duft aber verlor sich meine Erinnerung, aus dem Stillleben schwand ihr Bild. Mein Schaffen wuchs, Phantasie und Routine kamen mit den Tagen. Ich war beschäftigt, ich hatte ein Thema, über Jahre sehnsüchtig vermisst. Ich hatte wieder, was ich vor allem wollte. Und doch, die Lüge wäre töricht, durch sie ist es so gekommen.

* * *

ANGEKOMMEN. „Hey du!" Ich schaute über das Eisengeländer die Treppe hinunter und fragte mich, ob ich gemeint war. „Ja, Neuer! Jenau du! Kiek ma, wo der Peter mit den Schlagbohrer jeblieben iss, die faule Sau, die!" Ich ließ das Geländer los, nachdem die Kollegen zu beiden Seiten mir mit einem *o.k.* versichert hatten, auf die zusätzliche Last vorbereitet zu sein.
„Ich habe übrigens einen Namen."
„Ick scheiß was druff!", brüllte der Vorarbeiter mit rotem Gesicht. „Den musste dir hier erst ma' verdien'."
Ich wischte mir mit der Armbeuge den Schweiß von der Stirn, sprang am Nebenmann vorbei die Treppe hinunter und wollte gerade den Vorarbeiter in seinem Rücken passieren, als dieser brüllte: „Biste so blöd oder was? Erst ma' schiebste 'n paar Ziegel unta dit Jelända! Oder globste, dit wir dit bescheuerte Ding die janze Zeit inne Luft hochhalten?!" Ich lief auf den oberen Absatz zurück, wo ich die Mauersteine gesehen hatte, schob dort einen unter das Geländer, ebenso auf dem unteren Absatz, neben den Füßen des Vorarbeiters. „Da kiekste, was ... Denken hilft", sagte er. Und ich fragte mich erst gar nicht, wem von uns beiden seine Zufriedenheit galt. In schnellen Sprüngen über Doppelstufen eilte ich das Treppenhaus hinunter, mit möglichst lauten Landungen auf jedem Absatz, bis ich das Erdgeschoss erreicht hatte. Vor der Tür schlug mir der November entgegen, eine nasskalte Böe, getrichtert in der Straßenschlucht. Ich fror sofort. Hinter der nächsten Straßenecke fand ich den Transporter. Alle Türen waren verschlossen. Als ich die Straße nach Peter absuchte, in der Hoffnung, ihn von irgendwoher kommen zu sehen, klopfte es in meinem Rücken. Ich drehte mich um, sah

mein Spiegelbild in einem Schaufenster, dahinter eine Hand, die mir winkte, die mich durch mein eigenes Spiegelbild zu sich winken wollte, wie mir schien. Döner 3 Mark, Schultheiß 1,50, Kaffee 80 Pfennige stand in selbstgeschnittenen Buchstaben auf die Scheibe geklebt. Ich machte einen Schritt zur Seite, erkannte Peter in dem Winker hinter der Scheibe und ging hinein. Mit der ersten Wärme schüttelte es mich, als hätte dadurch die Kälte von mir abfallen können. Mich umgab das Gefühl, eine Backstube betreten zu haben. Peter saß am Tresen, seine Hände um eine Tasse Kaffee geschlungen. Er sah mich durch klare Brillengläser an, die mich in dem warmen Dunst der Dönerbude kurz wunderten. Er schlug seine Zigarette über einem Aschenbecher ab, zog mit zurückgelegtem Kopf an ihr und sagte in den ausgestoßenen Qualm: „Tarik, machst du meinem Kollegen auch 'n Kaffee!" Der Angesprochene hinter dem Tresen schaute von der Waschschüssel hoch, in der seine Finger Teig kneteten. „Klar doch", sagte Tarik und knetete weiter.

„Setz dich!" Peter schob mir einen Hocker hin.

„Nee du ... Der dreht grad am Rad. Lass uns lieber gehen!"
Er schaute mich über den Brillenrand an, schob das Gestell mit dem Zeigefinger die Nase hoch und machte einen Gesichtsausdruck, als ob ich etwas nicht verstanden hätte: „Lass ihn doch. Der iss montags immer so." Er drückte seine Zigarette aus und zündete sich gleich die nächste an. „Das iss übrigens mein alter Kumpel Tarik."

Tarik wischte sich die Hände an seiner Schürze ab, goss mir den Kaffee ein und reichte mir die Hand.

„Iss 'n neuer Kollege von mir", erläuterte Peter. „Hab ihn auf 'n Bau geschleust."

Ich langte über den Tresen und drückte Tarik die Hand.

„Eh Alta! Spinnstu oda was, Alta? Das isch kein Teig, Alta!" Tarik lachte. „Sieht nisch aus wie' n Abeita, Alta ... aba packt zu wie' n Abeita, Alta."

„Und du nisch wie' n Türke, Alta ... Also Alta, ab sofort deutsch, Alta!"

„Das kommt vom Umgang", wechselte Tarik auf jargonfrei. Er hatte die Schüssel zu sich herangezogen, um ein kleines Teigstück abzureißen, das er auf die Arbeitsfläche des Tresens warf, nachdem er es in den Händen zu einer Kugel gerollt hatte. Peter stieß mit dem Fuß den hingestellten Hocker an: „Setz dich endlich! Dein Kaffee wird kalt."

Widerwillig setzte ich mich und entgegnete nach einem Schluck: „Wir sollten uns aber beeilen."

Er verzog das Gesicht, ob gelangweilt oder genervt, war nicht zu unterscheiden. „Kein Grund, sich in die Hosen zu machen."

Mit der Zigarette im Mund und einem zugekniffenen Auge, an dem der Qualm vorbeizog, fragte er: „Wo kommst du eigentlich genau her?"

„Schwerin."

„Noch'n Ostler!", rief Tarik laut, der mit beachtlicher Geschwindigkeit seine Kugeln formte.

„Was hast du denn mit Ostlern zu tun?" Peter schaute ungläubig zwischen Tarik und mir hin und her.

„Diese Spezies ist mir bestens vertraut. Ihre Nahrung besteht aus zwei Dingen, Bananen und Döner."

Beide lachten. Ich dagegen verstand nur eine Hälfte des Witzes und schmunzelte gequält zu Tarik hinüber. Der hatte bereits Mehl auf den Tresen gestreut, zog nun eine der Kugeln in die Länge und rollte sie mit einem Nudelholz auf dem Granit aus, bis sie platt wie ein Stück Pappe war. „Frag' deinen neuen Freund, ob er schon mal' n Türken gesehen hat!"

„Hab' ich. Auch schon Döner gegessen", kam ich Peters Ausformulierung einer wahrscheinlich absurden Antwort zuvor. Nun hatte ich auch die andere Hälfte des Witzes verstanden, schenkte mir aber das Lachen.

„Sei froh, dass man nicht hört, wo du herkommst!", murmelte Peter mit einer neuen Zigarette im Mund.

„Wieso?"

„Na, dann wüsste doch gleich jeder, wo du herkommst." Er legte das Feuerzeug auf die Zigarettenschachtel und fuhr mit ihr, wie mit einem Matchboxauto um den Aschenbecher herum. „Vorurteile. Verstehst du?", fragte er, unerschütterlich in seiner Ruhe.

„Gib mir den Schlüssel! Ich hol' schon mal die Bohrmaschine raus."

„Vorurteile", sagte er süffisant und kratzte sich übertrieben am Kopf. „Verifizierung durch Empirie: Der Ostler immer pflichtschuldigst und pünktlich seiner Obrigkeit Untertan."

„Was quatschst du da?", schüttelte ich den Kopf und fühlte mich doch an einem wunden Punkt getroffen. Ich nahm mir ohne zu fragen eine seiner Zigaretten, zündete sie an, zog und wartete bis der Schwindel des ersten Zugs sich gelegt hatte. „Was macht ihr anders? Du vielleicht ausgenommen."

„Nichts natürlich. Wir hatten nur das Glück der freien Geburt."
„Kannst du dir vorstellen, dass ich mich für jedes Ja im Nachhinein schäme und ärgere, jenseits aller damaligen Vorsicht?"
„War nur ein Kanzlerwort, etwas abgewandelt."
„Weiß ich." Ich nahm noch einen Zug und drückte die Zigarette aus. „Wir hatten Westfernsehen."
„Ja …", sagte Peter. „Die größeren Schisser leben augenscheinlich hier. Immer Angst um die Arbeit, ums Geld, um die Annehmlichkeiten eines belanglosen Lebens, für das man als Gipfel persönlichen Glücks auch noch Nachwuchs zeugen will. Aber …", er hob belehrend den Zeigefinger: „… historisch recht gehabt. Ganz ohne Revolution, ganz ohne Mut, ganz ohne nur einmal die Fresse aufgemacht zu haben. Dank Geburt auf der richtigen Seite." Und über den Tresen rief er: „Hey Tarik, hörst du: So richtig, dass selbst ihr hierherkommt, immer noch. Ein endloser Strom, als sei das hier das Muselmanenparadies. Und immer noch hier seid. Und sogar eure stotternden Kinder hier macht."
Tarik schwenkte drohend sein Nudelholz: „In die Fresse oda was? … Alta? Fick disch, Alta!"
„Fick den Teig, Alta!"
„Isch fick deine deutsche Mutta, Alta."
„Die sagt danke, Alta."
„Dann fick isch lieba Teig … Alta." Tarik hieb die nächste Kugel flach.
„Und warum ist das Pfeffersacksöhnchen von zuhaus' abgehauen?", dachte ich, Peter provozieren zu können.
„Weißt du überhaupt, wer die Pfeffersäcke sind?"

„Nö ... Hört sich aber schön blöd an."
„Ok ... Grundkurs des Spießbürgertums: Mann, der jüngere, oder welche Konsorten das noch sagten: Hamburch – Hauptstadt des Weltkrämertums." Er hatte mit langen Vokalen und spitzem *S* gesprochen, dabei mit dem Arm in die Ferne gefuchtelt, zwischen Tür und Colakühlschrank die Potsdamer Straße rauf, in nordwestlicher Richtung, wie ich schätzte, in ein sich verdunkelndes Grau. „Für den Scheiß wollte ich mich nicht verwursten lassen. Von denen nicht und von euch und den Russen auch nicht. Nicht als Arsch in Uniform und nicht als eure lebende Zielscheibe."
Meinem Gesichtsausdruck entnahm er, dass ich ihm nicht folgen konnte. „Euch Ostlern muss man aber auch alles erklären: Viermächtestatus. Hier gab's keine Armee, keine deutsche jedenfalls." Er schaute in seine Tasse, ob noch ein Schluck Kaffee darin war. „Aber wenn die uns jetzt wiedervereinigen, dann kann es schon sein, dass wir Flüchtlinge doch noch müssen ... Oder als Zivi Dienst schieben." Er machte einen breiten Mund, zog Luft durch die Zähne und meinte weiter erklären zu müssen: „Zivildienst – Militärischer Ersatzdienst, wenn man hinreichend pazifistisch ist ... Ärschewischen in weißer Uniform." Seine Hand machte in Gesäßnähe eine kongruente Bewegung und zog dabei das Portemonnaie aus der Hosentasche.
„Bei uns waren das die Bausoldaten."
„Warst du beim Bund ... oder wie das bei euch heißt ... hieß?"
„NVA."
„Und ... Warst du?"
Ich war aufgestanden, um ein Markstück aus meiner Hosentasche

zu holen. Tarik warf seine letzte Teigkugel auf die Platte, mit aller Kraft, als wenn er sie zerschmettern könne. Grau wie ein ungebackenes Gefrierbrötchen, rund und flach lag der Teig nach dem Aufschlag vor ihm. Er hieb mit dem Nudelholz darauf wie auf ein Ungeziefer: „Ihr armen Schweine, ihr …" Er hieb wieder und wieder zu … „Nach meinem Dienst in der türkischen Armee bin ich sofort Deutscher geworden."

Peter schleppte den Bohrhammer die Treppe hinauf. Ich folgte ihm mit einer Kiste, in der eine Vielzahl von Bohrern und Aufsätzen steckte, von denen wir nur je einen brauchen würden. Es sähe vorrausschauend aus, hatte Peter im Transporter gesagt. Wir fanden das Geländer zur Seite gestellt und zurückgelassen, die Bohrpunkte waren angezeichnet, kleine Kreuze auf Stufen und Absätzen, die Stellen säuberlich freigefegt.

„Die pausieren, die faulen Hunde." Peter suchte einen denkbar passenden Bohrer aus, fand eine Steckdose, und wir legten los, die vertrödelte Zeit aufzuholen.

Das Hämmern schlug mir bis in den Kopf. „Wie tief?", schrie ich, mit meinem ganzen Gewicht über die Maschine gebeugt, ihrer Gewalt lustvoll ergeben. „Mach mal! Der Dübel ist so lang … ungefähr." Peter hielt Daumen und Zeigefinger gespreizt in die Luft. Ich zog den Bohrer zum Vergleich kurz aus dem Loch und hämmerte weiter. Ein Loch um das andere war geschafft, als in mein Gesichtsfeld plötzlich Füße rückten. Ich ließ den Schalter los und sah über mir eine vor Unglauben erstarrte, wie gelähmt wirkende Gesichtsmasse. „Schnell ma' een wegjesteckt, oder was?" Der Vorarbeiter winkte den Kollegen, damit sie das Geländer absetzten, welches als nächstes angebohrt werden sollte. „Man zieht dit Ding raus, wenn er noch dreht ... Du Anfänger." Und während die Kollegen in die Knie gegangen waren, um sich von der Last zu befreien, mit hörbar gepresster Luft, wiederholte er seine Frage präziser: „Een wegjesteckt, anner Potsdamer ... oder was?"

Ich tippte den Schalter an, zog den drehenden Bohrer aus dem Loch. Und während er mir wütend die Maschine aus der Hand riss, sie wie ein Gewehr zur Parade vor der Brust hielt, dass ein Stechschritt mich nicht hätte überraschen können, sah ich Peters Versuch, sich ein Lachen zu verkneifen: „Wir haben schon mal angefangen."

„Anjefangen?", schrie der Vorarbeiter. Ich musste an Adolf Hennecke denken, den Vater aller Aktivisten, behelmt, mit nacktem Oberkörper, seinen Pressluthammer in den Händen, eine Arbeiterangriffswaffe. Der sich verschwitzt und staubverklebt in seinem eroberten Kohleschacht hat ablichten lassen, zu neuen Vorstößen bereit. Unauslöschlich erinnert. Die Bilder liefen ineinander ...

Der Vorarbeiter drehte sich Peter zu. Die Bohrmaschine heulte gefährlich auf. Wieder fragte er: „Anjefangen? Denn habm wir also so lange jewartet, bis ihr denn ma' anfangt? Hab' ick dit richtich verstanden?"

Überrascht von solcher Schlagfertigkeit schüttelte Peter den Kopf, ohne etwas zu sagen.

„Hatse denn jeschmeckt, die Nascherei?" Er machte einen Schritt auf Peter zu und bewegte seinen Unterleib dreimal hintereinander stoßartig vor. „Hats och'n Nachschlach jejeben? Oder habta für die zweete halbe Stunde nochma' jelöhnt? Mal son schlappen

Hunni pro Schwanz, oder was? Schnell mal sone Bordkantenschwalbe von die Straße jepustet, oder was? Sone Fickifickimittagsspause anner Potse, oder was?"

„Keine Ahnung, was du meinst", warf Peter dem Vorarbeiter irritiert entgegen. Der musterte Peter wie ein Offizier seinen Soldaten, breitbeinig vor ihm stehend, ein aggressiv wackelndes Knie in der weiten Arbeitshose. Seine Augen wanderten die Maschine entlang, zur Bohrerspitze hin, als das Knie plötzlich zum Stillstand kam, als er die Spitze kopfschüttelnd mit dem Zeigefinger antippte: „Kiekt mir da etwa 'n Zwölfer an?"

„Korrekt."

„… anstelle von den Zehner?"

„Wieso 'n Zehner?"

„Because of the ten your lucky number jewesen wär … Ihr Oberidioten", schrie er und stieß Peter die Maschine vor die Brust, dass dieser rückwärts treten musste, um nicht zu fallen. „Ihr könnt jetze in Feierabend jehn … Fickifickitime forever!" Er hatte die Maschine auf den Boden gelegt, beinah hingeworfen hatte er sie. „Los jetze! Verpisst euch, bevor ick mir noch verjesse!", brüllte er und schlug seine Faust in die offene Hand. Wir rannten los, an den Kollegen mit verächtlichen, teils verlegen aussehenden Gesichtern vorbei. Beim Öffnen der Haustür schallte es echoverstärkt das Treppenhaus herab: „Morjen ab neune könnta dit Jeld abholen, in dit Büro! Nach neune! Verstanden? Nich, dass ihr Idioten mir nochma' über 'n Weg looft! … denn verjess' ick mir aber wirklich!"

* * *

Froh und bunt den Winter schmelzen … Alles für 1,00 € … 10 % auf Alles … 25 % auf Alles … Wir brechen die Preisrekorde … Noch mehr Angebote … Rabatt! Rabatt!! Rabatt!!! Nirgendwo billiger … Bis zu 70% reduziert … Hit der Woche … Tipp der Woche … Wir haben die billigen Preise … Werden Sie Gut & Günstig Tester! Punkten Sie! Auf Dauer billig! Auf Dauer billig! Auf Dauer billig! Auf Dauer! Versprochen! Küchenknüller … Sparen und genießen … Mehr kaufen, weniger zahlen … STERNHAGELGÜNSTIG Markenqualität, die immer günstiger ist … 5 nehmen, 5 € zahlen … Sparadiespreis … Volks.Zahnbürste VOLKSGüNSTIG … 10 Artikel kaufen, eine Ländertüte gratis … NUTZEN SIE DIE GELEGENHEIT … FRISCHER! BILLIGER! Wir tischen Freude auf … Topfit gespart … Tierisches Einkaufsvergnügen … VOLLES KORN GESPART … MANNOMANN IST DAS GÜNSTIG … AUCH BEIM PREIS IST ALLES IM LACK … DER ABSOLUTE BADSINN … AUCH DIE PREISE GEHEN BADEN … Aktionsartikel zum absoluten Niedrigstpreis … WEISS ZUM HEISSEN PREIS … Hier spricht der Preis … Bestpreis … Alles im Preis inbegriffen …

Durch meinen Türschlitz flogen Prospekte, in meinem Flur türmten sich bunte Blätter, zahllose Seiten schreierischer Versprechen und verramschter Billigkeit, die Angstanfälle schweißgebadeter Wirtschaftslenker. Teilhaben durfte ich, konsumieren sollte ich, Verantwortung tragen – jetzt erst recht. Die allererste Bürgerpflicht, wie ich aus dem Radio hörte. Eine platzende Schallblase in meinen Ohren. Meine verschlafenen Augen lasen PREISCRASH, BÖRSENCRASH, BANKENCRASH.

Sie sahen ein oszillierendes Zittern im Hintergrund, ein fallendes Hin und Her, einen Zickzack, der aus dem festgefügten Bild ins Bodenlose stürzt. Zeitenwechsel! Eines Morgens galt nicht mehr, was am Abend noch Gewissheit war. Was sich selbst huldigt, hatte sich ruiniert. Was mich beschuldigt, hatte sich selbst überführt.

Aber für mich, wie ich dachte, hatte ein Tag wie jeder andere begonnen. Welcher Verlust hatte mich getroffen? Ich nahm die Verzweiflung hin, ich nahm sie ohne Überheblichkeit, ich nahm nicht teil. Ich nahm die Werbeblätter und breitete sie auf dem Tisch aus. Ich stellte die feuchten Abgüsse darauf, setzte mich und wartete. Vor mir aufgereiht die bestellte Serie, im Hintergrund die sich überschlagenden Horrormeldungen, unterbrochen von dramatischer Musik.

Vor meinem Atelier sammelte ein weiterer Morgen Licht und Schatten, übte sich für den Tag, stieg auf und fiel durch mein Fenster. Sonne umspielte den Beton, legte eine herbstliche Patina auf die Super 8, vergoldete das Wählscheibentelefon, die Viertastenfernbedienung, den Walkman, den Campingfernseher, den ersten Reisecomputer der Welt. Wind strich vom Fenster herüber, feuchter Stein lag in der Luft, lag auf dem Tisch, auf den Werbeblättern. Er spiegelte sich zeitenverkehrt in rabattierten Camcordern, Smartphones, Playern, Notebooks. Der Stein trocknete und das Radio gab stündlich Meldung.

* * *

FREIHEIT. Die Nacht zog auf. Sie legte sich verfinsternd wie ein Sturmgewitter über das Grau der Straße. Eine harmlose Imitation, die bloß den spröden Farben des Tages die letzten Töne nahm. Der bedeutungslose Himmel, ein dreckiger Strich zuvor, war verschwunden, einfach nicht mehr da. Fassaden, die ohne sichtbares Ende im Dunkel verliefen. Gas war aufgeglimmt. Licht in wenigen Fenstern. Radleuchten irrten wie einsame Glühwürmchen vorüber. Mattes Scheinwerfergelb spiegelte sich auf nassem Asphalt. Geschäfte kurz vor Feierabend, hinter einem feuchten Schleier, verschwommenes Schaufensterlicht, durchschnitten von der Glut einer Zigarette im Vorübergehen. „Scheißnovember." Der Sprühregen lief am Kneipenfenster ab, eine vom Wind bewegte Folie, ein Film kleinster Punkte, der Blick wie durch eine Duschwand. Und schemenhaft dahinter, dunkelgrau und gesichtslos, gegen den Wind gebeugt, das Halbdunkel hastig durcheilende Gestalten. Ein sich schüttelnder Hund und sein Frauchen, das die Leine weit von sich hielt ... Meine Stimmung unterschied sich in nichts von dem, was ich durch das Fenster sah.

„Deprimierend, so 'n Wetter." Peter schlug seine Bierflasche gegen meine. „Ich hab' schon ganze Wochen hier so erlebt, wie die Hamburger Waschküche, nur kälter. Prost."

Ich nahm meine Flasche vom Tisch und trank.

„Knapp über Null, dauernd grau und immer Regen. Feuchte Kälte, von 'nem richtigen Winter nie die Spur."

Die Barfrau zog ein Tablett mit bunten Kerzenlichtern vom Tresen, begann sie zu verteilen, programmatisch, wie es schien, auf jeden Tisch eine andere Farbe.

„Jetset, das wär's. Sankt Moritz, Malediven oder Tante Riffa ... Wonach's einem so steht."
„Grün, gelb oder rot? Ich mach euch den Sommer. Was wollt ihr ... Jungs. In welches Licht soll ich euch tauchen?"
„Blau – sein und haben", sagte Peter knapp und führte der Bedienung ungefragt genauer aus: „Das sind die zwei unabdingbaren Voraussetzungen für ein gelingendes Leben, welches am heutigen Abend beginnen möge. Nein, ich berichtige mich, blau sein ist die notwendige Bedingung, Blau haben die gern hingenommene. Insgesamt bleibt festzuhalten: Nur blau ist die Welt erträglich."
„Blau haben habe ich nicht. Und blau sein gibt's am Tresen, du Philosoph."
„Dann bitte Rot. Damit sich wenigstens mein entwurzelter Freund hier aufgehoben fühlt."
„Also rot." Überzogen elegant schob sie ein rotes Licht auf die Mitte des zerkratzten Aluminiumtischs, wie ein Croupier die erhoffte Glückskarte. Peter stellte sein Bier daneben, ohne es loszulassen. Seine Augen folgten ihr über den Brillenrand hinweg, über den ausgestreckten Arm, über das Bier und das rote Licht, ihrem Schlängellauf zwischen Tischen und Stühlen, den Bewegungen ihres Hinterns. „Heißes Teil."
„Also deswegen sind wir hier."
Er schob die Brille hoch. „Nee ... Das *M* iss einfach 'n cooler Laden."
„Oh ja ... total cool. Wurden hier mal Fliesen verkauft", fragte ich und schaute mich demonstrativ in dem unterkühlten Ambiente um. „Oder Metallwaren?" Ich stieß mit dem Fuß gegen

den Tisch, gegen spreizbeinig kippelndes Blech, wobei ich den Leichtbau maßlos unterschätzte. Das Gestänge landete einen halben Meter versetzt.

„Wer randaliert, fliegt raus!" Die Bedienung zeigte glaubwürdig drohend Richtung Tür, während mein Bier auf die Tischkante zurollte und seinen schäumenden Inhalt verteilte.

„Merci vielmals", sagte Peter verstohlen hinter vorgehaltener Hand und stemmte sich aus dem Wäscheleinengeflecht seines Stuhls. „Ganz nebenbei auch dafür, dass du nicht mein Bier umgekippt hast."

„Bring mal 'n neues mit!" Ich stellte die Flasche aufrecht und wischte meine Hände an der Arbeitshose ab.

„Und einen Lappen natürlich, so was von gern. Merci, mein guter Freund", bedankte er sich nochmals.

Was für ein schlechter Auftakt, dachte ich, als er am Tresen stand, zu reden begann, und von ihr ganz nebensächlich den Lappen hingeworfen bekam. Er legte ihn mit spitzen Fingern zur Seite, während er unbeirrt weiterredete, die Ellenbogen auf dem Tresen, die Hände in der Luft – ein gestikulierender Rahmen, in der Mitte sein Kopf… Ein kurzes Lächeln von ihr, ganz unwillkürlich, sofort war ihre eigene Überraschung zu sehen, schon schien das Gesicht wieder eingefroren. Quer über seinen Händen stellte ich mir eine Leiste vor. Oder ich sah tatsächlich den zwingenden Rahmen, das Portrait von hinten, eine Revolution, wenn es das noch nicht gab. Der Blaumannkragen angeschnitten, der Mensch erkennbar nur als Funktion.

Peters Hände sagten abschließend: *Tja, so ist es.* Vielleicht sprachen die gestreckten Finger auch von *Unabänderlichkeit.*

Möglicherweise hatte er bloß gesagt: *Wer weiß das schon?* In ihr Lachen mischten sich zustimmende Worte. Sein Kopf nickte, als auch dies plötzlich erstarb, als sie wieder ihre kühle Distanz einnahm. Peter, als hätte er aufgegeben, als sähe er nur die Bedienung vor sich, schnipste mit den Fingern, streckte zwei in die Luft und zeigte in meine Richtung.

„Doreen! Doreen!" Ein Zwinkern. „Ich liebe kulturwissenschaftlich tätige Studentinnen, theoretisch wie praktisch ... also tätig, meine ich. Nicht, dass man mir den Womanizer zu unterstellen auf die Idee käme." Peter warf den Lappen auf die Bierpfütze, sagte: „Mach mal weg!", ließ sich lässig in die Wäscheleinen fallen, wobei er mich vorbereitete: „Und jetzt kommt die größte kulturelle Errungenschaft der Menschheit und aller Zeiten und überhaupt ..."

„Zwei Bier für die Flaschenkinder. Aber nicht wieder kleckern!" Doreen stellte die beiden Flaschen auf den Tisch.

„Ich pass' auf den Kleinen auf. Versprochen." Seine Hand lag auf meiner Schulter, er schaute fürsorglich über den Brillenrand: „Gib der Tante jetzt bitte ihren Lappen zurück!"

„Nö", spielte ich mit. „Mach' ich nich'."

„Keine Widerrede! Sonst setzt es was."

„Na gut." Ich schob den Lappen ein Stück zu ihr hin. Ihr Daumen zeigte über die Schulter zum Tresen in der Art, wie man jemanden fortschickt.

„Eigentlich könnte ich ja mal müssen, wenn ich es mir recht überlege."

Schwarz gepinselte Wände, zerkratzte Spülkastendeckel, weiß gepulverter Boden. Ich wusch mir das Gesicht, während ich mich fragte, wie viel Geld dort wohl verstreut herumlag. Eine Tür ging auf, ein Schatten im Spiegel, eine hochgezogene Nase. Kurz blitzte das Flurlicht auf. Die Tür fiel zu. Halbdunkel. Wieder allein. Ich fragte mich weiter, wo ich jetzt, nach diesem missglückten Tag mit Peter, schnellstens selber welches herbekommen könnte. Ich kühlte mein Gesicht, bis es zu schmerzen begann.

Aus dem einen Halbdunkel in das andere, am Tresen vorbei, zurück an den Tisch: „Was bedeutet eigentlich das *M*?"

Doreen saß auf meinem Stuhl und schüttelte sichtlich gestört den Kopf. Peter, als hätte er erwartet, dass ich gar nicht wiederkomme, sah überrascht aus, hatte die Hände fragend oder bittend in der Luft.

„Gibt's hier noch was zu trinken?" Wie ein Fragezeichen über den Tresen gebogen spielte ein hagerer Typ hörbar mit seinen Geldstücken. Ich zeigte stumm mit dem Daumen über die Schulter, ein deutliches Bedauern im Gesicht. Ein wortloses Murren aus ihrer hochgezogenen Oberlippe quittierte meine Retourkutsche.

„Mit den Fältchen auf der Nase", sagte ich, „sieht sie so süß aus wie eine junge Katze, die sich im Fauchen übt. Eindeutig bin nicht ich ihr Typ."

Peters Augen, auf Höhe des Hinterteils, hingen ihr nach, folgten ihr hinter den Tresen, sahen, wie sie dem Fragezeichen einen Wodka einschenkte und ein Bier daneben stellte, wie das in einem Zug geleerte Glas auf den Tresen knallte, wie der Wodka, eine imperative Wirkung entfaltete, indem er den Typen aufrichtete, noch bevor er das Geld über den Tresen geschoben hatte und mit laut hochgezogener Nase, das Bier fest in der Hand, am hintersten Tisch im Dunkel verschwunden war.

„Hättest du nicht zweimal müssen können? Oder für ganz Große was machen?"

„Tut mir leid. Bin halt noch ein Kleiner und konnte auch nur dementsprechend. Pionierblase."

Peter nickte vor sich hin, das Geschehen hinter dem Tresen im Fokus: „Geiler Arsch. Heller Kopf."

„Wie hell?! Sie scheint ja noch nicht mal zu wissen, wo sie arbeitet."

„Immerhin findet sie her … Auch im Dunkeln."

„Wohin? Also woher das *M*? Konnte sie nicht beantworten."

„Intelligenz misst sich nicht an solch' niederen Fragen. Und sie hält sich ebenso wenig mit solchen auf." Seine Augen ließen von Doreen ab, wobei er sich mir mit hochgezogenen Brauen und der Länge eines unterforderten Dozentengesichts zuwandte: „Das *M* und der lange Neonstreif, welcher die folgende, hier zu klärende Leere unterstreicht …" Seine Hand machte einen Punkt, wo ich das *M* vermuten sollte, und schwang sich elegant nach rechts oben in die Luft; „… deuten auf folgende, historisch bemerkenswerte, heute aber völlig wertlose juristische Auseinandersetzung hin: Proseminar Stadtgeschichte, Teil eins: Die Reichsbahn der DDR …", führte er aus, „… mit dem überirdischen Schienenverkehrsbetrieb auch diesseits der Mauer beauftragt, klagte vor hiesigen Gerichten, und zwar erfolgreich, gegen die ungenehmigte Verwendung des Namens ihrer Restaurant- und Schlafwagengesellschaft und beraubte so, per richterlichen Beschluss, die hiesige Versorgungsstätte ebenso traurig trinkender Zeitgenossen eines Großteils ihres Namens. Nomen est omen? Weit gefehlt. Mein unverstellter Verstand, klar und offen, überragend vor allem in Zeichen-, Zeiten- und Zeilendeutung sagt mir, dass die DDR mitnichten das Monopol auf traurige Trinkerschaft hat. Selbst wenn der letzte Reichsbahnschrott dereinst in unsere Hochöfen gerollt sein wird, unsere Konjunktur in Ausmaßen befeuert haben wird, die bisher unvorstellbar waren, ungesehen sowieso, selbst dann wird dieses Kleinod tränenvoller Trunksucht jeder Obsoleszenz erhaben sein."

„So so."

„Genau so", bekräftigte er den Inhalt seiner Unterrichtung.

„Also mich macht Bier immer müde."

„Kein Wunder … Ihr Ostler in eurer unerschütterlichen Grundeuphorie, ihr seid ja nüchternen Zustands schon besoffen von eurem sozialistischen Glück. Da wirkt das Bier umgekehrt, so sedierend wie für uns die Realität, die wir traurigen Trinker, der historischen Gesetzmäßigkeiten voll im Klaren, zu fliehen suchen."

„Ein Stadthistoriker und wirklicher Philosoph …", murmelte ich anerkennend und ergänzte: „… des Alltags."

„Auch du, mein Bruder, wirst erfahren, dass das Leben nichts als Alltag ist. Darum lass uns, um ihn zu fliehen, lieber noch einen Blick auf unsere schöne Schwester werfen … Und einen trinken dabei!"

Peter drückte mir mein Bier in die Hand. Wir stießen an und tranken, während Doreen CDs wie Tarotkarten auf dem Tresen hin und her schob, so lustlos wie uninspiriert, bis sie sich

schließlich für die am wenigsten langweilige entschieden hatte oder die am seltensten gehörte, die sie noch flüchtig über ihr T-Shirt wischte und einlegte: *Take your protein pills and put your helmet oooooooon ...*
„Wir sind alle verloren", sagte Peter als *Major Tom* abgeflogen war und trank den Rest mit einem Zug aus. „Schöne Scheiße." Er wischte sich über den Mund und beobachtete Doreen, die mit langen Armen neues Bier um die offenstehende Glastür herum in den Kühlschrank räumte.
„Was meinst du?", fragte ich irritiert und schaute ebenso zu Doreen. „Sieht doch gut aus für dich."
„Ich brauch' Geld."
„Ach was?"
„Mein Vater, der alte Geldsack, zahlt nicht mehr, solange ich nichts Vernünftiges mit mir anfange: Jura oder BWL, besser VWL wegen der Banken, der weitaus gewaltigeren Karrierechancen wegen. Zahnmedizin wär' grad noch ok."
„Scheiße auch."
„Sag' ich ja."
„Und nun?"
„Da halten nur Ziele aufrecht."
„Ziele? Vielen Dank übrigens für heute. Das Geld wäre meine Rettung gewesen."
„Sorry ... Die nächste Runde geht auf mich."
Die *Space Oddity* erstarb in ihren letzten langgezogenen Tönen, während er zwei Finger in die Luft hielt, die Doreen mit einem Nicken zur Kenntnis nahm.
„Dass du das Wort *Ziele* kennst. Hast du überhaupt welche?"

Ashes to ashes
funk to funky ...
Er hielt es für angezeigt, seine Brille mit spitzem Zeigefinger hochzuschieben, ein Versuch, mich streng anzuschauen: „Ja, habe ich. Und wie steht es mit dir? Ich weiß ja nicht, du so als Ostler, ob man da einen Blick für diese ach so freie Welt hier haben kann, für die Möglichkeiten, die sich auftun – mehr noch für die Beschränkungen."

Mittlerweile wussten wir: *Major Tom is a junkie ...*

„Ziele? Pläne? Sind es nicht eher Bilder, die man hat?"

„Bilder. Das ist gut. Bilder von sich ... Trial-and-Error-Verfahren."

Zwischenzeitlich tief ins Stuhlgeflecht gesunken, nach ein paar wortlos vergangenen Minuten, sahen wir Doreen endlich mit dem bestellten Bier kommen. Peter lächelte anstelle eines *Dankeschöns* und sah wie durch sie hindurch. Seine melancholische Gedankenschwere schien ihr zu gefallen. „Bitte sehr." In der Drehung zurück stellte sie die Hüfte aus. Bewusst oder nicht, eine kokette Betonung ihres Hinterns.

„Ja ja ja! Ich habe Ziele!"

„Solche hab' ich auch."

„Man ... Mann ist ja nicht ganz losgelöst davon." Auf die Armlehne gestützt, schaute er mich über wieder tiefgerutschte Gläser an. „Was ist denn dein Interesse über derlei menschliches Begehren hinaus?"

„Weißt du eigentlich, dass du ohne Brille sehr kleine Augen hast?"

„Nicht ablenken!"

„Ja wirklich. Fällt mir gerade auf."

„Ja wirklich? Sollte Gott mich wirklich gestraft haben, mit kleinen listigen Schweinsäuglein, gesegnet aber zum Ausgleich mit einem Sehfehler, der mittels Brille ausgeglichen, die Größe meiner Augen ausgleicht?"

„So komplex habe ich das noch nicht gesehen."

„Meinst du, meine Promiskuität könnte darunter leiden, wenn ich meine Nase wenig geschickt mit der ihr aufsitzenden Brille hantieren lasse?"

„Fraglich … Dein Durchblick vielleicht."

„Dann versuche ich durchdringend zu blicken und stelle die Frage ein weiteres Mal …" Er setzte sich die Brille zurecht. „Was willst du?"

„Malen, Zeichnen, Bildhauern."

„Ja perfekt … Das ist es!" Er klatschte in die Hände. „… wenn du Talent hast, vor allem aber, wenn du fleißig bist. Die Schwätzer dieser Welt reden immer nur von Kunst … von Kunstmachen, und von sich selbst natürlich stets als der Künstler."

„Kunst ist das Ziel."

„Auch wenn ich jetzt wie mein Vater klinge, dem so ungefähr nach Rembrandt kein Künstlername mehr geläufig ist, der meine bescheidenen weil talentfreien Versuche stets kommentierte mit: Kunst kommt von Können. Mein Herr Vater also, den … – ich glaub' es einfach nicht, ich habe meinen Vater zitiert, der sich überhaupt nicht vorstellen kann, dass auch ein Rembrandt mal angefangen hat, hat damit leider recht. Und Können ist die Summe aus Talent und Fleiß."

Das Kerzenlicht flackerte nieder, eine Wachswolke stieg auf.

Ich stellte das Licht auf den leeren Nebentisch. Doreen, die uns oder Peter kaum noch aus den Augen gelassen hatte, kam mit neuer Kerze und einem Anzünder. Sie nahm das Licht vom Nebentisch. Während sie die neue Kerze entzündete, ging sie zu Peter herum, stellte das Licht auf unseren Tisch zurück, wobei sie sich auf seine Schulter stützte. Eine verlegene Geste des Mitdenkens hatte mich die Flaschen beiseiteschieben lassen. Doreen aber schaute nur Peter an, der aus solcher Nähe wieder nur über den Brillenrand blinzeln konnte. Dann drückte sie sich weg, ohne ihn loszulassen. Erst im Gehen rutschte seine Schulter ihr aus der Hand, die Finger schnappten ins Leere, der Arm, als wenn sie Peter locken wollte, stand in der Luft, noch in zwei Schritten Abstand. Ein Ausstoß wortloser Luft, und Peter fuhr fort: „Und mein Vater hat Unrecht, wenn ich mir anschaue, was sich heute in der Szene so tummelt, was auf dem Markt so geht. Nicht alles, aber vieles, das Allermeiste wahrscheinlich wird nicht bleiben."

„Das war immer so."

„Das kann schon sein. Aber ich sehe wenige Künstler, die auch Handwerker sind."

„Leberwürste bemalt in Zebrastreifen?", lachte ich.

„Schwarz, weiß?! Weggeworfen mit solcherart bemalten Fischen zusammen, von den Spießergroupies, erst als sie stanken?! Und Filz und Fett ... wow ... Jeder, jeder und nochmals jeder?!"

„Warum nicht?"

„Warum?" Er schlug auf die Stuhllehne. „Jeder soll malen. Jeder soll sich verwirklichen, wenn das gemeint ist. Aber nicht jeder soll versuchen, sich auch zu verkaufen, dafür reicht die Zahl der

totzuschlagenden Hasen nicht aus. Ich will auch keine zusammengenagelte Interpretationsfreiheit mehr sehen, keine überfrachteten Hirngeburten eines in jede Richtung abgesicherten Lebens. Ich will nie wieder in einer Galerie vor einer buddhistischen Gebetstrommel in Übergröße stehen ... Stell dir vor: Ein sakrales Flunkern von tausend kleinen Spiegelsplittern um das herum ein Kreis sich eingefunden hat, einem Performanceaufruf gefolgt, der nun versunken und andächtig aus der Drehung der Trommel und ihrem Glitzern eine Schwingung aufnehmen will ... Und siehe da: Ihnen wurd' schwindlig und es ward Kunst."
„Das war bestimmt nicht leicht für dich."
„Es war hart, vom Glauben abzufallen, gezwungen zu sein, ihn aufgeben zu müssen."
„Aber so ergeben sich Chancen für die wirklich Guten. Da draußen fahren ja auch nicht nur Edelmobile herum."
„Oh, wie simpel. Kommt da der Ostler durch, der seine Marktlektion gelernt hat, seit Wochen konsumberauscht ist, der alles im Materiellen wiegen und wägen will?"
„Fast gelungen, das Wortspiel, wäre der Plural von Wagen die Wägen." Ich hatte mir keine Gelegenheit für ein Beleidigtsein zugestanden. „Aber man sieht sie, manches Modell, gehegt und gepflegt ... Vielleicht ist auch das eine Art von Kunst, eine Art, aus der Zeit hervorzustechen. Ich hörte in diesem Zusammenhang einmal das Wort Ikone."
„Meinetwegen ... Schön anzuschauen sind sie ja mitunter."
Er hatte beigedreht, schien aber nicht überzeugt zu sein, nur gelangweilt von meinem Vergleich. Ich probierte meine neueste Idee: „Was denkst du, sollte man Prominente malen, oder vermögende

Selbstdarsteller, wenn man selbst ein berühmter Maler wäre ... Portraitaufträge unter der Bedingung angenommen, dass man sie als gesichtslose Körper von hinten malt?"

„... mit all den irrsinnigen Ingredienzien des Reichtums?"

„Nicht als Bloßstellung, nur ein bisschen didaktisch und für ganz viel Geld."

Er schien erheitert von dieser Vorstellung. Ich fragte zum zweiten Mal: „Was sind deine Ziele?"

„Was malst du?", fragte er vor sich hin, wühlte dabei in seinen Taschen, als ob er zahlen wolle.

„Ich würde sagen, noch bin ich in der Handwerksphase ... Malen und modellieren. Eine Art von Schaukästen oder Altäre. Auf den Flügeln vorne, ikonographisch die Big Brands, Cola zum Beispiel, die Buchstaben in Sägearbeiten, dass du schon durchschauen kannst. Und aufgeklappt siehst du dahinter eine ganze surreale Szenerie, ein Relief, drei gleiche Frauentorsi, gipsfarben, liegend, ohne Kopf und ohne Füße, übereinander, aber kleiner werdend, nach oben hin, dass es ausschaut, als liegen sie aufgereiht am Strand, sonnenhungrig in der Düsternis. Alles um sie herum braunschwarz."

Als ich fertig war, verharrten seine Hände still in den Hosentaschen. Er schaute auf die Bodenfliesen, die Projektionsfläche meiner Worte, wie es aussah: „Da hat mal einer seine Werbung gelernt. Der Abgesang auf die Achtziger, der Vorabgesang auf die Neunziger mit all' dem Megakommerz, der jetzt kommen wird. Das kann in der noch nicht erfolgten Selbstentfremdung wohl nur ein Ostler so sehen."

„Ist ja eigentlich ein uralter Hut."

„Zweitausend Jahre Triptychen und Jesusbilder … Mein Gott! Es kommt darauf an, was dahinter dabei 'rumkommt, bildlich gesprochen, zeitbezogen."

Still gab ich ihm recht und sagte: „Ein Blauer in Bild und Form wär' jetzt aber auch nicht schlecht."

„Für diesen Moment", nickte er, während er zwei zerknüllte Fünfer und einige Münzen aus seinen Hosentaschen holte. „Zirka zwanzig, würde ich mal sagen, ohne es so genau zu nehmen. Wenn du noch 'n Zehner hast, trinken wir noch ein', auf den heutigen Beginn einer Freundschaft und den morgigen einer Geschäftsbeziehung."

„Eine Trinkbeziehung, in der du zwei Drittel zahlst, ist ein faires Geschäft, finde ich, am Ende dieses von dir so grandios verkackten Tages."

„Ich habe *morgen* gesagt." Und über die Armlehne gebeugt fragte er: „Was tun, wenn man sein mangelndes Talent erkannt und akzeptiert hat?" Er war ganz nah gekommen, ausreichend für seinen kurzsichtigen Blick über den Brillenrand, sehr nah für mich. Ich hielt den Abstand zwischen uns, was anderenfalls einem Ausweichen gleichgekommen wäre, bei dem Ernst, mit dem ich ihn sagen hörte: „Ich werde Galerist." Sein Zeigefinger schob die Brille hoch. „Morgen zeigst du mir deine Sachen. Übermorgen mache ich eine Galerie auf, ohne Genehmigung, ohne alles, die totale Illegalität. Der Leerstand im Osten schreit nach Zweckentfremdung, nach Zueignung einer höheren Sache … Baracke, Fabriketage, Hinterhof, irgendwas. Und vorbehaltlich meiner maßgeblichen Prüfung deiner Sachen am morgigen Tage, bringe ich uns ganz groß raus. Du kriegst den Nobelpreis für Kunst und ich werde Deutschlands einflussreichster Galerist."

„Nobelpreis für Kunst?"

„Den stifte ich, nach einer Namensänderung. Neubertpreis hört sich doch total scheiße an."

We can be heroes ...

Von sich selbst begeistert, winkte er Doreen. Er lachte und zeigte auf die leeren Flaschen.

„Würde für den Anfang reichen." Mit einem Zwinkern nahm ich das Kerzenlicht, holte kräftig Luft und stellte es ausgeblasen auf den Nebentisch: „Ich geh' mal schön lange für noch Kleine ganz groß. Lass dir die Telefonnummer geben!"

... just for one day

Wenn der Weg bloß ein Grat ist, dann ist er gut, solange ich nur die Tiefe zu seinen Seiten sehe.

Gemalt und gesprüht. Ich erinnere mich an meine ersten Werke hier, eine Mixtur aus Acryl und Dosen. Klassisch waren Leinwand und Pinsel für die grundierenden Motive eines beschaulichen Lebens. Modern die aufgesprühten Brechungen, ganz simpel mitunter (wenn ich es mir leicht machte) in Form von Kommentaren – Buchstabenschablonen für einen Spruch wie GUTE FAHRT IN IHR ERTRÄUMTES LEBEN über der kraftstrotzenden Front eines fahrenden Automobils. Nicht ganz deckend und das Auto dynamisch unscharf, ähnlich einem Foto mit zu langer Belichtung. Sonnenhungrige auf einem anderen Bild. Vorzügliches Fleisch, das sich einreibt im Schatten der weltbekannten rot-gelben Muschelschale – St. Pierre oder der

Heilige Jakob. Mit dem Auto gepilgert oder mit dem Flugzeug. *OIL* über dem ganzen Bild, in großen Buchstaben.

Peter hatte von einem nebenerwerbsorientierten Hausmeister den Schlüssel für eine verlassene Fabriketage in der alten, neuen Mitte der Stadt bekommen. Die Miete war gering, sie floss in bar und ohne Rechnung, es roch nach altem Maschinenöl und zog fürchterlich. Wir tünchten festes Weiß auf das schmierige Grau der Wände, in begrenzten Flächen, wo die Bilder hängen sollten. Eines war fertig, als wir anfingen. Ein bequemes Über-dem-Sofa-Format, 120 x 140, die Schablone für die vielen weiteren Stellen an den Wänden, das Weiß in ungefähr dem Doppelten dieser Größe aufgetragen. Für einen kompletten Anstrich fehlte das Geld. Als wir fertig waren, zählte Peter mit farbverschmierten Fingern die Flächen und drängte mich: „Top, die Miete läuft." Es war tatsächlich etwas von *Wetten, dass …?* in unserem Spiel.

Ich kaufte mir einen alten Fernseher, nur um Werbung zu schauen, die Zimmerantenne stets in den dümmsten Wind gedreht. Unzählige Zeitschriften riss ich ungelesen auseinander, viele waren geklaut, selbst Freunde bestahlen ihre Ärzte und Frisöre für mich. Ich pinnte erst mein Atelier, dann die ganze Wohnung mit Kaufanreizen zu. Der Boden lag collagenhaft voll. Eingetropft und zugesprüht sah es bei mir bald aus wie während einer Komplettrenovierung. Manches Blatt hatte der Zufall derart sinnvoll verschandelt, dass ich es einarbeiten musste.

Nichts als Adaptionen, viele Wochen lang, während derer ich für nichts anderes Zeit hatte. Ich arbeitete wie im Wahn. Oft schlief ich im Sitzen vor den Bildern, bis ich weitermachen konnte. Ich aß nebenbei, häufig erst, wenn mir vor Hunger übel geworden war. Manchmal hatte ich gar nichts im Haus, dann brachte Peter Currywurst, Döner oder Pizza. Aufgewärmt auf dem Dauerbrandofen, mit einem Sixpack oder einer Flasche Rotwein, die schönsten Momente ... Und wie zum Lohn dafür trug er meine neuen Bilder in unsere *Halle*.

Während ich mich durch die Warenwelten kämpfte und allmählich leer arbeitete, hatte Peter vorgedübelt, Spots gehangen (manche Technik war vom LKW gefallen), Bilderschilder getippt, mit lyrischen Titeln und utopischen Preisen, ein Werbefeuerwerk abgefackelt – das Guerilla-Marketing vorerfunden ...

Ich weigerte mich zu sehen, was schon hing. Ich ahnte in der Reflexion eine Gefahr. Mit letzter Kraft und bloßem Willen, kaum noch Inspiration zum Ende hin, malte ich Leinwände für die letzten Leerstellen voll. Eine Wand aber blieb unbehangen, mir fiel nichts mehr ein, nichts wollte gelingen, alles was ich versuchte, führte ins Scheitern. Der Boden lag mit zerschlitzten Leinwänden voll, nur diese noch ab einem bestimmten Zeitpunkt, sonst sah ich nichts. Was ich vorher gemalt hatte, war wie ausgelöscht. Wut und Zweifel demzufolge, über Tage, bis Peter wieder in der Tür stand. Einer seiner drängenden Besuche, wie ich fürchtete, bis er mein Schneidelineal zur Hand nahm, um der mitgebrachten Sektflasche den Kopf abzuschlagen „Es kann beginnen!" Er goss sich den emporschießenden Strahl in den Rachen und warf mir die Flasche zu, die ich glücklich fangen konnte. Nach Tagen des vergeblichen Wartens hatte er die

letzte Wand komplett geweißt, einen Rahmen aufgenagelt, und in ihn hinein, mit großen, auf einem Kopierer hochgezogenen Buchstabenschablonen ein *DEMNÄCHST* gesprüht, wie man es als Ankündigung aus dem Privatfernsehen kannte. Auf dem Schild dazu sollte nicht mein Name stehen, sondern als humorige Brechung, als Abschluss meiner Bilder und der Ankündigung aller zu erwartenden, das Pseudonym für reinstes Weiß damals, die Buchstaben in Seifenblasenfarben: *Klementine*, als die vorgebliche Verursacherin des entspannenden Monochroms. (Freie Meter für Assoziationen einer überkommenen Hausfrauengemütlichkeit, ob aktiv gestaltet oder passiv hingenommen. Für den Typ Betrachter also, Frau oder Mann, wie ich ihn auf meiner ersten Vernissage nicht erwartet hatte.)
Lancierte Vorankündigungen in den richtigen Kanälen, perfekt getimt, ein anschwellendes Interesse bis zur Erregung. Die Kunst, die Peter perfekt beherrschte: Ein unbekannter Künstler in der neuen Galerie. Ein Happening mit Bildern …
Die Vernissage war überfüllt, als hätte die Stadt sonst nichts zu bieten gehabt. Wir waren plötzlich, was die Stadt damals war …
Die Besucher standen gedrängt, von den Bildern war nichts zu sehen. Eine Ausstellung, die sich ad absurdum führte, so mein Gedanke, so meine Erinnerung. Zeitweise musste Peter den Einlass begrenzen.
Völlig unvorbereitet (verängstigt zu sagen nach den Wochen der einsamen Arbeit wäre treffender) schaute ich dem Gedränge vom Rand aus zu, zwischen zwei Fenstern an ein schmales Mauerstück gelehnt, fern von den Bildern, von den anfänglichen

Trauben davor, den bald raumfüllenden Massen. Keiner kannte diesen Sonderling mit dem Bier in der Hand, niemand schenkte ihm Beachtung, angetan jede Stimmung zu vermiesen. Man mied mich, ich hatte Platz, es war mir recht.

Vor dem Beginn hatte ich Peter gebeten, mich nicht vorzustellen. Zu den erstaunt aufgerissenen Augen hatte er die Wangen aufgeblasen, um die gestaute Luft mit einem „Unmöglich" platzen zu lassen, während im Treppenhaus die ersten Besucher zu hören gewesen waren. „Ich kann mit keinem reden. Ich habe alles gesagt", meinte ich. Er wedelte sich mit dem Katalog Luft zu, den er für die Kommenden schon zur Hand genommen hatte: „Künstlerpech." Ich drohte zu gehen. Er versperrte mir die Tür. „Willst du mich anketten?" „Du bleibst hier!" Er klang drohend, seine Augen zuckten nervös, das Gesicht war rot angelaufen, jetzt kam sein Moment. Darauf hatte er über Wochen hingearbeitet. Sein Selbstverständnis war von mir in Frage gestellt, unsere Freundschaft auch, wie ich befürchten musste. „Ist hier die Ausstellung?" Die ersten Besucher standen in der Tür. Seine Wut ebbte ab, vielleicht zwang er sich dazu. „Einverstanden." Ausdruckslose Leere in seinem Gesicht. Scheinbar hatte ich mich durchgesetzt.

„Habt ihr schon auf?"

„Es ist achtzehn Uhr und hier hängen so um die achtzehn Bilder. Es wird also Zeit. Ich meine ja." Selbst er lachte nicht über seinen misslungenen Scherz. „Da fängt's an", überging er die sich abzeichnenden Fragen. Schnell hatte er einige Kataloge verteilt und zeigte mir zu einem Zwinkern den gestreckten Daumen. Vermutlich hatte er in diesem Moment den simplen Einfall gehabt,

das Problem bloß abzugeben. Und ich nahm das Bier gern, das Doreen brachte. Ich ließ mich unter belanglosen Worten von ihr wegführen, vom Eingang vor eine leere Wand, im hinteren Teil der Halle, an ein Mauerstück zwischen zwei Fenstern.
Die Halle füllte sich. Ich trank mein Bier. Aus den Trauben erwuchs das Gedränge. Mit den dahinter verschwindenden Bildern schwanden auch meine Zweifel. Das Geflecht der Stimmen übertönte meine Gedanken. Hilfreich war ein stets frisches Bier, für das Doreen sorgte, jedes neue bald verbunden mit der Nachricht eines Erfolgs. Zuerst war *FUTTER* weggegangen. Die fette Frau ohne Hals, auf einem Sofa sitzend, in die überlangen Arme ein Katzenvolk geschart. Die Ellenbogen auf der Lehne, spitzwinklig nach oben wie Katzenohren. Aus dieser Haltung ergab sich der Umriss jenes Katzenkopfes, welcher aus der Werbung jedem Fernsehzuschauer so bekannt war wie das eigentümliche Bild der das beworbene Zeug verfütternden Besitzerinnen, ausschließlich attraktive Singlefrauen. Pointilistisch mein Umgang mit der Farbe. Aus der Katzenschar von fern betrachtet wurde ein scheckiges Fell. Der Käufer, ein älterer Herr aus damaliger Sicht, der erste eines meiner Werke überhaupt, war dezent angegraut und litt unter der klimakteriellen Liebesübertragung auf das Haustier durch seine Frau. So mutmaßte Doreen, als sie von dem säuerlichen Lächeln berichtete, mit dem er die Quittung für die Anzahlung entgegennahm. Auch weil er, sich für seinen plötzlichen Durst entschuldigend, das Bier trank, das sie nebenher für mich geöffnet hatte. Und als hätte er mit seinem Kauf den Sinn einer jeden Vernissage erinnert, setzte der so eigentümlich Beglückte einen

Prozess in Gang. Die Umstehenden schienen schlicht ermuntert. Möglicherweise war auch die Befürchtung ausgelöst, eigenes Interesse nicht rechtzeitig bekundet zu haben, jemand anderen mit dem Werk ziehen sehen zu müssen, welches man selbst als eine nette Dekoration erachtet hatte – für welche häusliche Leerstelle auch immer, belustigt von diesem anderen Blick auf das eigene Tun. Ein Apotheker kaufte den *SCHREI*. Munch in Bild und Titel zitiert. Darüber der Schriftzug einer jahreszeitlich bedingt populären Hustenpastille. An einen Friseur mit Entourage und auffallend gezierten Handbewegungen ging *BABYPOPO*, ein glühender Pavianarsch übersprüht mit den gekreuzten Säbeln einer Rasierklingenfirma. Eine Warenhausverkäuferin hatte ihren Begleiter gebeten, und dieser zahlte gern für den *BLENDER*, den *Yello*-farbenen Helicopter, der sich scheibenschneidend durch einen Dschungel aus Riesenerdbeeren pflügt. *Killingfields forever*, so der Untertitel. (Ich hatte jene bekannte Küchenmarke anfänglich für amerikanisch gehalten und spätere Nachfragen mit dem weniger populären Scheitern Frankreichs in Indochina wegargumentiert. Mit der Anspielung auf Kambodscha und letztendlich mit den Anleihen beider Musikbands war das Interpretationschaos komplett.) *MESSAGE IN A BOTTLE* ging an den einzigen Krawattenträger in der Halle. Untersetzt und knollnasig stand er vor mir, mit geplatzten Äderchen in den matten Augen, ein Spirituosenvertreter, wie er verriet. Er bedankte sich und zitierte: *MANCHMAL MUSS ES EINER MEHR SEIN*. Wie zur Bekräftigung ließ er ein verätztes Lachen hören. Mit kehlig rasselnder Stimme bat er mich, den Katalog zu signieren, während sein Finger auf meine Weinbrandpfützen tippte.

Ich war nicht mehr anonym. Ich war denunziert als der Produzent dieses billigen Pop, der an den Wänden hing. In den ich mich hatte drängen lassen oder selbst verabschiedet hatte, Bild für Bild. Jeder konnte etwas finden, keiner sah den Versuch einer Kritik, nicht einmal sein Scheitern. Lustige Bestätigungen vielmehr, Albernheiten, die ich geliefert hatte, die ich jetzt zu ertragen versuchte mit dem Bier, das Doreen mir nahtlos nach jedem leergetrunkenen brachte. Bei einem nächsten fasste sie meine Hand, die wieder die Flasche erwartet hatte. Sie zog mich von meiner Wand weg. Der Schnapsvertreter blieb allein zurück. Sie zog mich durch die Menge, in der ich einen Klaps auf die Schulter bekam: „Meinen Glückwunsch, Künstler. OIL schenke ich 'nem Kumpel, für seine Tankstelle." Dann wurde meine Hand geschüttelt: „Der Mercer mit dem Stern ganz groß drauf ... Besser geht's nicht." Wo *FREIE FAHRT* demnach hängen würde, sagte mir die herausgestellte Seriosität, die konfektioniert vor mir stand. Doreen zog mich fort, sie stellte mich neben Peter ab, vor seine *KLEMENTINE*. Dann klatschte sie unvermittelt. In den aufgegriffenen Applaus hörte ich Peter meinen Namen rufen. Zu mir sagte er leise: „Verzeih' mir und genieße es!"

Ich erinnere mich an meine Hilflosigkeit, als sei es gestern gewesen. Ich erinnere mich an Peters Euphorie im Gegensatz. Vor allem aber erinnere ich mich, wie er schwungvoll, ähnlich einem Gameshowmoderator, auf das *DEMNÄCHST* zeigte und, als würde er die Wellen einer Bordüre nachzeichnen, jeden einzelnen Buchstaben mit einem Bogen unterstrich, in seinem Fenster ohne Ausblick. Und ich erinnere mich an den Jubel, die aufgekommene Festzeltstimmung, an den Applaus und das Pfeifen wie an ein Popkonzert. Ich weiß nicht, wer die Leute waren, wie sie im Einzelnen von der Vernissage erfahren hatten, ob ich als Einziger mich dafür hatte betrinken müssen. Der erste Schritt war so einfach gewesen, als hätten wir vor einem lange wartenden Publikum mit halbgaren Tricks auf der Hand die Bühne betreten.

Die Show war gelaufen. Ich stand in meinem Erfolg herum, gerahmt von Peter und Doreen. Oder ich hing in ihren Armen, noch immer nicht betrunken genug, um mein Befremden nicht zu spüren, vor allem aber die Wut auf Peter, von Doreen trickreich gedämpft, solange ich die Vernissage noch hätte verlassen können. Ich nahm die Gratulationen als unvermeidlich hin. Ich ließ meine Hand von den Käufern schütteln und von allen, die es sonst noch wollten. Ich sah in den erfreuten Gesichtern, wie wenig ich geschaffen hatte, wie sehr mich das Gegenteil meines Wollens anlachte, ein Wohlwollen daraus entstanden war in ichbezogener Sympathiezuteilung. Mir widerfuhr, was ich nie bedacht hatte, ein Künstlerproblem war mir begegnet. Väterliches Schulterklopfen, kumpelhaftes Rippenknuffen, eine Umarmung gar – ich, das jugendliche Spiegelbild eines Schnapsvertreters. Ich duldete alles als selbstverschuldet, als einen dazugehörenden Teil, als den Ausdruck meines Versagens. Ich duldete es, solange bis ich mich mit einem Mal an die Abstellkammer erinnerte, an das in der letzten Stunde vor der Vernissage eilig hineingeschaffte Gerümpel, an die Nägel, Schrauben, Kabelstränge, den Besen und die Bohrmaschine, das ganze Werkzeug, auch wie ich in dieser Unordnung einen sicheren Platz für Peters Schablonen gesucht hatte. Vor allem aber fiel mir die Farbspraydose ein, die noch dort stehen sollte. Ich wand mich aus der Umarmung der beiden und riss die Tür zur Abstellkammer auf. Ich sah die Dose sofort. Ich griff sie und schüttelte vor aller Augen einen wilden Rhythmus, ein tanzbares Klappern zu dem ich mich bewegte. Calypso oder welche plötzliche Eingebung es auch war, Son, Salsa, Merengue, Rumba ... Ein karibisches Rasseln floss durch meinen trunkenen Körper. Er folgte meiner Maraca in seinen Bewegungen, als sei es nicht ich selbst gewesen, der sie schüttelte. Er folgte ihr vor Peters *DEMNÄCHST* und sprang daran empor. Ein Sprühstoß mit jedem Sprung, auf jeden Buchstaben einen deckenden Fleck, bis diese Ankündigung komplett von der Wand getilgt und aus einem zögerlichen Applaus längst ein Toben geworden war, Begeisterung für eine vermeintliche Liveperformance. Als ich mich aber in meiner Genugtuung nach Peter umsah, streckte er verwirrt die Hand gegen mich, als müsse er einen Irren fernhalten, als drohte ich auch ihn zu übersprühen, so wie sein Behelfskunstwerk einfach auszulöschen.

Ich erinnere mich an den folgenden Tag, an das Klingeln gegen Mittag. Ich war gerade heimgekommen und eben erst eingeschlafen, so fühlte es sich an, den klebrigen Rauch diverser Barbesuche auf der Haut und im Haar. Ich roch den Dreck im Schlaf und hörte das Nachklingen der Musik wie einen Tinnitus. Und in ihn gewoben, anfänglich wie einen Teil davon, ein Klingeln an der Tür, einen gegen die Erinnerungsreste der Musik allmählich eigenen Rhythmus, welcher bald dem Ärger des

Wartens in schnelleren Wiederholungen nachgab, bis schließlich ein Dauerton den Tinnitus der Nacht übertönte … Peter lehnte an der Klingel. Er wartete mein *Herein* gar nicht ab. Er schob mich mit der Tür beiseite. Mit etwas Abstand, unter einer Geste der Vergeblichkeit, folgte Doreen. Mit hochgezogenen Schultern ging sie an mir vorbei und stellte sich im Atelier zwischen uns, wortlos und gelangweilt, als hätte sie schon mehrfach gesagt, was sie von diesem Besuch hält.

Ich erinnere mich an meine Versuche, Peters Anschuldigungen zu folgen. Seine Stimme überschlug sich und brach in den Höhen weg. Ein schriller Kopfschmerz stellte sich mir mit seinen Vorwürfen ein, mit seiner Tirade, die endlos schien, die erst abbrechen sollte, als ihm eine Farbdose aufgefallen war, als er meine Tanzschritte vom Vorabend imitierte und anfing mit ihr herumzuklappern und Farbnebel in den Raum schickte, als hielte er ein Spray für besseren Duft oder lustige Partyschlangen in der Hand. Doreen war erschrocken aus dem Farbregen gesprungen. Ich dagegen schaute instinktiv nach herumliegenden Werken, die hätten Schaden nehmen können, und setzte mich nach diesem albernen Schreck in die Leere meines Ateliers, unter einem wirklichen Bedauern: *Alles hängt in seiner Galerie. Andernfalls hätte aus diesem Akt ein gemeinsamer Anfang werden können.*

Leergesprüht warf er die sinnlos gewordene Dose auf den Boden. Doreen streichelte seinen Arm, als sie an ihm vorüber durch die Reste des sinkenden Nebels ging, um ein Fenster zu öffnen. Währenddessen ich die Chance sah, dass er mir nun zuhören würde: „An Rache habe ich überhaupt nicht gedacht,

es war mir längst egal, ob du mich vorstellst oder nicht."
„Das ist glaubhaft", sagte Doreen süffisant und lehnte sich aus dem Fenster.
„Ja … strunzhacke war er. Nur darum war's ihm egal."
„Das mit strunzhacke ist eigentlich erst viel später passiert", entgegnete ich in halber Lautstärke, mit erheblichem Selbstbedauern.
„Was für eine Peinlichkeit." Er trat die Dose an mir vorbei gegen die Wand. „Wochenlang habe ich für Gestern gearbeitet, nur dafür." Seine Stimme hatte sich nicht mehr überschlagen. Die Wut schien mit dem Tritt endlich abgeebbt. Aber ich sagte nicht: *Wir beide, zu viel vielleicht, auf falsche Art, an falscher Stelle.*
„Du wolltest mich persönlich treffen, mit deiner Sprühaktion gegen meine Klementine." Die Hände tief in den Hosentaschen sah er resigniert zu Doreen hinüber, die unbeteiligt auf dem Fensterbrett saß, die die kleinen Schrebergartenwelten studierte, die Nase in die kalte Luft gestreckt. Ein Anblick, bei dem er sich zu fragen schien, was so faszinierend sein konnte, dass sie nicht teilnahm an seinem Streit mit mir. „Du hast mir den Erfolg der Ausstellung einfach nicht gegönnt." Er sprach mit modulationsloser Stimme, als wenn er mit sich selbst redete, wobei er sie nicht aus den Augen ließ. „Dabei hast du aber in deiner grenzenlosen Egozentrik vergessen, dass mein Erfolg auch dein Erfolg war." Er machte zwei Schritte, den halben Weg zu ihr hin. „Nein, du bist kein Egozentriker. Du bist ein Egoist." Er sah mit einem Mal leer aus, als hätte er alles gesagt, als ob er gehen wollte, als wartete er nur, dass sie sich umdrehen und

sich ihm anschließen würde, auf ein Nicken von ihr, auf ein *Gleich* wenigstens. „Ich habe mich in dir getäuscht. Hol' deine Bilder ab! Von dir will ich kein Geld."

Doreen wedelte ein Insekt fort, das wahrscheinlich erste, das in diesem Frühjahr vor mein Fenster geflogen war. Sie streckte eine Hand in die Sonne, die vor das Atelier gewandert kam, gefährlich weit über das Fensterbrett hinaus.

„Bestimmt hast du recht, und ich bin ein Egozentriker. Ich hoffe aber kein Egoist."

Er ging den letzten Schritt zu ihr hin und legte seine Hand auf ihre Schulter, um sie endlich zum Gehen zu bewegen. Doreen streichelte sie, ohne sich ihm zu zuwenden. Sie schaute immer noch hinaus.

„Es wird kein solches Demnächst geben. Ich habe gestern erkannt, dass es für mich keinen Grund irgendwelcher Konsumkritik gibt. Das, Peter, ist dein Thema. Und wenn ich das versucht habe, habe ich das genaue Gegenteil erreicht. Wer waren denn die Idioten, die meine Bilder haben wollten?!"

Seine Hand war von ihrer Schulter gerutscht, wie alleingelassen stand er da.

„Vielmehr kommen meine Bilder mir wie eine Art Neid vor auf alles bisher Entbehrte. Meine Kritik war nicht empfunden, anempfunden war sie. Deshalb konnten sie nicht überzeugen. Deshalb konnten sie noch nicht einmal die aufgemalten Fragen ernsthaft stellen. Gestern habe ich das Gegenteil der Idee gesehen, von mir selbst befeuert ... Und es ist nicht so, dass ich es nicht verstehe. Diese Bilder ... das bin nicht ich."

„Ohne deinen peinlichen Abgang hätten wir damit viel Geld

verdienen können, nicht nur du. Und die Galerie wär' bezahlt gewesen ... Soviel zum Egoismus." Er wippte auf die Zehenspitzen, für einen Versuch zu sehen, was Doreen augenscheinlich so faszinierte. Mittlerweile sichtlich ungehalten durch ihr dauerndes Interesse an der Schrebergartenwelt, diesem vermeintlichen Grund für ihr Desinteresse an seinem Streit, hatte er ganz beiläufig geredet, so schien es. Laut und schroff fragte er sie jetzt: „Was ist denn da?"

„Krokusse." Ihr Arm zeigte steil nach unten in den ersten Garten.

„Das darf nicht wahr sein." Kopfschüttelnd nahm er einen Schritt Abstand und sah aus, als hätte er noch hinzufügen wollen: *So sind sie.*

„Die weißen sind schön", sagte ich. „Weiter hinten gibt's auch violette, sogar ein paar gelbe."

Zweifelnd schaute Peter von mir wieder zu Doreen auf dem Fensterbrett.

„Ja tatsächlich ... unter der Hecke da."

„Was ist denn das hier? Soll ich besser gehen?" Fassungslosigkeit und Wut standen in seinem Gesicht, der Mund offen, als hätte er noch etwas mit lauter Stimme hinzufügen wollen.

„Ich glaube, er will dir etwas sagen." Doreen, für Minuten wie weggeblendet, hatte ihre ganze Präsenz zurück.

„Er will mir etwas sagen? Nur zu! Dann will ich mal hören ..."

„Mich interessiert es auch", fing sie seine Angriffslust ein. „Du wolltest uns das gestern schon sagen. Oder etwa nicht?"

„Eben habe ich es gesagt. Und gestern habe ich es gesprüht."

„Und wolltest du noch etwas sagen? Etwa dass du fertig bist mit der Malerei?" Sie machte ein so blasiertes Gesicht bei der Frage, dass ich nicht anders antworten konnte, als: „Gestern war ich soweit."

„Und heute?"

„... nach durchzechter Nacht", präzisierte Peter verächtlich.

„Ich glaube den Berichten", sagte Doreen, „dass an dir kein Bauschlosser verloren gegangen ist." Sie lachte schrill über ihren eigenen Scherz, während Peter auf seine Schuhe schaute, als müsse er sich von ihrer Sauberkeit überzeugen, davon, dass sie keine Farbe abbekommen hatten. Wahrscheinlich ist, dass er zwischen einem schlechten Gewissen schwankte und dem Versuch, das Ansteckende ihres Lachens zu verbergen.

„Mal sehen, was so kommt", sagte ich von meinem Maltisch aus, zwischen Peter und Doreen in den Frühling des Jahres 1990. „Aber jetzt verklopp erst mal den restlichen Plunder!"

* * *

Ich hatte sie nicht vergessen. Es tat mir auch leid, wenn ich an sie dachte. Ich dachte aber selten an sie, ich war beschäftigt. Und solange ich beschäftigt war, tat es mir nicht weh. Tagsüber zog ich auf der Suche nach den Objekten für eine zweite Serie durch die Stadt, für eine dritte wenn möglich. Mit den Tagen wechselte ich die Viertel. Ich durchstöberte jeden An- und Verkauf, jedes Secondhandgeschäft, das ich ausfindig machen konnte, jeden Antiquitätenladen. Ich wühlte in verdrecktem Unrat und teuerstem Kitsch. (Wenn Du wissen willst, welche Stadtteile wirklich arm sind oder reich, dann geh in die Geschäfte mit den gebrauchten Dingen!) Meine Augen suchten die Auslagen ab, die Regale, die Tische, achtlos streiften sie den Nippes, das Kunsthandwerk, den Beamtenbarock. Ich grub den Inhalt zahlloser Kisten um, zog heraus, was ich dachte gebrauchen zu können und trat mit mitleidsvoller Mine vor jeden Krämer. Bald war ich der gerissenere Händler und nur gekommen, um ihn von seinem Elektroschrott zu befreien. Abends im Atelier sortierte ich zuversichtlich, was ich tagsüber gefunden hatte. Ich schob patiencegleich die Dinge hin und her, legte jede mögliche Reihe und verwarf, was keine sinnvolle Serie ergeben wollte. Nebenher goss ich fünf Auflagen der ersten Serie ab, verschraubte Holzplatten zu Stelen, setzte die Abgüsse darauf und beklebte jede mit einem Stück Plastik, welche wie Türschilder aussahen. Eingraviert war die Bezeichnung, ganz simpel, ob es sich um ein *Telefon* handelte oder einen *Fotoapparat*, das Produktionsjahr darunter, oft musste ich schätzen. Ich zählte nicht die Tage, nicht die Wochen. Irgendwann waren die drei Serien fertig. Ich hatte Wort gehalten. Peter ebenso.

Die erste Serie stand in der Galerie und war längst verkauft. Mein Atelier war vollgestellt mit weiteren Stelen, dutzende Abgüsse lagen auf dem Boden, nirgends war mehr Platz. Und zwischen alldem saß ich und wartete.

Ein einsames Weihnachten zog vorüber, die Tage wurden länger, ein neues Jahr begann. Bald dehnten sie sich unerträglich. Manchmal, aus Langeweile, rief ich Peter an, manchmal aus lauter Verzweiflung. Stets höflich waren seine Entschuldigungen. Er konnte mir nichts sagen, er wurde selbst abgewimmelt, und bald geschah dies auch mir. Ich wagte nicht seine Vorschüsse zu zählen. Sie kamen ungefragt, kamen regelmäßig, sie summierten sich.

Ich saß im Atelier und sah über die Abgüsse zum Fenster hin. Ich sah jeden neuen Tag aufziehen, und sah ihn wieder untergehen. Ich fürchtete mit seinem Beginn schon die Nacht, seine lähmende Stille, ihre dunkle Einsamkeit. Mir fiel nichts mehr ein. Ich kam mir nutzlos vor und ungekannt lästig. Ich wartete auf Peters Anruf.

GRAU. Die perfekte Farbe. Die absolute Farbe, die alles in sich vereint.

* * *

Welt und Werkzeug. Werkzeug und Werk.

Ich erinnere mich an die Stimmung meiner Bilder und mit etwas Mühe auch an jedes der vereinsamten Motive: mein Stuhl, mein kopfloser Torso, der Fenstersturz, ich, zusammen- oder in ein Zurück gekrümmt, klein und nackt auf dem Sofa, ein rauchender Embryo ... Ich hatte gar nicht suchen müssen – Aufbruch oder Flucht? Ein junger Mensch, grob behauen in einer abgelaufenen Zeit, für eine untergegangene Welt, malt sich, malt das Ausbleiben seiner Selbsterfindung: der Stuhl, der unbesetzt bleibt, ein schlichtes Stubenholz, Mustertapete dahinter. Der Aschenbecher im Schoß eines Kopflosen, auf dem Hals ein zur Unkenntlichkeit verschwommenes, rauchumkringeltes Ei. Die erschrockenen Hände des sich zu Tode Stürzenden, die verspätete Überlegung, die letzte, die sich in ihrem Krampfen zeigt. Die vom Sprung gestreckten Beine, Kopf voran, kein Gesicht, der wehende Mantelschoß. Die Szene von der Straße gesehen. Ein Ausschnitt der Hausfassade in einer Ecke des Bildes, eine alte Frau mit einer Gießkanne über ihren Blumenkästen. Der Embryo, die Haut grau, in den Körperkrümmungen faltig wie ein Verhungerndes, Zigarettenqualm wie eine zu durchstoßende Fruchtwasserblase.
Ich hatte nur mich gemalt, in aller Entfremdung, mancher konnte sie sehen.
Die Schirmträger in Reihe unterwegs, zwischen Laternenmasten. Ich zwischen ihnen, ohne das Motiv eines nächtlichen Regens. Jeder einsam für sich beschattet. Die gewaschenen Militärmäntel, unterschiedlicher, unkenntlicher Provenienz,

auf einer Leine im Wind, wie frischgemacht für den nächsten Sturm.

Die beiden Parallelen zum Horizont. Das nackte Gegenüber von Männern und Frauen unter einer in die Unendlichkeit ragenden Kuppel. Natur in aller Schönheit und jeder möglichen Deformation. Eine wilde Kapelle schrammelt abseits für diesen Maskenball mit verdeckten Augen, den blinden Auftakt für einen Tanz mit gleichen Chancen. Einer aber tritt aus der Reihe und hebt die Maske, interessiert woher die Musik kommt.

Gewalt oder ihre stille Androhung, immer wieder: Ein Stadtbild in Uniformen. Wachposten im Spalier vor einer winzigen Tür, Sturmgewehre mit signifikant gebogenen Magazinen. Verhangene Landschaften mit rauchenden Schloten. Eine Kaufhalle mit geparkten Schützenpanzern. Ein zerschellter Trabant, aus Bodenperspektive, vor einer himmelhohen Mauer.

Der Staatsrat im Klo, Honecker ein versinkender Strippenkasper, der selbst die Spülung zieht. Gorbatschow hält die Fäden in der Hand. Und kleinste Details, angefallene Vormittagsübungen, wie das Fensterkreuz, nichts weiter, nur welttrennender Store davor. Ein Schneidebrett. Der vom Fisch getrennte Kopf. Die Hand mit dem Messer parallel zeigt ein liebendes Bild oder den anstehenden Horror: Ein tätowiertes Herz mit Initialen auf dem Unterarm. Ein Künstler, der seine Welt von einer dicken Rolle 'runtermalt. Aus den gefüllten Endloshaufen steigen seine Figuren in Realität empor ...

Die Galerie hing wieder voll. Ein halbes Jahr ohne Druck. Ich hatte einfach vor mich hingemalt. Ich hatte aus der Depression der Bilder meinen Abstand und mein Glück gesogen. Die Werbemaschinerie war längst wieder angelaufen. Peters überbrückende Intermezzi hatten ihm weiteres Geld gebracht, erstes Ansehen für seine Galerie ebenso. Eine glückliche Hand schien seine Sichtungen zu lenken, Bewerber waren genug. Er traf eine zunehmend sichere Wahl aus der aufkommenden Dynamik einer Stadt, deren bindende Trennung zerbrochen war – erschütternder Freiraum im Sichtfeld etablierter Herablassung, beides beiden Teilen zugeteilt.

Ich erinnere mich des Namens wie an ein Programm. Ein halbes Jahr bloß und stellvertretend für alles stand: *Galerie NEUbert*, in schnell wechselnden Ausstellungen, manchmal eine Woche nur, oft mehrere Künstler. Erste Erwähnungen auf letzten Seiten folgten, Kulturtipps im Jugendfunk, ein noch lächelnder Trendbericht eines Artmagazins einer fernen Stadt ... Peter mit Bild und Zitat: *Hier passiert etwas Neues. Was ist das Ungewöhnliche? Daß die Kunst neu wäre? Das Neue ist das Wesen der Kunst. Daß sie sich aber entwickeln kann, jenseits kapitalistischer Verwertungszwänge, jenseits etablierter Exklusivstrukturen, das ist das Neue. Es ist eine Kunst, die sich probieren kann, die vor einer historischen Schablone, vor dem Hintergrund solcher Prozesse, ein begeistertes Publikum findet. Ein offenes wenigstens, ein um das Sehen bemühtes. Lassen wir Andere Geld machen, wir machen Kunst. Alles Weitere kommt von selbst.* Ein prophetischer Affront. Und niemand anderswo, den er seinerzeit über eine possierliche Äußerung hinaus dadurch bewegt hätte. (Ich hatte ihn nie programmatisch reden hören, bis dahin nicht und nicht in den Jahren unserer Zusammenarbeit. Es war immer die Kunst zwischen uns und das Persönliche.) Aber höflich druckte man Adressen und Termine, wie ein guter Guide nahm das Magazin sich aus: Der zweite Herbst ... Die Welt im Reisefieber, ein Ziel nur – open air Geschichte in live, in allen Schattierungen. Und dazu die wie in Stereo laufenden Spiegelungen aller *art*.

Ich erinnere mich. Ich tue es nicht gern. Im Anfang liegt, vom Ende her betrachtet, viel Schmerzliches. Kein Glück, das mir fehlt, das war es nie, nicht einmal Erfüllung. Es war der Zwang, mich zu verstehen, meine subjektive Welt, und er ist es heute noch, nur ohne das Glück des Gelingens – Reden ohne Sprache.

Ich erinnere mich an Geduld und an respektvolles Schauen. Die Vernissage war überfüllt, dem Warten im Treppenhaus folgten meine Bilder ... Ich erinnere mich an stille Rundgänge, an leise Gespräche und Katalognotizen, Betrachtungen von nah und fern, mitunter an längeres Verweilen. Ich erinnere mich an Peter, der Details in Beziehung setzte, an seine Hand, die fortwährend zwischen den Bildern sprang, an Augen, die ihr folgten, Finger, die farblose Punkte in Kataloge setzten, Lippen, die Titel nachformten ... Und ich erinnere mich an die Käufer vom ersten Mal, auffällig irritiert und ungeduldig, immer hastigen Schrittes auf dem Weg zum nächsten Bild.
Es war ganz verschieden, es war kein Happening, es war eine Kunstvernissage. Ich hielt mich am Rand. Ich hatte zu Peter nichts gesagt. Ich traute meinen Bildern. Ich wusste, dass ich es konnte. Ich ließ sie sprechen. Dennoch war mir meine Anwesenheit

eine Pflicht, aber nur das. Und während ich an einem Tisch saß und signierte, was mir hingehalten wurde, Kataloge und Briefkarten (ganz unüblich, nur weil jemand damit angefangen hatte), auch Skizzen, von einem Stapel heruntergekauft, welchen Peter verwertbar gefunden und an sich genommen hatte, dachte ich an meinen Rundgang mit ihm vor Ausstellungsbeginn. Ich dachte an mein Gespaltensein im Wiederbetrachten der Bilder, die ich mit Bedacht gehängt sah, weihevoll war mir in den Sinn gekommen, befreit aus der zugestellten Enge des Ateliers. Die Chronologie gebrochen, natürlich, und neu gefügt in Zusammenhänge, die für mich selbst nicht sichtbar gewesen waren. Ich musste meine Bilder neu sehen, was ich selbst gemalt hatte, auf andere Art erfahren. Vor mir sah ich zurückliegende Kapitel, abgeschlossen auf die dort hängende Art – derart verarbeitete Erfahrungen. Und nur schwer, manchmal gar nicht, kamen die auslösenden Empfindungen zurück, wie zwei einander Fremdgewordene, die sich wiedersehen, lange nach der gemeinsamen Zeit. Aber ich kannte sie, ich traute ihnen, ich ließ sie sprechen. Ich selbst hätte nur über diese Wesensänderungen noch etwas mitzuteilen gehabt ... Stumm setzte ich immerfort meinen Namen. Ich übte ihn mit jedem hingehaltenen Stück in einer anderen Schrift. Den Buchstaben nach war er immer gleich.

Sind nicht einzig die Dinge, die man tut, der Lüge unverdächtig?

Ich erinnere mich an den Tag, als Peter zu mir gekommen war, eine Mappe unter den Arm geklemmt. Filigranes Leder, das er aufschlug, die Hand auf dem Inhalt, gespreizte Advokatenfinger, als läge unter ihnen ein erfolgreich ausgehandelter Vertrag, den zu verkündenden Triumph wie ein Raubtierlächeln im Gesicht: „Wir haben es geschafft." Er reichte mir nacheinander die gesammelten Presseausschnitte, jeden Artikel wie eine günstig ausgehandelte Kondition. Ich las die Überschriften, den Abriss einer sekundären Kunstwelt und ihrer Erwartungen. Ich hörte Peters Kommentare und wusste, ich hatte mit der Realität ein schwer einzulösendes Übereinkommen getroffen. Neben den Überschriften registrierte ich nur die Länge der Artikel als täuschendes Indiz für Ausführlichkeit, wirklich zu lesen wagte ich sie nicht. Ich flog diagonal darüber hinweg. Manchmal war es ein Foto, das ich nach seiner Qualität wog, welches Peter Zeit für seine Bemerkungen gab. Für seine Rezeption der Rezeptionen meiner Rezeption.

War es anfänglich die Tatsache, dass Peter die Presse durchsuchte, vor allem die Intensität, mit der dies zu geschehen schien, die mich überrascht hatte, deren Ergebnis vor mir lag (ähnlich der Akribie seiner Ausstellungsvorbereitungen zuvor, jenseits meiner Erwartungen), so war es sehr schnell die Summe der gefundenen Artikel. Der eine Haufen, der zur Kenntnis genommen vor mir lag, und der andere, der noch in der Mappe wartete. Die Emphase seiner Bemerkungen verunsicherte mich. Während ich einen Artikel noch überblickte, winkte meine Hand schon den nächsten herbei. Bald klang seine Stimme abgewürgt, wie die eines Schülers, wenn ich meine fordernde Hand schon wieder ausstreckte. Lehrerhaft muss es ihm erschienen sein, als verlangte ich den nächsten Teil einer Hausarbeit, mein Unbehagen wie ein drohendes *Sechs – Setzen!* im Raum.

Er stieß den Stuhl zurück und setzte sich mit Abstand, als hätte ich Derartiges gesagt. Der Tisch mit seiner Mappe und die Wolke einer Zigarette zwischen uns. „Schon entschwebt?", fragte er und folgte dem Weg ihrer Auflösung.
„Nein, es macht mir Angst."

Ich erinnere mich meiner Versuche, unbeeindruckt zu bleiben. Keine Form der häufig unterstellten Arroganz, der ich mich hingegeben hätte, keine Scheu vor Popularität, deren Stilisierung mir vorgeworfen wurde, kein konstruiertes Geheimnis, auch kein Unvermögen, die Erwartungen des Betriebs zu antizipieren, auch keine Kritikresistenz, weil ich Antworten schuldig blieb, keine Verachtung der Käufer, keine Missbilligung des Marktes, eine Nichtbeachtung der Welle war es, die über mir zusammenschlug, so gut ich konnte. Ich spielte keine der mir hingehaltenen Klaviaturen. Ich übte keine mir fremde Musik.
„Für's Archiv", hatte Peter schließlich gesagt und die Mappe mit den Artikeln versöhnlich zugeschlagen.
Die zweite Ausstellung war beendet, die Bilder hingen bei den Sammlern, und ich gönnte mir Wochen des Müßiggangs. Ein Wort wie eine Wiederentdeckung, das Einzige, das ich stilisiert habe, das Einzige, das mir vorzuwerfen, niemandem je in den Sinn gekommen war, ironischerweise.
Aus den anfänglichen Wochen wurden Monate. „Viel Zeit für nichts", hatte Peter gemeint, unterließ aber jedes Drängen. Es war eine Zeit, die ich auf Galeriebesuche verwendete, die ich in Museen zubrachte, vor allem in mir bis dahin fremden Städten, manche Bühne nahm ich mit, was auf dem Weg lag, eignete ich

mir an. (Tanz, als ein Beispiel, so wenig ich heute noch davon verstehe, die Abfolge von Körperstudien soweit – im Schnitt das Leben, zwischen Idealtypus und Behinderung. Aber die Dramaturgie der wortlosen Bewegung, der bloßen Haltung war oft begeisternd und immer aufschlussreich.)
Ich hatte mich in dieser Zeit von meiner vorherigen Arbeit befreit, auch von der Angst, mich zu wiederholen, einer bewährten Konzeption zu folgen. Bald waren neue Skizzen entstanden, die niemand zu sehen bekam. Ein neues Material hielt Einzug in meine Arbeit, und mit ihm ein giftiger Gestank in meinem Atelier: Polyester, glasfaserverstärkt, für konturierte Untergründe, probat für räumliche Malversuche oder die dramatische Überzeichnung von Körpern und ihren Bewegungen. Es blieb interessant, nur das, wenn auch handwerklich lehrreich. Aber erst die Beschwerde eines Nachbarn gab den entscheidenden Anstoß: Dankbar amüsiert bei der Erinnerung an seine aufgebrachte Gestikulation, an die kunstreichen Hustenanfälle, bezog ich mein neues Atelier, für viele Jahre in der Folge, ein altes Fabriklager, *meine Halle*, wie ich sie nannte, die ich kaum noch verließ. Lange Zeit war ich überhaupt nicht zu Hause. Mein Campingkocher versorgte mich mit Kaffee und Dosenravioli. Und im Winter, da die Heizung es auf keine fünfzehn Grad brachte, malte ich unter Gewächshausplanen, beheizt von Ölradiatoren, und schlief in einem Zweimannzelt, selten allein.

Mit Freude erinnere ich mich an den Bezug meiner neuen Arbeitsstätte. Frisch verputzt in Weiß strahlte jede Wand drängend die Leere eines Anfangs aus. Ein gleißendes Nichts in verlockenden Dimensionen – erzwungene Großformate ... Vom ersten Moment an mischten sich in meinem Kopf von selbst die Farben, meine Hand gehorchte einer peinture automatique, ich musste nur folgen und in anderen Dimensionen sehen lernen. Ein befriedigendes Toben mit Farben und Formen, die Höhen der Leinwand ersprang ich oft, ohne Zeit für die Leiter, manchmal mit einem Minuten sparenden, jede Fläche füllenden Quast in der Hand.

Ich malte motivlos zusammen, was die Leere mich hatte sehen lassen. Es war purer Spaß, dekorativer Bluff mitunter, der mich nebenbei den Umgang mit solcher Fläche lehrte. Jedes Exemplar war umgehend verkauft. Oft verbunden mit Optionen auf weitere Stücke, welche Peter die angenehm einträgliche Frechheit besessen hatte, sie noch im Atelier gegen Anzahlung zuzuteilen – Auftragsarbeiten mithin, die einzigen in meinem Leben: „Egal! Ich male, solange die Farben reichen." Ich hatte einen Pinsel über seinen neuen Schuhen ausgeschlagen. Ein Muster à la Budapest zerlief auf dem Leder.

„Davon gibt's scheinbar genug."

„Dann bis zu einer Sehnenscheidenentzündung", drohte ich.

„Ich schau' mich schon mal nach einem guten Orthopäden um."

„Nach einem Sportmediziner am besten!"

Jeder Verkauf war so förderlich wie eine Vernichtung, wie dem Frisch sein *Pfannenstiel*. Eine nahrhafte Asche, ein neuer Bodensatz. Aber zunehmend schmal war der Grat zwischen leer und leergebrannt.

Nicht die Dinge, die einem zufallen, die, die man sich abringt, sind es. „Man muss ein Leben dran geben." Von wem war das noch gleich?

Ich trieb es, bis nichts mehr ging. An diesen Zustand erinnere ich mich. Ich erinnere mich an die bildlose Leere, die aufgezogen war, an einen Horizont in Schleiern verhangen, wie in Rauch und Aschenebeln, die sich fruchtbar setzen sollten. Dünger auf einem bereiteten Boden. Gelassen, des Handwerks sicher, sah ich bald die drängenden Motive, ließ ihnen Zeit zu kommen, abgeklärt das erste Mal... Die Idee folgte dem Motiv auf unbestimmt. Ich trug alles aus, in mir, zu einem Konzept, viele zur gleichen Zeit. Ich fürchtete um kein Motiv, das ich gesehen hatte, um keine Idee, die ich verfolgte. Ich konnte mir das Verbot erlauben Gedächtnisskizzen anzufertigen, solche Vorformulierungen jeder weitergehenden Konzeption... *FRAMES*:
Die Ausstellung so zu betiteln, war Peters Idee gewesen. Ich gab ihm Recht, mit diesem intellektuellen Titel. Ich folgte auch seiner Anregung für *RISING*, ein Schwarz auf vielen Metern, zuletzt gemalt und der Ausstellung wie ein Thema vorangestellt, mit seinem Bogen aus grauen Schleiern im unteren Rand: „Welche aufkommende Erkenntnis auch immer, sie kann nur sichtbar werden in einem vor- und fremdbestimmten Rahmen." Gegenüber hing er *AFRICA*. Eine weiße Leinwand, gleichgroß, verschiedenfarbige Punkte, hunderte in unterschiedlicher Größe mit einem gravitätischen Zentrum im südlichen Teil. (Mancher meinte eine aufgehende Sonne zu sehen, auch hier. Ich beließ es nickend dabei.)

TRANSMISSION: Der Fernseher auf einer Häkeldeckenkommode, mein einziger Versuch der Videokunst. Ein drehender Tischglobus, sein Innenlicht in unregelmäßigen Abständen, anfangs zaghaft aufglimmend, sich erhöhende Intensität, bis es schließlich das ganze Bild überblendet – ein Nichtsehen in blendendem Weiß.

TRANSPORTATION: Zwei Rolltreppen, beide Richtungen, von oben, nah dem Fotorealismus, die Stufen aber im Aufwärts unregelmäßig im Strichcode einer DNA, abwärts geht es im binären Gleich, 1 und 0, Schwarz und Weiß. (Kürzlich in einer Auktion als prophetisch annonciert.)

ZOCCER: Ein Fußball mit Geldscheinmotiven statt der Flicken in schwarz/weiß, das Bild bedrohlich ausgefüllt davon, der tretende Fuß im Businessschuh schwingt vom Rand herein. Fünf Großformate, das gleiche Bild, wechselnd nur die zu treffenden Tore, klein und fern, die unverwechselbaren Stadtsilhouetten.

FLYING: Wunderschönes Himmelblau, ein metermessendes Monochrom mit seichtem Dunst. Längerem Betrachten folgte ein Gefühl des Schwebens oder ein tatsächlicher Schwindel. *FLYING FREE* gegenübergestellt. Das gleiche Blau, am unteren Rand aber ein kleiner Erdausschnitt mit einem Grabhügel, der automatische Fixpunkt. (*Toto*, mein Film*held* für viele Wochen, so kam ich darauf. Sehe ich solches Blau, höre ich ihn heute noch lachen, über sein bis zum Tod vermeintlich falsches Leben.)

PROOF – oder die Idiotenlaterne: Zwei Flächen in Dunkelblau. Eine liegt in kleinerer Größe über der anderen. Beide schraffiert mit schwarzen Punkten, filigranste Arbeit. Das Schwarz der Punkte zum Blau abgegrenzt in kaum wahrnehmbarem

Grau – Ein Ameisenrennen wie ein ewiger Sendeschluss. Die innere Schraffur ist ein Rechteck mit den gebogenen Seiten einer Fernsehröhre. Sie steht in einem leichten Winkel versetzt zur Schraffur der äußeren Fläche. Die Vielzahl der Versuche, bis zur drohenden Aufgabe des Bildes frustrierend, blieben ungezählt. Das Ergebnis schließlich, aus richtigem Abstand betrachtet, war hypnotisierend.

DEMOCRACY: Ein Tempelausschnitt, strahlender Marmor, eine Säule im Zentrum, nicht ganz mittig. Aufrechte Kanneluren in jedem Stück. Nur im obersten nicht, komischerweise, dort verlaufen sie quergelegt. Aus dem anschließenden Kapitell wuchern so fröhlich die Akanthusblätter, dass man dem Baumeister gern einen Gärtner zur Seite gestellt hätte, zur Beschneidung der stacheligen Pflanze ...

TALKINGS: Vom Fries gerahmt (die tragende Säule mit den Querkanneluren von *DEMOCRACY* am unteren Rand angedeutet), Szenen des politischen Alltags. Man meint, manch bekannten Demokraten wiederzuerkennen, deklamierend ein jeder, ohne Unterschied, einen properen Wirtschaftskapitän kumpelhaft in jedem Arm. Und ein Mikrophon vor jedem Mund, von gesichtslosen Bücklingen hingehalten.

Es gab nicht *das* Konzept in meiner Kunst (alberne Rezeptionen unter der Verwendung eines damals schon zwanzig Jahre verblassten Begriffs). Aber von dieser Ausstellung an gab es stets ein Leitmotiv, kein Thema, nur einen konzeptionellen Rahmen, in welchem ich mir fortan meine Themen erarbeitete.

Einem zugereisten, mittellosen Künstlerkollegen, einem gewissen Edgar Wibeau, gewährte ich in meinem Atelier Arbeitsstätte und Obdach. Die abgesprochene Gegenleistung, die Zahlung des Stroms, unterließ er allerdings. Er ließ auch die Mahnschreiben verschwinden, bis der Strom eines Tages abgestellt war. Seine waghalsige Konstruktion zur Überbrückung verursachte einen Kurzschluss, das Atelier brannte fast vollständig aus. Was nicht verbrannte, war durch den Rauch unbrauchbar geworden. Die Kündigung folgte sofort. Gott sei Dank, dem Unglücklichen selbst, war nichts passiert.

* * *

Eines Morgens, oder war es schon Tag oder längst Abend, sah ich, gerade aufgestanden und noch nicht wach, einen Brief im Flur. Peter hatte ihn geschickt. Ich legte ihn ungeöffnet auf den Küchentisch. Mit jedem Griff nach der Kaffeetasse fiel mein Blick darauf, mit jedem Schluck verdunkelte sich meine Ahnung. Ich wagte nicht, ihn zu lesen. Erst nachdem die Nebel des Schlafes sich verzogen hatten, und ich der Frage, warum Peter mir schrieb, nicht mehr ausweichen konnte, nahm ich das Küchenmesser zur Hand. Den wenigen Zeilen, aus denen in förmlicher Umständlichkeit sein Bedauern sprach, war eine Kopie beigefügt, als ob ich ihm nicht vertraute. Ein Insolvenzverwalter schrieb, die *NovaCom* nähme Abstand vom zugesagten Kauf der Serie. Ich überflog die um Verständnis bittenden Worte. Ich hatte Einsicht für den angedeuteten Rettungsplan und wünschte viel Erfolg für die in Aussicht gestellte Sicherung der Arbeitsplätze.

Was ich zu sehen versuche, verschwimmt mir vor den Augen. Und wenn ich genau sehen will, bleibt nichts.

Vergessen hatte ich sie nicht, aber ich sah keinen Platz für sie. Er war besetzt mit der Idee, die sie mir geschenkt hatte, schlafend, ohne ein Zutun – Nähe, dadurch bloß. Und mein Gewissen war leicht in der Frage nach Bedingungslosigkeit, in der der Zweifel provokant ein Eigenleben führt … Stolz ist die Angst in männlicher Form – ein verdrängtes Wissen um die eigene Verletzbarkeit, der für einen denkbaren Schmerz schon vorweg gern auf Vergeltung sinnt, der in den Folgen dann frühe Zweifel bestätigt sieht …

Ich höre immer wieder ihre wütenden Schritte auf der Treppe. Und mit jeder nächsten Erinnerung kommen sie mir trauriger vor, heute, von ihr verlassen und von meiner wirklichen Liebe zum zweiten Mal.

Verlust, wenn er plötzlich geschieht. Das Meiste schleicht sich aus.

Ich liege im Streit mit mir und denke noch, es ist so töricht wie ein Aberglaube. Ich spüre nichts, bin wie ausgelöscht, in Gedanken trage ich die Abgüsse zum Müll. Ich tue es nicht. Ich habe keine Kraft mich aufzuraffen. Ich schaue über die steinerne Landschaft hinweg, ein Blick ins Nichts, und nichts geschieht. Ich sitze im Atelier, im zweiten Teil des Wartens. Von München weiß ich nichts, nichts von dem, was kommt ... Mit zu viel Zeit lässt sich alles denken ...
Längst getrocknet gibt der Stein keinen Geruch mehr in die Luft. Im Nachdunkeln sehen meine Augen den Ansatz einer Patina ... Das Alte gealtert zum zweiten Mal. Zu sehen ist, was mir noch zu tun bleibt: *War das verdient?*
Ich puste Zigarettenqualm gegen den nächsten Stein und schließe die Kategorie *gerecht* als normativ implizierten Teil der Frage aus. Die Versuche einer Antwort in der Folge bleiben ungezählt, die Stunden auch. Die Milde des Erschöpftseins stellt sich ein, zunehmend mit jeder nächsten, unergiebigen Wendung.
War es Zufall? Ich greife in den Pizzakarton und weiß nicht, zum wievielten Mal ich zwischen steinernen Teigrändern ins

Leere lange. Wie in die Reste einer letzten Mahlzeit kommt es mir mit jedem Mal vor. *Am Ende ist es immer das Fällige, was uns zufällt.* Ich meine das nicht. Ich meine nur, das einmal gelesen zu haben. Ein Satz wie in Stein gehauen.

Staub im Licht der Morgenstunden. Ein Tanz in der Luft, ein Sinken und Fallen wie ein Spiel, in meinen Zigarettenwolken hochgetragen. Ein kurzer Moment gehauchter Kraft. Eine kurze Störung bloß vor der letztendlichen Bildung irgendwelcher Sedimente.

War es von Bedeutung? Ein letzter Schluck. Auch dieser Kasten ist leergetrunken. Schnell rechnet sich das Pfand in neue Flaschen um. Jeder weitere Versuch endet, als unwillkürliche Folge des Wunsches, in immer höheren Zahlen. Träge denkt sich die Frage zwischen den Rechnungen und erlangt im Wechsel aus *Ja* und *Nein* unausweichlich Größe: *Mit ihr ist es wieder dahin gekommen ... Aber es war da, vorher schon, ich bin mir sicher, ich habe doch darauf gewartet ... Nein, ich hatte abgeschlossen, es war vorbei mit mir – der Kunst. Ich hatte etwas anderes gesucht und gefunden, beinah, mit ihr ...* Nur stand ich mir im Weg. Hinderlich ein sinnentleertes Ich, ausgeliefert der Unmöglichkeit, es im zweiten Teil des Tausches mit einem fremden Inhalt anzufüllen. Der vorübergehende Irrtum stand der Erkenntnis im Weg, wie Blut geleckt - die Steigerung der Qual, es sei nur zwischenzeitlich aus gewesen, eine kreative Pause bloß auf der Suche nach einer neuen Kunst ... Über allem, meine Weigerung, zu akzeptieren.

Rau und kalt der Stein, schwer liegt er in den Händen ... er fliegt – ein schöner Bogen ... er zerspringt in viele Stücke ...

Mondlichtfarbe strahlt aus seinem Innern, so hell wie eben hineingegossen ... und ich weiß nicht, warum gerade jetzt jemand die Treppe hinunterläuft. Schritte, denen ich nachhören muss. Eine Erinnerung, die mich stört in meinem Zerstörungswerk, die die anderen Steine bewahrt ... Als Rechtfertigung? Einmal benötigt vielleicht? Dieser Haufen Müll ... Sonst nichts, das mein Auge sieht auf der Suche nach einer alten Super 8, diesem Dokument meiner Bilder ...

Habe ich Schuld? Meine letzte Zigarette geht in Qualm auf ... Mein Gift, das ich lange in den Lungen behalte, das ich spüren will ... zerstürmte Nebel über einer Landschaft aus Kunstgestein. Blasse Luft für einen Augenblick, dann nichts. Ich puste die Frage mit jeder ausgedünnten Wolke weg von mir. Ich sauge sie mit jedem Zug aufs Neue ein. Ich denke mit der Ambivalenz eines Delinquenten: der letzte Rausch. Für mildernde Umstände ist es zu spät. *War ich es? Oder war ich nur eine Hoffnung für sie, Ablenkung gar?* Ich ziehe bis zum Filter und stelle mit angesengten Fingern fest, ich denke die Antwort noch immer nicht in der Vergangenheit. Ihre Wohnung ist seit Langem leer, das Klingelschild blind, die Nummer unerreichbar. Ich suche nach brauchbaren Stummeln und ich weiß ... ich denke, ich war es nicht ... Quälend die Ungewissheit, in der ich hängen bleibe, marternd die Vorwürfe, die ich mir selber mache, verwirrend wenn ich ins Gegenteil schwanke: *die dumme Fotze.* Drei brauchbare lege ich beiseite. Einer geht für einen Zug in Flammen auf. Kurz sehe ich die Kerze auf ihrem Frühstückstisch brennen ... Eine falsche Erinnerung des ersten Morgens. Die richtige lautet: *Ich muss dir etwas sagen ... Es gibt einen*

anderen. Ich puste den widerlichen Filtergeschmack weg. Der Stummel geht von alleine aus. *Hätte ich es werden können?*
Im Ungewissen liegt ein Reiz der Begegnung, der andere im Interesse, in der kurzen Klarheit eines Augenblicks. Es gibt kein Zuvor, noch nicht. Der Schmerz kommt immer nach dem Kennenlernen, das Ernüchtern mit den Wiederholungen, beides braucht bloß Zeit. Ich sehe mich, NEUberts Altstar, auf dem Stuhl neben ihr. Wäschetropfen um uns herum, abseits tobt das Fest. Ich finde sie wieder vor dem *Schiele*, dann auf der Treppe zu *van der Rohes* eigenwilligem Bau, auf der Treppe von der Ausstellung weg. Ich sehe sie verzweifelt an der Zigarette ziehen, so erschüttert wie abweisend und meiner Nähe bedürfend zugleich … Mit gespitzten Lippen und zugekniffenen Augen entzünde ich den zweiten Stummel. Das Gedächtnis funktioniert in Schleifen gut, selektiv erinnert es sich am besten. Zu Ende gedacht stellt sich die Frage: *Wollte ich es überhaupt?* Ein *Ja* würde die Frage ändern. Ihr Name stünde dort, kein unbestimmtes *es*, das immer offen bleibt – bloße Ablenkung, sorgloser Rausch, selbstbezogener Zeitvertreib. Ich schaue nach dem letzten Stummel und weiß es nicht.
Wieder höre ich Schritte, ein sportliches Treppauf in Doppelstufen. Meine Ahnung erwartet den Postboten, und eine törichte Hoffnung, eine Nachricht von ihr. Eine Sohle quietscht beim letzten Schritt. Die Stille einer Sekunde vor meiner Tür: Ich sehe den Boten vor mir beim Abgleich des Namens, einen Brief in der einen, die Klappe in der anderen Hand. Den Brief höre ich nicht fallen, nur die Klappe, und seine Sprünge die Treppe hinab.

Ich lese *Landeshauptstadt München – Gegen – Zustellungsurkunde ...* Es folgt mein Name und der Betreff in Worten wie *Unterhaltsvorschuss – Auskunftsersuchen – Zahlungsaufforderung – Auskunftspflicht hinsichtlich Ihrer Einkünfte – Soweit Ihr Kind gegen Sie einen Unterhaltsanspruch für den Zeitraum der Gewährung von Unterhaltsvorschussleistungen hat, geht dieser Anspruch gemäß § 7 Abs. 1 Satz 1 UVG auf den Freistaat Bayern über.* Ich lese von einem Kind und freue mich über seinen schönen Namen. Ich schwinge mit meinem feinsten Schreibgerät eine gelassene *null komma null null* in den Fragebogen, und entzünde den letzten Stummel.

Nur der Brief an den Sohn und ein Tablettenröhrchen.
Sonst nichts. Keine Reaktion.
Ihre Hand,
kein Widerspruch mehr
zwischen weich und kalt.
Die Beatmungsmaschine,
eine Woche
sanft stampfender Ton.

Seit ich die Akten gelesen habe, muss ich häufig an meine Mutter denken.

Die Verhandlung steht an zu einer bürgerlichen Stunde, einer nicht geübten Zeit. Ich sitze im Bett, das Kissen im gelangweilten Rücken, der Fernseher ergeht sich in Wiederholungsschleifen, am Himmel rasen mondversilberte Wolkenfetzen. Ich schalte den Apparat aus und schaue in den Himmel, in das bessere Programm. Ich erinnere mich an das dunkle Grau, unter das ich getreten war, die unbewegte Wolkenmasse am Nachmittag, und sehe zugleich vom Sturm freigefegt das Funkeln der Nacht und mit den Sternen die Ankündigung eines sonnigen Tages. Ich fühle mich willkommen als Delinquent, nicht als der Besucher, der ich gestern noch war. Laub schlägt an das Fenster, gleitet ab, fällt zu Boden, sinkt in versickernde Pfützen, liegt welk, klumpt zu Haufen, bereit zu vermodern, zu nichts zu werden oder zu Humus ... Bald hat der Wind die letzten Wolken verblasen, und mir ist, als lache der Mond über die ungetrübte Sicht. Aber nur kurz ist seine Freude. Der heraufziehende Tag wirft ihm sein Dämmerblau entgegen, verwischt das klare Mondlicht und seine scharfen Schatten, bis sie besiegt zur anderen Seite fallen, alles wie in Gold getaucht daliegt. Und als wisse er um seine Niederlage, fällt er ab, räumt das Feld, versteckt sich hinter dem gezackten Horizont der Alpen, bis auf weiteres ... Weit das Nichts, in dem die Nacht versinkt.

Vom Ringen der Lichter müde geworden, fallen mir die Augen zu. Ich sehe den kommenden Tag nicht mehr vor mir, habe ihn vergessen und mit ihm den Grund für diese Aussicht. Ich schlafe ein, nicht versöhnt, dank dieser Stunde aber sorglos.

Der Wecker reißt mich aus einem traumlosen Nichts, ohne bedrängende Bilder. Er wirft mir einen fremden Tag vor die Füße, das Zimmer ist ahnungsvoll auskleidet mit seinem Licht. Ich empfinde es schon jetzt als zu hell, fürchte jetzt schon sein gleißendes Zwielicht, das Blitzen und Stechen im Wechselspiel von Sonne und Schatten, das Tränen meiner müden, gereizten Augen.

Ich sehe den Tag mit seinem Beginn schon verschwimmen, in unscharfe Bilder zerfließen, die mich wie eine ferne Realität, wie ein naher Traum umspielen ... Ich liege wie gefesselt, sehe alles bereits ablaufen, ein Flackern der Bilder, die Themen angerissen ähnlich einer Programmvorschau, die kein Interesse weckt. Sollen sie doch machen, sollen sie doch spielen, egal welchen Film. Meinetwegen ihr ganz großes Kino. Und dann, ich weiß nicht bei der wievielten Weckwiederholung, schieben sich meine Beine unter der Decke hervor, suchen Halt, richten mich auf, wie ein Fremder fühle ich mich von ihnen in diesen Tag getragen.
Die Wirtin gibt mir einen Kaffee und Brötchen, die ich mir einpacken lasse, und wie tags zuvor angeboten, holt sie mir ihr Fahrrad aus dem Schuppen. Einen Stadtplan hat sie nicht. Den Weg zum Bäcker, zum Metzger, zum Markt kennt sie seit Jahrzehnten, den Weg nach München auch: „Immer geradeaus und dann viel Glück auch."
Ich trete in die Pedalen. Ich rolle mal bergauf, mal bergab, mal an Wäldern vorbei, mal an Wiesen, dumme Kühe glotzen mir hinterher ... München am Horizont. Der Wind ist kalt, er spannt die Lippen, schneidet an den Ohren. Böen reißen letzte Wolken auf, reißen an mir, ich schwanke, das Ortsschild fliegt vorüber. Ich trete schneller, wie im Rausch, immer geradeaus, mittenrein. Der Verkehr wird dichter, die Kreuzungen häufiger, die Kurven folgen schneller aufeinander. Der Asphalt fällt bergab, führt auf eine Brücke, über ein dümpelndes Rinnsal, einen zu breit gebetteten Gebirgsbach ... Bagger an den Ufern der Isar. Ein Schild Richtung Zentrum. Königliche Erhabenheit fliegt vorbei, wechselt mit bürgerlichem Stolz, mit administrativem

Stumpfsinn. Eine gebeugte Alte auf dem Radweg, einen Handwagen im Schlepp ... Ich bremse, mache einen Schlenker über den Rasen und weiter geht's, auf ein Tor zu, ein Triumphbogen am Ende der Straße, etwas von Paris wie mir scheint. Ästhetische Lücken zu beiden Seiten, das alte Leid, die späteren Sünden. Ich schieße durch den Bogen, durch seinen schwarzen Schatten, ziele links und rechts an Flaneuren vorbei und auf der nächsten Kreuzung direkt auf einen zu: „Grüß Gott", erstaune ich mich selbst, „Pacellistraße ... Amtsgericht?" „Grüß Gott." Seine Hand weist mir die Richtung. „Gute Fahrt", wünscht er mir. Kein Wunder, denke ich, diese Freundlichkeit, und tue gerne Unrecht, geht's doch um die Kasse seines Freistaats, meine interessiert hierzulande nicht. Der Antritt fällt schwer, es geht bergauf, im Stehen durch enge Gassen, quer über Straßenbahnschienen, mit Geschick auf Bordsteinkanten, unerzogen über Bürgersteige und schließlich in die vorgegebene Straße hinein. Ich halte vor der Nummer fünf, vor verdrießlichem Beton. Ich lehne das Fahrrad daran und trete ein. Der Fahrstuhl fährt in den sechsten Stock. Pfeile weisen mir den weiteren Weg. Ich zähle Türen ab, rechts geht es gerade rauf, links ungerade runter. Ich vergleiche die Zahlen mit der auf der Ladung und klopfe zu meiner eigenen Verwunderung pünktlich an. Ich warte das *Herein* ab, trete in Dienstzimmer B 627 unter eine niedrige Decke, und sehe unter ihr, als ducke sie sich, die richterliche Gewalt.

Ich sehe sie in dieser Enttäuschung von Amtsgerichtssaal in schwarzer Kutte auf ein Zweckmöbel gestützt, auf graues Resopal, licht und grau das Haupt, versteckt hinter zwei Aktenstapeln, graubraune Hängemappen, die es umzuschichten gilt.

Ein kleiner Stapel und ein großer – der Tag ist noch jung. Ihre Hand lässt von den Akten. Sie setzt Zeige- und Mittelfinger spitz unter die Nase. Sie streicht fingerspreizend das Schnauzgrau beidseitig glatt und weist mir meinen Platz. Der Ärmel ist vom Handgelenk gerutscht, hängt kurz und weit am Ellenbogen, trompetenartig fällt der schwarze Stoff, edles Chronographenwerk blitzt hervor ... Und mir ist plötzlich, als sähe ich nicht nur eine Uhr, als sähe ich eine Zeitmaschine. Ein knappes Protokollantinnenlächeln verlangt meinen Personalausweis. Meine Anwesenheit wird festgestellt und festgehalten. Die Gegenpartei lässt auf sich warten. Verkehrte Welt wie allen scheint. Bis sie endlich eintritt, schweratmend, mit einem Oberregierungsrat auf den Lippen, mit einem Namen, den ich schon gelesen habe, und mit Nachsicht gebietendem Schweiß auf der Stirn. Erschöpft lässt sie sich fallen. Sie kennt ihren Platz, man kennt sie.

Der Fall wird vom höheren Stapel genommen, auf die leere Mitte gelegt, der halbe Weg zu *Abgeschlossen*. Name, Geburtsdatum, Anschrift ... Ich erkenne mich wieder. Ein *Ja* auch von der Gegenseite, stellvertretend für den klagenden Freistaat – Die Verhandlung ist eröffnet: Ein angeleckter Finger blättert durch die Akte. Ein Augenpaar gibt sich den vorbereiteten Anschein, versucht den schnellen Überblick, streift die Blätter, fliegt darüber hinweg, schweift gelangweilt ab, verliert sich zwischen den Zeilen, zwischen unwillkürlich umgelegten Seiten ... Falten auf der Stirn. Große Fälle dahinter, erträumt, nie bekommen - angewiderte Routine bis zum letzten Blatt. Ein Daumenkino blättert die Seiten auf Anfang zurück. Der Gegenstand ist schließlich in einem Satz dargelegt. Der Vorwurf steht im Raum. Die Summe hallt nach. Stenoanschläge zerrattern das Echo, enden abrupt unter wartenden Fingern … Die plötzliche Stille rückt mich ins Zentrum. Ich soll etwas sagen … „Der Beklagte äußert sich nicht zum Vorwurf." Kurzes Stenogetrappel. „Doch …", will ich mich wehren und suche einen Anfang. Mir fällt *unbeabsichtigt* ein und *untergeschoben*, Worte, die ich nicht meine, die nichts zählen. Ich bleibe stumm. Ich höre die klagende Seite um Verständnis ringen: „Warum arbeiten Sie nicht, wie jeder ordentliche Vater?" „Genau!", bekräftigt ein richterliches Nicken, wie aus dem Schlaf gerissen. „Sie haben doch einen Beruf gelernt." Die laute Erinnerung der Aktenlektüre hält das Stenoklappern am Fortlauf. Maniküre Halbmonde fahren die Seiten runter, suchen Zeilen ab, haken Blätter um: „Hier steht's ja: Maschinenbauer". Und jugendamtlich wird festgestellt: „Damit lässt sich doch was machen."

Ein fremdes Leben spielt sich ab, ein bebilderter Schnelldurchlauf. Nicht erkennbar, ob vor oder zurück, bloße Wiederholungen erlebter Szenen, kein Anfang, keine Story, nur ein Ende, vorhersehbar und mir längst bekannt. *Warum diese Verweigerung?* höre ich oder frage mich, und falle in die Lehne zurück. Ich sitze eingesunken wie in einer hinteren Reihe. Ich sehe im Kegel einer plötzlichen Sonne das Kammerspiel flimmern, im Fensterlicht wie in einem Kinostrahl: Drei Augenpaare gegen mich, das ahnende Publikum. Es blinzelt stummen Fragen hinterher. Es genießt das Pädagogische der Stille. Es ist entsetzt über den Vorwurf, erfreut über ihre Anklage, es ist bezahlt dafür … Routinierter Glanz in den Pupillen.

Die Uhr tickt, nimmt eine Minute mit oder zwei, bis ich sage: „Ich habe Arbeit."

„Ach …" Die Gegenseite wirkt überrascht. Ein Erfolg zeichnet sich ab. „Dann zahlen Sie doch!"

„Seit wann?", unterbricht die Richterbank entrüstet und weist jede unangebrachte Freude zurecht: „Somit haben Sie dem Kind, amtsbeistandschaftlich vertreten durch das Jungendamt, Unterhalt vorenthalten?" Vorwurfsvoll pausiert das Stenogeratter. Die Gegenseite nickt anerkennend, dankbar und erfreut zugleich, größere Summen zeichnen sich ab. „Dem Kind?", frage ich. „Sie sind es doch, die das Geld von mir wollen." Eine richterliche Fingertrommel zerhackt meine Gegenfrage: „Noch einmal: Seit wann verdienen Sie entgegen ihren postalischen Angaben wie viel?"

„Ich bin Künstler."

„Sehr fein. Aber ihre Privatvergnügungen interessieren nicht."

„Ich arbeite, indem ich male, zeichne, modelliere …"

„Wovon leisten Sie sich das?"

„Das leiste ich mir nicht. Das bin ich."

„Ein großer Künstler also …" Ungeduldig schiebt ein Zeigefinger den Robenärmel von der Uhr.

„Manchmal verkauft sich sogar etwas."

„Und davon leisten Sie sich dann wieder Leinwand, wenn ich nicht irre, Laie wie ich bin, teure Farben, Stifte, Blöcke, Modelliermasse und manches mehr, von dem kein ordentlicher Mensch was wissen will."

„Ich bin klar und nüchtern, wenn Sie das wissen wollen."

Eine Stenopause steht fragend im Raum. „Das letzte nicht!"

Ein ordnendes Blättern meiner Akte und eine letzte Weisung: „Jetzt bitte: Der Beklagte gibt an, keiner geregelten Tätigkeit nachzugehen, somit kein pfändbares Einkommen zu erzielen, und seinen Lebensunterhalt aus gelegentlichen Zuwendungen zu bestreiten." Die Aufmerksamkeit wechselt zwischen Akte und Uhr. „Weiterhin äußert der Beklagte sich zu den erhobenen Forderungen nicht." Die Akte liegt zugeschlagen unter gefalteten Händen. „Der Beklagte gibt nicht an, wie er gedenkt, den Ausgleich vorzunehmen, der aufgelaufenen und der fortlaufenden Forderungen des klagenden Jugendamtes, vertreten durch Herrn Oberregierungsrat …" Der Name fließt dankbar erinnert in das Protokoll. Meine Akte liegt links, den niedrigen Stapel erhöhend: „Im Namen des Volkes ergeht folgendes Urteil …"

Immer zwei Verlangen, eins von außen, eins von innen. Und dann, wie ein Plus, und ein Minus, und ein Kurzschluss.

Am Kochelsee vorbei und ab in die Berge, auf Serpentinenschleifen durch den Wald, nichts zu sehen, nur Grün und ein Band aus ansteigendem Asphalt, weißgerändert und beplankt. Ich trete, was ich kann und bin kaum schneller als zu Fuß. Vorsicht in den Kurven! Der erste Reisebus, auf beiden Spuren talwärts, hat sie gelehrt. Rennräder schießen vorbei, auf dem letzten schneefreien Ausritt dieses Jahr. Autos hupen mich zur Seite. Große Jungs legen sich motorenkreischend ins Geschlängel. Andere chauffieren eine Sozia bergauf oder bergab, geruhsam in ihrem Versuch der Erhabenheit aus tiefdröhnender Kraft, aber wie Affen hängend an kopfhohen Lenkern.

Es mag sein, denke ich, der Weg ist das Ziel, bei solchen Investitionen.

Ich halte mich am Rand. Ich mache mir einen Spaß daraus, auf dem weißen Band zu balancieren, die Pedale knapp an der Leitplanke vorbei. Ich merke kaum die Kraft, die ich brauche, bei diesem Kleine-Jungen-Spiel. Mit jedem Tritt kippe ich das Rad von einer Seite auf die andere. Es leistet gute Dienste, ist etwas schwer vielleicht, für den flachen Alltag gebaut. Aber ich danke meiner Wirtin, dieser alten, wortkargen, herzlichen Frau, für ihr Angebot und dafür, dass sie recht hatte: „Ach ... Doa komman's her. Sie solltn mal rausgehn. A bisserl Natur tät ihnen guat, a frische Luft und was sehn, was wirklich wert is' zum sehn."

Ich trete schneller bergan. Der Wald schießt vorbei, bilde ich mir ein, ich jage von Kurve zu Kurve durch einen grünen Tunnel. Aber bald, nach jedem erneuten Einlenken und dem folgenden Bergan, frage ich mich ernsthafter nach dem Verbleib meiner Kraft und dem Sinn meiner Hast in diesem endlos scheinenden Spiel, in dieser dauernden Abfolge aus Gerade und der nächsten Ecke. Eine Kehre zur Abwechslung, wie sich schnell erweist, einhundertachtzig Grad, die ich erwartungsvoll nehme, meisterlich vorgelegt von ortskundigen Pedaleuren. Und wieder ist kein Ende zu sehen. Kraftlos sinke ich in den Sattel. Meine Wahl fällt auf den ersten Gang der Schaltung, der zu meiner Verwunderung schon eingelegt ist. Ab da falle ich in eine ruhige Art des Tretens, mit Respekt vor dem Weg, eine Art Spazierschritt auf Pedalen, einzig auf mein Ziel gerichtet: Ankommen.

Manchmal kann ich zwischen den Bäumen zurücksehen, in die Ebene, die an den Berg brandet, in ein agrarisches Land in farbigen Quadraten, dessen Horizont ein ferner Dunst verwischt. München bleibt unsichtbar, liegt eingesuppt darunter. Der Berg hingegen, so scheint es plötzlich, buhlt um Sympathie, oder er lohnt mir den Respekt. Er lockt mit längeren Geraden, deutlich flacheren jetzt, mit weniger Kurven, weit ausholenden dafür. Und dann, am Ende eines längeren Geradeaus', sinkt sein grüner Horizont, den Gipfel verheißend, oder er fällt aus mächtiger Höhe auf das Niveau eines erreichbar scheinenden Ziels zurück. Die Schneise um den Asphalt gewinnt an Breite, um mit einem Mal zu enden. Ein Fels vor mir, die Straße wie hineingesprengt, ein Spalt wie ein oben offenes Nadelöhr. Ich rolle durch dieses Tor im Stein und sehe mich auf der anderen Seite in den Sommer zurückversetzt, wie in ein sonnenbeschienenes Italien, ein südliches Hüttentirol, das mit venezianischen Balkonen an einen großen Bergsee grenzt, an ein schillerndes, in der Tiefe kräftiges Blau. Am gegenüberliegenden Ufer türmt sich ein Hochgebirge zu einer Kette gezackter Kuppen auf, die aus ferner Höhe strahlend weiß herüberblinkt.

„Espresso macchiato?" Ich winke die ausgerufene Kräftigung herbei. Die junge Kellnerin, die ausschaut, als sei sie ungefragt in das Dirndl gesteckt, welches sie kaum auszufüllen vermag, zwängt ihren schlanken Leib an den Tischen vorbei die Brüstung entlang, an jedem eine Routineentschuldigung auf den Lippen für die Störung. Die schmalen Hüften wechseln von links auf rechts und umgekehrt, immer eine Seite voran. Ihr vorweg schwebt das Tablett mit der Tasse oder es schwingt seitlich über der Brüstung und dem See, seinem spiegelnden Wasser, direkt unter dem Balkon. Sie stellt die Tasse ab, wie hundert andere zuvor, und schiebt den Kassenbon unter die Zuckerdose. Ihr „Bitte" ist schroff, mein „Dankeschön" interessiert sie nicht. Sie bleibt erstarrt in der Ausstrahlung einer höheren Tochter oder dem, was sie sonst vorzugeben versucht. In jedem Fall unter Niveau beschäftigt, versehentlich und ohne eigentliche Not herverschlagen, eine aushelfende Studentin, Medizin oder Jura, vielleicht bloß BWL. Mit einem Lächeln rühre ich Zucker in den italienischen Kaffee. Mit dem ersten Nippen aber stemmt sich auch ihr Espresso gegen meine Illusion des Südens. Ich schmecke den wässrigen Abfluss eines Vollautomaten. Aber es gelingt ihr nicht, so mein Entschluss, ich gewähre ihrem Mutwillen keinen Erfolg, der Walchensee bleibt für diesen Tag mein Lago di Garda. Mit der Hand vor der Stirn blinzele ich über das spiegelnde Blau und zähle still zusammen: Juli, August, September … und denke mich in die schöne Länge nie erlebter Semesterferien.

Bajuwarische Schauergeschichten am Nebentisch: „Walch, des kimmt von Waller." Golden leuchtet ein Weizenbier, wie ein Pokal gegen den See in die Höhe gestemmt – Werbebilder ziehen in Gedanken vorüber. „Prost, Mausi!"

„Waller?" Aufwendig onduliertes Kunstblond wackelt der Frage nach. Eine dürre Hand mit grellroten Nägeln fasst ein Sektglas am Stiel. Ich sehe natürlich einen Prosecco darin oder einen Franciacorta. Vielleicht führt die Hand einen Trentino DOC an den Mund, den ich nicht sehen kann. Ein zartes Gelb im Glas, das nicht zu dem knalligen Rot meiner Vorstellung passt.

Es ist mir unvermeidlich zuzuhören, an Tischen klein wie ein A3, mit zwei Stühlen auf wenig mehr als einem Quadratmeter bloß.

So fügt sich mein Hören, und ich gestehe dem Bayrischen gern seine südlicheren Breiten zu, eine womöglich hier beginnende Nähe. Meine Haltung verrutscht mir restlos ins Gemütliche, das linke Bein liegt längst auf der hölzernen Brüstung, entspannt schlage ich das rechte über.

„Waller, des hoaßt Wels", erklärt der bierschaumbenetzte Mund. Das Glas findet auf den Filz zurück. Der Handrücken wischt den Bart trocken.

„Mhhh guat ... Aber wieso Welse, Schatzi?" Das Sektglas mit dickem Lippenstiftrand steht angenippt, kaum weniger Inhalt als zuvor, im Schatten des halbgeleerten Weizenbiers.

„Von dene gibt's hier viele, riesengroße." Eine Hand fährt in meinen Blickwinkel, ein in der Luft zur anderen hin abgeschätzter Meter oder mehr. In gerader Linie dahinter zeigt sich die Bedienung in ihrer Folklore und ihrem Bemühen um Überblick auf dem Balkon. Ich winke sie herbei.

„Zahl'n?"

„Ich hätt' gern' einen Prosecco, oder was Sie haben."

„Silvanersekt."

„Flaschengärung?"

„Aus'm Fränkisch'n."

„Na ... kann ja nicht schaden."

„Den trinkd hier a jeder", sagt sie so schnippisch, dass ich die Schulgöre höre, die sie kürzlich noch war, mit einem rebellischen Extraaufschlag der Mundart.

„Denn nehm ick den", rutsche ich aus den langen Vokalen des Mecklenburgischen in den Ton meiner Stadt, unserer gemeinsamen Hauptstadt, wovon sie gehört haben könnte. Ich nicke

ihr zackig zu und schicke sie weg, um ungestört dem Fortlauf am Nebentisch zu lauschen: „Raubfische! Mordsmaßige Dinger. Zwoa, sogar drei Meter lang." Fleischige Hände langen in die Luft und kurbeln fest gegen den Widerstand einer imaginierten Angel. „Schmeck'n aber ned ... Sechz'g Kilo modriger Fisch. Aber besser Katzenfutter draus macha als wieder rei'schmeissn."
„Katzenfutter ...?"
„Für die Miezis ... mein Gott. Die fress'n des!"
Das Sektglas geht zum Mund, für einen erhellenden Schluck.
„Für die Miezis ... Aber sechz'g Kilo?"
„Kannst einfach ned ess'n, schmeckt wie der Lebertran von der Oma. Oder du müsstest 'as tagelang wässern, lebendig, is' klar. Hoab ie gehört. Und da wärst' auch du mal so richtig schnell, auf deiner Morgenrund'n durch'n Pool."
Auf den kurzen Stoß eines donnernden Lachens folgt ein erschrecktes „Herrgott". Es schallt ängstlich über die Brüstung auf den See hinaus, als zögen verräterische Schatten unter seiner Oberfläche: „Sechz'g Kilo? Aber wer angelt denn des?"
„Raubfisch' ... Die schnapp'n halt zu, egal was'd reinhältst."
„Des hört sich ja g'fährlich an." Das Blondhaar wackelt verstört.
„G'fährlich für an Pudel oder Pinscher. Die sind hier schon verschwunden. Aber a Cockerspaniel noch nie."
Wieder ein von allen Fragen ungetrübtes Lachen, etwas gehässig dieses Mal. „Die kannst' da schon reinlass'n."
„Doch ned' den Bodo, die arme Schnüffelnas'n ..."
„Der Bodo, der arme, siaße, kleine ...", persifliert eine in die Höhe verstellte Stimme und fällt in ihre natürliche Tiefe zurück: „Lass uns zahl'n!"

„Der Bodo ... Ja bitte, lass uns zahl'n! Der sitzt ja ganz allein im Coupé, bei dera Sonn'. Der wart' ja schon so lang' auf uns." Besorgnis mischt sich in die fernhätschelnde Stimme: „Hast du auch des Fenster einen Schlitz aufglass'n?"
„Der hat so vui Frischluft wie er braucht. Zahl'n!"
Einem geklammerten Bündel wird ein Schein entnommen. Ein Handtäschchen wird vom Boden gehenkelt. „Lass den Coupéschlüssel ned wieder lieg'n!" In das Klappern des Bundes mischt sich ein „Is' ja guat. Mein Gott". Und einem mächtig aufsetzenden Schritt auf den hölzernen Dielen folgt ein mageres Gestöckel, irgendeiner Mode und vielen Zentimetern verpflichtet, frei von jeder Eleganz, das Gewicht auf den Ballen, die Knie voran. Mein Sekt, den ich zum Prosecco erkläre, bringt mir wieder *colore* in den Tag ... Ich ruhe in der Stille meiner südlichen Sonnenflut, versunken in wortlosen Gedanken.
„Zweieinhalb Stund'n, ungefähr", sagt der Verkäufer und schaut gelangweilt an mir vorbei nach potentiellen Fahrgästen. Da er niemanden sieht, versucht er sich an mir in seiner Arbeit: „Wenn s' gut in Schuss sind aber. Mit der Gondel nur zehn Minut'n. A Ticket rauf und runter?"
„Wie lange fahren sie?"
„Um sechs geht die letzte z'rück."
Die Wanduhr in seinem Häuschen steht auf halb zwei. „Das geht sich aus", blubbert es mir über die Lippen, und ich frage mich, woher diese Redewendung plötzlich kommt.
„Bergerfahrung?", grantelt es durch den Zahlschlitz.
„Ich war mal in Österreich."
„Da schau her. Also, nach dreieinhalb bis vier Stunden, wenn

s' dann noch ned ob'n sind …" Er dreht sich zur Uhr. „Dann sollten s' schleunigst z'rück."

„In Wien war's aber eher flach." Ich folge den Seilen den Berg hinauf, bis sie sich verlieren, kein sichtbares Ende, keine Kuppe auf dem Berg. „Also um fünf spätestens?"

„Wenn s' die letzte verpass'n, geht's nur noch z'Fuß runter, im Dunkeln, da langt ein Fehltritt … Nehmen s' lieber gleich die Gondel! Dann hamm s' auch länger was von da ob'n."

„Und wenn ich sie nich' nehm'?"

„Ja dann geht's da entlang", gibt er mich verloren und fuchtelt in Richtung eines Gebüschs hinter seinem Häuschen.

„Habe die Ehre. Baba …", bleibe ich im alpinen Sprachgebrauch. Ich führe die Hand soldatisch an die Schläfe und winke sogleich majestätisch voran, wie zum Angriff auf Gebüsch und Berg, und im Gehen einmal noch zum Verkäufer zurück …

Der Weg erweist sich als Trampelpfad, nichts deutet auf die Erhabenheit des Berges, mir ist, als böge ich um eine Notdurftecke. Geröll durchzieht den Sand wie skelettöse Wirbelrücken, bietet Tritt auf sicheren Stufen oder die Möglichkeit zu stolpern, auf den ersten ansteigenden Metern. Die Luft ist dick und modrig, der Herbst hängt in den Büschen und liegt mir zu Füßen, achtsam setze ich jeden Schritt. Nichts, das ich nicht auch zu Hause hätte haben können, ein Stadtparkambiente bis zum ersten Knick. Mit dem zweiten stößt der Weg durch das untere Laubdach, und ich schaue auf Buschwerk zurück, auf eine herbstliche Fläche zwischen hohen Stämmen, ein Goldbraun bis zum See, den ich hinter ihr vermute. Ich steige weiter auf die Höhe der Wipfel, Birken mischen sich unter die Buchen. Ich streichele einen Moosteppich auf der Bergseite, auf der anderen turnt ein Eichhörnchen durch die Kronen. Es buckelt auf meiner Höhe, springt durch sein Reich, kein Zweig scheint zu weit für das letzte Futter, eine letzte Freude, gesammelte Sicherheit vor dem langen Schlaf. Was treibt sonst noch hinaus?

„Grüß Gott!"

Ich trete beiseite, an den Rand des schmalen Pfads, die Fußspitzen darauf, die Hacken schräg am Hang. Unter meiner Nase zieht ein frischer Wohlgeruch bergan. Wortlos nicke ich meinen Gegengruß in den fremden Rücken, und bin so charmant irritiert von der Herzlichkeit in der Eile, wie streng gemahnt durch die stramm vorgelegten Schritte, mich nicht schon auf den ersten Metern zu verlieren. „Grüß Gott", rufe ich dem Eichhörnchen zu und staune über das Tempo des Fremden, der hinter der nächsten Biegung schon verschwunden ist.

Nadelgehölz mischt sich unter den Laubbewuchs nach ungezählten Kurven. Jede wird zu einem kleinen Ziel, über einen Abstand von hundert Metern oder mehr hinweg, durch tiefes Immergrün, festgekrallt am steilen Hang. Der Berg fällt bald senkrecht zur Seite weg, fast im freien Fall, wie in Stufen abwärts stehen die Wipfel. Der Berg verlangt meine Kraft, er bietet nichts dafür, nicht für den Moment, nur dichten Wald und Steigung. Stimmen schallen aus der Tiefe herauf, von einer lustigen Ausflugsgruppe, gedämpft vom Wald, an den Stämmen vielfach gebrochen. Ein klingender Brei, die hohen stechen heraus, ein schrilles Frauenlachen, die Richtung kann ich nicht orten. Kommen sie von der Station, deren Lage ich nach allen Kurven nur noch vermuten kann, oder vom Weg, wie ich befürchte? Ich gehe, was ich kann, um mich in Abstand zu bringen ... Aber mit Hast, zeigt mir schnell der Berg, gelassen auf das Geschlängel seiner Serpentinen verweisend und erhaben auf die Ferne seines Gipfels, ist er nicht zu gewinnen. Er zwingt meinen Schritten einen Rhythmus auf, der mir fremd ist, den er mich spüren lassen will. Schmal ist der Grat, auf dem ich leichthin zu wandern versuche, die Fläche gewöhnt. Meine Beine stemmen die Schräge voran. Bald ringe ich nach Luft. Ich verfluche jede im Sitzen durchzechte Nacht, ausgeliefert dieser Beschwernis, beginne aber den Berg zu verstehen und merke, wie es gehen kann: Ich sehe nicht mehr nur mich auf meinem Weg ... Schönheit gibt er preis, abseits, ganz nebenher. Ich sehe sie vereinzelt zwischen den hohen Stämmen leuchten. Mein gleichmäßiger Schritt lässt mir den Atem für die Rückschau. Das Voran liegt verdeckt hinter dem Dickicht der hohen Kronen. Für dieses Maß der Ruhe belohnt er mich unvorhergesehen, nach unbestimmter Zeit: Ein weiter Bogen tut sich auf, eine Schlucht wie ein Amphitheater. Der Pfad führt herum in sanfter Steigung. Ich sehe wie von teuren Plätzen hinab, von einem hohen Rang auf den See tief unter mir, wie auf eine unbespielte Bühne. Ich halte mich tastend am Rand. Moos wechselt unter meiner Hand mit Gestein. Ein Fehltritt hier ist keine Schussfahrt, bedeutet fast den freien Fall, einen endlosen Sturz, mit Sicherheit den Tod. Es ist Angst, die mich durchfährt, die mich nach allem greifen lässt, wie ein alter Mann bei jedem Schritt, jede Höhe ungewohnt, weit vor jedem Gipfel. Auf Mitte des Bogens aber sicher angelehnt, ein Moospolster im Rücken, schwelge ich in einem Blick zurück, alle Mühen gern in Kauf genommen. Mir bietet sich ein blendendes Panorama, ein vor mir entrolltes Gemälde in prallen Farben und stärksten Kontrasten. Die Pflanzenwelt gefällt sich in Tönen von kaum zu mischender Tiefe und unerreichbarer Intensität. Ich erliege der Natur in ihrer Prahlerei, ihrer aufgesetzten Harmlosigkeit, der leichtfertigen Aufforderung, die alten Meister zu übertreffen … Ich präge mir ein, wie sie gesehen sein will und bin verführt zu einem Wettstreit in nicht verfügbaren Farben. Alles scheint durchstrahlt und gleichzeitig im Widerstand gegen das Licht. Die Sonne präsentiert mir eine Welt, die über ihr Sichtbares hinaus nicht mehr vorstellbar ist, die nur noch unmittelbar existiert, in dem leuchtenden Grau der Steine, in dem Grün der Bäume und Wiesen, das in seiner Kraft bereits in Schwarz umschlägt, in der Luft in ihrem Blau, das der Kontrast eines zu Strichen zerrissenen Wolkendunstes umso stärker strahlen lässt. Ich muss, um nicht geblendet zu sein, mit der Sonne schauen, mit beiden Händen vor der Stirn, knapp über den See hinweg, über das tiefe Blau, das vor mir liegt, so glatt wie eben hingeschüttet. In diesem Fokus scheint selbst die Luft zu blenden. Nichts in diesem Bild ballt sich zu Bedrohlichkeit. Vor mir faltet sich entseelt ein nie gemalter *Turner* auf. Nichts neben dem Sichtbaren scheint von Bestand. Jede Vorstellungskraft ist überstrahlt, ist ausgelöscht. In einer Mischung aus Furcht und Spiel schließe ich die Augen. Das Bild aber bleibt stehen, ist wie in die Hornhaut gebrannt. Das Öffnen der Lider schmerzt gleich einer wieder aufgestoßenen Wunde. Entspannung finden sie einzig in der milchigen Ferne, auf dem Hochgebirge, wo ich sie ruhen lasse, bevor sie sich unwillkürlich von den weißen Gipfeln herab, über den See an sein hiesiges Ufer tasten, über diese Tintenfasspfütze hinweg, die wie von einem Schreibtischhalogen angestrahlt über Papier verschüttet scheint. Unter mir, vor meinen Füßen, auf einer flachen Zunge im See, liegt die Ortschaft, so zierlich und geputzt wie das Modell einer Eisenbahnlandschaft. Roter Dachstein hingeknobelt aus einem Becher mit hundert Würfeln. Straßen führen um satte Wiesen herum, große Flächen leuchtenden Grüns im Kontrast zur tiefen Kälte des Sees. Ich staune vor mich hin und spüre die Lust eines groben Kindes, mit schnipsenden Fingern jedes Haus dort unten umzustoßen.

Am äußersten Rand des Ortes löst sich eine Gondel aus dem Schutz eines weißen Flachdachs. Eine andere senkt sich an durchhängenden Seilen gegen den Fuß des Berges. Sie nähern sich. Man schwebt aufeinander zu. Man grüßt sich mit einem Winken, was nur dort vorstellbar ist, in Gondeln am Berg, nicht durch Autoscheiben, nicht auf dem Weg zum Berg. Kinder hüpfen aufgeregt und winken von den Eltern ermutigt zu den Abfahrenden hinauf: *Guck mal da! Eine Gondel.* Und die Eltern winken fröhlich mit. Sie winken gemeinsam einem dicken Jungen in der anderen Gondelspitze zu. Dieser nähert sich von oben herab mit einem beiläufigen Nicken, die Ellenbogen breit auf den Rahmen gestützt, seine müden Eltern im Rücken und den Berg hinter sich, diese Erfahrung voraus. Ich sehe das alles nicht. Ich sehe auch nicht die Gesichter der enttäuschten Kinder in der auffahrenden Gondel, nicht das Schulterzucken der abgeklärten Mutter. Ich stelle mir den Vater vor, der am Ende einer langen Woche für einen Tag seine Rolle sucht und tatsächlich etwas findet, etwas, das er für sehenswerter hält als einen dicken Jungen, das er zeigen kann zu einem Wort von Bedeutung. Und ich stelle mir die Kinder vor, die, wohl erzogen, stumm der Richtung seines Fingers folgen. Ich bin weit entfernt davon. Ich sehe mich in alldem nicht. Die Gondeln, klein wie Streichholzköpfe, fahren aneinander vorbei. Die eine hat die Station erreicht, die andere ist bald auf meiner Höhe.

Ein ausgelassenes Stimmengewirr weht von einem tieferen Teil des Weges in meine Einsamkeit. Ich höre Frohsinn wie zuvor, von den Mühen seines Aufstiegs noch immer unbehelligt. Ich werde eingeholt, die Lautstärke droht zunehmend mit ihrem Verlust. Wieder das schrille Lachen einer Frau. Ich stoße mich vom Moos in meinem Rücken ab. Ein faustgroßer Stein, mit dem Fuß über den Abhang geschossen, stürzt in immer längeren Sprüngen den Gletscher hinab. Die Aufschläge klingen härter mit jedem Schwung. Das Echo weht die Furche herauf. Ich nehme die andere Hälfte des Bogens in Angriff. Hinter ihm knickt der Weg scharf nach oben ab. Zu beiden Seiten sicher jetzt, bin ich wieder unterwegs, zu jeder kommenden Schleife. Schnell will ich auf Abstand, ich gehe, was ich auf Dauer kann. Er wird wieder wachsen mit meinem Tempo. Er wird wachsen mit dem Ausblick, der hinter mir liegt, der sich jedem bieten wird, so überraschend wie erwartbar, der für den Rückblick genutzt sein will von jedem, der meinen Spuren folgt.

Die Einsamkeit treibt mich voran, in einem fort. Ich spüre meine Beine, ich laufe mich leer. Ein Automatismus, der mich bewegt, von Punkt zu Punkt, der nach jeder Schleife neu beginnt und mich neben dem Weg nichts sehen lässt. Das Nebenher bleibt ausgeblendet. Ich gehe auf das unbekannte Ziel zu, von selbst verbietet sich die Frage nach dem Sinn. Mich umgibt eine nie gehörte Stille, die übertönt, was vorher war, in der jeder meiner Schritte hallt wie ein Donnerschlag. Und doch, mit einem Mal erinnert sie mich, Monate und Jahre zurück, an manch späte Nacht im Atelier, gänzliche Leere, an gedankenlose Zeit nach arbeitsreichen Tagen. Sie erinnert mich daran, dass ich nichts hörte außer dem Rascheln meiner räumenden Hände zwischen Leinwand und Papier, zwischen Gips, Ton, Beton, das Knarren meines alten Stuhls. An jene Stille, in der ich anfangs immer glücklich war, bald aber von lähmender Angst eingenommen, einer zunehmenden Verzweiflung bis in die Morgenstunden, bis ich mit ausreichend Abstand wieder sehen konnte. An den Moment, als sich das neue Licht einer nächsten Arbeitsskizze gleich über den vergangenen Tag gebreitet hatte. Das Licht aber, durch das ich wandere, steht deutlich nur für sich. Klar ausleuchtend, was zu sehen ist, lässt es nichts für eine Deutung. Alles ist hell und erscheint wie in einem Eigenleuchten und ein Geheimnis im Dahinter gibt es nicht. Oder es ist übertönt im Vordergrund, ist nicht denkbar mit überblendeter Phantasie. Auch die Stille, der hörbare Freiraum, kommt nicht dagegen an. Flucht wird mir unmöglich. Ich achte auf meinen Atem, rechter Fuß ein, linker Fuß aus … Sicherheit stellt sich ein im Aufsetzen. Ich komme voran und fast in eine Trance, in einen Rhythmus für zwei Seiten, für ein Links und ein Rechts, für ein auseinanderfallendes Ich. Ich gehe gegen den Gipfel und sehe alles klar vor mir.

An einigen Punkten bietet der Ausblick eine Wiederholung in veränderten Farben, weniger leuchtend, tiefere Töne dafür.

Ich sehe den See, dessen Farbe mittels geschrumpfter Größe konzentrierter scheint, den Ort, bloß kleiner geworden in einem Maßstabwechsel von 0 über H0 zu N oder einem noch kleineren Modellformat, in welchem dem groben Jungen für sein filigranes Zerstörungswerk die Finger zu dick geworden sind. Aber Karwendel und Wetterstein, die jenseits des Sees mit ihren weißgetünchten Zacken in ein dunkleres Blau als das vorherige ragen, sehe ich klarer als zuvor. Sie scheinen jetzt näher als der unter mir liegende Ort, aus welchem sich wieder eine Gondel löst, während eine andere sich von oben gegen ihn senkt. Zwei Gondeln fahren zu gleicher Größe wachsend die Berglinie entlang. Ich muss nur warten.

Der Bewuchs nimmt ab, hohle Stämme häufen sich, Holzgerippe überall, befreiter Blick durch Baumleichen. Ich muss keinen Aussichtspunkt mehr erwarten und verweile nicht. Ich atme an den Schleifen in kurzen Pausen durch. Vom Weg aus, während ich gehe, sehe ich. Breiter werdend und mit geringerer Steigung wölbt er sich ausgangs einer weiten Schleife eine Kuppe hinauf, dem vermuteten Gipfel entgegen. Er durchschneidet eine Wiese, die baumlos, von Geröll durchwirkt, mit kahlen Stellen vor mir liegt, die mir in ihrer Plötzlichkeit wie der aufgegebene Versuch einer herrschsüchtigen Gartenkultur erscheint. *Reitweg* nennt er sich, mein Pfad aus festem Schotter jetzt. *Berggasthof* und *Herzogstandbahn* lese ich auf Wegweisern. Und ich stehe unvorbereitet vor einer Entscheidung: Bisher ging es geradeaus. Kurven und Richtungswechsel waren Teil des Wegs. Ich war allein, war darauf bedacht, hatte alles dafür getan. Und wieder bin ich mittendrin, wie zu Anfang, wie am Fuß des Berges mit seiner Grenze aus undurchsichtigem Gestrüpp.

Ausflügler ziehen in Gruppen zu beiden Zielen. Keiner geht den gleißenden Weg aus weißem Schotter allein. Ich sehe ein überlaufenes Wandererbild einer ungetrübten Romantik, ein Panorama der Erholung zwischen eine Seilbahn und eine Hütte gezwängt, zwischen kurzer Auf- und Abfahrt, zwischen zwei lange Wochen. Darüber wird Protokoll geführt. Klickende Apparate vor dem Gesicht zur eigenen Erinnerung, die ferne Welt im Detail erfassend. Oder knipsende Spielzeuge am ausgestreckten Arm für den Rest der Welt, mit dem Rücken zur Welt, in der Erwartung, dass einer begrenzten Optik ein In-ihr-Sein gelingt.

Ein Kind schubst einen faulen Mops für einen Jagdversuch vom Weg auf das Gras. Andere spielen Fangen in einem Wald aus Erwachsenenbeinen. Eines schreit verzweifelt und rennt dem Dieb seiner Eiswaffel hinterher. Eine gebeugte Alte, von einem jüngeren Mann am Arm geführt, spielt luftgreifend das Fangen mit, wenn wieder ein Kind vorüberflitzt. Ein junger Vater, selbst kaum erwachsen, schiebt einen Buggy den Hang zur Hütte hinauf. Das Schreien seines festgezurrten Kindes rührt ihn nicht. Die Mutter, müde dieses Kampfes, schaut ihren Fußspitzen beim Gehen zu. Sie folgt wie nach Gehör, ihrem gegen die Gurte bockenden Kind. *Ein schönes Wochenende* möchte ich hinaufrufen, *Ich komme werktags wieder.* Ich stehe, während ich das denke, unentschieden vor dem letzten Schritt, zwischen Gipfelhaus und Abfahrt. Die offerierte Stärkung dort, Gesellschaft womöglich, der übliche Weg. Auf der anderen Seite sein unverzügliches Ende ...

Ausgestreckte Arme zeigen in die Ferne, auf Punkte hinter mir, oder ziehen Halbkreise über die eine Seite des Berges, der ganzen Welt und über mich hinweg. Die schattige Seite, wie im Leben, so scheint es mir, bleibt unbesehen. Ein Mann in der Mitte, breitbeinig auf erhöhter Position, ein Fernglas vor dem Gesicht. Ein Feldherrenbild. Ich drehe mich und schaue auch. Ich blicke zurück und gebe her, was meine Welt war, die letzten Stunden. Ich lasse sie allen, die kommod chauffiert und schneller da, die ohne jeden Abstand eine angenehme Auffahrt hatten. Die Sonne senkt ihr Licht aus dem weißen Gelb, das es bis hierher war, in gelbes Gelb, ein bekanntes Gelb. Der Horizont zeigt sich in der Erwartung eines Orange, der Ahnung des folgenden Blaus, der Vorstellung der überall gleich schwarzen Nacht. *Wozu ...?* frage ich mich mit einem Mal. Aber noch ist es nicht soweit, noch kitzelt sie der Welt die schönste Palette hervor, warme, volle Farben. Sie neigt sie nur etwas aus dem Tag. Bald glimmt in ihnen das tiefe Rot des Abends durch. *Malen?* setzt sich die Frage fort. Ich kann es sehen. Mir mischen sich von selbst die Farben. Aber sie decken nicht und decken nichts mehr auf. Sie legen bloß ein Analog. Ich sehe von dort oben auf das Leuchten zurück, auf die hellen Stunden, während derer ich unterwegs war, ohne diesen Schluss zu bedauern, und ohne jeden Zweifel. Ich bin froh. Ich bin erleichtert. Ich merke, wie die fertigen Farben nicht in mein Gedächtnis drängen, mich nicht mehr drängen. Ich sehe sie vorüberziehen, von einer langsam dunkelnden Sonne mitgenommen. Ich bin, wo ich stehe, und bleibe dort. Ich ziehe mit den Farben durch die Zeit. Kein kommender Augenblick erzwingt von mir, gegen ihren Lauf, ein Festhalten für die Ewigkeit ...

Stell Dir vor, eine Fahne weht im Wind. Und mit jeder Welle, die er aus ihr schlägt, fällt eine Farbe von ihr fort.

Ich hatte die ganze Nacht wilde Träume, wie im Fieber, verzerrte Bilder in Rot und Gelb, Morgenfrost in rosa Wolken. Die hämmernden Gedanken sind wie weggeträumt und nun ist mir alles klar, endgültig klar.

An den Regen erinnere ich mich noch, die ganze Rückfahrt waagerechte Bäche am Fenster, ein hektisch flimmernder Film. Dahinter zog München vorüber, die Konturen aufgelöst, ein unscharfes Gebilde in Grau, Schattierungen aller Art, selbst farbliche Punkte schienen übermalt, ein passender Kontrast zum vorherigen Tag. Mit bemerkenswerter Distanz zog meine Erinnerung den Vergleich. Ich blieb ungerührt. Ein Novum, wie ich dachte, den Kopf an das Polster gelehnt, die Arme über der Brust verschränkt, mit ausgestreckten Beinen. Über die München folgende Ebene legte sich, das Grau verdunkelnd, tiefes Schwarz. Es war, als eilte der Zug durch eine Welt, die verschwunden war. Ich fokussierte, dieses alte, langweilig gewordene Spiel, der Wechsel vom Spiegelbild des Abteils in das Schwarz dahinter. Das Nichts, das fortan beständig kam, auf scharf gestellt ...
Das Grelle der Erinnerung entschärft, war ich eingewoben in das monotone Brummen des Zuges. Vorbeischnellende Lichter störten meinen Ausblick in das Dunkel nicht, ob zwischen Gelb und Weiß verschieden, oder in Orange gedimmt. Ob einzelne Punkte oder kleine Haufen mit schwarzen Flecken, manchmal

kompakt zu einem größeren Bild vereint. Sie zogen vorüber, verschieden schnell, wie verblasste Erinnerungen in einer halbschlafdurchwirkten Nacht. Die ferneren Punkte standen länger unter dem schwarzen Horizont. Dass ich sie über die Distanz überhaupt leuchten sah, lag an ihrer Kraft ... Du siehst es einmal und ähnlich wieder und wieder, es verblasst und kommt, du musst nur warten, in Wiederholungen, immer um ein weiteres Stück verschieden. Aber dann, Schicht auf Schicht, die Topographie deines Gedächtnisses wie unter einem *Polylux*, Folie auf Folie gelegt. Und der Schatten eines Fingers tippt auf die zu merkenden Punkte. Du siehst das projizierte Bild stückweise komplettiert und weißt, wie ein Schuljunge belehrt, es war immer schon da. Ich habe mich nur nicht getraut, es selbst zusammenzusetzen. Du sagst bestimmt, wenn Du das liest, weil es bequem für mich war. Nein, nicht deshalb, nicht weil es mich in Schuld gesetzt hätte. Ich habe Einzelheiten verdrängt und in einer selektiven Erinnerung gelebt, weil das komplettierte Bild mein Leben zeigt, als das, was es ist: von Beginn an eine Lüge. Und ein Selbstbetrug in vielem, was ich tat. An dem Verdacht gegen Dich habe ich festgehalten, weil er mir geholfen hat, den Versuch eines Neuen zu beginnen.

Nürnberg war vorübergezogen, ein Lichtermeer von gedämpftem Glanz, nur Punkte, kein sichtbares Leben. Etwas heller, aber ähnlich Budapest, Bratislava, Prag, Dresden und Berlin. Ich schaue wieder in das Schwarz hinter meinem Spiegelbild, und rede stumm mit Dir, in knappen Sätzen, wie damals von Ungarn zurück, in jenen beginnenden Herbst.

Ich habe meine Geschichte geschrieben, verschiedene Wahrheiten zusammengeschrieben, meine Erinnerung überschrieben ... Es gibt mich nicht mehr.

* * *

Sehr geehrter Herr Prof. Dr. Gundermann,

leider wende ich mich aus einem traurigen Anlass an Sie. Mir obliegt, gerichtlich beauftragt, die Nachlasspflegschaft Ihres am 31. Dezember letzten Jahres aus dem Leben geschiedenen Jugendfreundes, wie ich dem in Kopie beiliegenden Brief an Sie entnehme. Dieser befand sich nicht adressiert in dem von mir aufzulösenden Hausstand. Da der Verstorbene kein Testament verfasst hat und keine erbberechtigten Personen bekannt sind, die die Erbschaft anzutreten bereit wären, oblag es mir, den Hausstand zu sichten, etwaige Vermögenswerte an die Landeskasse zu überführen, die Vernichtung der Dinge in die Wege zu leiten, die nicht ohne vertretbaren Aufwand einer anderweitigen Verwendung zugeführt werden können.
Aus dem beiliegenden Brief hingegen geht hervor, dass Sie im Leben des Verstorbenen, im Mindesten zu früherer Zeit, eine erhebliche Bedeutung hatten. Verzeihen Sie mir an diesem Punkt, dass ich durch den Brief zu Ihren früheren Lebensumständen einiges weiß. So dies überhaupt der Wahrheit entspricht, möchte ich Sie auf mein Stillschweigen hinweisen, welches sich aus meiner anwaltlichen Schweigepflicht ergibt.
Ihre Identität, derzeitigen Aufenthaltsort etc. habe ich dank der öffentlich zugänglichen Informationen Ihres Lehrstuhls und Ihrer Verlage ausfindig machen können und, soweit es mir möglich war, überprüft. Eine zufällige Namensgleichheit scheint mir nicht gegeben.
Leider hat die Kindsmutter, als Sorgeberechtigte des in dem Brief erwähnten Kindes, die Erbschaft ausgeschlagen. Auch ist der den

Verstorbenen vertretende Galerist nach unbekannt verzogen. Das Gewerbe ist abgemeldet, die Galerie existiert nicht mehr.
Nun zu dem eigentlichen Grund meines Schreibens: Sollten Sie sich bereit erklären, den verbliebenen Hausstand des Verstorbenen zu sichten, der im Eigentlichen nur aus von ihm geschaffenen Kunstwerken besteht, könnten diese der zwangsläufig bevorstehenden Vernichtung entrissen werden.
Einige dieser Kunstwerke könnten zumindest zukünftig von potentiellem Wert sein. Ein weitergehendes Urteil traue ich mir nicht zu. Leider bin ich mit der Entgegennahme einer etwaigen Antwort Ihrerseits an Fristen gebunden.

Im Hoffen auf eine schnellstmögliche Antwort verbleibe ich mit freundlichen Grüßen.

Dr. Hermann Schurig
Rechtsanwalt / Notar

Legende

Taigatrommel S. 14, dieselelektrische Lokomotive sowjetischer Bauart

James Hobrecht S. 15, Hobrecht-Plan 1862, Bebauungsplan der Stadt Berlin

Aktuelle Kamera S. 26, Hauptnachrichtensendung des Fernsehens der DDR, vom ZK der SED angeleitet und kontrolliert, wichtiges Propagandainstrument, viel Platz nahmen Berichte über angebliche wirtschaftliche Erfolge ein

FDGB S. 30, Freier Deutscher Gewerkschaftsbund, organisierte auch Urlaube, unterhielt zu diesem Zweck eigene Erholungsheime in der DDR

Demmlerplatz S. 40, 1914 Errichtung des Justizgebäudes, späterer Sitz der Bezirksverwaltung Schwerin des Ministeriums für Staatssicherheit, heute Sitz des Schweriner Landgerichts und Amtsgerichts, der sich anschließende Gefängnistrakt diente dem MfS als Untersuchungsgefängnis, heute Dokumentationszentrum des Landes für die Opfer der Diktaturen in Deutschland

Friedland S. 43, Grenzdurchgangslager Friedland in Niedersachsen, unter anderem als Übergangslager für Übersiedler aus der DDR genutzt

Parteisekretär S. 54, Leiter der Betriebsparteiorganisation der SED, BPO, diese hatte vielfach anleitende und kontrollierende Funktionen in allen Betrieben, staatlichen und wissenschaftlichen Einrichtungen, die BPO bzw. deren Leitung hatte Kontrollrecht gegenüber den Betriebsleitern

Forró kukorica S. 70, ungarisch, wörtl. heißer Mais, gedämpfte Maiskolben

Jesuslatschen S. 73, einfache, in der DDR sehr populäre Sandale

Spirellilocken S. 73, Frisurenmode in den 80er Jahren

Goldkron0e S. 83, Weinbrandverschnitt

Schützenschnur S. 83, militärische Auszeichnung für besondere Schießleistungen

Pappkamerad S. 84, Schießscheibe mit menschlichem Umriss

ABC – Alarm S. 85, Alarm nach einem Angriff mit atomaren, biologischen oder chemischen Waffen

KK S. 85, KK-MPi 69, Kleinkalibermaschinenpistole ostdeutscher Produktion, in der äußeren Form der Kalaschnikow AK 47 ähnlich

GST S. 85, Gesellschaft für Sport und Technik, Massenorganisation der DDR, zuständig für die vormilitärische Ausbildung an Schulen, Universitäten und Betrieben, s. auch Wehrerziehung

Barrikadentauber S. 88, Ernst Busch, 1900 – 1980, Schauspieler und Sänger, interpretierte zahlreiche linke Kampflieder, Anspielung auf den berühmten Tenor Richard Tauber, 1891 – 1948

Ernst Thälmann S. 88, 1886 – 1944, Anführer des Roten Frontkämpferbundes von 1925 bis zu dessen Verbot 1929 (paramilitärische Schutzorganisation der KPD, Pendant zur SA der NSDAP), von 1925 bis zur Verhaftung 1933 Vorsitzender der Kommunistischen Partei Deutschlands (KPD), ermordet im KZ Buchenwald

Horst Sindermann S. 88, 1915 – 1990, Vorsitzender des Ministerrates der DDR von 1973 bis 1976, 1976 bis 1989 Präsident der Volkskammer der DDR, inoffizielle Nummer Drei in der DDR

Willi Stoph S. 88, 1914 – 1999, Vorsitzender des Ministerrates der DDR von 1964 bis 1973, Vorsitzender des Staatsrates der DDR bis 1976 (offizielles Staatsoberhaupt), bis 1989 erneut Vorsitzender des Ministerrates, inoffizielle Nummer Zwei

Erich Honecker S. 88, 1912 – 1994, gründete im Auftrag der noch existierenden KPD (Mitglied ab etwa 1930) die FDJ – Freie Deutsche Jugend (Vorsitzender bis 1955), als Sekretär für Sicherheitsfragen des ZK der SED plante und leitete er den Mauerbau 1961, übernahm 1971 mit Unterstützung durch die sowjetische

Führung unter Leonid Breschnew die Führung der Staatspartei SED (Erster Sekretär, später in Generalsekretär umbenannt), ab 1971 auch Vorsitzender des Nationalen Verteidigungsrates und Vorsitzender des Staatsrates ab 1976, übte zusammen mit Erich Mielke, Minister für Staatssicherheit, und Günther Mittag, Sekretär für Wirtschaftsfragen im ZK der SED, die diktatorische Herrschaft in der DDR aus

Wehrerziehung S. 88, begann mit dem Pflichtfach Wehrunterricht ab der 9. Klasse in den Schulen der DDR, setzte sich in Berufsschule und Studium fort, s. GST

Ostrakales Funkeln S. 89, Ostrakismos, altgriechisch, Scherbengericht, von Ostrakon, Tonscherbe

Ikarus S. 91, Gelenkbus, auch Schlenkbus ungarischer Bauart, Ungarn belieferte alle RGW – Staaten mit Bussen, s. RGW

FDJ S. 104, Freie Deutsche Jugend, gegründet 1946, s. auch Erich Honecker, kommunistische Massenorganisation, einzige staatlich anerkannte Jugendorganisation in der DDR, war an allen Schulen, Universitäten, Betrieben, militärischen und anderen staatlichen Einrichtungen vertreten, im offiziellen Eigenverständnis die „Kampfreserve der SED"

Betriebsparteiorganisation, BPO S. 104, s. Parteisekretär

Freundschaft S. 104, offizielle Grußformel unter den Mitgliedern der FDJ

Blauhemd S. 105, offizielles Kleidungsstück der FDJ, verpflichtend bei offiziellen Anlässen

Bürgschaft S. 105, in der DDR bestand die Möglichkeit, dass das Arbeitskollektiv in strafrechtlichen Fällen für ein Mitglied bürgte, in der Regel gegen Auflagen

Zürkebarat S. 107, ungarisch, Grauburgunder

VEB S. 109, Volkseigener Betrieb, vorgebliche Eigentumsform, Staatsbetrieb

Pfingsttreffen S. 109, Großveranstaltung der FDJ, letztmalig 1989 in Berlin

Eberhard Aurich S. 109, geb. 1946, vorletzter Erster Sekretär des Zentralrates der FDJ, Nachfolger von Egon Krenz, s. ebd.

ZK S. 110, Zentralkomitee der Sozialistischen Einheitspartei Deutschlands, SED, oberstes Machtorgan der Partei zwischen den Parteitagen, die Mitglieder waren gegenüber den Ministerien der DDR weisungsbefugt

Politbüro S. 110, Politbüro des ZK der SED, höchste politische Entscheidungsinstanz zwischen den Tagungen des ZK, ging durch Wahl aus dem ZK hervor (die Organisations- und Machtstruktur der SED entsprach der der KPdSU, Kommunistische Partei der Sowjetunion, Vorbild für die kommunistischen Staatsparteien im Ostblock)

Klassenfeind S. 112, Propagandabegriff in der DDR, leitet sich aus der Klassentheorie von Karl Marx ab, mit Klassenfeind wurden marktwirtschaftlich organisierte Staaten bezeichnet, insbesondere waren die Bundesrepublik Deutschland und die USA gemeint

Historische Gesetzmäßigkeiten S. 112, Theorie des Kommunismus, nach der Geschichtsverläufe Gesetzmäßigkeiten folgen, nach dieser durchläuft die Menschheitsgeschichte verschiedene Gesellschaftsformen, Urgesellschaft, Sklavenhaltergesellschaft, Feudalgesellschaft, Kapitalismus, letztendlich Kommunismus über die Zwischenstufe Sozialismus, jede ist ein Fortschritt gegenüber der vorherigen, der Kommunismus stellt die höchste und somit letzte Form der gesellschaftlichen Entwicklung dar

Fünfjahresplan S. 113, in der Planwirtschaft (Zentralverwaltungswirtschaft) gebräuchlich zur Planung aller wirtschaftlichen Aktivitäten durch eine zentrale Instanz (Staatliche Plankommission), steht im Ggs. zur Marktwirtschaft, der Fünfjahresplan wurde in Jahrespläne unterteilt und den einzelnen Wirtschaftssektoren zugewiesen, Kriterium war die Erfüllung der jeweiligen Planzahlen, für gewöhnlich propagandistisch benutzt in einer angeblichen Übererfüllung, die tatsächliche wirtschaftliche Entwicklung unterlag der Geheimhaltung

SKET S. 113, Schwermaschinenbau-Kombinat „Ernst Thälmann", Sitz Magdeburg, Staatskonzern der DDR, dem eine Vielzahl von Schwermaschinenbaubetrieben angehörte

Rat für Gegenseitige Wirtschaftshilfe S. 114, auch RGW oder Comecon, als Reaktion auf den Marshallplan 1949 auf Initiative der Sowjetunion gegründet, Ziel war die sozialistischen Staaten stärker an die Sowjetunion zu binden, der RGW zeichnete sich durch eine Spezialisierung und Arbeitsteilung unter den Staaten aus

UdSSR S. 114, Union der Sozialistischen Sowjetrepubliken, auch Sowjetunion

Internationale Solidarität S. 121, Begriff der internationalen Arbeiterbewegung, beschwört den internationalen Zusammenhalt der Arbeiterbewegungen, Erste Internationale gegründet 1864 in London

Magenkrebsfalten S. 123, Magenfalten, Nasolabialfalten, Verlauf und Tiefe lassen angeblich auf den Zustand einiger innerer Organe schließen, so auch auf den Magen, 1989 machte in der DDR das Gerücht den Umlauf, Erich Honecker sei an Magenkrebs erkrankt

Pessimismus des Leninkenners S. 124, Wladimir Iljitsch Uljanow, genannt Lenin, 1870 – 1924, marxistischer Theoretiker, Anführer der russischen Revolution 1917, Begründer der UdSSR, eine Redewendungen, die auf ihn zurückgehen soll: „Vertrauen ist gut, Kontrolle ist besser."

Menschenverbesserer S. 124, s. sozialistische Persönlichkeit

Jedem nach seinen Leistungen S. 124, Leistungsprinzip des Sozialismus: „Jeder nach seinen Fähigkeiten, jedem nach seinen Leistungen", für den Kommunismus sollte gelten: „Jeder nach seinen Fähigkeiten, jedem nach seinen Bedürfnissen"

Sozialistische Persönlichkeit S. 124, die Erziehung zum neuen sozialistischen Menschen war das höchste Ziel des Bildungswesens der DDR, sie setzte im Vorschulalter ein, durchzog alle Bildungseinrichtungen und Fächer, Fächer wie Staatsbürgerkunde und Wehrerziehung waren eigens dafür geschaffen, einziges Ziel der Massenorganisationen wie der Pionierorganisation „Ernst Thälmann", FDJ, GST u.a.

Staatsbürgerkunde S. 124, Unterrichtsfach an allen Schulen und Berufsschulen in der DDR, führte in die Ideologie des Marxismus-Leninismus ein

Kommunismus S. 125, politische Theorie, nach der das Eigentum an Produktionsmitteln in den Besitz aller Staatsbürger übergeht (s. auch VEB), und demzufolge alle Klassenunterschiede überwunden werden, Wirtschaft und Staat werden zentralistisch geleitet, der Sozialismus ist die Vorstufe des Kommunismus (s. auch Historische Gesetzmäßigkeiten), gegen den Kapitalismus gerichtet

Gojko Mitić S. 128, geb. 1940 in Serbien, Schauspieler und Regisseur, erlangte in der DDR durch zahlreiche Indianerrollen Bekanntheit

Genosse S. 128, übliche Anrede unter Angehörigen der bewaffneten Organe der DDR, ob diese tatsächlich Mitglied der SED waren, war unerheblich

Kompost der Geschichte S. 136, geflügeltes Wort in der DDR, bezeichnete im allgemeinen die westlichen Demokratien mit ihrem Wirtschaftssystem, welche als vermeintlich obsolet, zu entsorgen wären

Gerontokratie S. 137, altgriechisch, Herrschaft der Alten

Moskwitsch, Wolga, Lada S. 138, PKW sowjetischer Produktion, waren begehrter als Trabant und Wartburg, galten auch als Fahrzeuge für privilegierte Personen, Tschaika, Regierungslimousine, ebenfalls sowjetischer Bauart

Ungarisches Meer S. 158, Balaton, dt. Plattensee

Opium S. 163 „Opium des Volkes", als welches Karl Marx die Religion bezeichnete

Doppelte Stadt S. 164, Budapest, eigentlich drei Städte, Óbuda und Buda auf den Hügeln des Donauufers, mit dem Burgpalast, Pest am flachen, gegenüberliegenden Ufer, welches als der bürgerliche Teil galt, 1873 vereinigt

Zwingender Verlauf der Geschichte S. 165, s. Historische Gesetzmäßigkeiten

Park S. 166, Viktoriapark mit dem Nationaldenkmal für die Befreiungskriege (1813 – 1815)

Deux ou trois choses que je sais d'elle, S. 172, franz. Film von Jean-Luc Godard, Hauptrolle Marina Vlady, Name eines nicht mehr existierenden Restaurants, welches die Küche Lyons zelebrierte

Werbendes Weiß S. 183, eine Toga (Kleidungsstück des freien Bürgers in Rom) wies den Träger als Kandidaten für ein öffentliches Amt aus, wenn diese in reinem Weiß gehalten war

unrettbar das Ich. Ich sehe ... S. 193, Egon Schiele: „Das unrettbare Ich", Werke aus der Albertina, Städtische Galerie im Lenbachhaus und Kunstbau München, Katalog zur Ausstellung Wienand Verlag Köln 2011, S. 120 (nicht wörtliches Zitat)

Schweinejuwel S. 205, Juwel 72, auch „Juwel Zweiundziehtnicht" genannt, Zigaretten bulgarischer Produktion, im Unterschied zur Juwel aus ostdeutscher Produktion, „Deutsche Juwel", die es seltener zu kaufen gab, von schlechterer Qualität

Patrouillenboote S. 207, die Ostseeküste der DDR wurde wegen Fluchtgefahr sowohl von Land- als auch von Seeseite her stark bewacht

Blauer Karl S. 207, Banknote, 100 Mark der DDR, blau mit dem Konterfei Karl Marx'

Schule der sozialistischen Arbeit S. 207, politische und weltanschauliche Unterrichtung aller Werktätigen in allen Altersgruppen zum Zwecke der Heranbildung sozialistischer Persönlichkeiten, s. ebd.

Görden S. 208, Haftanstalt, Stadtteil von Brandenburg an der Havel

Paneuropäisches Picknick S. 209, Friedensdemonstration der Paneuropa-Union an der ungarisch-österreichischen Grenze am 19. August 1989, mit Genehmigung der Behörden beider Seiten wurde ein Grenztor symbolisch für drei Stunden geöffnet, mehrere Hundert DDR Bürger nutzten diese Gelegenheit zur Flucht, gilt als wichtiges Ereignis in den Entwicklungen, die schließlich zum Mauerfall führten

Völker der Welt, schaut auf diese Stadt! S. 217, Ernst Reuter, 1889 – 1953, Bürgermeister von Westberlin, bei einer Rede am 09. September 1948 vor dem Reichstagsgebäude angesichts der Berlin-Blockade durch sowjetische Truppen („Ihr Völker der Welt, ihr Völker in Amerika, in England, in Frankreich, in Italien! Schaut auf diese Stadt und erkennt, daß ihr diese Stadt und dieses Volk nicht preisgeben dürft und nicht preisgeben könnt!")

Kerzenlichter S. 217, Personen, die die DDR verlassen wollten und auf die teils Jahre dauernde Genehmigung ihrer Ausreise warteten, währenddessen erhebliche Einschränkungen und Schikanen, teils Inhaftierungen erdulden mussten, stellten häufig als Zeichen ihres Protests eine brennende Kerze ins Fenster

HO S. 218, Handelsorganisation, staatliches Einzelhandelsunternehmen der DDR

Moskau S. 218, errichtet 1961–1964 in der Karl-Marx-Allee für die VEB HO Gaststätten

Pfingstjugend S. 218, s. Pfingsttreffen

Jüngster unter den Alten S. 218, Egon Krenz, geb. 1937, wurde 1955 Mitglied der SED, 1974 – 1983 Erster Sekretär des Zentralrats der FDJ, war damit in diesem Amt indirekter Nachfolger von Erich Honecker, viele weitere hohe Ämter, ab 1983 Mitglied des Politbüros der SED und Sekretär des ZK der SED für Sicherheitsfragen u.a., löste am 24. Oktober 1989 Erich Honecker als Vorsitzenden des Staatsrats ab, seine Karriere glich in vielen Stationen der Erich Honeckers

Generalsekretär S. 218, s. Erich Honecker, Magenkrebsfalten

Der dienstbare Ochs' ... S. 219, „Den Sozialismus in seinem Lauf hält weder Ochs' noch Esel auf." Von Erich Honecker öfter verwendete Redewendung.

Der Staatsrat schlief ... S. 219, Staatsratsgebäude, 1961–1964 errichtet, in die Fassade ist das Portal des Stadtschlosses integriert (1950 gesprengt), vor welchem Karl Liebknecht am 09. November 1918 die „Sozialistische Deutsche Republik" ausgerufen habe. Tatsächlich handelte es sich um ein anderes Portal des Schlosses, da das eigentliche bei einer Teilsprengung des Schlosses versehentlich zerstört worden war.

Lampenladen S. 220, auch „Erichs Lampenladen", „Palazzo Prozzo", „Ballast der Republik" – Palast der Republik, erbaut 1973–1976 auf dem Gelände des 1950 gesprengten Stadtschlosses, s. auch Der Staatsrat schlief ..., Sitz der Volkskammer der DDR, beherbergte verschiedene öffentlich zugängliche, kulturelle und gastronomische Einrichtungen, die üppige Beleuchtung führte zu dem im Volksmund gebräuchlichen Namen

Berliner Dom S. 220, evangelische Kirche und dynastische Grabstätte (Hohenzollerngruft), als Oberhaupt der evangelischen Landeskirche Preußens veranlasste Kaiser Wilhelm II. den Abriss des Schinkeldoms am Lustgarten und den eklektizistischen Neubau 1894–1905

Schinkels gedrungene Fassade S. 220, Altes Museum, erbaut 1825 – 1830 von Karl Friedrich Schinkel im klassizistischen Stil

Kommode S. 220, Alte Bibliothek, erbaut 1775–1780, die nach innen geschwungene Form der Fassade zum Bebelplatz hin führte zu dem Namen

Alter Fritz S. 222, Reiterstandbild Friedrichs des Großen aus dem Jahr 1851, auf Geheiß Erich Honeckers 1987 anlässlich der 750-Jahr-Feier Berlins am historischen Platz Unter den Linden wiederaufgestellt (In den 1980er Jahren war es zu einer Neubewertung der historischen Bedeutung Friedrichs II. gekommen, damit einhergehend der gesamten preußischen Geschichte, die fortan als Teil des historischen „Erbes" betrachtet wurde. Zuvor galt Preußen als der Inbegriff des militaristischen Staates und sein Erbe als historisch ursächlich für die beiden Weltkriege.)

Platz der Bücherverbrennung S. 222, Bebelplatz, zw. Kommode und Staatsoper Unter den Linden, gegenüber der Humboldt Universität, von den Nationalsozialisten dort und in weiteren 21 Universitätsstädten durchgeführte Verbrennung von Büchern verfemter Autoren, früher Berliner Opernplatz, 1947 nach August Bebel benannt

Schinkels Wache S. 222, Neue Wache, 1816–1818 nach Plänen von Karl Friedrich Schinkel und Salomo Sachs im klassizistischen Stil errichtet, Denkmal für die Befreiungskriege 1813 – 1815 und Wachgebäude für das gegenüberliegende Königliche Palais

Wachregiment S. 222, Wachregiment „Friedrich Engels" der NVA - Nationale Volksarmee, hielt ständige Ehrenwache am „Mahnmal für die Opfer des Faschismus und Militarismus" in der Neuen Wache

Preußischer Kommunismus S. 222, Die DDR war ein zentralistisch organisierter Staat, der sich auf den Gehorsam seiner Beamten in der Verwaltung und in den bewaffneten Organen stützte. Zudem war die Gesellschaft der DDR durchmilitarisiert.

Auch wenn die Denkungsarten und die zeitgeschichtlichen Bedingungen gänzlich andere waren, so lassen sich in obigen Punkten Parallelen in der preußischen sowie der folgenden deutschen Geschichte finden. Insbesondere der angebliche Militarismus, für welchen Preußen in seiner Geschichte seit Friedrich Wilhelm I. (Soldatenkönig) in der DDR lange verfemt war, illustrierte unwillkürlich die Zustände in der DDR selbst. Kurioser- oder bezeichnenderweise und im Gegensatz zur Bundeswehr stellte sich dies schon optisch in den Uniformen und Traditionen der bewaffneten Organe der DDR dar, wie Uniformen mit Reiterhosen und Paraden im Stechschritt. S. auch Alter Fritz, GST, Wehrunterricht

Checkpoint S. 223, Checkpoint Charlie, Grenzübergang an der südlichen Friedrichstraße, durfte nur von alliierten Militär- und Botschaftsangehörigen, Diplomaten und Funktionären der DDR genutzt werden; Bundesbürger, Westberliner, DDR-Bürger nutzten unter anderen den nördlich gelegenen Grenzübergang Friedrichstraße, wegen der Verabschiedungsszenen im Volksmund „Tränenpalast" genannt

Alpha, Bravo, Charlie S. 223, Buchstabieralphabet der NATO, Checkpoint Charlie war einer von drei, von den Amerikanern genutzten Grenzübergängen in die DDR (Checkpoint Alpha, Checkpoint Bravo)

Metropol S. 223, Hotel Metropol, Fünfsternehotel der Interhotelkette der DDR, Luxushotels dienten der DDR zur Devisen- und Informationsbeschaffung

Palast ... - ... das kantige Foyer S. 223, s. Checkpoint

Preußischer Kommiss S. 224, s. Alter Fritz, Preußischer Kommunismus

Sprelacart S. 225, Resopal, Kunstharzbeschichtung von Pressstoffplatten

SV-Ausweis S. 225, „Ausweis für Arbeit und Sozialversicherung", enthielt alle relevanten Informationen wie Arbeitsverhältnisse, Verdienstbescheinigungen, Zusatzrenten, ärztliche Behandlungen, die ersten Eintragungen betrafen Bildungsabschlüsse, danach folgten auf Seite 4 neun Felder für „Staatliche Auszeichnungen (keine Geldprämien)"

U-Bahn S. 229, Linie U6 der Westberliner Verkehrsbetriebe zwischen Alt-Tegel und Alt-Mariendorf, unterquerte ebenso wie die U8 Ostberlin mit den von DDR Seite zugemauerten und bewachten Bahnhöfen

Helm ähnlicher Form S. 230, der Stahlhelm der NVA und anderer bewaffneter Organe der DDR geht auf eine Entwicklung der Wehrmacht von 1944 zurück, welche nicht mehr zur Produktion gelangte

Notaufnahmelager Marienfelde S. 230, einer von drei bundesweiten Standorten, in dem das Notaufnahmeverfahren von ausgereisten oder geflüchteten DDR-Bürgern abgewickelt wurde

Carepaket S. 233, amerikanische Lebensmittelpakete, die nach dem 2. Weltkrieg in Europa verteilt wurden, 3 Millionen allein in Westberlin, insbesondere während der Berlin-Blockade

Ostchips S. 235, die Münzen in der DDR bestanden aus Aluminium, Ausnahme die 20-Pfennig-Münze, diese bestand aus Messing, da sie in öffentlichen Fernsprechern und Fahrkartenautomaten verwendet wurde

Torfrock S. 235, 1977 gegründete Folk-Rock-Band, singen auf Plattdeutsch

53 S. 236, 17. Juni 1953, Volksaufstand in der DDR, von Sowjettruppen gewaltsam niedergeschlagen, bis 1990 Nationalfeiertag der Bundesrepublik Deutschland - „Tag der Deutschen Einheit", heute Gedenktag

Tian'anmen S. 236, „Platz des himmlischen Friedens" in Peking, Ort der Studentenproteste 1989, von chinesischen Panzerverbänden niedergeschlagen; Egon Krenz verteidigte diese Vorgehensweise während seiner Chinareise am 1. Oktober 1989 anlässlich des 40. Jahrestags der Gründung der Volksrepublik China, s. auch Jüngster unter den Alten

Von der Sowjetunion lernen ... S. 236, von der Gesellschaft für Deutsch-Sowjetische Freundschaft (DSF) auf ihrem 3. Kongress 1951 als Losung verwendet, wurde zu einem stehenden Satz im Propagandarepertoire der DDR

Das Wort zum Wochenende S. 237, „Das Wort zum Sonntag", kirchliche Fernsehreihe der ARD

Glück der freien Geburt S. 245, „Gnade der späten Geburt", von Helmut Kohl verwendeter Ausspruch, der besagen soll, dass seine Generation noch zu jung war, um im Nationalsozialismus schuldig geworden zu sein

Viermächtestatus S. 246, das Wehrpflichtgesetz der Bundesrepublik galt nicht in Westberlin

NVA S. 246, Nationale Volksarmee der DDR

Potsdamer S. 246, Potsdamer Straße, im Volksmund auch Potse genannt, Straßenstrich, vor allem in der angrenzenden Kurfürstenstraße

Adolf Hennecke S. 248, 1905–1975, Bergmann, Mitglied der SED, förderte unter genauster Vorbereitung und Zuarbeit am 13.10.1948 in einer Schicht Steinkohle von der vierfachen Menge der üblichen Norm, Namensgeber der Hennecke-Aktivistenbewegung, der 13. Oktober wurde in der DDR jährlich als Tag der Aktivisten gefeiert

Super 8 S. 251, Handkamera für 8-mm-Film aus den 60er Jahren

Ein Blauer S. 265, Banknote im Nennwert von 100 DM

Maraca S. 275, lateinamerikanisches Rhythmusinstrument, auch Rumbarasseln genannt, wird in der Regel paarweise gespielt – Maracas

Peinture automatique S. 291, abgeleitet von Écriture automatique, experimentelle Art des Schreibens des französischen Surrealismus, bei der ohne kritische Selbstkontrolle, vom Bewusstsein losgelöst, der Ablauf der Gedanken nachgezeichnet werden soll, „Gedankendiktat", von Marcel Duchamp und Max Ernst auf die bildende Kunst übertragen

Pfannenstiel S. 291, Erzählung, Max Frisch, „Tagebuch 1946–1949"

Man muß ein Leben dran geben. S. 292, Arno Schmidt, aus einem Briefwechsel

Akanthusblätter S. 294, Ornamente an den Kapitellen korinthischer Säulen

Konzeptkunst S. 294, Entwicklung aus der abstrakten Malerei der 1960er Jahre, die tatsächliche Ausführung eines Kunstwerkes tritt zugunsten des Konzepts / der Idee in den Hintergrund, ist gar losgelöst von ihr, entsteht erst durch Assoziation beim Betrachten von Skizzen, Fotos, Berechnungen, Diagrammen etc.

Am Ende ist es immer das Fällige, was uns zufällt. S. 297, Max Frisch, „Tagebuch 1946–1949"

Triumphbogen S. 303, „Siegestor" in München, 1843–1850 erbaut

Turner S. 318, William Turner, 1775–1851, engl. Maler, bekannt für seine kraftvollen Landschafts- und Schiffsbilder

Polylux S. 325, Overheadprojektor ostdeutscher Produktion

Mit Werken von Caspar David Friedrich, Paul Dessau und Gudrun Kabisch, Sebastian Stuhlhoff, Egry József, Jean-Luc Godard, Mihály Munkácsy, Mies van der Rohe, Giorgio de Chirico, Pablo Picasso, Marcel Duchamp, Piero Manzoni, Egon Schiele, Fritz Stürmer, Ruprecht von Kaufmann, David Bowie, Joseph Beuys, The Beatles, Yello, Jaco van Dormeal, Uwe Kahl u.a.

Aus dem Programm von PalmArtPress

Jakob van Hoddis
Starker Wind über der bleichen Stadt / Strong Wind Over the Pale City
ISBN: 978-3-96258-033-9
Lyrik, 160 Seiten, Hardcover, Deutsch/Englisch

Matthias Buth
Weiß ist das Leopardenfell des Himmels
ISBN: 978-3-96258-035-3
Lyrik, 160 Seiten, Hardcover, Deutsch

Leopold Federmair
Schönheit und Schmerz
ISBN: 978-3-96258-036-0
Divertimenti, 240 Seiten, Hardcover, Deutsch

Bianca Döring
Im Mangoschatten - Von der Vergänglichkeit
ISBN: 978-3-96258-026-1
Textcollage, 138 Seiten, Hardcover, Deutsch

Gabriele Borgmann
Venus AD
ISBN: 978-3-96258-024-7
Künstler-Roman, 184 Seiten, Hardcover, Deutsch

Horst Hussel
FRANZ.
ISBN: 978-3-96258-000-1
Lyrik/Prosa, 236 Seiten, mit Abb. H. Hussel, Hardcover, Deutsch

Carmen-Francesca Banciu
Lebt Wohl, Ihr Genossen und Geliebten!
ISBN: 978-3-96258-003-2
Roman, 376 Seiten, Hardcover, Deutsch

Markus Ziener
DDR, mon amour
ISBN: 978-3-96258-104-8
Roman, 226 Seiten, Hardcover, Deutsch

Ewa Trafna / Uta Schorlemmer
Zwischenwelten *Detroit, Warschau, Berlin*
ISBN: 978-3-96258-008-7
Kunstband, 120 Seiten mit farb. Abb. Ewa Trafna, Hardcover, Deutsch/Englisch/Polnisch

John Berger / Liane Birnberg
garden on my cheek
ISBN: 978-3-941524-77-4
Kunst mit Lyrik, 90 Seiten, Klappenbroschur, Englisch

Juan Ramón Jiménez
Tagebuch eines frischvermählten Dichters
ISBN: 978-3-941524-97-2
Lyrik, 274 Seiten, Hardcover, deutsche Übersetzung: Leopold Federmair

Reid Mitchell
Sell Your Bones
ISBN: 978-3-96258-022-3
Lyrik, 104 Seiten, Klappenbroschur, Englisch

Kevin McAleer
Errol Flynn - *An Epic Life*
ISBN: 978-3-96258-005-6
Lyrik, 400 Seiten, Hardcover, Englisch

Nicanor Parra
Parra Poesie
ISBN: 978-3-941524-78-1
Lyrik Übertragung I. Brökel, mit Abb. Ulrike Ertel, 60 Seiten,
Hardcover, Spanisch/Deutsch

Karl Corino
Lebenslinien
ISBN: 978-3-941524-98-9,
Lyrik, ca. 240 Seiten, Hardcover, Deutsch

Michael Lederer
In the Widdle Wat of Time
ISBN: 978-3-941524-70-5
Lyrik, Shortstories, 150 Seiten, Hardcover, Englisch

Manfred Giesler
Die Gelbe Tapete / The Yellow Wallpaper
ISBN: 978-3-941524-75-0
Theaterstück, 68 Seiten, offene Fadenheftung, Deutsch/Englisch

Matéi Visniec
MIGRAAAAANTEN!
oder *Wir sind zu viele auf diesem verdammten Boot*
ISBN: 978-3-96258-002-5
Theaterstück, 200 Seiten, Hardcover, Deutsch/Englisch